本书得到2013年福建省高校新世纪优秀人才计划资助,特此致谢!

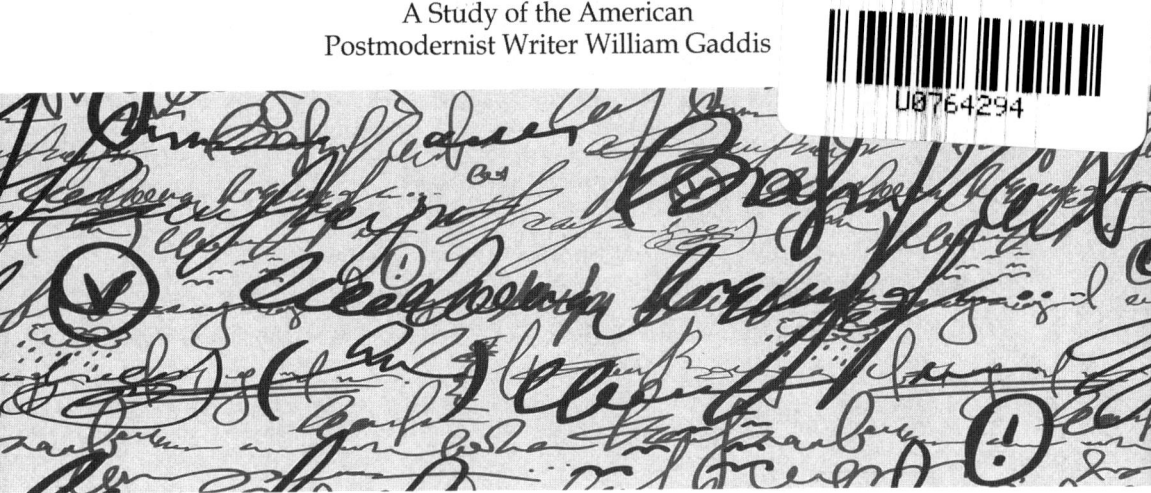

A Study of the American
Postmodernist Writer William Gaddis

美国后现代主义小说家
威廉·加迪斯研究

蔡春露 ◎ 著

图书在版编目(CIP)数据

美国后现代主义小说家威廉·加迪斯研究/蔡春露著.—厦门:厦门大学出版社,
2019.7
ISBN 978-7-5615-7406-5

Ⅰ.①美… Ⅱ.①蔡… Ⅲ.①威廉·加迪斯—小说研究 Ⅳ.①I712.074

中国版本图书馆 CIP 数据核字(2019)第 081699 号

出 版 人	郑文礼
责任编辑	王扬帆

出版发行	厦门大学出版社
社　　址	厦门市软件园二期望海路 39 号
邮政编码	361008
总 编 办	0592-2182177　0592-2181406(传真)
营销中心	0592-2184458　0592-2181365
网　　址	http://www.xmupress.com
邮　　箱	xmup@xmupress.com
印　　刷	厦门集大印刷厂

开本	720 mm×1 000 mm　1/16
印张	16
字数	280 千字
版次	2019 年 7 月第 1 版
印次	2019 年 7 月第 1 次印刷
定价	65.00 元

本书如有印装质量问题请直接寄承印厂调换

厦门大学出版社
微信二维码

厦门大学出版社
微博二维码

威廉·加迪斯小说缩略语表

R　　*The Recognitions*　　　　《承认》
JR　　*JR*　　　　　　　　　　《小大亨》
CG　　*Carpenter's Gothic*　　　《木匠的哥特式古屋》
F　　　*A Frolic of His Own*　　《诉讼游戏》

目　录

绪　论 ………………………………………………………………… 001
第一章　加迪斯后现代主义文学创作与批评思想的社会文化语境 … 015
　一、后现代主义思潮与美国后现代主义小说 ………………… 015
　二、加迪斯的生平与创作 ……………………………………… 028
　三、加迪斯熵的世界观的形成 ………………………………… 038
第二章　加迪斯对美国后工业社会的批评 …………………………… 053
　一、加迪斯创作的原动力：与强大的国家利维坦的冲突 …… 053
　二、商品拜物教和失控的自由企业制度 ……………………… 060
　三、虚伪欺诈的宗教与美国疯狂的对外扩张 ………………… 067
　四、荒谬的法律和司法制度 …………………………………… 075
第三章　加迪斯对美国后现代社会文化的批评 ……………………… 080
　一、资本化的文化逻辑和技术的非人化 ……………………… 080
　二、"灵氛"消失中的后现代艺术危机 ……………………… 088
　三、教育的商业化 ……………………………………………… 098
　四、人性的机械化与主体性的丧失 …………………………… 101
第四章　加迪斯对后现代社会的拯救之道 …………………………… 106
　一、艺术创作的过程是艺术家的自我救赎 …………………… 106
　二、重建新宗教的神学救赎 …………………………………… 114
　三、在自然的审美超越中获得精神净化 ……………………… 129
　四、黑色幽默：荒诞世界的生存方式 ………………………… 133
第五章　加迪斯的后现代主义艺术手法 ……………………………… 139
　一、加迪斯的后现代时空观 …………………………………… 141

二、加迪斯的解构性叙事策略 …… 148
三、加迪斯的后现代对话体叙事 …… 176
四、种类混杂与多重主题的探讨 …… 207
五、狂欢化 …… 216

结论　文学创作是加迪斯后现代社会批评的媒介 …… 229
参考书目 …… 240

绪　论

威廉·加迪斯(William Gaddis,1922—1998)在美国后现代主义小说家中占有重要地位。他与托马斯·品钦(Thomas Pynchon,1937—)、唐纳德·巴塞尔姆(Donald Barthelme,1931—1989)和约翰·霍克斯(John Hawkes,1975—1998)一道,赢得了美国后现代主义文学先驱和大师的美誉。加迪斯一共发表了四部长篇小说——《承认》(The Recognitions,1955)、《小大亨》(JR,1975)、《木匠的哥特式古屋》(Carpenter's Gothic,1985)和《诉讼游戏》(A Frolic of His Own,1994)。加迪斯生前出版的这四部长篇小说可谓是十年磨一剑的精品,其中,《小大亨》和《诉讼游戏》分别获得1976年和1995年的美国国家图书奖,《木匠的哥特式古屋》获得1986年笔会/福克纳奖。他晚年患有胰腺癌,1998年12月16日在纽约东汉普顿家中病逝。难能可贵的是,这位老人在病榻上还完成了临终泣血之作《爱筵开裂》(Agapē Agape,2002)。该遗作迟至2002年10月出版。同年,他的非小说《勇争第二名:威廉·加迪斯随笔》(The Rush for Second Place:Essays and Occasional Writings,2002)也由企鹅出版社出版。尽管加迪斯在战后美国文学的重要地位逐渐获得认可,获得无数奖项与荣誉,入选美国文学艺术学院(1983年),获得兰南文学基金会终身成就奖(1993年),并作为纽约州作家获得伊迪丝·华顿荣誉奖(1993—1995),但我们不得不承认,由于他的作品阅读难度较大,加上他独特的文艺观不容易被理解,加迪斯长期以来被读者和评论家忽视。美国评论家马尔科姆·布拉德伯里(Malcom Bradbury)对《承认》和《小大亨》做出中肯的评价,认为这两部小说"已经清楚地显示加迪斯是当代美国小说界的杰出人物,然而,与品钦不同的是,他的作品似乎主要吸引有限的读者群,也许只是那些狂热的崇拜者"。[①] 加迪斯的研究专家、美国文学批评家斯蒂芬·莫尔(Steven Moore,

---

① Malcom Bradbury."Hello Dollar." *New Statesman*,June 18,1976:251.

1951—)也评论道:"在当代美国文学中,他是一位评价最高,但读者最少的小说家。"①加迪斯的狂热崇拜者确实存在,这些评论家和学者煞费苦心地研究其作品深邃复杂的思想。

斯蒂芬·莫尔堪称对加迪斯研究做出最杰出贡献的专家。他的学术研究生涯以加迪斯为中心。莫尔对加迪斯的研究始于20世纪70年代,他早期和约翰·库恩(John Kuehl)主编的《承认威廉·加迪斯》(In Recognitions of William Gaddis,1984)是最早出版的,关于加迪斯前两部小说《承认》和《小大亨》的评论文集。莫尔本人出版的博士论文《威廉·加迪斯》(William Gaddis,1989)被誉为"对于加迪斯及其小说之最佳研究作品"。② 此外,莫尔还做了一件功德无量的事,继他在1982年出版的《威廉·加迪斯〈承认〉导读》(A Reader's Guide to William Gaddis's The Recognitions,1982)之后,他对加迪斯广征博引的其他三部长篇小说均作了详细的注释。莫尔溯本求源,认真细致地查阅了小说中的典故、暗指、引用等文学渊源,为读者提供了非常详细的阅读指南。莫尔根据自己的研究,为没有章节之分的《小大亨》做出了场景划分,提供了小说中常常未点明的故事地点,并概述其情节,带领读者探索加迪斯复杂的文本迷宫。莫尔孜孜不倦地研究加迪斯长达40余载,不断有新的研究成果问世,于2013年编辑出版了《威廉·加迪斯书信集》(The Letters of William Gaddis,2013)。莫尔在前言写道:"这些信件的重要价值并不是记录下加迪斯丰富多彩的生活,而是通过这些信件,让读者管窥加迪斯的小说在组织上多么混乱无序。"③他在2015年还推出《威廉·加迪斯研究:扩展版》(William Gaddis:Expanded Edition,2015),这部专著扩展了他在1989年出版的《威廉·加迪斯》,前六章保持原样,增补了两大章节,主要是关于加迪斯1989年之后出版的《他自己的闹剧》和遗作《爱筵开裂》的论述。美国文学与人文研究知名教授、后现代文论家布莱恩·麦克黑尔(Brian McHale)在这部拓展版出版之时,如此盛赞莫尔为加迪斯研究做出的贡献:

如果没有斯蒂芬·莫尔,加迪斯的研究不知将走向何方?莫尔的第

---

① Steven Moore.*William Gaddis*.Boston:Twayne,1989:vii.
② 见"译者的话",威廉·加迪斯:《小大亨》,朱叶等译,凤凰出版传媒集团、译林出版社2008年版,第2页.
③ Steven Moore."Introduction." in William Gaddis,*The Letters of William Gaddis*. Ed. Stephen Moore,Dalkey Archive Press,2013:9.

一部专著(1989年)一直都是研究加迪斯小说必不可少的指南,如今的拓展版使得这部专著对加迪斯的研究更不可或缺。莫尔解开了加迪斯小说中经常迂回曲折的故事线,强调了小说中可能被读者忽视的反讽和喜剧因素。加迪斯的作品并不严肃刻板,而是幽默风趣的,莫尔也并不是一位刻板的阐释者,而是一位博学多才、热情洋溢的研究专家——他是任何人漫游加迪斯小说王国的最理想的旅伴。①

20世纪90年代以来,随着西方各种文学研究理论的兴起,对加迪斯作品的研究方法日趋多元和成熟,研究视野日趋广阔,美国大学英语系几位教授纷纷投入对加迪斯的研究,在美国本土出版了多部相关的研究专著,主要包括爱默里大学英语系教授约翰·约翰斯顿(John Johnston)撰写的《重复的狂欢:加迪斯的〈承认〉与后现代理论》(*Carnival of Repetition:Gaddis' "The Recognitions"and Postmodern Theory*,1990)、佛罗里达州的希尔斯布鲁社区学院哲学教授格列高利·康姆(Gregory Comnes)的《威廉·加迪斯小说中的不确定性伦理》(*The Ethics of Indeterminacy in the Novels of William Gaddis*,1994)、密苏里大学圣路易斯分校彼得·沃尔夫(Peter Wolfe)教授的《他自己的视野:威廉·加迪斯的思想和艺术》(*A Vision of His Own:The Mind and the Art of William Gaddis*,1997)和蒙大拿大学克里斯托弗·奈特(Christopher J. Knight)教授的《暗示与猜想:威廉·加迪斯的渴望之书》(*Hints and Guesses:William Gaddis's Fiction of Longing*,1997)。这些专著从不同侧面、不同角度对加迪斯作品进行细致的解读,深入地探讨了加迪斯小说的主题思想、表现手法和语言风格。约翰斯顿重点研究了加迪斯的第一部长篇小说《承认》,他运用法国后现代主义哲学家吉尔·德勒兹(Gilles Deleuze)的差异与重复、摹本与类象的理论研究了《承认》的艺术表达与思想探索。他认为《承认》是非正统派小说,打破了美国小说模仿现实的传统模式。他从后现代主义的角度出发,提出了贯穿小说始终的伪造是个暗喻,可以被视为反转柏拉图原型优于摹本理论的范式,而转向德勒兹和尼采的拟像和幻影。在研究加迪斯独特的语言表现手法上,他运用巴赫金关于复调和一符多音小说的理论,探讨了作品中语言的运用,指出语言从一个语境被降级到另一个语境,直到最终变得没有意义,永远处在重复的飘浮状态。康姆的《威廉·加迪

---

① Steven Moore.*William Gaddis*.Expanded Edition.New York:Bloomsbury,2015, back cover.

斯小说中的不确定性伦理》早于加迪斯最后一部小说《诉讼游戏》出版,因此只评论了加迪斯的前三部小说。他的研究从丹麦物理学家尼尔斯·玻尔(Niels Bohr)和德国物理学家维尔纳·海森堡(Werner Heisenberg)提出的不确定性原则出发,即在若确切地知道现在,就能预知未来这一因果律的陈述中,错误的并不是结论,而是前提,因为我们不能知道现在的细节。康姆认为加迪斯并不是在"非此即彼"的绝对性语境中进行判断。加迪斯的这三部小说以量子科学的这一不确定性作为写作的原则和形式,将科学、宗教、艺术和经济结合在一起,揭示了在一个受不确定性制约的世界里,伦理选择的可能性,加迪斯提出无私的、仁慈的圣爱(Agapé)本身能成为意义与价值的基础,为读者提供理解后现代不确定性伦理的方法。因此,加迪斯的这三部作品堪称关于"认识论"的小说。沃尔夫的《他自己的视野:威廉·加迪斯的思想和艺术》是第一部从主题与艺术角度全面讨论加迪斯四部长篇小说的学术著作。沃尔夫以非常详细的文本解读方式,特别是从小说中被忽略的细节,包括潜文本,引用,人物的语言、动作、神态,甚至法律、烹饪等微观层面进行透视,分析小说中被隔离出来的虚构人物的性格特征,揭示小说中的细节富含强大的表现力,传达潜藏在表象下的主题和丰富的道德想象。沃尔夫认为,加迪斯在自己精心创作的小说里,以一种一直在思考,而且超然的思想把诸多意象探索了一遍,无情地审视了身处后现代这一混合时代,融合各种典型特点于一身的失败者的主要特点和主要问题。奈特的《暗示与猜想:威廉·加迪斯的渴望之书》详细研究了加迪斯创作的主要议题和美学旨趣,论证了加迪斯融合现代主义作家和后现代主义作家的视野,指出加迪斯让想象超越现实的有限边界,在其碎片化的写作中构筑了一个关于认知、关于思想的充满智慧的世界,小说文本中所展示的混乱暗含重建乌托邦的特点。

  20世纪末以来,加迪斯越来越受到美国评论界的重视,他的遗作《爱筵开裂》和《勇争第二名:威廉·加迪斯随笔》于2002年出版。《爱筵开裂》以一个身患绝症的老人的意识流独白写出了加迪斯的个人经历,叹惋文明的堕落枯竭,痛恨正在使艺术边缘化的公司化社会和技术主导的文化,抱怨艺术的机械化,并急切地想要在自己辞世,或变疯之前将此书的主旨告诉世人。《勇争第二名:威廉·加迪斯随笔》收集了加迪斯撰写的评论珍品,包括电影脚本,商务写作,近半个世纪以来收集的关于自动钢琴的历史,学术研讨会的发言、演讲和致辞。这些颇具洞察力的随笔让我们听到了来自美国社会的各个阶层和每个角落的声音,感受到了一位"负责任的知识分子"对美国文化固有矛盾和弊病的叹惋。随笔题目"勇争第二名"语涉双关,可以理解为作为社会文化批评家的加迪斯对美国后现代社会实用主义的现金价值观的反思和追问。加迪斯在物质科技"进步观"背后，看到的是人文艺术领域的种种"退步观"。他愿意在这场进步热中退居第二位，在一旁冷静客观地观看政权的运作，解读这场进步热中遗留下来的意义。

2010年，为了纪念加迪斯的第一部长篇小说《承认》出版50周年，美国学界又推出了由北达科他大学英文系克里斯特尔·阿尔贝茨(Crystal Alberts)教授等主编的加迪斯研究论文集《威廉·加迪斯：永远的后卫》(*William Gaddis*,"*The Last of Something*",2010)。论文集的标题引自加迪斯在一次访谈时所说的话："我永远是后卫：队伍中的最后一个。"① 正如该论文集前言所指出的："所有这些论文都从不同的语境研究了加迪斯的小说创作，包括哲学、文学、地理学、艺术、经济、政治和神学。这些论文试图用多重视角而不是单一视角审视加迪斯的作品"，② 把加迪斯的作品放置在小说赖以生成的多元文化语境下考察，把历史分析、文化研究同具体的叙事结构与话语分析相结合，从单一作品到一个侧面进行多角度解读，或从一个层面到全方位进行剖析，综合评价加迪斯作品的主题和创作思想。斯蒂芬·莫尔编辑的《威廉·加迪斯书信集》也于2013年问世。美国伊利诺伊大学教授、加迪斯研究专家约瑟夫·塔比(Joseph Tabbi)为加迪斯撰写的评传《除了商业没人获得成长：威廉·加迪斯的生平与创作》(*Nobody Grew But the Business*:*On the Life and Work of William Gaddis*,2015)③ 重点考察了加迪斯的生平经历如何影响其创作主题和写作风格，为读者勾勒了加迪斯思想与创作的发展轨迹。加迪斯1998年去世之后所有这些遗作和研究著作的出版，证明了读者和评论界逐渐走进这位生前落寞的作家，加迪斯已经赢得长时间以来没有获得的认可，近几年来新推出的相关研究是对这位"战后美国小说的首席天才"④"最少人阅读而最受人尊敬的作家"⑤ 的致敬，体现了美国文学评论界重新评价加迪斯的努

---

① Christopher Walker.Review of *A Frolic of His Own*,by William Gaddis,*The Observer*,27 February,1994：18.

② Crystal Alberts et al.Eds.*William Gaddis*."*The Last of Something*":*Critical Essays*.Jefferson,N.C.：McFarland & Co.,2010：7.

③ "除了商业没人获得成长"是加迪斯为《小大亨》提早发布37页的片段所起的题目，也是该小说探讨的主题。

④ George Stade.Review of *Ratner's Star* by Don DeLillo.*New York Times Book Review*,June 20,1976：7.

⑤ Steven Moore.*William Gaddis*.Boston：Twayne,1989：vii.

力。作为美国作家,加迪斯在欧洲享有盛名,尤其在德国和法国,他的全部作品已经被翻译成德语和法语。与美国本土和欧洲对加迪斯的研究和接受情况相比,国内对加迪斯的研究还处于比较初步的阶段。可以说,国内学界对加迪斯的研究是呼应国内美国后现代主义小说研究的大气候出现的,然而,相比美国其他后现代主义作家,加迪斯在国内的读者群更是少之又少,他的作品在国内并未得到应有的关注。国内学界对加迪斯的关注,与其小说所取得的成就及他在美国后现代主义文学中所处的地位颇不相符。

自20世纪90年代以来,一些美国后现代主义作家引起了我国外语学界和学术界的重视,成了热门的研究课题。国内对美国后现代主义小说的研究取得了可喜的成绩,出版了几部比较全面而系统地评介美国后现代主义小说的专著,其他重要学术杂志也刊载了一些评论个别后现代主义作家或论及某个理论问题的文章。然而,从这几年的研究来看,焦点一般集中在一些大家比较熟悉的后现代主义作家身上,如约瑟夫·海勒、库尔特·冯内古特、纳博科夫、托马斯·品钦、约翰·巴思、唐纳德·巴塞尔姆、德里罗、约翰·霍克斯、罗伯特·库弗、E.L.多克托罗等。与前面所提及的这几位美国后现代主义作家相比,我国外国文学评论界对加迪斯较为陌生,相关的译介、书评和学术论文非常有限。国内第一位介绍加迪斯作品的是冯亦代先生。他在1994年加迪斯第四部长篇小说《诉讼游戏》出版之际,率先在《读书》上介绍了这部作品,把加迪斯引介给中国读者。① 他生动地评价了加迪斯以无止境的丰富的想象力描写了一幕幕司法和官僚闹剧,将深陷官司的人们的尴尬人生表现无遗。加迪斯的遗作《爱筵开裂》出版之后,陆馀也在《外国文学动态》中介绍了《威廉·加迪斯和他的遗作〈爱裂〉》。② 2008年,译林出版社推出朱叶等翻译的《小大亨》译著,③将这部被称为"最伟大的美国讽刺性小说"介绍给中国读者,为读者展示了加迪斯深奥的寓言、广博的知识、辛辣的反讽、喜剧笔法和彻底的语言实践,让中国读者有机会了解加迪斯这部代表作。继《小大亨》中译本之后,2016年,译林出版社又出版了本人翻译的加迪斯随笔《勇争第二名:威廉·加迪斯随笔》。④ 作为该随笔的译者,我深切体会到阅读与翻译加迪斯的著作确

---

① 冯亦代:《十年写一书的盖迪斯》,载《读书》,1994(8):123～125。
② 陆馀:《威廉·加迪斯和他的遗作〈爱裂〉》,载《外国文学动态》,2003(5):10～12。
③ 威廉·加迪斯:《小大亨》,朱叶等译,凤凰出版传媒集团、译林出版社2008年版。
④ 威廉·加迪斯:《勇争第二名:威廉·加迪斯随笔》,蔡春露译,凤凰出版传媒集团、译林出版社2016年版。

实是一种挑战,更深刻地认识到我们不能以复杂深奥作为借口,拒绝加迪斯倨傲而难以亲近的作品,忽略这样一位具有强烈社会良知和艺术责任感的重要的美国后现代主义作家。

  国内对加迪斯的研究尚不够深入,相关论文大部分集中于加迪斯小说中熵、混乱和失败这些主题思想的研究,如本人撰写的论文《威廉·加迪斯〈小大亨〉中的熵》[①]《威廉·加迪斯小说中熵的文学隐喻》[②]和李志楠撰写的硕士学位论文《〈小大亨〉中后工业社会的后现代混乱》[③],关注加迪斯如何以熵作为文学隐喻,再现二战后处于转变时期的美国社会的道德沦丧,疯狂拜金的人们,真实地揭示了后工业时代社会的混乱。张剑锋的博士论文《论威廉·加迪斯小说的失败主题》[④]对加迪斯的写作意图进行了深入研究,探讨《小大亨》《木匠的哥特式古屋》《诉讼游戏》中的失败主题,就失败的形式、成因、影响等方面剖析加迪斯笔下的失败及其在不同时期的变化,勾勒出三部小说与失败主题的相关联性,颇有洞见地指出了《小大亨》暗示失败的社会性远景,《木匠的哥特式古屋》呈现了主体历史意识羁绊下的个体失败,《诉讼游戏》描绘了失败之于当下的存在方式。在艺术手法的研究上,大多数论文都是针对《小大亨》的语言实验和叙事结构的研究,如本人撰写的《论〈小大亨〉中后现代话语中的熵》[⑤]从直接引语构成的叙事话语、一方不在场的电话对话、话语的异质杂糅和对话的无法交流这四个方面分析小说中后现代话语的熵,探讨加迪斯如何通过熵化的对话模式说明语言的熵或混乱造成了信息的破坏,折射后现代时期的文化衰败,展现美国后工业社会被大商业和信息技术侵蚀和挖空的怪态。此外,对《小大亨》语言特色的分析还有《浅析美国后现代小说〈小大亨〉话语解构中的文学批判视角》[⑥]和《语言解构理论分析〈小大亨〉的文学批判性》[⑦],尝试以批判性和创造性的方式结合德里达的语言解构理论,从文本话语的"差异性""零乱性""不确定性"全面阐释后现代文学的批评性。评论界对

[①] 蔡春露:《威廉·加迪斯〈小大亨〉中的熵》,载《外国文学》,2004(3):84~87。
[②] 蔡春露:《威廉·加迪斯小说中熵的文学隐喻》,载《外国文学》,2011(3):78~85。
[③] 李志楠:《〈小大亨〉中后工业社会的后现代混乱》,河北大学 2011 年博士论文。
[④] 张剑锋:《论威廉·加迪斯小说的失败主题》,上海外国语大学 2012 年博士论文。
[⑤] 蔡春露:《论〈小大亨〉中后现代话语中的熵》,载《当代外国文学》,2009(1):133~139。
[⑥] 梅钢:《浅析后现代主义小说〈小大亨〉的话语结构中的文学批判视角》,载《科教文汇》,2008(7):238~239。
[⑦] 郭志明:《语言解构理论分析〈小大亨〉的文学批判性》,载《语文建设》,2015(11):57~58。

《小大亨》的关注程度比较高,而对《承认》的关注远远不够,研究论文只有肖谊的《威廉·盖迪斯①〈公认〉的多重叙事与后现代阅读状况》②,该论文对其中的多重叙事策略进行梳理,探讨了作品熵的叙事维度及内涵,并指出了激进的文本性与后现代阅读状况之间的关系。对《木匠的哥特式古屋》的评论目前能检索到的只有本人撰写的《〈木匠的哥特式古屋〉叙述的不确定性》③,探讨加迪斯如何运用悖论式的矛盾、并置、非连续性、随意性等后现代主义不确定性写作手法,有效地揭示了美国社会中政府、宗教机构、大公司和媒体为发横财相互渗透,描写了一个无理性、非正义、充满混乱的美国后现代社会。加迪斯成功地把小说中的整个不确定的叙事结构变成了对战后美国社会的巨大隐喻,折射了一个充满混乱、不确定的迷宫般的西方后现代世界。钟琳琳的硕士论文《〈诉讼游戏〉的反讽艺术》④运用古希腊反讽的主要特征,分析该小说中语言的反讽,进一步探讨在该小说中伦理道德上的审美价值。此外,一些1980年以后出版的美国文学史也明确了加迪斯在当代美国文学史上的地位,如董衡巽等人主编的《美国文学简史》(修订本)(1986)认为加迪斯是"美国后现代派小说最早的先驱"⑤;王守仁主编的《新编美国文学史》(第4卷)⑥,尤其是杨仁敬编著的《20世纪美国文学史》(2000)⑦、杨仁敬著《简明美国文学史》(2014)⑧都有专章或专节系统地评介加迪斯的代表作,包括它的社会意义和艺术特色。

纵观国内外研究现状,对加迪斯的研究仍存在三点不足之处:首先,加迪斯的研究专家竭尽所能探究其小说中的博大精深,如包含点金术在内的神秘研究、神学、众多的典故以及引用,如对《克莱芒的承认》、瓦格纳的《尼伯龙根的指环》的引用,以及对众多西方文学大师作品的引用,如莎士比亚、陀思妥耶夫斯基、乔伊斯、艾略特的经典之作。对于加迪斯在创作中如何运用后现代主

---

① 盖迪斯即为加迪斯。
② 肖谊:《威廉·盖迪斯〈公认〉的多重叙事与后现代阅读状况》,载《英语研究》,2010(1):21~24。
③ 蔡春露:《〈木匠的哥特式古屋〉叙述的不确定性》,载《外国文学研究》,2004(4):68~73。
④ 钟琳琳:《〈诉讼游戏〉的反讽艺术》,四川外国语大学,2013年硕士论文。
⑤ 董衡巽等著:《美国文学简史》(下),人民文学出版社1986年版,第396页。
⑥ 王守仁主编:《新编美国文学史》(第四卷),上海外语教育出版社2002年版。
⑦ 杨仁敬:《20世纪美国文学史》,青岛出版社2000年版,第685~687页。
⑧ 杨仁敬:《简明美国文学史》,复旦大学出版社2014年版,第609~616页。

义的创作手法,如非文学的诸多形式拓展作品的内涵与外延,为后现代主义文学创作注入新的活力,以及对大众文化进行裁剪、调整和重新组合,借用大众文化颠覆其本身的这些方面则少有探究,因此,批评视角和研究方法趋于传统,研究其后现代性不多,尚未将加迪斯系统地纳入美国后现代主义小说的研究视野。其次,国内外研究主要侧重于加迪斯的实验性小说创作技巧,对其作品的社会文化研究尚不够深入。加迪斯不但是20世纪下半叶美国著名的后现代主义小说家,也是深具慧识的社会文化批评家。他的作品体现了一个具有社会责任感和担当的作家对自身文化的反思,对历史现实和文化脉络中所隐含的危机的洞察。他坚持不懈地通过文学创作寻找救赎之道,借助后现代主义的文学创作技巧对后工业现实世界表达他深刻的人文主义关怀。因此,对加迪斯的社会文化批评研究仍需要深入挖掘。最后,这些专著的内容结构安排一般以各部小说的单独讨论为主,综合分析的较少,因此仍未见有比较全面而系统地研究加迪斯小说的后现代思想性和艺术性完美统一的专著。

  本书便是在这些研究思想的指导下完成的,把加迪斯这位被忽略的后现代主义作家纳入美国后现代主义小说研究的视野,把历史分析、文化研究同具体的叙事结构与话语分析相结合,在认真阅读文本的基础上,重视小说创作的社会历史语境,以跨学科的研究将文学、史学、哲学融会贯通,对加迪斯的创作思想和艺术特征进行了深入的研究,综合评价加迪斯作为小说家和社会文化批评家的地位,挖掘其作品深层次的启示价值、作家的道德责任感和美学批判,指出加迪斯在后现代叙事语言方面的创新及其对美国后现代主义小说艺术的重要贡献,强调加迪斯不仅是后现代主义艺术家,而且是一位社会批评家,体现了一个具有社会责任感和担当的作家对自身文化的反思,在其艺术创作中贯彻了深刻的人文主义关怀。

  后现代主义文学和美国社会联系紧密,是对当代美国社会较为直接的反映。在美国后现代文化氛围和后现代主义语境下从事文学创作的加迪斯就是一位后现代社会观察家,其关注的是美国历史文化中的痼疾和晚期资本主义的社会状况。他的小说可以被归类为用小说形式表达社会批评的著作,被认为是美国社会后资本主义时期的缩影。正如评论家约瑟夫·塔比所言,"加迪斯比他同时代的任何一位战后美国小说家更完整、更早地叙述了美国文化中高度的公司化倾向"。① 加迪斯对美国政治、经济、文化和科技层面的分析反

---

① Joseph Tabbi. *Nobody Grew but the Business: On the Life and Work of William Gaddis*. Evanston: Northwestern University Press, 2015: 19.

映了一位作家的社会担当。本书以加迪斯的代表作《承认》《小大亨》《木匠的哥特式古屋》《诉讼游戏》作为考察对象,综合评价加迪斯作为后现代主义小说家和社会文化批评家的地位。加迪斯以社会和文化批评家的身份对战后美国社会存在的衰败以及战后混乱给人类社会带来的切实威胁表现出极大的关注。他的四部小说犀利地剖析了以美国为代表的资本主义制度、资本主义文化的混乱无序以及个体价值的丧失,批评了商品拜物教和自由企业制度,指出了晚期资本主义文化商品化的严重后果。他指出,后工业时期的美国社会地狱般的状态,充斥着极端物质主义、堕落的道德、非民主的社会政治、霸权主义、科技和物质成就掩饰下的社会文化危机、虚伪的宗教以及人的异化,表达了对后现代人类世界中滥用科学技术、环境被破坏以及生存出现危机的极大愤慨。此外,加迪斯以小说创作的形式探索了人类思想中最古老的,也是最普遍的活动之一——宗教这个永恒的问题,指出宗教由启示宗教降至神设宗教的危险及其导致的严重社会后果。

加迪斯在揭露美国资本主义体制混乱的同时,从后现代文化视角审视后现代工业文明的弊端,以文学论述的形式沉思了美国资本主义文化在金融资本、公司化和科学技术影响下的贫瘠和荒芜,呈现物质主义玷污一切超越性信仰,所有的文化因素必须服从物质欲望的满足以及使利润最大化这一目的。加迪斯的创作关注属于精神文化中最为活跃的部分——艺术如何成为技术和商品的文化逻辑。他倾注一生关心艺术和机械化之间的关系,探讨了美国自动钢琴的历史,认为自动钢琴代表了机械化的所有弊端,是艺术机械化以及人类创造力被毁灭的最好象征。加迪斯的这种看法现在看起来具有前瞻性,完全是时下关注的话题。他已经深刻了解了现代历史学家和艺术家所发现的问题:技术进步的核心是无法根除的精神空虚。加迪斯的作品可以归类为用小说形式表达的社会学著作。他通过广阔的文化考察,以小说创作的形式警示人们:在一个技术主导一切的时代,人的精神渐渐脱离身体,消失并转变成机器的幽灵。他以一个具有忧患意识和社会责任感的作家的身份唤醒人们对后现代文化生存环境的关注,对破产的人类精神进行不依不饶的拷问和不留情面的讽刺。

加迪斯是一个具有强烈社会责任感的后现代主义作家,十分关心作家的社会和人文关怀使命。他的作品秉承文学作品承载人文价值的传统,在解构后工业时期美国资本主义社会和人文生存环境的同时,也对后现代生存现状表现出深切的人文关怀,提出对后现代社会的拯救之道。他在小说中探索了如何衔接文化断层,挽救处于危机之中的人文精神,重建精神家园的可能性。

加迪斯认为,要整合后工业社会的碎片以及将其从文化霸权中挽救出来,必须寻找精神拯救之路,重建新的宗教。为了使后现代的人们重新获得新宗教的价值观念,他强调了自己信仰艺术具有能够拯救精神的力量,艺术是能够将能量注入日益走向衰败混乱的文化系统的主要方式。他的小说通过诉求崇高精神构想出新秩序——在艺术和自然美中获得人格心灵的净化和精神上的重生。他认为,当后现代社会的技术本身的正当性发生了问题,唯一的办法就是诉诸艺术,在高度自由的艺术和审美活动中找到人生的价值,因为艺术的自由创造能成为摆脱这种矛盾困境的场所。

文学形式与其所表现的主题是密切相关的,后现代主义文学对世界的解构,对意义的消解,对现实荒诞变形的描述可以被理解为对荒谬的社会现实的悖论表达。加迪斯的后现代主义艺术创新既使读者从固定的阅读模式中解放出来,又传达了作者严肃的社会和文学批评思想。加迪斯的各种后现代艺术表现手法,包括解构性叙事策略、声音拼贴、种类混杂、狂欢等并不是作家在文本叙事层面的自恋式作业,而是隐含了作家解构现实世界和小说世界,进行社会文化批评的独特方法。在加迪斯的文本世界中,可以看出用无序对付无序,以多元的、流动的、不确定的文本反映无目的的、混乱的、非理性的现实世界成为其后现代主义小说的创作理念。因此,加迪斯的后现代主义文学的艺术创新不仅已经变成一种叙事技巧上的创新,而且是一种解释和认识后现代世界的方式,成为一种认识与思想的方法。

加迪斯不断对小说的文本和形式进行探索,以表达后现代社会中的历史断裂感和人的异化。为了揭示破碎的美国后现代世界这一主题,他运用碎片的叠加,采用各种非线性叙事片段的堆砌,将历时性与共时性叙事相结合,运用大量的松散句和许多典故拼贴,解构了传统的时空连续性和美学封闭性,使读者对叙事的中心和秩序的期待落空。为了引发人们对充满混乱和不确定性的西方后现代人类世界的思考,他运用了多种体裁构建多维的叙事空间,后现代主义不确定性写作原则、种类混杂、不同体裁的拼贴和高级文化与通俗文化的杂糅等后现代主义写作技巧,通过借用并颠覆大众文化,创造了充满后现代气息的作品,传达了严肃的思想。

加迪斯深化作品主题的后现代主义艺术手法中最突出的当属"对话体"叙事,他在小说中大胆的语言实践引起了欧美评论界的极大关注,褒贬不一。本书从社会文化角度出发,把叙事话语从文学表达的工具提高到本体论的层面上加以重新审视,运用信息系统中关于熵的理论研究后现代叙事话语的无理性,从四个方面研究加迪斯如何运用小说语言对后现代社会进行批评。其一,人类关系的解体导致语言的衰落与退化,熵渗透到了加迪斯的对话模式。加迪斯的对话体叙事呈现出每种声音都与其他噪音、离题、中断、错误信息以及破坏的交流共存。其二,对话的不可能性体现了后现代的不确定性原则。现代主义者质疑我们能否认知真相,而后现代主义者则对真相是否存在充满怀疑,他们怀疑是否真有可以感知的现实,因为他们触目所及之处尽是不确定性。在这种环境下,加迪斯运用破碎的对话不是为了重建世界的秩序,而是为了再现这种无序的世界。其三,语言是由可以颠覆的密码构成的。加迪斯的对话式文体强调的是一种语言的碎片体系,语言成为无确定意义的能指游戏,再现人们生活在后现代这样一个分裂的社会,人生经历破碎分裂,以致话语破碎,人格也是分裂的。其四,加迪斯将作者降至记录器的角色,真实地记录这个混乱世界的真实声音,让读者在熵化的交流中寻找意义。加迪斯的小说以破碎的对话为主要叙事方式,成功地使小说中发生的事件与读者的阅读体验达到一种共时性,消弭了故事时间与文本时间的差异,营造了叙述和阅读的"即时性"效果,消解了传统上艺术与生活、小说与戏剧之间的界限。

后现代主义理论虽然有其共同点,但其中包含着各种各样的思想倾向与理论主张,甚至包含矛盾、不确定性和悖论,体现了"多样杂糅"和"多元对话"的特点,加上加迪斯本人没有正式承认过自己是后现代主义作家,因此,评论家对加迪斯是否是后现代主义作家的看法仍存有分歧。我们可以说,加迪斯的全部注意力集中在文学、哲学和艺术经典之上,他是一位兼收并蓄的作家,他的创作根植于美国社会,他的作品直指美国后现代社会的方方面面,反映美国的现实生活和历史事件,揭示美国社会的荒诞,对美国的后现代社会和文化生存环境表现出深切的关怀。加迪斯作品所关注的美国社会现实和所表现的道德责任感,具有很强的现实主义意味。然而,更重要的是,从美学观点和思想意识角度来看,加迪斯深切关心后现代、后工业、晚期资本主义时期人的生存状况与命运,他的作品体现了对传统的现代性思想意识和文学表述方法的反思,体现了一种充分参与后现代思潮的思想。受到后现代语言观和知识观中差异性意识的影响,加迪斯突破传统小说的创作模式,擅长运用后现代主义的创作手法,其作品表现出后现代的反对中心性、同一性和体系性的批判性思想,从同一性思维转向重视多样性、差异性的思维,追求多元化,强调认识视角与意义的多样性,超越传统现实小说和现代主义小说的叙事技巧和话语模式,体现了后现代主义的艺术创新。

加迪斯的小说具有解构宏大与崇高,消解虚构与真实,文字嬉戏,戏仿,拼贴等后现代主义文学特点。然而,他并不是一个虚无主义者和厌世主义者,他正是通过这种深层的悲观和焦虑,体现了一个具有社会责任感的作家对自身文化的反思,对历史现实和文化脉络中所隐含的危机的洞察,表现出作者在艺术创作中所贯彻的深刻的人文主义关怀。加迪斯以小说激起的义愤作为变革的基础,其作品的批判精神与后现代主义的解构精神在思想气质上具有相通性。然而,正如评论家约瑟夫·塔比所说:"作为后现代主义小说的先驱人物和主要的实践者,加迪斯在品味方面极其传统,他不愿意加入他所熟知的市场和媒介。"[①]可以说,加迪斯在作品中所表现出的对晚期资本主义文化工业和与其相对应的大众文化的批判显示出他同德国哲学家、美学家阿多诺和德国文化批评家本雅明持有相同的美学思想,认同资产阶级主流文化将艺术庸俗化了,艺术无法获得它本身的意味和真理。在对后现代文化病症的剖析上,加迪斯勾勒出一幅美国后现代社会堕落的图景,对后现代文化特征的商品化、平面化、零散化以及主体、自我和情感的消失进行了深刻的剖析,对后现代文化的病症做出了诊断,从这一点上,加迪斯可以被称为后现代的社会文化批评家,与詹姆逊有异曲同工之处。加迪斯寻求艺术的救赎力量体现了他对艺术释放出修复大众的道德总体性力量的辩护,在这一点上,加迪斯作品体现了黑格尔对宗教和艺术的构想。加迪斯以一个具有社会责任感的作家的身份,客观、认真地与后现代诸多不同的思想倾向、互不包容的价值观点和社会准则进行对话,做出自己的审视和判断。他并不纯粹追求艺术上的创新,而是属于批判性的后现代主义小说家,与追求时尚性的后现代主义随心所欲地游戏,缺乏深度以及走向精神荒漠不同。今天,我们不应忽视加迪斯那些似乎艰深而寓意深奥的巨著,应该再次为他那些庞大的、迷宫般的作品投入时间和精力,挖掘出其作为"永远的后卫"所要固守的濒临破产的人文艺术精神,深刻领会他在小说创作中实现的形式创新与意义深度的完美统一。

加迪斯的作品深奥广博,可谓包罗万象,其博大精深为评论家提供了无限解读的可能,多种不同的解读赋予了其作品丰富的意义差异。然而,多种解读之间的差异并不是相互否定和排斥,而是互相补充和参照,正如加迪斯的评论家克里斯特尔·阿尔贝茨所说:"读者要超越文本的表面,追随加迪斯那些百科全书似的典故,当找到新的批评立场时,情愿认为自己的先前批评失败了,

---

[①] Joseph Tabbi. Introduction. *The Rush for Second Place*. By William Gaddis. New York: Penguin Books, 2002: xx.

但却是有创造性的失败。"①那些愿意为加迪斯庞大的、迷宫般的作品投入时间的读者、学者和评论家一定能够不断发现加迪斯作品的魅力,挖掘其中为人所忽略的思想宝藏。我们期待着加迪斯这位"永远的后卫"越来越受到更多学者和读者的重视和理解,他的影响将不断扩大。

---

① Crystal Alberts, et al. eds. William Gaddis. "*The Last of Something*": *Critical Essays*. N.C.: McFarland & Co., 2010:6.

第一章　加迪斯后现代主义文学创作与批评思想的社会文化语境

一、后现代主义思潮与美国后现代主义小说

　　第二次世界大战以来，美国小说在叙事结构、技巧和语言方面经历了大胆而成功的实验和探索，颠覆了传统小说的内部形态和结构，而且对"小说"这一形式本身及其叙述方式进行了前所未有的反思，用新形式写新作品。或者，更准确地说，从20世纪50年代晚期至60年代早期，美国小说出现了新的创作模式，一种完全不同于主流的，甚至是非主流的文学传统已经出现。二战结束之时，像约翰·斯坦贝克（John Steinbeck）、多斯·帕索斯（John Dos Passos）、欧内斯特·海明威（Ernest Hemingway）和维吉尼亚·伍尔夫（Virginia Woolf）等一些作家已经差不多写出了他们最著名的作品，完成了自己的使命。60年代之后，一批很有代表性的作家努力探索新的艺术手法，进行了各类试验派文学创作，在写作技巧和语言上表现了个人的独特风格，如弗拉迪米尔·纳博科夫（Vladimir Nobokov）、约瑟夫·海勒（Joseph Heller）、约翰·巴斯（John Barth）、威廉·加迪斯、库尔特·冯内古特（Kurt Vonnegut）、托马斯·品钦（Thomas Pynchon）、唐纳德·巴塞尔姆（Donald Barthelme）等逐步占据美国文坛的主流，把美国文学引入"后现代主义"时期。

　　最早在美国文坛宣布现代派文学的危机和开展后现代文学探索的是美国诗人兼批评家查尔斯·奥尔森（Charles Olson）。20世纪50年代初，奥尔森最早用"后现代主义"（postmodernism）一词来评论美国诗歌。不过，当时的美国文学还没有出现一个可以称为"后现代主义"的流派。60年代，后现代主义文化思潮兴起，美国文学中的试验派创作倾向开始引起评论界的极大关注。在批评领域，"后现代主义"开始被用来描述当时美国以及其他西方国家出现

的各类实验派文学作品。可以说,"后现代主义"是20世纪美国文学的主要表现形式,它的时间跨度从第二次世界大战之后不久直到现在,在20世纪后半叶的美国文学史上占有突出地位。因此,不了解美国后现代派作家和他们的作品,就很难把握20世纪后半叶美国文学的脉搏。[①]

学者高宣扬指出:"不可否认,一些符合后现代特征的历史事件曾经零星地、也因而是偶然地和无规则地发生于古代、中世纪、文艺复兴和启蒙运动时期及其后,也发生于现代资本主义社会形成之后的现代。但是,只有到了资本主义现代阶段,产生符合后现代特征的典型历史事件才成群地出现。后现代作为一种历史范畴,一般来说具有两个方面的意涵:一方面是指人类历史发展中曾经发生过符合后现代特征的任何一个历史阶段,这一时段可以是在古代、中世纪或其他任何一个历史阶段;另一方面,是特指20世纪60年代后,由于资本主义现代性高度发展而产生一系列典型后现代事件的西方当代社会历史阶段。"[②]因此,后现代作为一种时代精神,一般被认为是20世纪60年代才产生的。20世纪60年代,是西方社会经历两次世界大战的激烈动荡之后,经历了20世纪50多年的政治、经济和文化的激烈变革之后走向全面改革的分水岭。从这个意义上说,60年代是西方政治、经济和文化发展的巅峰时期,也是危机全面爆发的时期。因此,后现代主义的几位主要思想家都主张以20世纪60年代作为后现代历史阶段的起点。他们从各个观点和各个角度给予了后现代不同的名称,如后资本主义、晚期资本主义、后工业社会、消费社会、休闲社会和福利社会等。

后现代主义是在20世纪60年代正式进入美国社会生活的词语,或者说是进入了美国的学术界,成为西方文化研究的重要理论话语和文化思潮。后现代主义是一种广义上的文化思潮,它以消解认识的明晰性、意义的清晰性、价值本体的终极性、真理的永恒性这种态度为其认识论和本体论,对西方社会的整合、政治上的不平等和社会理想提出质疑,并从哲学、文艺理论和小说创作上对传统的思想意识和表达方式进行反思。一大批西方文化学家、文学批评家致力于研究"后现代主义",试图发现它与现代主义的关系,对后现代主义理论提出了不少有益的见解。西方学者对"后现代主义"艺术主要存在三种看法,即"超越论""怀疑论""异同论"。评论家们通常认为后现代主义与现代主义之间既有共性,也有差异;既有"沿承",也有"断裂"。其中,影响颇广的是

[①] 杨仁敬等:《美国后现代派小说论》,青岛出版社2005年版,第3页。
[②] 高宣扬:《后现代:思想与艺术的悖论》,北京大学出版社2013年版,第48~49页。

第一章 加迪斯后现代主义文学创作与批评思想的社会文化语境

1976年美国文化思想家丹尼尔·贝尔(Daniel Bell)的《资本主义的文化矛盾》(*The Cultural Contradiction of Capitalism*,1976)。贝尔力图在"后工业社会"的大框架里解析资本主义的文化危机,观察资本主义制度内部存在的冲突根源。他认为,当代资本主义的最大特征是内部断裂,经济、政治和文化三个子系统失去了有机联系。在资本主义商品化浪潮淹没一切领域的时代,西方文化的独立价值受到了严重威胁,西方理性主义文化导致主体丧失和人的价值的失落,文化丧失了传统地位,遵循的是商品的逻辑和生活的逻辑,失去了传统的价值意蕴,因此,文化艺术被迫采用两种基本策略进行抵抗:一是"返祖",即在文学艺术中表现人类原始的生命意象,进行"再原始化";二是用反理性的各种创作手法,表现生活的荒诞性。①

1979年,法国当代哲学家、后现代理论家让-弗朗索瓦·利奥塔(Jean-Francois Lyotard)出版了引发激烈争论的《后现代状况:关于知识的报告》(*The Postmodern Condition:A Report on Knowledge*,1979)。利奥塔在书中表明了自己对现代知识基础的质疑,并且明确指出"后现代即是对元叙事的怀疑"这一基本原则,言称"简化到极点,我们可以把对元叙事的怀疑看作是'后现代'"。② 所谓"元叙事"(meta-narrative),利奥塔又称"宏大叙事"(grand narrative),确切地是指"具有合法化功能的叙事"。"对元叙事的怀疑"在他看来就是两套宏大合法叙事的失效:一套是以法国革命为代表的关于自由解放的启蒙型叙事,充满激进的政治性;另一套是德国式的"思辨型叙事",注重同一性和整体性价值的思维模式。利奥塔首次系统地将后现代主义与现代主义作为具有对立的哲学基础的文化发展模式来分析,并且对现代主义的基础主义、普遍主义、本质主义进行了彻底批判。利奥塔把对宏大叙事的质疑称为后现代,并且指出,如果说"现代"的特征就是相信"元叙事"的正确性和真实性,那么,后现代的特征就是对一切"元叙事"的怀疑。在他看来,宏大叙事的社会语境已经消失,元话语的那套合法性已经过时,取而代之的是小型叙事(petit recit)。利奥塔认为,后现代是指一种书写状态,就广义的思想和行动而言,即书写在遭受现代性沾染并试图自愈之后如何确定自己的位置和时间。③ 按照

---

① 梁永安:《重建整体性:与詹姆逊对话》,四川人民出版社2003年版,第86页。
② 利奥塔:《后现代状况:关于知识的报告》,车槿山译,生活·读书·新知三联书店1997年版,第2页。
③ 让-弗朗索瓦·利奥塔:《后现代道德》,莫伟民、伍晓笛译,学林出版社2005年版,第63页。

利奥塔的观点,后现代哲学面临三方面的任务,分别是:告别统一的强迫观念;阐释有效的多元性主张;弄清彻底的多元性状态的内在问题,即正义问题。利奥塔从奥地利语言哲学家路德维希·维特根斯坦(Ludwig Wittgenstein)的语言游戏理论出发,运用语用学方法,从话语理论的角度诠释后现代状况。他认为,知识的合法性应该是维特根斯坦的"语言游戏",而不是某种话语霸权。他从信息社会媒介全面泛滥的状况出发,指出那种以单一标准去裁定所有差异,进而统一所有话语的"元叙事",和能够产生宏大意义、追求真理的"宏大叙事"时代已经结束。任何与现实有指涉关系的意义或真理的要求必然失败,现实与小说的清晰界限已经消失,小说创作进入了一个语言游戏的新神话。①利奥塔关于后现代主义的论述对后现代主义思潮的传播和后现代主义文学创作产生了巨大的影响。许多后现代文学作品就是运用描写反英雄的小型叙事、反讽的碎片式话语和语言游戏解构关于自由与解放,以及关于真理思辨的宏大叙事的合法化,倾听代表歧异的各方面的声音,让弱势群体具有话语权,发出自己的声音。

利奥塔的《后现代状况:关于知识的报告》的发表被视为后现代思潮进入哲学主流的标志性事件,是后现代试图确立一种与现代性不同的后现代知识与社会的游戏规则的开始。继利奥塔之后,许多思想家纷纷撰写论著,从不同思路对后现代主义文化进行考察,得出了许多有益的价值判断。法国哲学家、解构主义的代表雅克·德里达(Jacques Derrida)对西方哲学史进行考察,并把整个西方哲学传统认识的本体论问题,如理性、本质、终极意义、第一因、真理等一切思想、语言、经验以及万物之基础的东西总称为逻各斯中心主义(logocentrism),他进而认为西方哲学传统的终极价值和目标即追求现象背后的逻各斯。德里达认为,西方哲学一直都在寻求某个中心,如本质、实体、上帝、终极目的等,西方哲学史"就必须被认为是一系列中心对中心的置换,仿佛是一条由逐次确立的中心串联而成的链锁。中心依次有规律地取得不同的形式和称谓"。② 德里达主张以解构策略颠覆传统的、形而上学的本体论所固有的二元对立以及以"在场"和"不在场"的根本对立为核心的等级结构与序列。德里达断言,语言文本的本性是"延异"(différance)。"延异"从字面上来说,既非一个词,也不是一种概念。"延异"有两层意义:首先意味着差异(diffe-

---

① 让·弗朗索瓦·利奥塔:《后现代状况:知识报告》,载王岳川:《后现代主义文化研究》,北京大学出版社1996年版,第185页。

② 王逢振等编:《最新西方文论选》,漓江出版社1991年版,第134页。

ring),其次则意味着迟缓(deferring)。即在空间上,语言是一个差异系统;而在时间上,差异系统中的在场又总是系于不在场,符号、文本的意义并不是现时在场的,恰恰相反,它们是被推迟、延宕,总是滞后和待定的。语言的这种延异本性,决定了人不可能凭借语言获得在场世界的本原实在性以及确定性,因此,传统的理性主义哲学所追求的绝对真理和终极价值都是虚妄的。德国当代最重要的哲学家、社会理论家之一和法兰克福学派的代表人物尤尔根·哈贝马斯(Jürgen Habermas)在1981年发表了《现代性对后现代性》("Modernity Versus Postmodernity")的演讲,对利奥塔进行了回击,认为启蒙理性具有进步和倒退的双重性,其中,民主以及批判理性是进步和解放的一面;而工具理性则是倒退的一面。哈贝马斯试图用交往理论弥补启蒙理性的不足,强调在差异中通过交往达成共识。

美国文化批评家弗雷德里克·詹姆逊(Fredric Jameson)[①]在1984年发表于《新左派》杂志夏季号上的论文《后现代主义,或晚期资本主义的文化逻辑》("Modernism, or the Cultural Logic of Late Capitalism"),将后现代文化现象置于历史化的宏观视野中考察。他追溯后现代的文化逻辑,并且在文化逻辑质变的过程中诠释后现代文化。詹姆逊利用马克思主义关于经济基础和上层建筑之间关系的理论,分析资本主义发展的三个不同阶段以及与其相对应的文化分期。第一个阶段是国家资本主义,即马克思在《资本论》中所分析的资本主义原始积累阶段,此阶段文学形式为批判现实主义;第二个阶段是列宁所论述的垄断资本主义或者帝国主义时期,其突出的文学形式为现代主义;第三阶段是跨国资本主义阶段,也就是当资本主义进入"消费社会"或者"后工业社会"时期,文学上的主要形式——后现代主义随之出现。詹姆逊指出,后现代主义是晚期资本主义社会主导性的文化形式和文化逻辑,是西方这一历史时期的总体文化特征。詹姆逊把后现代主义置于资本主义发展过程的历史框架中加以认识,既看到了资本运作与文化间的关系在不同发展阶段的变迁,也指出了各阶段之间的连续性。可以说,詹姆逊采取了总体性立场,揭示了晚期资本主义文化生产与社会生产方式整体结构的互动关系。根据詹姆逊的理论,美国率先进入"后工业"社会,战后美国的社会情况从本质上说是晚期资本主义,战后美国的文学形式表现了与现代主义断裂的后现代主义特征。

伊哈布·哈桑(Ihab Hassan)是美国学术界最早关注后现代文学批评的

---

① Fredric Jameson 的中译名有:詹明信、杰姆逊、詹姆逊、詹姆森等,本书统一采用詹姆逊。

重要代表人物之一,被誉为"后现代主义之父"。早在1967年,他在论文《归于沉寂的文学》("The Literature of Silence")中就提出在当代西方文学中,有一种"反文学""归于沉寂的文学"的文学现象。在20世纪70年代,哈桑提出不确定性(indeterminacy)和内在性(immanence)为后现代主义的两个建设原则。他自己造了一个新词"不确定的内在性"(indetermanency),用来说明这类文本的"自我指涉"和"自我质疑"之特征,因为这类文本不是指向文本外的现实世界,而是指向文本自身的形成过程。80年代中期,哈桑在论著《后现代转折》(The Postmodern Turn: Essays in Postmodern Theory and Culture,1987)中对文学作品的后现代特征进行了精辟的总结和分析。他总结了后现代的五个解构特征:不确定性(indeterminacy)、零散性或片断性(fragments)、非原则性(decanonization)、无我性(selflessness)和不可表现性(unrepresentable),为理解美国后现代主义小说的创作实践及其基本策略提供了框架,以此颠覆已经确立的小说创作方式,对抗传统的同一性和不确定性原则。除了五个方面的解构策略,哈桑还深入探讨了后现代主义小说如何通过六个重构策略:反讽(irony)、种类混杂(hybridization)、狂欢(carnivalization)、行动与参与(peformance and participation)、构成主义(constructionism)和内在性(immanence)[1]重建自己的小说世界。他指出:"如果现代主义大量地表现为神圣的、主从关系和形式主义,后现代主义却和它形成对照,给我们一种游戏的、并列关系和解构主义的深刻印象。"[2]

英国著名小说家和文学批评家大卫·洛奇(David Lodge)也提出了五种策略:矛盾(contradiction)、并置(pemutation)、非连续性(discontinuity)、随意性(randomness)、比喻的过度引申和短路(excess and short circuit)[3],以此解读后现代主义的不确定性写作,探讨后现代主义如何避免在以隐喻(metaphoric)为主(现代主义)或者以转喻(metonymic)为主(反现代主义)这两极话语之间做出选择,以自己独特的方式超越了这一二分法写作。洛奇的主要观点是:现代主义追求永恒的中心、溯本定源、在场的形而上学、二元对立思维,或以自己为中心排斥异己文化的语音中心主义,肯定启蒙逻各斯(理性和本

---

[1] Ihab Hassan, The Postmodern Turn: Essays in Postmodern Theory and Culture. Columbus: Ohio State University Press, 1987: 21-27.
[2] Ibid. 91.
[3] 胡全生:《英美后现代主义小说叙述结构研究》,复旦大学出版社2002年版,第65页。

第一章　加迪斯后现代主义文学创作与批评思想的社会文化语境

质)的价值。形而上学就是以逻各斯或语音"在场"为中心,用这个中心支配着传统的思想方式、日常语言、伦理道德、价值判断,等等。形而上"在场"的"意义"源自逻各斯。由此可见,这里存在一个以逻各斯为中心的结构,这个结构是自我封闭的,最基本的结构成分是"能指"与"所指"的对立。隐喻中的本体和喻体具有相似性,但喻体是能指,是中心,本体需要具有喻体的性质或特征才能被认识或理解,本体就成为二元对立的所指。后现代主义认为,符号并非能指与所指的紧密结合,符号不能在字面上代表其所意指的东西,产生出作为在场的所指:一个关于某种东西的符号势必意味着那种东西的不在场(而只是推延所指的在场)。符号总是在共时中"区分"和在历时中"延搁"所指(意义)的运动,使得文本意义的寻求活动成为文本自我离心解构的运动,文本总是指向文本自身以外的文本群体,总是在意义的区分和延搁中、在踪迹的暗示中走向不确定性。因此,后现代主义反对隐喻,而偏好转喻,通过联想,根据两事物之间的紧密关系,用一事物代替另一事物。这里,没有中心,没有能指与所指的对立。

后现代主义研究专家、荷兰学者汉斯·伯腾斯(Hans Bertens)提出用以区分后现代主义与先前的现代主义的两个核心概念:第一是"本体论的不确定性"(ontological uncertainty),它起源于"中心、特权语言和更高级话语缺失的这种意识";第二个核心概念是"无中心性"(decenteredness),意为"不再有连贯的实体能够对环境强加秩序,它已经变得没有中心了"。[①] 从某种意义上来说,后现代主义小说又称自我反映式小说,是对现代主义的反拨,文学上从模仿现实转而模仿创作本身,它以超然、嘲讽、调侃的态度审视小说自身的局限和文学的困境,反对业已确立的传统所规定的种种秩序,在自我解嘲中为小说和小说家寻求新的出路。在后现代世界,一切都具有不确定性,唯一确定的只是不确定性。因此,后现代艺术家之所以重视不确定性原则,是为了实现不断创作中的高度自由。不确定性是后现代社会的基本特征,也是后现代主义艺术创作的基本策略。

作为批评术语,后现代主义或后现代派本身存在较大的"歧义性",其内涵与外延始终不是清晰的。1984年,美国出版的《牛津美国文学指南》将"后现代主义"作为单独词条收入,标志着一个争论未定的批评术语在英美文学界得

---

① Hans Bertens. The Postmodern Weltanschauung and Its Relation to Modernism: An Introduction Survey. *A Postmodern Reader*. Eds. Joseph Natoli et al. Albany: State University of New York,1993:25.

到了正式认可。1999年,《剑桥美国文学史》明确指出了"后现代派"的"歧义性":"它既指20世纪60年代到90年代品钦或巴思等作家在风格上有创新的作品,又指该时期的文学这个整体。"①可见,尽管人们对后现代主义的起源、历史阶段和主要特征争论不断,对"后现代主义"能否被视为完整统一、自成体系的文学流派仍有争议,然而,理解和把握任何一种文化思想都不能离开它所产生的社会历史时代背景。从这一原则出发,学界普遍认为,后现代主义不仅是美国社会的文化症候,而且是整个西方文化的一种历史性转变。后现代主义是"后工业社会""后现代社会""消费社会""信息时代"或"晚期资本主义时代"社会历史变迁在思想文化领域中的一种反映,或者说是一种理论化的表达。事实上,美国后现代主义小说也是越南战争结束之后,美国政治、经济和技术发生深刻变化的产物,这些深刻变化具体表现在国际经济体系的巨变、冷战、国内矛盾激化、社会危机和政治动荡加深、民权运动、人口中族裔的不断增多和科学技术的飞速发展等方面。后现代社会生存的不稳定、无序、断裂、突变和战后人们情感的破碎使得传统的文学表达手段无能为力。正如美国当代最有影响力的后现代主义小说家之一约翰·巴思(John Barth)在1967年发表于《大西洋月刊》上的文章《枯竭的文学》("The Literature of Exhaustion")里宣称的:传统的小说已死,一切传统小说所提供的资源业已用尽,必须寻觅一种全新的写作方法,小说这个艺术种类才能继续存活下去。他解释说:"我用'枯竭'一词不是指向物质的、道德的,或精神的颓废题材这样的陈腐东西,而仅指某种可能性已被用完。"②巴思实际上指的是叙事模式的可能性的枯竭。因此,作家必须大胆革新小说的创作技巧以反映晚期资本主义世界的本质,后现代主义文学因此应运而生,以其创新的形式和技巧恢复了枯竭的文学的活力。可以说,美国后现代主义小说是美国在后现代社会,或者说是后工业社会、消费社会、信息社会、电子或高科技社会的文化和文学现象。

尽管现代主义和后现代主义都关注艺术与社会发展的关系,但这两种文学流派是有区别的。从时间意义上来看,后现代主义是现代主义的延续和发展,能进一步探究现代主义所关注的主题,例如,异化和生存危机,主张变革和

---

① 萨克文·伯科维奇主编:《剑桥美国文学史》,孙宏等译,中央编译出版社2005年版,第446页。

② John Barth.Quoted in *Dictionary of Literature Biography*,Vol.2:*American Novelists Since World War Two*. Eds. Jeffrey Helterman and Richard Layman, Detroit, Michigan:Gale research company,1978:29.

第一章　加迪斯后现代主义文学创作与批评思想的社会文化语境

创新,并且更为激进地继续使用现代主义的几种叙事方式。詹姆逊颇为中肯地提出了如何处理现代主义与后现代主义两个不同时期的继承与断裂的问题,他认为两个时期之间的截然断裂一般并不关系到内容的完全改变,而只是某些元素的重组:在较早的时期或体系里是从属的特点现在成了主导,而曾经是主导的成了次要。① 詹姆逊的观点是:在现代主义中被边缘化而非中心的一些特征成了后现代主义的主导文化和表现手段。德国学者沃尔夫冈·威尔什(Wolfgang Welsh)在其论著《我们的后现代的现代》(*Unsere Postmodern Modern*)中指出,后现代的"基本内容在 20 世纪上半期作为科学和艺术的宗旨便已经存在,只不过当初它们大多停留在一种主张、宣言或构想之上,或仅仅是某一领域的特殊现象,而今天它开始全面而深入地成为我们的生活现实"。但是,"在一些问题上,后现代主义与现代主义存在着根本的分歧:它反对任何一体化的梦想,否定普遍适用的、万古不变的原则、公式和规律,放弃一切统一化的模式。在这个意义上,后现代思维又是对现代主义的批判和超越"。② 后现代的英文前缀 post 并非只是"之后"的意思,参照后结构理论和结构主义之间的张力关系,"后"可以是指一种与词根代表的概念有批评张力的关系,是对其标准和规范的偏离。后现代主义是对以启蒙运动为特征的现代性的一种质疑,是一种与自启蒙运动以来的现代化运动全然不同的社会思潮。

美国著名后现代主义文学专家布莱恩·麦克黑尔(Brian McHale)在其《后现代主义小说》(*Postmodernist Fiction*,1987)中提出"认识论"(epistemology)与"本体论"(ontology)之间的差别是区分现代主义和后现代主义小说的标准。他认为,这两者之间的根本不同在于:后现代主义的关注点已由认识论转向本体论或者存在性;什么构成了身份? 自我是怎样在文化中或者通过文化构建的? 后现代主义的主要思维方式是对知识构建的基础持怀疑态度。他说,"后现代主义小说的突出特征是本体性,即后现代主义小说运用不同的叙事策略主要探讨以下问题,如:这个世界是哪个? 在这个世界里将做什么? 哪个自我将做这事?"③后现代主义利用解构断言"元话语"和"元叙事"已经失效,质疑西方自启蒙运动以来一直占主流文化地位的理性和话语霸权,倡

---

① 詹姆信:《晚期资本主义的文化逻辑》,张旭东编,陈清侨等译,生活·读书·新知三联书店 2013 年版,第 341 页。
② 沃尔夫冈·威尔什:《我们的后现代的现代》,载《后现代主义》,赵一凡等译,社会科学文献出版社 1999 年版,第 48 页。
③ Brian McHale.*Postmodernist Fiction*.London and New York:Routledge,1987:10.

导思维模式的多元性。后现代主义打破现代主义艺术形而上学的常规,打破它对美学封闭性的向往,并且形成破碎或开放的创作形式。在2006年出版的《文学理论与批评》(Literary Theory and Criticism,2006)中,英国文论家斯尼普-沃姆斯利(Chris Snipp-Walmsley)对后现代主义与现代主义小说做了精辟的区分,归纳如下:

> 后现代主义的理论和定义随处可见。它既是与现代主义的一种彻底决裂,又是对它的一种延续;它既是对马克思主义的一种进步发展,又是对马克思主义的基本理念的一种否定和遗弃;它既是激进的左翼,也是新的保守派;它既是激进的,又是反动的;它既提倡消解宏大叙事,自身又是一种关于宏大叙事的终结的宏大叙事;它把美学投射进文化和认识论的领域;它是晚期资本主义的文化逻辑;它是真实世界的丧失;它是对一切批判哲学标准的抛弃;它是对哲学和再现领域的彻底批判。换言之,后现代主义充满矛盾,这些悖论将永远存在。①

正如沃姆斯利所言,后现代主义小说既是对现代主义小说的一种决裂,又是对它的延续。现代主义小说的一些写作技巧不断被后现代主义这一主导文化收编和利用。与现代主义小说相比,后现代主义小说的一个主要特点就是崇尚怀疑,怀疑宏大叙事、客观现实、权威主体,它以多元性和歧义性消解叙事的单一性、整一性和连贯性。在后现代,彻底的多元化、矛盾和悖论已成为普遍的基本观念;后现代的多元性是一切知识领域和社会生活各方面的本质。新的语言,如"开放性、多义性、无把握性、可能性、不可预见性"等已进入后现代的语言。后现代主义理论家以哲学理论的形式对后现代主义进行论证,而后现代主义小说家则在文学创作实践中解构宏大叙事,颠覆传统,求异创新。唐纳德·巴塞尔姆(Donald Barthelme)的短篇小说《观月》("See the Moon")中的叙述者坚持认为"碎片是我所信任的模式"。② 在巴塞尔姆看来,拼贴原则是20世纪一切艺术手段的中心原则。拼贴的作品,即对已经得到公认的文学标志进行再循环,把各种不同的文学体裁融于一体,在已经被改变的语境

---

① Chris Snipp-Walmsley."Postmodernism." *Literary Theory and Criticism*:An Oxford Guide.Ed.Patricia Waugh,Oxford:Oxford University Press,2006:405-406.

② Paul Geyh et al.Eds.*Postmodern American Fiction*:A Norton Anthology.W.W. Norton & Company,1998:27.

第一章　加迪斯后现代主义文学创作与批评思想的社会文化语境

下,把各种不相融合的声音结合在一起已经成为后现代主义的突出特征。能指与所指疏离的语义片断是文本碎片的显示,这种表现形式不仅成为一种叙述创新,也是一种了解后现代生活经验的重要途径,展现这个时期生活经验的破碎、偶然、失望,甚至幻灭的表现手法。

戴维·洛奇就现代主义与后现代主义作家在形式创新上的不同提出了新的观点。他认为,"现代主义作家(或者说'现代主义'风格的作家)尝试实验性技巧,创造栩栩如生的意识流以至于作者本人隐退了;然而,'后现代主义'风格的作家创造裂缝、鸿沟和反讽,让读者一直感觉到作者的存在"。① 后现代主义小说家创造了"元小说"(metafiction)作为典型的写作范例,以此探寻作者在自己作品中的自我反映,探寻小说、现实和读者之间的关系。元小说这种小说模式既关注本身作为小说的身份,也关注叙述和语言,其目的是揭露由言语构成的叙述文体的虚构本质,强调意义、真理和历史是语言构建的,把虚构的虚假和现实的虚假展现在读者面前,从而促使他们去思考和判断。

毋庸置疑,后现代主义者与他们的现代主义先驱一样尝试通过新的文学创作手段、模式和风格实现脱离传统的目标。在后现代主义文学创作中,不同文学体裁之间的分野已变得模糊,体裁间的越界已成为其重要特征。后现代主义常常把多种多样的文学和非文学体裁与风格糅合成一部作品,同时反对现代主义关于艺术与生活之间的区别。后现代主义者反对现代主义的高雅文学倾向和对大众文化的蔑视态度,他们通过高雅文学与通俗文学之间的融合重新界定它们之间的界限,并制造阅读的乐趣。在后现代主义创作中通常使用的文学手法,还包括戏仿(parody)、拼贴(collage)、蒙太奇(montage)、黑色幽默(black humour)、迷宫(labyrinth)和语言游戏(language game)。后现代主义"作为当今西方世界里的一种文化现象,是一个极其复杂的多元综合体,并没有统一的纲领。不仅其理论基础融合了各种新的哲学、社会学和其他人文科学思想,它在文学和艺术领域内的实践亦体现了不同的审美主张和艺术追求"。② 在作品的体裁、风格、技巧和语言运用上,后现代主义小说家表现出与现代主义小说家的极大不同,后现代主义的多元化倾向显而易见。从后现代文化思想谱系的复杂构成上看,后现代可以分为批判的后现代与时尚的后

---

① Paul Geyh et al. Eds. *Postmodern American Fiction: A Norton Anthology*. W. W. Norton & Company,1998:1.

② 章国锋:《从"现代"到"后现代"》,载《从现代主义到后现代主义》,柳鸣九主编,中国社会科学出版社1994年版,第21页。

现代。批判的后现代以颠覆、解构的批判精神直指现代性,指控现代性极端发展所带来的一系列后果与危机,以激进的方式关注并介入当代社会所面临的诸多问题。而时尚的后现代虽然也表现出了一种新异奇特、另类反叛的新潮特征,但实质上已经融入大众化的时尚潮流之中,成为某种时尚化的文化符号。① 显然,许多美国后现代主义作家均属于批判性的后现代主义作家,他们的创作呈现出戏谑中的严肃和严肃中的戏谑,深入探讨后现代现实的非理性和荒诞性,反思科技的发展为何不能造福人类,反而给人类带来不安和恐惧,他们在写作中凸显问题意识,弘扬批判精神。

二战以来,美国和世界经历的巨大变化成为后现代主义小说探讨的主题对象。就美国后现代主义小说发展的历史而言,学界通常认为,1961 年约瑟夫·海勒(Joseph Heller)的黑色幽默小说《第二十二条军规》(*Catch 22*,1961)的出版标志着美国后现代主义小说的开端。美国后现代主义小说从《第二十二条军规》问世以来发展至今已有半个多世纪的历史了,根据不同的特点可以被划分为三个时期:60、70 年代的黑色幽默小说被认为是第一代,或者说是 20 世纪早期美国后现代主义小说;第二阶段从 1971 年 E.L.多克托罗(E.L.Doctorow)的《但以理书》(*The Book of Daniel*,1971)的问世到 20 世纪末,被认为是第二代,或者是 20 世纪晚期的后现代主义作家;第三个阶段是进入 21 世纪之后,以威廉·沃尔曼(William Vollmann)、理查德·鲍威尔斯(Richard Powers)、大卫·福斯特·华莱士(David Forster Wallace)、道格拉斯·考普兰(Douglas Coupland)为代表的"X 一代"作家群的崛起,这个时期被称为美国后现代主义小说的第三阶段。这三个阶段分别涌现了一批具有代表性的后现代主义小说家和许多优秀的作品。②

20 世纪 60 年代产生于美国的"黑色幽默"小说是西方后现代主义文学中表现人类生存荒诞的典范文本。黑色幽默小说家如约瑟夫·海勒、库尔特·冯内古特(Kurt Vonnegut)、威廉·加迪斯、托马斯·品钦(Thomas Pynchon)、约翰·巴斯(John Bath)、约翰·霍克斯(John Hawkes)和唐纳德·巴塞尔姆(Donald Barthelm)属于第一代后现代主义作家。值得一提的是,荒诞叙事并不是美国后现代主义文学的独创。早在 20 世纪 20 年代,艾略特(T.S. Eliot)发表的《荒原》(*The Wasteland*)、卡夫卡(Franz Kafka)的大量小说,稍后的萨

---

① 王宁主编:《文学理论前沿》第八辑,北京大学出版社 2011 年版,第 28～29 页。
② 对美国后现代派小说三个阶段的划分见杨仁敬编:《前言》,载《美国后现代派小说选读》,杨仁敬等编,外语教学与研究出版社 2009 年版。

特(Jean-Paul Sartre)以及加缪(Albert Camus)等人开创的存在主义文学就为读者展现了一个混乱不堪、没有意义、没有目的、没有结果的荒诞世界。然而，这些现代主义作品通常采用较为传统的文学形式，有完整的结构、吸引人的情节和栩栩如生的人物形象。后现代主义小说的黑色幽默则不同，它们通常采用戏仿手法嘲笑地模仿历史事件和人物，日常生活中的某些现象，著名经典文学作品的题材、内容、形式和风格等，以表达荒诞的思想内容，其情节常常荒诞离奇，人物性格怪异扭曲，故事破碎混乱，结构违反常规，从而形成荒诞的形式与荒诞的思想主题的统一。

美国后现代主义小说的第二阶段从1971年E.L.多克托罗的《但以理书》问世开始到20世纪末发展到高潮。随着越南战争的结束，美国社会进入了相对稳定的时期，后现代派小说进一步发展，涌现了E.L.多克托罗、唐·德里罗(Don DeLillo)、罗伯特·库弗(Robert Coover)、蒂姆·奥布莱恩(Tim O'Brien)、琼·狄迪恩(Joan Didion)、诺曼·梅勒(Norman Mailer)、诺纳德·苏克尼克(Ronald Sukenic)、厄休拉·勒·魁恩(Ursula Le Guin)、莫里森(Toni Morrison)、伊斯米尔·里德(Ishmael Reed)和汤亭亭(Maxine Hong Kingston)等一大批作家，涉及了主流文学、犹太文学、黑人文学和亚裔文学。第一代后现代主义小说家通常拓展了现代主义作家的叙述策略，同时参与探讨关于意义和表征性质的后现代议题。第二代后现代主义作家认识到传统的叙述手法不适于表达后工业社会中的历史断裂感和主体的异化，在彻底改造传统叙述形式方面进行了更为激进的尝试。他们打破了现代主义形而上的常规，从超验的、虚无主义的角度出发，以时空断裂、碎片似的、不确定性的叙述，多种文学体裁的重组，语言游戏等独特的写作技巧对生存现实进行荒诞化处理，进而多层面、多角度地折射了充满混乱、不确定性的美国后现代社会。

进入21世纪，第一、二代后现代主义作家如品钦、多克托罗、梅勒、罗斯、莫里森都有新作问世，引人注目的是年轻的"X一代"作家群的迅速崛起，被称为第三代后现代主义作家。目前评论界比较公认的"X一代"作家群包括6个青年作家。除了代表作家如沃尔曼、鲍威尔斯、华莱士、考普兰之外，还有凯瑟琳·克列默(Cathryn Kramer)和尼尔·斯蒂芬森(Neal Stephenson)，他们都已分别发表多部作品，并获得多项文学奖。沃尔曼的《欧洲中心》(*Europe Central*,2004)和鲍威尔斯的《回声制造者》(*The Echo Maker*,2005)分别荣获2005年和2006年美国国家图书奖。第三阶段的后现代主义小说家继承和发扬了品钦、德里罗等前辈后现代主义作家的特点，又有自己的创新，他们注重史实与虚构的结合，保持对社会问题、国际问题和生态问题的关注，揭露社会丑态,同情无辜民众,更多地将当代科技和生态意识引入小说。

美国后现代主义小说发展50多年以来,可以看出,用无序对付无序,以多元的、流动的、不确定的文本反映无目的的、混乱的、非理性的现实世界,以毫不掩饰的手法将无意义的生活赤裸裸地摆在读者面前,成为后现代主义小说家的创作理念。后现代主义反对传统形而上学的基本预设和中心论题——同一性,反对把万物之"多"追溯到"一",认为差异是指"不可界定性、不连贯性、不一致性、不可协调性、不合逻辑性、非理性、歧异性、含混性、不可决断性、矛盾性"、"多义性、认知失调、多价定义、偶然性"和"意义的重叠"才是事物的自然状态,更是一切生命的本源和原动力。① 反形而上学同一性,关注差异,对意义矛盾、分歧、含混之多元性的尊重与保存是后现代主义文学的思想精髓。因此,后现代主义文学的艺术创新不仅已经变成一种叙事技巧上的创新,也是一种解释和认识后现代世界的方式,成为一种认识与思想的态度。它不仅是一种"破",更是一种"立",而后现代生活的这种无意义被赋予后现代主义文学这种形式之后,在艺术世界里获得了救赎。读者在享受后现代主义小说语言游戏的同时,更要注重考察文本世界乱象后传递的真知灼见。

二、加迪斯的生平与创作

基于美国后现代主义小说的历史发展和思想谱系,美国当代小说家威廉·加迪斯(William Gaddis,1922—1998)是属于第一代的后现代主义小说家,但他的作品涵盖美国后现代主义小说发展的第一阶段与第二阶段。他与品钦、巴塞尔姆和霍克斯一道,赢得了美国后现代主义文学先驱和大师之一的美誉。② 美国文学批评家尤金·麦克纳马拉(Eugene McNamara)认为威廉·加迪斯是美国战后的主要作家之一。他评论道:"有四位作家以自己独特方式谨慎地创作,他们是威廉·加迪斯、约翰·格里芬(John Griffin),威廉·斯泰伦(William Styron)和詹姆斯·珀迪(James Purdy)。在我看来,从根本意义上

---

① 齐格蒙特·鲍曼:《现代性与矛盾性》,邵迎生译,商务印书馆2003年版,第11~14页。

② 杨仁敬:《20世纪美国文学史》,青岛出版社1999年版,第683页。

第一章　加迪斯后现代主义文学创作与批评思想的社会文化语境

说,他们创作独具新意的作品。"①

毋庸置疑,植根于美国后现代社会,在美国后现代文化氛围和后现代主义语境下从事文学创作的加迪斯,关注的是美国历史文化中的痼疾和晚期资本主义的社会状况,对后现代人类历史的苦难与悲剧极度担忧。他的小说被认为是美国社会在后资本主义时期的缩影,反映了一位作家的社会担当。加迪斯一共发表了四部长篇小说,包括《承认》(The Recognitions,1955)、《小大亨》(JR,1975)、《木匠的哥特式古屋》(Carpenter's Gothic,1985)、《诉讼游戏》(A Frolic of His Own,1994)和一部中篇小说《爱筵开裂》(Agapé Agape,2002),其中《小大亨》和《诉讼游戏》分别获得1976年和1995年的国家图书奖。尽管加迪斯对美国后现代主义文学贡献巨大,但我们不得不承认由于种种原因,他很长时间被读者和评论家所忽视。加迪斯的主要评论家斯蒂芬·莫尔指出:"在当代美国文学中,他是一位被评价最高,但读者最少的小说家。"②1998年,威廉·加迪斯辞世,大多数讣告都这样提到:他更是一位受尊重,而不是一位被人们阅读的作家。梅尔·古索(Mel Gussow)在《纽约时代报》中说道:"通常,人们认为他是读者群最少的美国重要作家之一,但他的作品已经成为当代的经典著作。"③加迪斯对自己的作品保持缄默,因为他坚持认为,"一位作家应该被阅读,不是被听到,更不是被看到。[……]让作家写好书,或者努力写好作品的唯一方式就是阅读他们所写的东西"。④ 19世纪末,赫尔曼·麦尔维尔(Herman Melville)的《白鲸》面世,但因其艰深而无人问津,受到评论界的忽视。直到20世纪20年代后,美国读者才意识到他们曾经漠视的是一部令人叹为观止的杰作和一位伟大的作家。加迪斯和这位可敬的前辈作家一样,他的个人生活经历和创作代表性地反映了一位艺术家在美国社会成名之前所经历的曲折道路。加迪斯是一位富有社会责任感的作家,他仍然坚持文学的认识功能,关注美国历史文化中的痼疾,运用后现代主义小说的艺术技巧创作出了一部部折射美国后现代社会光怪陆离现象的小说,对战后美国社会的衰退以及战后混乱给人类社会带来的切实威胁表现出极大的关注,这一切与他自己跌宕起伏的生活经历和他所目睹的二战以后美国的社会

---

① Eugene McNamara. "The Post-Modern American Novel." *Queen's Quarterly* 69 (Summer 1962):265-275.

② Steven Moore.*William Gaddis*.Boston:Twayne,1989:1.

③ *New York Times*.17 December 1998:C 22.

④ William Gaddis.*The Rush for Second Place*. New York:Penguin,2002:122.

历史事件密切相关。

加迪斯1922年12月29日出生于纽约曼哈顿,在长岛的马萨皮奎长大,后来他以这个社区作为《小大亨》中巴斯特家族的生活背景。纽约这个最能体现美国自由企业制度和商品拜物教价值观念的城市在加迪斯的多部小说中反复出现。同《承认》中的怀亚特·格里扬一样,加迪斯也是成长于加尔文教的环境。也正如《小大亨》中的爱德华·巴斯特一样,加迪斯母亲的家族成员都是贵格会教徒。由于父母在他3岁的时候离异,加迪斯成长于父亲缺席的家庭环境,5岁时就被送往康涅狄格州柏林的一家寄宿学校,这所公理会学校严苛的管教没有给他留下任何美好的回忆,反而成了加迪斯怨恨制度性宗教的历史根源。他后来在一次采访中说道:"在5岁时我就有一种孤独和凄凉感,让你觉得生活就是这样的——确实如此!"①海明威曾说:"不愉快的童年是一个作家最好的早期训练。"②加迪斯孤独的童年经历促使他把注意力转向创作,作为补偿。他在寄宿学校的孤独和痛苦内在化为自我意识的一部分,使他形成了这样的世界观:在这个世界上,人被上帝遗弃,社会缺失稳定的、可信任的权威人物的救赎,因而陷入混乱。这种世界观贯穿在他的小说创作中:如缺席的父亲、永远无法企及的父爱、家庭的分崩离析,并且把个人的失败联系到文化失败的主题。加迪斯孤独的童年,与成年人社会的隔阂对他的创作风格产生影响,他不喜欢遵循常规的断句,偏爱省略号,推崇以对话形式创造一种"即时性,好像正在发生一样"。③ 13岁时,加迪斯离开寄宿学校返回纽约,进入了长岛的公立中学。在中学阶段,他感染了严重的不明原因的热病,治疗时又引起了肾脏衰竭,这使他不能在二战中服兵役。

1941年,加迪斯进入哈佛大学,主修英语文学。他为学校的《哈佛讽刺》撰写60多篇稿子,他的文学才能逐渐崭露头角,并成为《哈佛讽刺》报文学主席。加迪斯对世界荒谬的看法,对神秘知识和大众文化的喜爱影响了他的创作。然而,第二次世界大战中断了他在哈佛大学的学习,战争的爆发使教室空无一人,因为身体的原因不能服兵役,这使他总感到失落,这一切加重了他早期在寄宿学校所遭受的疏离与孤独感。加迪斯上大四时和一个酒友在坎布里

---

① Joseph Tabbi. *Nobody Grew but the Business:On the Life and Work of William Gaddis*.Evanston:Northwestern University Press,2015:22.

② 乔治·曾林普敦:《海明威访问记》,载《海明威研究》,董衡巽编著,中国社会科学出版社1981年版,第76页。

③ Joseph Tabbi. *Nobody Grew but the Business:On the Life and Work of William Gaddis*.Evanston:Northwestern University Press,2015:23.

第一章　加迪斯后现代主义文学创作与批评思想的社会文化语境

奇与警察发生争执,最后没拿到学位就离开了 哈佛大学。他早年在《哈佛讽刺》上发表的诗歌暗示了自己的放荡不羁和对漂泊生活的向往:"我要逃离母校,远离疯狂的人群;加入一群庸俗的吉普赛人,写作粗俗的诗歌。"①离开哈佛大学之后,加迪斯在《纽约客》做事实核查员。后来,他描述此工作是对作家的理想训练方法。同时,他开始构思他的第一部小说的梗概。从1947年年底到1951年,加迪斯离开纽约前往各地旅行,实现自己早期关于自由和旅行的梦想。他自称为"流浪汉和漂泊者"②,足迹遍及中美洲、西欧和北非,中美洲、西班牙、意大利、法国的一些著名城市成为第一部小说《承认》的故事场景,这使该作品具有国际视野。20世纪50年代初期,加迪斯在纽约市曼哈顿南部下西城格林尼治村的霍雷肖街定居下来,这个大型居住区在19世纪后期和20世纪上半叶以波希米亚主义的首都和垮掉的一代的诞生地著称。格林尼治村的霍雷肖街也就是《承认》中怀亚特·格里扬居住的地方。加迪斯生活在格林尼治村的环境里,与当时新兴的"垮掉的一代"的代表人物杰克·凯鲁亚克(Jack Kerouac)、威廉·S.巴勒斯(William S.Burroughs)和艾伦·金斯堡(Allen Ginsberg)交往甚密。凯鲁亚克1958年发表的小说《地下人》(*The Subterranean*,1958)中初出茅庐的作家哈罗德·桑德(Harold Sand)就是以加迪斯为原型。③巴勒斯称加迪斯为密友,比自己更了解他本人。金斯堡去世后,加迪斯应美国文学历史学家、"垮掉的一代"研究专家比尔·摩根之邀,为金斯堡撰写了纪念文,后来收录到《最伟大的思想:纪念艾伦·金斯堡》(1986)文集里。④加迪斯颇受"垮掉的一代"的自由与反叛精神的鼓舞,不受一成不变的思维所束缚,指责那种最普通的中产阶级人群,认为他们在"一无所获的日子中"浪费掉自己的生命。他的旅行经历及其与格林尼治村艺术家的交往成为第一部鸿篇巨制《承认》的重要组成部分。

《承认》是一部乔伊斯式的作品,囊括形形色色的人物,以揭示虚伪的美国社会作为创作主题。这部情节复杂的小说经过加迪斯7年的努力终于在1955年面世了。加迪斯对于社会发展的敏感性超前,使得这部小说具有前瞻性,准确反映了深受电影、广告、商业广播影响的美国文化的贫瘠。可以说,美

---

① untitled poem,14 January 1944:6.

② Joseph Tabbi. *Nobody Grew but the Business: On the Life and Work of William Gaddis*. Evanston: Northwestern University Press,2015:177.

③ William Gaddis. *The Letters of William Gaddis*. Ed. Steven Moore. Champaign: Dalkey Archive Press,2013:390-391.

④ Ibid.407.

国 20 世纪 60 年代的反文化几乎全在《承认》描写的 50 年代曼哈顿中被预见到了,后来,人们广泛谈论的黑色幽默和后现代主义的写作也在这部小说中得到了展现。因此,一开始,加迪斯雄心勃勃,在一次采访中甚至倨傲扬言:"我认为,如果《承认》发表时会获得诺贝尔奖,我一点也不会感到惊奇。"①但是,令他失望的是,事实并非如此。这部小说因其艰深和晦涩受到评论家的低评,读者很少,鲜有人问津,基本上被一代人所忽视了。《承认》出版之后近 10 年,当时的编辑卡尔·沙皮罗(Karl Shapiro)写道:"作家、评论家、学者将致力于拯救这部巨大的、尚未被人们所了解的美国杰出小说的努力之中。"②评论家约翰·奥尔德里奇(John Aldridge)解释了这部小说遭到冷遇的原因:

> 同一些激进的原创性作品的经历一样,必须经过时间的流逝读者才能获得阅读经验,接受它们。《承认》也一样。问题不仅仅是因为这部小说篇幅过长,内容复杂或者其经验的视觉不太风雅,而是因为甚至 50 年代中期有教养的读者群也不习惯它所表现的虚构。[……]在 50 年代严肃小说中,最具权威的类型主要是现实主义小说,寓言式小说和黑色幽默小说在当时尚未流行,《承认》后来被认为是这两种类型小说的卓越的先锋之作,当然就被冷落了。③

鉴于读者还没有进入后现代阅读状况,加迪斯第一部构思奇谲、主题庞杂且技巧上有所创新的小说《承认》在 1955 年刚面世时,因为向读者的传统阅读经验提出了巨大的挑战,普通读者望而却步,数位批评家也因此作罢。

加迪斯出版第一部小说之后,与第一任妻子帕特丽夏·布莱克结婚,她生育了加迪斯仅有的两个孩子萨拉和马修。因为需要养家糊口,并重拾生活的希望,中年的加迪斯是美国的卡夫卡,靠为商务公司和报刊写文章维持生计,同时利用闲暇时间开始创作他的第二部小说《小大亨》。加迪斯在企业和公共关系中从事一系列的写作工作:起初是在辉瑞制药公司工作,接下来的十年间,他为军队写过电影脚本,为公司行政主管写过演讲稿。他写过一部关于美

---

① Zoltan Abadi-Nagy."The Art of Fiction CI: William Gaddis." *Paris Review* 105 (Winter 1987):58.

② "A Malebolge of Fourteen Hundred Books."in Karl Shapiro, *To Abolish Children and Other Essays*.Chicago:Quadrangle,1968:231.

③ John Aldridge.Review of *JR*.*Saturday Review*,4 October 1975:27.

第一章　加迪斯后现代主义文学创作与批评思想的社会文化语境

国南北战争中安提塔姆会战①的剧本《曾在安提塔姆》(Once in Antietam)，这后来成为他的最后一部长篇小说《诉讼游戏》中的一个重要文本，加迪斯最初对戏剧的尝试激发了他在小说创作中使用对话作为叙事话语的兴趣。

加迪斯也写过多篇随笔，其中最为著名的是《爱筵开裂——自动钢琴的秘史》("Agapé Agape: The Secret History of the Player Piano")。这是一篇探讨机械化对艺术具有破坏性的随笔，该文的时间跨度从1876年至1929年，涉及工业、科学、教育、犯罪、社会学、休闲以及艺术机械化的程序设计和组织两方面的演变过程，追溯了美国半个世纪以来自动钢琴的发展、高潮和衰败过程。可以夸张一点说，这个过程预示了美国现代技术的规范化结构和艺术民主化时代的到来。这篇随笔的标题含义深远。"爱筵开裂"(Agapé Agape)的第一个Agapé是希腊语的"爱"，是圣爱和仁爱的结合体，指基督教《新约》中占主导地位的，来自上帝藉着对人怜悯而传递的圣爱，也指早期基督徒用以表示兄弟情谊的爱筵或社团，是无私的爱；第二个词Agape是"决裂、崩溃"之意，指艺术深陷于机械化的困境。该标题首次出现于20世纪60年代早期加迪斯为其代理人所写的"概要"中，其时他正尝试介绍他的自动钢琴研究项目。加迪斯在其创作生涯的诸多阶段，曾将"爱筵开裂"用作多个项目的标题：在《小大亨》中，"爱筵开裂"是杰克·吉布斯未竟的研究项目——机械化史和艺术史关系的标题，是该小说的重要陪衬情节；"爱筵开裂"也是加迪斯断断续续进行研究的自动钢琴史项目；最后，"爱筵开裂"成为加迪斯的遗作，最后一部中篇小说的标题。直到20世纪60年代后期，加迪斯才集中精力继续创作他在十年前搁置的，关于美国大商业的小说——《小大亨》。在这部小说的创作期间，加迪斯的第一段婚姻宣告结束，他与第二任妻子朱迪斯·汤普森结婚，并移居到纽约的一幢木制的哥特式古屋居住，这间古屋后来激发了他创作第三部小说《木匠的哥特式古屋》的灵感。

20世纪60年代和70年代，像海勒、品钦、冯内古特、库弗以及巴斯这些作家的黑色幽默小说在文坛大出风头，为加迪斯的第一部小说《承认》创造了良好的阅读和接受环境，评论家这才逐渐意识到，《承认》开创了美国50年代

---

① 安提塔姆会战(Civil War: Battles Antietam)：1862年9月17日，在美国马里兰的北边有个叫安提塔姆(Antietam)的地方，发生过一场整个南北战争中日伤亡最大的战役——安提塔姆会战，北军麦克米伦指挥的9万部队击退了南方罗伯特·李的4.5万名军队向华盛顿的突进。这场战役之后，诞生了林肯的废奴宣言，这时，南北战争已经进行了一年零五个月。

和60年代的黑色幽默以及70年代的梅尼普讽刺小说(Mennippean satire)的先河,被认为是"50年代的典型体验"和"从高度现代主义(high modernism)过渡到后现代主义的先驱之作",10年内连续再版了3次,销售量呈现上升趋势。美国文学评论家托尼·坦纳(Tonny Tanner)在1974年的《纽约书评》上发表评论,将加迪斯与品钦相提并论,称赞《承认》的深度、对博大精深的知识睿智诙谐的运用,对现代文本所能使用的资料的不断探索,语言的惟妙惟肖,尤其是幽默和丰富多变的语气都足以使加迪斯成为战后最伟大的美国小说家之一"。① 他甚至认为《承认》对品钦尚需全面发掘的创作具有深远影响"。② 70年代末,加迪斯的讽刺性摹拟逐渐获得认可,他被誉为"美国最具惊人才智的小说家之一"③,享受到美国艺术文学院的基金资助。

加迪斯在商界的经历使他目睹了金钱至上的市场价值如何侵犯美国文化的各个方面。发表于1975年的《小大亨》是一部关于美国大企业制度的小说,讽刺美国是一个"除了商业外没人获得成长"(JR 79)的国度,利益成为唯一的衡量价值,每个人都为利益而把信仰、理想和道德当成交易的筹码。约瑟夫·塔比称加迪斯"比他同时代的任何一位美国小说家都更完整、更具前瞻性地揭示了美国文化中高度的公司化倾向"。④ 这部小说仍然延续了加迪斯对美国当代社会弊端的描写和讽刺,出场的人物将近100个,加迪斯将这些人物的独白和对话组成长达726页的小说。主人公"小大亨"是11岁的六年级学生,他从学校的各项教育中明白美国大公司的生财之道是搞骗局,于是他仅仅通过电话和邮件,以及狡猾的欺骗手段大搞投机买卖,最终建立起一个庞大的金融帝国,一跃成为美国企业界的巨头。加迪斯在这部小说中进行了比《承认》更彻底的语言实践。小说写作技巧新颖,全文不分章节、段落,而是以破折号起首,省略号结束,并且绝大多数句子不带书面语中的标点符号。小说的主体部分是直接引语,而小大亨的真实行动全在后台进行,唯一真正起联系各条线索作用的是电话线、电报线和其他信息系统。小说中,各种不同人物的声音就像许多真实谈话的录音辑成,各种信息流很好地回应了商业时代和信息爆炸时代的喧哗,讽刺性地抨击了美国资本主义大企业制度的虚伪和腐败。美国文

---

① *New York Times Book Review*,14 July 1974:27-28.
② Tony Tanner.*Thomas Pynchon*,London and New York:Methuen,1982:90.
③ Carolyn Riley and Phyllis Carmel Mendelson eds..*Contemporary Literary Criticism*,Vol.6,Detroit:Gale Research Company,1976:193.
④ Joseph Tabbi.*Nobody Grew but the Business:On the Life and Work of William Gaddis*.Evanston:Northwestern University Press,2015:19.

第一章　加迪斯后现代主义文学创作与批评思想的社会文化语境

学批评家威廉·加斯(William Gass)称这部小说"或许是声音拼贴的最杰出作品"。① 小说出版后受到评论界的称赞,并作为年度最佳小说获得了1976年的国家图书奖。尽管《小大亨》比《承认》获得了更多评论界的关注,美国文学评论家弗雷德里克 R.卡尔(Frederick R. Carl)仍感叹"这部小说或许是最少人阅读的战后伟大的小说"。② 小说中无休止的对话片段、复杂的情节和宏大篇幅给许多读者带来了诸多阅读的挑战。加迪斯借小说中的人物托马斯·艾根之口悲叹他写的一部"重要的著作"只有"一小撮读者"执着地把它当成小说来阅读。

虽然加迪斯的读者很少,但《承认》和《小大亨》这两部小说的重要性开始为他带来了许多津贴、资助和奖金。1982年,麦克阿瑟研究基金会授予加迪斯奖项。第二年,加迪斯进入了美国艺术和文学学会。80年代早期,加迪斯致力于他的第三部小说《木匠的哥特式古屋》的创作,这部小说以他本人在纽约的哥特式古屋为背景。此外,缺席的房东,即地质学家麦肯德利斯也是加迪斯的镜像人物。他有着与加迪斯一样的外表、类似婚姻史和政治见解。加迪斯在《木匠的哥特式古屋》中重返宗教主题,继续他一直以来探索的制度化宗教与金钱和权力之间的关系,揭示来自宗教的更为世俗的,也就是政治方面的威胁。正如评论家约瑟夫·塔比指出:"与约瑟夫·康拉德的黑暗之心出于种族动机不同,加迪斯的黑暗之心是人的进化论同美国的传教努力之间展开辩论的场所,这种传教最终受到对自然资源感兴趣的强大的秘密组织的资助,愿意贿赂一位地质学家,使当地所有人无法维持生计,甚至因为要保护那些利益而冒险发动核战争。"③在这部小说中,加迪斯使用人物对话作为叙述的方式,采用了后现代不确定性写作方式处理传统上的哥特小说要素:空寂无人的屋子,神秘的陌生人和通奸。《木匠的哥特式古屋》专注宗教原教旨主义和越南战争带来的后果,小说1985年出版之际受到了评论界的赞扬。辛西娅·欧芝克(Cynthia Ozick)在《纽约时报》的头版称赞这部小说"是渎神小说的里程碑,为加迪斯在美国文学中业已建立的,独特大胆而富有创意的哥特式建筑又

---

① William Gass."Authors' Authors." *New York Times Book Review*,5 December,1976:102.

② Frederick R.Karl."American Fictions:The Mega-Novel."*Conjunctions* 7(1985):248

③ Joseph Tabbi."Introduction."in *The Rush for Second Place*.By William Gaddis. New York:Penguin Books,2002:xv-xvi.

增添一角楼"。① 与前两部鸿篇巨制相比,这部小说篇幅有限,被认为是加迪斯作品中最易读懂的一部。加迪斯的读者因此大为增多,他的文学地位得到了巩固,前两部早期作品也随即作为后现代经典重新出版。

1994年,加迪斯的第四部小说《诉讼游戏》出版。这部小说仍采用对话形式,围绕剽窃、侵权的案件,重新思考了法律和正义之间的界限,揭示在这个好打官司的美国社会,法律并不维护正义,而是已被滥用为谋利的手段。因为正如小说中的律师哈里·鲁兹所感叹的,法律是为难以驾驭的宇宙强加秩序的工具,是解决放纵与控制的方法,但是强加秩序的渴望最终将导致法西斯主义。《诉讼游戏》再次为加迪斯赢得了国家图书奖。加迪斯作为战后美国小说先驱人物的地位得到了巩固,跻身当代美国一流作家之列。加迪斯一直关心科技革命对艺术毁灭性的影响,他晚年不幸罹患胰腺癌,在他生命的最后阶段,他仍坚持整理了50多年来搜集的关于自动钢琴的笔记,裁剪的资料和片段,将自己半个世纪的研究浓缩成84页的手稿,完成了中篇小说《爱筵开裂》(*Agapē Agape*),于他辞世后的2002年10月发表。加迪斯的这部遗作在形式上比他先前的几部小说更加散乱无序、支离破碎。他以一位身体日渐凋零的老人的形象在病榻上发表关于艺术是如何日益沦为程序化文化的产品,而非人类创造力的成果的独白,辛辣地讽刺了技术征服一切,以及在技术民主中艺术和艺术家被边缘化的情境。这部中篇小说的书名可谓既是同音异意的双关语,又构成同音异意的矛盾修辞手法。加迪斯通过含有双关含义的书名,巧妙地折射出一种令人担忧的大趋势:"由艺术和科学的狂暴交媾产生的解救,使得艺术原本由阶级、品味和才华小心呵护的围栏坍塌了。艺术成为一种民主的行动为美国人开放,使历史成为废话。"②加迪斯以自动钢琴在美国所受的欢迎暗示机械化和技术民主将艺术贬为纯粹娱人耳目的享受,给人以艺术民主化的假象,而这种虚假的大同实际上是舍弃了真正的艺术品,而选取对赝品的崇拜,因此,书名《爱筵开裂》(*Agapē Agape*)的同音异意暗含艺术遭遇技术化而自我解构的意味。

长时间以来,加迪斯受到美国文学界的忽视,但最后,他凭借对战后美国社会关注的主题和后现代的艺术创新赢得了美国评论界和美国一些后现代主义作家的认可。比加迪斯年轻的同时代作家约瑟夫·麦克尔罗伊(Joseph

---

① William Gaddis.*Carpenter's Gothic*.New York:Penguin,1999,Originally published in 1985.Back Cover.

② William Gaddis.*The Rush for Second Place*.New York:Penguin,2002:8.

McElroy)、唐·德里罗和罗伯特·库弗坦言加迪斯不懈追求的百科全书似的非传统叙事启发了自己的创作。德里罗的《拉特纳之星》(*Ratner's Star*,1976)就含有加迪斯小说的博大精深和启示录中即将来临的大灾变,库弗的《皮埃尔历险记》(*The Adventures of Lucky Pierre*,2004)也是一部加迪斯式的后现代百科全书。更年轻的"X一代"作家理查德·鲍威尔也承认加迪斯对自己的创作产生了影响。①

匈牙利哲学家和文化批评家乔治·卢卡奇(George Lukacs)说道:"艺术作品(包括大众文化产品)的形式本身是我们观察和思考社会条件和社会形式的一个场合。有时在这个场合,人们能比在日常生活和历史的偶发事件中更贴切地考察具体的社会语境。"②加迪斯的研究专家斯蒂芬·莫尔对加迪斯在美国文学中的贡献给予高度的评价:

> 他是包括约翰·巴思、托马斯·品钦和罗伯特·库弗的这一代小说家中最年长的一位,然而,他的小说艺术也像他们一样极具艺术创新力。同他们相比,加迪斯更擅长讽刺性的鞭挞,并通过揭露美国文化固有的矛盾和弊病挽救美国文化。比起我们时代的其他美国小说家,下一世纪的历史学家和社会学家能从加迪斯身上更多地了解到我们国家所存在的问题。③

加迪斯深切关注战后美国社会文化的衰败以及后现代人类世界的弊病。他不仅对战后的社会现实极为敏感,揭示了混乱无序的后现代世界,而且也积极寻求在后现代主义语境下重构一个适合人类生存的现实世界。因此,他的小说世界暗指了某种可能实现的更高的社会秩序。加迪斯坚持文学的认识功能,他不断挑战小说的传统观念,避免小说创作形式的枯竭,以创新的后现代主义艺术手法有效地深化作品的主题。加迪斯的作品不仅是美国后现代主义小说的典型代表,也是当代美国社会的缩影。可以说,加迪斯既是作家,又是

---

① Stephen J.Burn."The Collapse of Everything:William Gaddis and the Encyclopedic Novel"*Paper Empire:William Gaddis and the World System*.Eds.Joseph Tabbi and Rone Shavers.Tuscaloosa:University of Alabama Press,2007:59.

② 詹明信:《晚期资本主义的文化逻辑:詹明信批评理论文选》,陈清侨等译,生活·读书·新知三联书店1997年版,第13页。

③ Steven Moore."Reading the Riot Act." Rev.of *A Frolic of His Own*.By William Gaddis. *Nation*,25 April 1994:569.

一位具有强大社会担当、具有思想的美国社会文化批评家。

三、加迪斯熵的世界观的形成

尽管关于后现代主义的起源、阶段划分和特征的观点不一,但是,总的来说,评论界一般认为作为一种文化现象的后现代主义是后工业社会(或者是信息社会、晚期资本主义社会等)的产物,其理论基础融合了自然科学、哲学、社会学和其他人文思想的新观点。可以说,1945年是一个极为重要的转折点和分水岭,因为经过两次世界大战的浩劫,资本主义社会内部的政治、经济、文化和社会生活各领域显示出它难以克服的内在矛盾,并且,二战后前工业化特征在先进的工业社会被从根本上逐步改变。因此,后现代社会文化背景特指第二次世界大战之后,特别是20世纪60年代的西方当代社会的主要历史事件和主导的思想意识。二战后前所未有的一系列事件使整个世界成为一个噩梦丛生的地方。西方现代文明的根本支柱被推倒,世界受制于熵化法则,每况愈下,走向热寂的世界观成为主流思想意识。

因此,不足为奇,受过教育的西方知识分子对这个分崩离析、道德堕落的世界充满愤怒。为了回应无意义的宇宙这种悲观的情绪,现代科学中的熵定律吸引了美国战后一批作家的注意,进入他们的文学想象视野。像托马斯·品钦、威廉·加迪斯、约翰·巴斯、库尔特·冯内古特这些作家都目睹了二战后混乱的局面,经历了重大的社会和政治动荡,在激进的学生运动、黑人民权运动、妇女解放运动和反对越南战争运动的环境和氛围中接受教育和成长起来。他们拓展了熵的热力学定义,用"熵"这一概念涵盖自然与社会所有体系中不可逆转的混乱,或者不断累积退降的能量。他们用熵隐喻一个不可避免的、无序的世界,一个"秩序自限制自由的混乱而出现,而且所有的秩序系统都不可避免地变成混乱的世界,一个走向绝对自由或绝对控制的运动不可避免地变得无效的世界。"[①]在加迪斯的小说创作中,熵的概念成为他对混乱的后现代社会的隐喻。一方面,加迪斯运用熵这个科学概念暗喻社会走向混乱、衰退、死寂的状况;另一方面,熵是指加迪斯组织混乱的巧妙写作方式:文本世界

[①] Kevin A. Boon.*Chaos Theory and the Interpretation of Literary Texts*,*Case of Kurt Vonnegut*.Lewiston/Queenston/ Lampeter:The Edwin Mellen Press,1997:8.

第一章　加迪斯后现代主义文学创作与批评思想的社会文化语境

的组织混乱。这种文本的无序在小说中表现为交流的丧失、不确定的小说创作和以不完整的对话体展开的小说叙述形式。在详细讨论加迪斯的熵的世界观形成之前,我们有必要追溯熵在热力学体系中的基本概念,理解熵是如何作为混乱的量度单位进入后现代主义小说家的思想意识,成为一种文学隐喻的。

（一）后现代语境下的熵法则

熵（entropy）源于科学领域,指的是体系的混乱的程度,它在控制论、概率论、数论、天体物理、生命科学等领域都有重要应用,在不同的学科中也引申出更为具体的定义,是各领域十分重要的参量。根据《大英百科全书》(*Encyclopedia Britannica*),熵是热力学的一个概念或特性,相当于源于一个封闭系统的热能转化成机械能时所浪费的能量,这个封闭系统的周围没有能量的得失。从数量上来说,熵变化等于从开始到最后通过绝对温度分割所产生微小温度变化的可逆转体系中吸收的卡路里热量。

1852年,德国物理学家鲁道夫·克劳修斯（Rudolf Clausius）首次提出熵的概念,用来表示任何一种能量在空间中分布的均匀程度,能量分布得越均匀,熵就越大。一个体系的能量完全均匀分布时,这个系统的熵就达到最大值。在克劳修斯看来,在一个系统中,如果听任它自然发展,那么,能量差总是倾向于消除。根据此定律,世界的熵（即无效能量的总和）总是趋向最大值。熵在不可逆转过程中增长,熵的增加就意味着有效能量的减少,能量平均状态是熵达到的最大状态,那时将不再有任何有效能量进一步做功,温度也达到同一均衡状态,这就是所谓的"热寂"——宇宙的永恒的宁静。热力学第一法则是指能量平衡,它指出能量可以由一种形态转化为另一种形态,既不能被创造也不能被毁灭。此定律似乎证明了"世界是有法则秩序并无限永恒的",[①]也就是能量守恒与转换定律,但是它并未涉及能量转换的过程能否自发地进行以及可以进行到何种程度。热力学第二定律是判断自发过程进行的方向和限度的定律,它告诉我们:物质与能量只能沿着一个方向转换,即从可利用到不可利用,从有序到无序,朝着不可逆转的耗散转化。宇宙万物从一定的价值与结构开始,不可挽回地朝着混乱与衰亡发展。第二定律认为世界的熵达到最

---

① Rudolf Arnheim.*Entropy and Art：An Essay on Disorder and Order*.California：University of California Press,1971:8.

大值,也就是说,"尽管宇宙的能量恒定,但越来越消化退散"。[1] 熵法则认为在没有外界介入时,熵在宇宙中最大化,使之呈现完全同质的状态。也就是说,宇宙及宇宙中所有封闭体系会失去它们的特质,从可区分的状态转化到混沌与相同的状态,熵的增大淹没了一切事物的区别和特点,使一切趋向混沌和单调,衰竭和死寂。

大多数物理学家认为,物质世界从有秩序发展到不断增强的无序状态,宇宙最后将是一个最大化的混乱的宇宙。美国物理学家乔赛亚·威拉德·吉布斯(Josiah Willard Gibbs)创立了热力学第二定律的几何模型,为物理学的偶然性和统计可能性奠定了基础。美国控制论的创始人诺伯特·维尔纳(Nobert Wiener)意识到吉布斯贡献的非凡意义,他在著作《人有人的用处:控制论与社会》(The Human Use of Human Beings: Cybernetics and Society, 1950)中写道:"我确信我们应该将20世纪物理学第一个最伟大的革命归功于吉布斯,而不是爱因斯坦、海森堡或是普朗克(Planck)。"[2] 在吉布斯的宇宙里,秩序是最不可能的,而混乱的可能性最大。平衡是稳定或混乱的暂时存在的状态,熵是用来计算平衡瓦解的单位。熵法则被普遍认为是符合逻辑而且具有约束性的。

量子力学创始人之一欧文·薛定谔(Erwin Schrodinger)[3] 关于熵的理论也涉及平衡,他将有机体和组织的熵反应与环境中的熵反应进行对比。薛定谔首先关注在隔离的非生命体系中所发生的裂变,这个体系通过熵衰退为"一个惰性的平衡态",然后他转而在一个有机的生命体系中进行熵变试验。他提出有机生命体系用来保持各自的平衡的熵为"负熵";一个活的体系,正是借着自身的开放与外部环境取得联系,汲取负熵流,才得以保全和发展,有机体在自身活着的时候不断增加它的熵,那就是"正熵",并趋于接近熵的最大值的危险状态——死亡。薛定鄂认为,人类依靠负熵流而存在。从统计物理上讲,熵是反映有序程度的量度。也就是说,正熵代表混乱,而负熵代表秩序。熵值增

---

[1] Rudolf Arnheim. *Entropy and Art: An Essay on Disorder and Order*. California: University of California Press, 1971:9.

[2] Norbert Wiener. *The Human Use of Human Beings: Cybernetics and Society*. New York: Avon Books, 1967:10.

[3] 欧文·薛定谔(1887—1961),奥地利物理学家,生于维也纳,维也纳大学哲学博士,格拉茨大学、苏黎世大学、柏林大学教授,量子力学奠基人之一,因发展了原子理论,和狄拉克(Paul Dirac)共获1933年诺贝尔物理学奖,他在量子力学中的地位大致相当于牛顿运动定律在经典力学中的地位。

长就意味着系统的无序化提高或有序化降低,熵值减少就意味着系统的无序化降低或有序化提高。从系统的外界输入"负熵"以抑制系统内部正熵向极大值方向发展的趋势,可抵消系统的熵值增长,从而维持和发展系统的有序化,形成"活的"有序结构。

美国科学家杰里米·里夫金(Jeremy Rifkin)在《熵:一种新的世界观》(*Entropy:A New World View*,1980)中评论道:"熵定律将成为下一个历史时期的主导范式。阿尔伯特·爱因斯坦说它是所有科学中最重要的法则,亚瑟·爱丁顿爵士(Sir Arthur Eddington)[①]称之为整个宇宙最高的超自然法则。"[②]当熵在物理学中出现,其作为混乱量度单位的概念立即被信息理论所接受。诺伯特·维尔纳认为,信息是一种形式和组织。在这里,信息领域的熵化原则是信息内容的意义的单调一致、千篇一律、缺乏诠释与理解的潜能。他解释说:

> 正如熵是混乱的度量,完全有可能把信息所负载的内容看作熵的反面,是它或然性的负对数,也就是说,一条信息内容的或然性越大,它负载的内涵就越小。例如陈词滥调,显然不如伟大的诗篇富有启迪意义。[③]

维尔纳注意到人类社会所包含的价值体系,如人的信息交流与沟通也含有情感因素,或许不是精确的数理定律可以解释的。他似乎看到了出路:"作为人类的我们并不是孤立的系统。我们从外界汲取食物,产生能量,因此,成为包含我们能量源泉的更大世界的部分。但更重要的是,我们通过感官接收信息并依据接收的信息行动。"[④]

这种以热力学第二定律为依据推演出的退化观念体系,挑战了以达尔文的进化论为基础的进化观念体系以及由此建立的进步思想的危机。熵的这种退化观念认为,由于能量的耗散,世界万物趋于衰弱,宇宙趋于"热寂",结构趋

---

① 亚瑟·斯坦利·爱丁顿(Arthur Stanley Eddington,1882—1944),英国天文学家、物理学家、数学家,是第一个用英语宣讲相对论的科学家,自然界密实物体的发光强度极限被命名为"爱丁顿极限",1919年写了"重力的相对理论报道",第一次向英语世界介绍了爱因斯坦的广义相对论理论。

② Jeremy Rifkin.*Entropy:A New World View*.New York:Viking Press,1980:6.

③ Norbert Wiener. *The Human Use of Huamn Beings:Cybernetics and Society*. New York:Avon Books,1967:21.

④ Ibid.28.

于消亡,无序度趋于极大值,整个世界随着时间的进程而走向死亡。无论是生命物质还是非生命物质,应该遵循同样的自然规律,生命的过程必然遵循某种复杂的物理定律。因此,当熵成为物理学和信息系统中流行的理论,熵的观念也潜移默化地影响着一批敏感善察的社会学家和知识分子,他们表达了强烈的熵意识,用熵的世界观看待人类历史和社会的发展,暗喻社会走向无序和混乱的状况。

美国历史学家亨利·亚当斯(Henry Adams)在他机智诙谐的论文《民主信条的堕落》("The Degradation of the Democratic Dogma")中写道:"对于粗俗无知的历史学家来说,似乎只见灰堆不断增加。"[①]在他看来,世界脱节,20世纪转折时期的美国不再是19世纪梦想的理性民主的社会,自由的程度在稳步且快速地削弱,一切都在崩溃瓦解。他预测生活没有意义,探索也总是以纯粹的虚无空寂而告终,人无处可逃。二战之后,美国的社会现实与隐藏的社会危机为熵意识的蔚然成风提供了现实依据,宇宙万物朝着混乱衰亡发展的末世论思想与战后的悲观情绪是相符的,因为二战之后的美国面临着史无前例、更为难以解决的社会问题。

首先是美苏之间为争夺世界的控制权暗地进行冷战。美国和苏联寻找机会进入包括亚非和中东的后殖民权力真空地带。杜鲁门执政阶段,冷战造成了世界范围的紧张与狂妄情绪。接着是战后时期存在的对共产主义的恐惧。自1949年中国共产党人获得胜利之后,对共产主义扩张和控制的恐惧成为美国对外政策的主题。参议员约瑟夫·R.麦卡锡在1950年2月指控在国务院内部仍有57人忠于共产主义。政治迫害和间谍活动席卷整个国家,警告和怀疑盛行,整个民族情绪紧张对抗。

20世纪50年代和60年代,一系列事件不断震惊美国社会。50年代的朝鲜战争和60年代的越南战争给美国人民带来了严重的精神创伤。对许多人来说,1968年美莱大屠杀象征着那场战争的恐怖事实;可悲的是,美国国家领导人不能清楚地表明战争的理由,美国士兵敌友不分,他们不知道自己为什么会在那里打仗。紧接着,60年代和70年代这20年间产生了许多社会问题:民权运动和反战运动日益高涨,种族紧张局势不断扩张。约翰·肯尼迪总统、黑人民权领袖马丁·路德·金和马尔科姆·艾克斯被刺杀震惊了美国人。70年代早期,社会动乱因"水门事件"的政治丑闻而加剧。80年代,美国疯狂对

---

① Henry Adams. *The Degradation of the Democratic Dogma*. New York: Peter Smith Publishing House, 1969:142.

第一章　加迪斯后现代主义文学创作与批评思想的社会文化语境

外进行军备竞赛和暴力活动。战后美国社会在经济快速发展的掩盖下经历了一系列政治和社会运动：冷战、朝鲜战争、越南战争、种族灭绝和核战争的威胁。直至当今，世界仍面临着诸多问题，尤其突出的是恐怖主义和种族冲突，到处泛滥的城市问题、环境恶化等生态问题。可以说，整个20世纪人们目睹了前所未有的大规模的残暴、痛苦和杀戮，以至于《纽约时报》称这是"最糟糕的时期，这是撒旦的世纪"。①

利奥塔在《后现代道德》中写道：

> 在浩瀚的宇宙中，盲目地以微粒形式分布的能量有可能在这儿和那儿全体集中在一起。这些全体构成了孤立的体系、银河、星际。它们拥有有限的能量。它们用这种能量使自己在稳定的体系中保持原状。[……]可是，因失去了输入的能量，这些体系就注定要消失殆尽。能量碰巧缺乏，因此以一种递减的方式被分布在这些体系内，以便使得转换工作和整体的生存都有可能，能量就被分解了，恢复到它最可能的状态即混沌，并且在空间中盲目传播。这个过程以熵的名义被鉴别已有很长时间了。②

二战后不断加剧的社会、经济和环境问题表明：个体生命受到战争和政治空前无情的摧残，人类社会正在不可逆转地瓦解和崩塌。因此，置身这样一个意识形态与社会状况走向混乱的、非理性的、不确定的、荒谬的环境中，许多科学家和人文知识分子将熵的末世学引入西方思想的中心，为人类当前所处的危险处境忧心忡忡。熵在所有自然规律中最具有形而上学的意义，形成一种现实性的意识，适用于社会现实。"世界日益走向消亡"的熵意识逐渐进入许多人道主义作家的思想意识里，深刻地影响了二战之后一批美国后现代主义作家的文学想象。

（二）后现代叙事的熵法则

正如哲学家和社会学家从当时可获得的自然科学的源泉吸收新的观点，

---

① Qtd.in Christopher J.Knight. *Hints & Guesses：William Gaddis's Fiction of Longing*. Madison：The University of Wisconsin Press，1997：202.
② 让-弗朗索瓦·利奥塔：《后现代道德》，莫伟民、伍晓笛译，学林出版社2005年版，第56页。

伟大的作家也不例外。"熵"的观念在美国文字中引起了很大反响,文学家利用熵隐喻造成社会衰败的力量。20世纪早期的美国作家在描写物质世界不可避免的堕落时,的确接受了熵在物理学与信息科学中的定义,并有意无意地运用到他们的文学创作中。"熵"这一术语的重要性在于其集物理与社会现象于一身,并阐述了两者间的共性。作为一种文学隐喻,熵在文学中被表示为后现代社会的混乱无序,表达或折射出降临于人类世界的危险与毁灭。包括品钦以及加迪斯在内的后现代主义作家,都把熵作为社会体制混乱的量度单位加以运用。

作为20世纪暴行的见证者,具有社会责任感的后现代主义作家如品钦、加迪斯等吸收了熵的概念原则,即"统一性让位于多样性,秩序让位于混乱,进步让位于熵,连续让位于割裂,因果法则让位于可能性规则,肯定性观点让位于不确定性的必要性",[1]他们在作品中使用熵作为文学隐喻,把熵作为社会体制混乱的量度单位加以运用,体现了人类社会的衰败,宇宙世界倾向于非线性的、不确定的、混乱的和不可预言的衰微和热寂。

正如荷兰学者杜威·佛克马(Douwe Fokkema)所言:"后现代主义者似乎相信,要在生活中建立某种等级秩序,某种等级秩序系统既不能又无必要。如果它们承认一个世界模式,那将是以最大熵为基础的模式,也就是以所有构成成分的同等或然率和同等合法性为基础的模式。"[2]对于后现代主义作家来说,熵不但可以作为作品中描写的后现代人类世界的混乱的主题,而且可以成为小说的叙事形式。在所有受到熵法则和亨利·亚当斯对人类世界下降至热寂的预测影响的作家中,托马斯·品钦被认为是使用这个术语的先驱。

品钦于1960年发表在《肯庸评论》上的短篇故事《熵》("Entropy")的主题就是源于亚当斯和维尔纳的熵的世界观。他诙谐幽默地说道,使用熵的概念作为这个短篇小说的主题是"对于大规模的破坏或堕落感到些许高兴"。[3]《熵》这个短篇与其说是一个虚构的故事,不如说是热力学第二定律的文学性解说。品钦以首都华盛顿特区一套上下两层的公寓楼做背景展开叙述。1957年2月,楼下的马利根在他华盛顿的公寓举办了狂欢派对,随着故事不断发

---

[1] Walton Litz.Ed.*American Writers:A Collection of Literary Biographies*,Supplement II Part 2.New York:Charles Scribner's Sons,1981:620.

[2] 佛克马、伯斯顿编:《走向后现代主义》,王宁等译,北京大学出版社1991年版,第97页。

[3] Thomas Pynchon.*Slow Learner*.Boston:Little Brown and Company,1984:13.

第一章 加迪斯后现代主义文学创作与批评思想的社会文化语境

展,场面越来越混乱,聚会不断堕落:更多客人带来了更多的酒……马利根不再安静地躲在橱柜里,他决定采取行动。他试图通过构建秩序,将聚会的混乱减到最小化。尽管秩序只是暂时的,马利根抵制体系熵化倾向的努力值得赞扬。同时,马利根楼上的公寓里是一位名叫卡里斯托的男人,与他敏感善察的女友奥芭德住在一个密封的温室里。他们试图在这个温室里建立秩序,以"抵挡都市的喧嚣,避开天气、国家政治和市政动乱的变幻无常。"①卡里斯托一边陈述熵的热力学特性,并超越物理学界限将其理论延伸到社会文化领域,一边将一只垂死的鸟放在胸口沉思。奥芭德记录下卡里斯托所说的话:

> 他从熵的概念或封闭系统的无序测定值中发现了一个深刻的比喻。它适用于他生存世界中的某些现象。比如,他看到了如今年轻一代对麦迪逊大道的仇恨与他当年对华尔街的敌意如出一辙。同时美国的消费文化正逐步从最低的可能走向最大的可能,从千差万别走向千篇一律,从有秩序的个人主义走向混乱无序。②

卡里斯托用社会学话语重复着吉布斯的预测,并且预见到美国文化的"热寂",到那时,理念将像热能一样,不能再被传递,因为每一处都是等值均衡的能量,思想活动也将随之终止。奥芭德测量了外部温度,尽管天气变化巨大,几天来气温一直保持在恒定的 37 华氏度。卡里斯托担心宇宙热寂即将到来,奥芭德完全理解他们在这间公寓的自我封闭体系里令人窒息的生存状态。故事的结局如下:

> 奥芭德转身面对床上的男人,和他一起静候那均衡时刻的到来;那时,华氏 37 度将永远地统治着外部与内部世界;他们那曾经两相分离、独自盘旋着的古怪生命之音将消融于一曲黑暗与永恒静止的主旋律。③

这个结局表现了作为后现代启示录的熵主题,令人晦涩难懂,不知奥芭德是否用力推开了他们公寓的窗户? 不知她是否会与卡里斯托一起端坐,等待他们自身与外部世界的平衡时刻? 这种开放的含糊的结局凸显了后现代的不

---

① Thomas Pynchon. *Slow Learner*. Boston: Little Brown and Company, 1984: 68.
② Ibid. 74.
③ Ibid. 85-86.

确定性写作原则。

品钦在这个短篇故事中不仅说明了熵与不断堕落的社会环境的关系,同时也暗指熵与交流理论的关系。他指出晦涩、冗语、非相关性,甚至漏损都是噪音,充斥着语言交流,信息如能量一样,在传送中也遭受混乱的威胁。自从《熵》出版后,熵被看作品钦创作的基本哲学观点和小说创作的主要组织准则。品钦创作的角色都是追寻者——致力于寻求真理,探究历史、神话和当前生活方式的曲折复杂性。他在《拍卖第四十九批》(The Crying of Lot 49, 1966)中揭示了言语行为以及信息处理中存在的问题,探讨了詹姆斯·克拉克·麦克斯韦(James Clark Maxwell)[①]如何以假想精灵维持秩序和对抗熵化。小说主人公奥迪帕正好扮演了分拣分子的小精灵的角色,她必须分拣的是大量混乱的信息,她的探索体现了后现代世界所面临的不确定性状况——她发现的意思以及关联越多,造成自我世界的混乱也就越多。例如,她与读者越多了解特里斯特罗这一家族,就被越多的信息和不确定性所围困。品钦小说的最显著特征就是对秩序和信息的探究,不确定性使探究趋向混乱。在他的小说中,符号信息大量增加的背后是秩序和真理的缺失,生活情境的细枝末节充满了偶然性和随机性,家族的历史与个人的命运布满种种神秘的、宿命的际遇,这一切使读者必须像麦克斯威尔的精灵一样扮演着信息分类者的角色,处理堆积在文本中的碎片化信息。

加迪斯与品钦一样具有熵的世界观,并将熵定律运用于他的写作主题和结构,描述人类世界的腐朽堕落与信息的混乱。有趣的是,加迪斯本人也不知道是他的作品影响了品钦,抑或是品钦影响了他。加迪斯在寄给斯蒂芬·莫尔的一张明信片上写道:"品钦的作品我读得不多,不足以对他的作品进行评论,或者说他的作品可能影响了我。我也不知道他创作《V》之前是否读过我的作品。"加迪斯和品钦在熵的世界观这一点上的相似之处,不是因为两人阅读了彼此的作品而受到了对方的影响,而更多的是因为两人的思想渊源具有共同性:他们两人都处在相同的后现代社会、文化和认识论的背景之下,受到同样的史学著作和文学作品的影响,如艾略特的《荒原》和诺伯特·维尔纳的《人有人的用处:控制论与社会》,因此,他们在文化与艺术思考方面具有相似性,都对熵的文学想象表现出浓厚的兴趣,对社会问题表现出同样的关注。

---

① 詹姆斯·克拉克·麦克斯韦(James Clerk Maxwell, 1831—1879),出生于苏格兰爱丁堡,英国物理学家、数学家。他在1871年发表的《热力学》一书中,提出了小精灵这一概念:小精灵在分拣分子时,提高了容器的秩序,降低了这个系统的熵或混乱的量。

第一章　加迪斯后现代主义文学创作与批评思想的社会文化语境

加迪斯的创作深受多位作家的影响,从他的一篇重要随笔《勇争第二名》中俯拾皆是的文学引用可以看出,加迪斯热衷讨论的篇目与议题包括:弗雷德里克·艾克斯利(Frederic Exley)的《崇拜者笔记》(A Fans Notes)(《在美国价值体系里的"不合时宜"的人》);马克斯·韦伯(Max Weber)的《清教伦理与资本主义精神》(The Protestant Ethic and the Spirit of Capitalism)(《清教和加尔文教义成为新兴资本主义的道德根基》);爱德华·贝拉米(Edward Bellamy)在19世纪后期所写的乌托邦小说《回顾》(Looking Backward);厄普顿·辛克莱(Upton Sinclair)的《屠场》(The Jungle)(《适者生存那梦魇的一面》);戴尔·卡耐基(Dale Carnegie)在《如何获得朋友和影响他人》(How to Win Friends and Influence People)中把实用主义庸俗地用在赢利上;约翰·霍尔特(John Holt)的《失败的学习》(How Children Fail)(《教育对错误的价值观念的错误的解决方法》);引用的文本还有艾伦·西利托(Alan Sillitoe)的《孤独的长跑者》(The Loneliness of the Long Distance);多丽丝·卡恩斯(Doris Kearns)所写的《林登·约翰逊》(On Lyndon Johnson);米拉·弗里曼(Myra Friedmn)所写的《詹尼斯·乔普林》(Janis Joplin);苏·考夫曼(Sue Kaufman)的《狂妇日记》(Diary of a Mad Housewife);A.艾弗瑞兹(A. Alvarez)所写的《西尔维娅·普拉斯》(Sylvia Plath);琼·迪迪恩的《顺其自然》(Play it As It Lays)中的《小说,不论有多庸俗,在处理终极'虚无'上具有重要性》。[①]

在思想渊源上,俄国小说家陀思妥耶夫斯基(Dostoevsky)、托尔斯泰(Tolstoy)、果戈理(Gogol)、屠格涅夫(Turgenev)、高尔基(Gorky)、冈察洛夫(Goncharov)和契诃夫(Chekhov)也对加迪斯的创作产生过重大的影响。俄国小说家的理想,即作家怀抱挽救自己祖国的责任感激励了加迪斯作为作家的担当。加迪斯曾称赞陀思妥耶夫斯基如果不是世界上最伟大的小说家,也是俄罗斯最伟大的小说家。他唯一一次诵读小说是在1991年春天,在纽约温斯科特为当地的一家图书馆做的公益活动上读了陀思妥耶夫斯基的小说《附魔者》(The Possessed,1872)中的一个滑稽片段。从这个小事件足以看出加迪斯对陀思妥耶夫斯基的喜爱。加迪斯认为陀思妥耶夫斯基可以被视为他那一时代的先知:预见了极权政府、对法律和秩序的强制执行带有法西斯主义意味。陀思妥耶夫斯基要抗争的世界正是一个混乱无序的世界:一个充满不同(difference)、非连续(discontinuity)、矛盾(contradiction)、不和(discord)、含

---

① William Gaddis. The Rush for Second Place. New York:Penguin,2002:38-39.

混(ambiguity)、反讽(irony)、悖论(paradox)、反常(perversity)、隐晦(opacity)、无政府(anarchy)和混乱的或然性世界,他赋予自己所创造出来的人物疯狂的能量与这一无序的世界斗争到底。然而,陀思妥耶夫斯基早已意识到:所有强加秩序的努力消解成围攻人们的混乱,每一件事最终都互相抵消,陷入终极的混乱。① 显然,陀思妥耶夫斯基也持有世界每况愈下的熵的世界观,认为人类正面对一个不可避免的混乱的宇宙,世界没有秩序,没有确定性。

另一位对加迪斯产生影响的作家就是T.S.艾略特。他认为艾略特在《荒原》中流露出的对现代文明的失望使自己产生了共鸣,契合自己熵的世界观。他在一次访谈时说道:"《承认》刚出版时,很多评论家认为是对乔伊斯《尤利西斯》的模仿,其实我未曾读过这部小说,现在也没开始读,但很少人提到《荒原》对我的影响。我大学时就读过而且至今仍印象深刻。济慈曾说诗歌是用最美的措辞表达至高情感,然而,要找到一首完全表达自己世界观的诗歌更是不寻常的。"② 莫尔评论道:"加迪斯的小说不仅包含许多艾略特作品中的完整句子,而且使用了《荒原》作为潜在文本,《承认》可被当成史诗性的布道。这部小说也借用了艾略特惯用的技巧,包括引用、暗指、拼贴、多重透视和对立的声音。"③ 除艾略特之外,加迪斯在作品中最常引用的诗人还包括罗伯特·布朗宁(Robert Browning)、丁尼生(Tennyson)和W.B.叶芝(W.B.Yeats)。加迪斯颇有技巧的暗指和博学展示了他的博闻强识。他通晓在哈佛主修的英国文学,包括伊丽莎白时期的戏剧、复辟时期的戏剧、各种各样的宗教文学,并通晓美国文学经典,如亨利·大卫·梭罗(Henry David Thoreau)的《瓦尔登湖》(*Walden*,1854)以及他同时代的文学和非文学作品,如戴尔·卡耐基(Dale Carnegie)的《如何赢得朋友和影响他人》(*How to Win Friends and Influence People*,1936)。加迪斯广泛的阅读兴趣使他形成了自己独特的世界观和写作风格。他运用模仿和拼贴,娴熟地将他读过的作品融入自己的写作中。莫尔评论道:"加迪斯作品中具有梅勒的自我主义(egotism),凯鲁亚克的自我沉浸(self-absorption),罗斯的捍卫主义(defensiveness)以及巴斯的戏谑(playful-

---

① William Gaddis.*The Rush for Second Place*.New York:Penguin,2002:133-135.

② Tomas LeClair."An Interview with William Gaddis,circa 1980." *Paper Empire*:*William Gaddis and the World System*.Eds. Joseph Tabbi and Rone Shaves.Tuscaloosa:University of Alabama Press,2007:19.

③ Steven Moore.*William Gaddis*. Boston:Twayne,1989:7.

第一章 加迪斯后现代主义文学创作与批评思想的社会文化语境

ness）。"①加迪斯把隐晦的对话作为主要的叙述方式，由此可见他受到了英国作家罗纳德·弗班克（Ronald Firbank 1886—1910）和伊夫林·沃（Evelyn Waugh）的影响。尽管弗班克一生没有受到评论界的关注，但当加迪斯在创作第一部小说的时候，弗班克的作品显然引起了这位美国作家的关注。或许是因为受到弗班克作品的影响，加迪斯对使用声音拼贴作为主要的写作模式极为兴趣。他也表示对索尔·贝娄（Saul Bellow）的对话体小说和琼·迪迪恩的简洁风格颇为赞赏。

像品钦一样，威廉·加迪斯也用隐喻手法把热力学和信息论中的重要概念"熵"引入文学创作。熵定律标志着人类社会种种机制、秩序最终将趋向热寂，即趋向混沌和无序，让读者感受到后现代生存中潜在的威胁。这种威胁源于贪婪而不择手段的竞争和自我价值与社会公平的丧失而导致的资本主义危机。加迪斯的小说体现了熵对人类社会既有的制度和组织机构发挥了严格的控制作用。他运用维尔纳《人有人的用处：控制论与社会》中关于熵的理论，使熵不仅成为小说本身探讨的主题，而且转化成小说的叙述结构，这一点在他的第二部小说《小大亨》中最为明显。加迪斯甚至让物理学家J.W.吉布斯走进他的小说世界，正式与学生们讨论熵。杰克·吉布斯的名字代表后现代世界遭受熵定律影响的人。他是这样对学生解说熵的：

> 既然你们并不在这儿学习什么知识，而是被教会一些东西以便通过考试，那么，为了方便传授，知识只好被组织起来，为了被组织起来，知识只得被简化成信息，你们懂了吗？换句话说，这可能使你们认为，有组织性就是知识本身固有的特性，无序和混乱只是来自外部的威胁组织的毫不相关的力量。事实正好相反。秩序只是我们强加给混乱这一现实本质的不可靠的、岌岌可危的状态。（JR 20）②

杰克·吉布斯对熵的解说深刻阐释了加迪斯的熵的世界观，这种熵的世界观成为这部小说和加迪斯全部创作的主题。在随笔《勇争第二名》中，加迪

---

① Steven Moore. *William Gaddis*. Boston：Twayne，1989：5.

② 本书有关加迪斯小说的引文说明如下：加迪斯的小说除了《小大亨》有中译本之外，其余几部尚没有中文译本，均为笔者自译。翻译中参考的《小大亨》中文译本均以脚注形式注明。为方便识别，以下有关加迪斯小说的引文使用文内注释：小说英文名称的缩略字母加上页码标注。加迪斯小说英文名称缩略如下：R = The Recognitions，JR = JR，CG = Carpenter's Gothic，F = A Frolic of His Own。

斯援引控制论的先驱诺伯特·维尔纳所说的"我们总是同有序的不断衰退,意义的不断被破坏这种自然倾向做斗争。信息越是复杂,出错的可能性就越大。熵成为我们这一时代的当务之急"。① 杰克·吉布斯对混乱无序的美国后现代社会发出异端的声音,不断质疑、戏访后现代盛行的话语秩序。在《爱筵开裂》中,病危的艺术家的独白可以看作是加迪斯对自己小说主旨的最好概括:"世间的一切分崩离析,意义、语言、价值、艺术无一幸免;无论你往哪儿看,视野中的一切都在被熵淹没。"②

　　加迪斯小说世界中诸多精神和肉体的肢解与分裂揭示了势不可挡的熵,正如美国文学批评家托尼·特纳(Tony Tanner)在《词语之城》(*City of Words*)中评论道:"在加迪斯的作品中,事物不断熵化,不断崩溃下降,并失去定义与形状。有一种感觉是在大多数生存着的生命中,其生命的非物质性在增加。"③加迪斯在小说中描写的纽约被认为是美国社会混乱的缩影。《承认》揭露金钱至上的社会中物质主义和道德堕落所带来的社会问题。《小大亨》的背景是曼哈顿第96号街的公寓,这个艺术家的居住公寓与品钦的《熵》颇具相似的混乱空间。公寓的水龙头不停喷水,所有的房门都被损坏了,一群人就在这混乱的环境里苦苦挣扎,以维持岌岌可危的秩序。在《木匠的哥特式古屋》中,加迪斯作为冷战和越南战争等后现代世界危机的见证者,使我们认识到美国政府与企业为牟取巨大利润相互勾结,美国政府为新殖民主义提供物质支持,纵容美国企业在中非甚至整个第三世界进行邪恶交易。在《诉讼游戏》中,奥斯卡和克里斯蒂娜反思美国法律和司法制度的公正。

　　熵化的世界观深刻地影响了加迪斯的小说创作,他在小说创作中使用信息交流的熵指代体制化的人生活的堕落,以及深陷大众体系的人所遭受的自我体验的丧失。他在以话语拼贴而成的"噪音小说"中使用了大量对话,或称对话流,这些对话推动故事情节的发展,其中包括话语的异质性、单边的电话对话和交流丧失,展示了一个网络科技以前的信息时代的缩影。凭借电话的交流和交易与作品所反映的商业交易、商业噪音和信息中的混乱这些主题是相符的,小说中的对话实际上体现的是对话的不可能或交流的丧失。

　　正如杰克·吉布斯所表达的"无序和混乱只是来自外部的,威胁组织的毫

---

　　① William Gaddis.*The Rush for Second Place*.New York:Penguin,September 2002:50.
　　② William Gaddis.*Agapē Agape*.New York:Viking Penguin,2002:2.
　　③ Tony Tanner.*City of Words*.New York:Harper and Row,1971:399.

第一章 加迪斯后现代主义文学创作与批评思想的社会文化语境

不相关的力量",加迪斯的小说由许多话语碎片组成,对遵循时间连续性与空间固定性的时空观进行挑战,具有组织的混乱这种后现代的现实特征,给读者的阅读带来了挑战。美国文学批评家托马斯·勒克莱尔(Tomas LeClair)评论道:"加迪斯的长篇巨制思想深邃,创作新颖,修辞独特;作品精通规约现代生活的权利体系。"①加迪斯关注我们洞察世界的宏观认知系统,如果后现代世界是个伪造、虚假和混乱的世界,那么加迪斯发现了揭示这个世界的方法:他的小说创作将各种声音和文化资料的碎片拼贴在一起,作为对美国理想枯竭的文学隐喻,将混乱的后现代人类世界呈现在读者面前。如果说加迪斯是一位信息的收集者,读者应该成为信息的处理者,以发现这位博学名家在复杂的作品中隐藏的信息。加迪斯洞悉当今美国社会,抓住了其精髓,对美国后现代社会在本质上的混乱和解体进行了全面的剖析,这使他赢得了战后美国重要作家之一的美誉。加迪斯又是一位营造迷宫的好手,他在小说中夸张地运用语言中的无关、冗语、混乱和废话构筑了自己的后现代的叙事话语,围绕混乱经验营造的错综复杂的、不予出路的迷宫结构,表现混沌无序、模糊复杂的迷宫般的世界本身。

当加迪斯意识到混乱实际上已经在人类生活的各个方面根深蒂固时,他努力提出后现代人类社会的拯救之道。如同评论家安·马盖尔(Anne Magel)评价品钦的《拍卖第四十九批》时所说的:"她(奥迪帕)对事件的不断怀疑与重新评价使她与小说中其他人物不同,实际上,其他人物最终进入封闭的惰性体系。"②加迪斯也将抗熵融入他的小说情节中,并使小说的人物不断反抗熵的衰败,注入抗熵的能量。他塑造的人物怀亚特·格里扬、杰克·吉布斯、爱德华·巴斯特、丽兹、克里斯蒂娜·鲁兹就像品钦《拍卖第四十九批》中的奥迪帕一样为这个熵化世界注入了抗熵的能量。因此,正如克里斯托弗·奈特的评论:"如果'有什么东西正在丧失'成为加迪斯小说的主要基调,那么他的小说同时也暗示丢失的东西有可能被找到。"③加迪斯在揭露混乱的后现代世界的同时,也在其小说中表现出积极寻求抵制熵化倾向的方法,并向人们

---

① Tomas LeClair. *The Art of Excess:Mastery in Contemporary American Fiction*. Urbana:University of Illinois Press,1989:2.

② Anne Magel."Maxwell's Demon,Entropy,Information:*The Crying of Lot 49*." *Mindful Pleasures:Essays on Thomas Pynchon*. Eds.George Levine and David Leverenz. Boston/Toronto:Little,Brown and Company,1976:93.

③ Christopher J.Knight. *Hints & Guesses:William Gaddis's Fiction of Longing*. Madison:The University of Wisconsin Press,1997:245.

展示如何拯救熵化后现代世界。他认为现代科学和基督教无力医治后现代信仰危机,试图通过重新发掘点金术以及母系社会的神话,获得新的宗教情感,并把艺术当成一种生命的仪式,从艺术追求中获得一种宗教信仰。然而,正如美国文学批评家韦恩·布斯(Wayne Booth)所说的,后现代派是"对生存的无尽反讽的歌颂",①加迪斯表达了这种丧失已不可挽回,并使用喜剧手法和讽刺性的黑色幽默教导人们如何以喜剧的方式应对混乱的世界。然而,加迪斯并不是悲观的虚无主义者,他的小说试图通过对崇高的艺术以及自然之美的诉求以振奋人类精神,他教导他所塑造的人物和读者:拯救出自于我们自己的行动,要认真地生活。

---

① Wayne Booth.*A Rhetoric of Irony*.Chicago:Chicago University Press,1974:212.

第二章　加迪斯对美国后工业社会的批评

一、加迪斯创作的原动力：与强大的国家利维坦①的冲突

众所周知，资本主义社会经过三四百年的发展之后，不论在政治、经济还是在文化方面都取得了空前未有的成就。美国政府一直标榜其资本主义制度是人类所能设想出的最优越的社会制度。但是，与此同时，资本主义社会隐含着一系列由它自身的性质所带来的矛盾和悖论。这些矛盾和悖论随着资本主义的演变成为自身发生内在危机的危险因素。在《共产党宣言》这一著作中，马克思讲授了如何真正辩证地从积极和消极两个方面思考资本的自由发展。资本主义文化既是进步的，同时又是灾难性的，我们既要认识其解放性动机，又要考察其痼疾。美国社会学家、政治哲学家丹尼尔·贝尔在《资本主义文化矛盾》(*The Cultural Contradiction of Capitalism*, 1976)一书中着重探讨了西方世界政治思想和社会（技术和经济）结构的变迁，认为在现代西方社会（主要是美国）向"后工业社会"发展的萌发阶段，技术性决策将在社会中发挥重大作用，传统意识形态不可避免地将为科技治国论所取代，进而指出后工业社会是资本主义文化矛盾的集中体现。美国文化批评家弗雷德里克·詹姆逊也发现了潜在的资本主义文化危机，那就是"金钱和市场的力量"带来的"物化的力量"。他深入探讨了其中的三个逻辑层次：其一，资本主义固有的"物化的力量"已经扩展到世界范围；其二，物化的社会后果是人与人关系的商品化、货币化，人被技术同化了；其三，物化的精神后果，是文化释义链的断裂。人失去了

---

① 英国哲学家托马斯·霍布斯(Thomas Hobbes, 1588—1679)在他的《利维坦》(*Leviathan*, 1651)中，把全能的国家比喻成一个无所不想吞食、无所不能吞食的权力怪兽。

与社会现实的整体联系。当整个社会在物化力量的普遍统治之下,文化符号产生了断裂,具体表征就是主体的焦虑与孤独。①

作为一名具有强烈社会担当的"介入型"作家,加迪斯的基本判断与詹姆逊是一致的,他清醒地认识到他所处的时代的精神,站在时代的进程之外,不是亦步亦趋,而是做出一些对抗。加迪斯的作品揭示了以美国为代表的晚期资本主义的社会结构,西方文化的浅薄鄙俗,制度的衰败与崩溃,对后工业美国社会状况进行诊断和批判。他把商品拜物教作为对资本主义社会进行批判的重要对象,包括资本主义商品化和物化带来的主体异化,科技进步造成的信仰失落和精神分裂。他就现代社会对财富盲目崇拜的物质主义、资本主义商业化和物化带来的全面异化提出严正抗议,讽刺了政府、宗教以及公司的金融资本腐败的相互渗透,对理想化的公正以及法治现状之间的不协调进行反思。

加迪斯在1986年参加巴塞尔姆组织的以"作家想象与国家想象"为专题的第48届国际笔会。他在会上做了《国家是如何想象的?情愿暂时信以为真》的报告,明确说明了作家创作的目的:

  我们这些努力创作各种各样的小说,并取得不同程度的成功的小说家,应该对国家怀有敬畏,因为国家本身也许是人们创作出来的最伟大的小说,仅除一部小说以外。

  我们作为作家经常发现自己与强大的国家这个利维坦的冲突在于:与作家个人对国家的想象相对抗,国家努力维持和保护它对自己想象的版本——个人对国家的想象也就是,在这个国家里,可能出现或者应该出现什么样的生活,或至少是不应该有什么样的生活。②

加迪斯如此道出自己的创作初衷,写作并不是一种仅仅与自身有关的个人行为,在更大程度上,是作家介入社会现实,进行社会批评,承担某种道义的有力工具。他所说的那部比国家想象还要伟大的虚构小说当然指的是宗教,这也是加迪斯在第一部小说《承认》和随后几部小说中持续关注的主题。他曾意味深长地说道:"每一个作家只写一本书,并对这本书一再写作,这一观点是

---

① 杰姆逊:《后现代主义与文化理论》,唐小兵译,北京大学出版社1997年版,第158页。
② William Gaddis. *The Rush for Second Place*. New York:Penguin,2002:123.

不无道理的。"①加迪斯的小说创作与对社会方方面面的批评是相互联系的,它们似乎总围绕着同一个主题:"与强大的国家利维坦的冲突",也就是一个具有社会责任感的人文主义作家对美国资本主义制度和后工业社会的批评。

20世纪70年代,加迪斯作为客座教授在巴德学院教授创造性写作并同时进行他的小说创作。他教授的课程探讨的是"美国小说家从一开始就集中应对的挑战"。他在第一堂课上就对学生说过美国作家面临着一种无法逃脱的"困境":

> 因为美国的历史不长,也没有阶级制度,美国的历史就是让人们拥有完全的自由去行事,成为自己所愿意成为的人,我们所面临的是人类的根本问题,确切地说,就是什么是值得做的事。在小说中,这种(挑战)以"事情本应该如何"与"事情的现状"之间的对抗呈现出来。我认为,我们仍然关注如何应对没有过去的历史,那就是从新教伦理衍生出来的天职:做诚实的工作就能获得可观的收入;可观的收入成为了奋斗目标,而这一目标又能带来可观的收入。这就是我所认为的产生我们美国哲学中的实用主义的缘由,以权宜之计作为标准,通常,人们追求的是"事情的现状",而不是"事情本应该如何"。这就是我们大多数小说尝试描述和纠正的矛盾。②

加迪斯认为,小说家就是要尝试描述和纠正"事情的现状"与"事情本应该如何"之间的矛盾。人们对机会均等的提倡和对失败的鄙视,导致自己过度痴迷于成功。而这种痴迷反映在人们目光短浅地相信他们生活在所有可能的最好的世界里,信仰一种由自由意志、道德抉择和决定论交织构成的激进悖论,因此对美国价值体系中追求物质财富和丧失理性的激烈竞争,对手段超越价值之上的实用主义的批判一贯成为加迪斯作品的主题。加迪斯在其四部晦涩艰深的小说中,密切关注并深入分析了后现代美国社会的政治、经济、文化、法律各个领域的现象和问题,否认和消解美国资本主义社会是民主、自由和正义的典范,率直勇敢地尝试分析美国后工业社会和文化的危机。

《承认》描写了20世纪中期美国社会赤裸裸的伪造欺诈。小说讲述了一

---

① Lloyd Grove."Gaddis and the Cosmic Babble." *Interview with William Gaddis*. Washington Post,23 August 1985:B10.

② William Gaddis.*The Rush for Second Place*.New York:Penguin,2002:39.

位美国青年画家怀亚特·格里扬识别真伪、了悟己心的过程。他以模仿古典大师,特别是佛兰德斯画师的风格作为自己一生的职业,试图通过艺术来辨伪存真,使自己超脱他不得不置身其中的、充斥着虚伪造假的生存世界。加迪斯以艺术伪造作为隐喻,暗指了美国社会包括道德、政治、宗教以及文化所有方面的弄虚作假。同时,加迪斯通过怀亚特赝品式的画作揭示了现代艺术的急功近利,相比之下,古典艺术大师更坚定地立足于真实。整部小说富含文学、艺术、历史、神话和宗教的典故和寓意,对破产的人类精神进行不依不饶的拷问和不留情面的讽刺。

评论家约瑟夫·塔比说道:"在《小大亨》这部虚构小说中真正起作用的是加迪斯对国家的想象,而不只是文学的想象。"①《小大亨》是一部抨击美国自由企业制度失控的巨作,是对美国的公司化商业及拜金主义的滑稽写照,展示了20世纪70年代美国自由企业制度存在的痼疾。就美国而言,自由企业制度和人类所掌握的现代工业技术,已经铸成了一把双刃剑,一方面使美国经济获得了前所未有的发展,另一方面带来了伦理观念的变化和道德标准的丧失,造成了充足的物质与贫乏的精神的矛盾与背离,产生了严重的社会问题。正如评论家托尼·阿斯普勒(Tony Aspler)所说:"《小大亨》对美国商业的影响之大,正如詹姆斯·乔伊斯对都柏林的影响,约瑟夫·海勒对二战的影响一样。"②这部小说讲述了一位名叫JR.文森特的11岁男孩模仿身边不择手段的商人建立起自己庞大的商业帝国,以此滑稽地戏仿美国社会道德的缺失,喜剧性地揭露了美国究竟是什么社会的问题,指出这是一个什么都不发展,唯独商业发展的社会。小说同时揭露了资本主义制度下文化的异化,对资本主义社会滋生的虚伪腐败进行辛辣的讽刺。商品拜物教已经将所有价值腐化为经济价值。金钱不仅是交易的手段,同时也是欲望、成功和权力的象征。《小大亨》展示了金钱扭曲的力量如何导致道德堕落、文化荒原以及自我价值的丧失。许多艺术家挣扎在商业化的社会边缘,穷苦潦倒。小说中的人物杰克·吉布斯正在撰写的小说《爱筵开裂》实际上是加迪斯早先探讨机械化对艺术具有破坏性的随笔,很好地总结了两次世界大战之后人类社会的绝望、痛苦以及异化。

---

① Joseph Tabbi. *Nobody Grew but the Business:On the Life and Work of William Gaddis*. Evanston:Northwestern University Press,2015:179.

② Tony Aspler."The Listener." in *Contemporary Literary Criticism Vol.8*. Detroit:Gale Research Company,1975:226.

第二章 加迪斯对美国后工业社会的批评

《木匠的哥特式古屋》将美国政治和宗教问题纳入一个哥特式故事。这部小说讲述了一位女财产继承人与美国越战老兵暴风骤雨般的婚姻故事,揭示了二战后美国的霸权主义和新殖民主义政策,抨击了宗教的虚构和欺诈以及政府、商业和宗教之间为攫取非洲国家矿石资源相互渗透的黑幕。加迪斯借麦肯德利斯之口表达了对后现代人类世界里科学技术被滥用、环境被破坏以及生存出现危机的极大愤慨,这也意味着人们珍视的美国梦以及所有传统价值观已被无情地彻底摧毁:

> 两百年来建构的中产阶级价值观、公平竞争、欠债必还以及诚实工作获得同工同酬的堡垒,两百年来关于一切进步改善的地方,值得做的必要做好的事情,现在他们发现这是最危险的事情,我们所有伟大的解决方案已变成噩梦。核能到处带来廉价的能量,然而,他们所听到的是放射性威胁以及到底该怎样处理核废物。……对太空的征服变成了军事卫星和高科技,而我们能给它们唯一的比喻就是中子炸弹,唯一的新闻就是今天报纸的头版头条……(*CG* 230)。

《诉讼游戏》的主题在其篇名上就得到了反映。在这部小说中,加迪斯通过将金钱、美国法律和司法制度结合起来,进一步思索了金钱至上这个信条。这部小说是一幕司法闹剧,揭露了法律以及司法制度中的虚伪狡诈。在这个喜好诉讼的美国社会,法律不是用以捍卫正义的武器,而成了贪婪之人用来谋求金钱的工具。这部小说的开篇声明:"下个世界你会得到正义,这个世界你只有法律。"(*F* 13)加迪斯以此嘲讽资本主义社会的法律并不维护社会的公平正义。小说中,律师亨利·鲁兹指出法律以及司法制度中自我调节的阴谋:"法律中只有语言与语言的对抗,语言已经沦为理论,直到它没有表达它本身的意思,仅仅成为一种玩物(*F* 251)。"这其中的悖论就是:法律原本为判断是与非的一个成文标准,最终留给人们的却是一团令人困惑的语言文字编织物。遗作《爱筵开裂》探索的是自动钢琴为商业流通所设置的标准形式和步骤所带来的虚假的艺术民主化,也就是加迪斯所担忧的赝品文化。

正如加迪斯的自我投射人物、《木匠的哥特式古屋》中的小说家麦肯德利斯所说的,作家写小说是"出于愤怒,或者是出于失望",因为"事情往往不朝期待的方向发展"(*CG* 158)。"出于愤怒"的驱策,抒发对强大的国家利维坦的愤慨之情正是加迪斯全部艺术创作的内驱力:

我们大部分小说，追溯到整整一个世纪之前，越来越是在狂怒或至少是义愤的刺激中写下来的。说来也怪，这经常与作家常年天真的想法联系在一起，甚至是起源于这种想法，认为通过提醒注意不平等和滥用职权、虚伪、专利造假、自我欺骗的态度和自我垮台的政治，公众会立刻表示感激，把这些问题纠正过来；但是国家是公众所想象出来的，感激并不是其最突出的属性。①

可以看出，与强大的国家利维坦的冲突而形成的愤怒在加迪斯身上一直保持鲜活，并且激励他创作。"我们生活的方式和它存在的问题"②以及对误入歧途的文化的拯救一直是加迪斯半个多世纪以来不懈创作的小说的主题。纵观其写作生涯，加迪斯以社会和文化批评家的身份，对战后美国社会的混乱衰败给人类社会带来的切实威胁表现出极大的关注。他将后现代人类世界的混乱作为其小说所关心的主题。他的作品描绘了一幅"由熵、混乱、失落以及对个体才能的培养冷漠无情的机械化文化"构成的画卷。③加迪斯在《木匠的哥特式古屋》中借麦肯德利斯之口说出艺术家"并不是带着普遍被认同的意义来到我们中间，把艺术当成一种装饰，或是珍藏在贺卡上的来自宗教信仰的慰藉，而是在美学上等同于'我来不是叫地上太平，乃是叫地上动刀兵'"（F 39）。美国评论家尼古拉斯·布朗认为，在这部小说中，麦肯德利斯的"'半独白'（quasi monologues）具有某种拯救的意味，这种意味与其说是来自现代主义传统中无尽的创新、内在性、美学的自给自足，不如说是来自教诲小说（didactic novel）的更悠久的历史。其实，作家这种尝试修正了'寓教于乐'中被忽略了一半的古老的义务，即教化，正是这部小说的伟大力量之所在"。④

与犹太人期待的那位要给他们带来政治上的自由、物质上的富足和环境上的太平的弥赛亚（基督）不同，耶稣来到世间的目的是借着他在十字架上所流的血成就和平，和这个罪恶世界之间的冲突是不可避免的。古希腊的哲学家苏格拉底自喻为神赐予城邦的一只牛虻，不时地叮咬那个硕大迂腐、迟缓麻

---

① William Gaddis.*The Rush for Second Place*.New York：Penguin，2002：123.
② Brian Stonehill.*The Self-Conscious Novel：Artifice in Fiction from Joyce to Pynchon*.Philadelphia：University of Pennsylvania Press，1988：114.
③ William Gaddis.*Agapé Agape*.New York：Viking Penguin，2002：102.
④ Nicholas Brown."Cognitive Map, Aesthetic Object, or National Allegory, Carpenter's Gothic."*Paper Empire：William Gaddis and the World System*.Eds. Joseph Tabbi and Rone Shavers.Tuscaloosa：University of Alabama Press，2007：158.

木的社会,把批评雅典看作神赐给他的神圣使命。这就是著名的苏格拉底的"牛虻哲学",其"牛虻精神"就是哲学家的批判精神。① 加迪斯认识到作家必须具有一种类似的牛虻精神,与强大的国家利维坦打交道是小说家的特殊使命。他认识到美国这个国家本身就是"伟大的虚构",仅次于宗教,不仅向它的国民征税,更重要的是,要求国民对它的存在怀有持续的信仰,或者至少是暂时信以为真的。加迪斯作为一位讽刺作家也许不留情面,他已经看到与"情愿暂时信以为真"打交道是作家特殊的职责,作家也应该拿起自己的装备"在我们自己的小说中,在我们自己对国家的想象中,紧紧抓住那负有责任的有才智的人,也就是说,在一个国家中的个体生活可能或应该是什么样的"。② 加迪斯因此提出了一个深刻的问题:在一个受政治和经济主宰的社会中,作为知识分子的作家应该占据什么样的位置? 又应如何为自己定位,与时代相连接,成为社会的批判性力量? 这些愿景汇聚成独眼巨人库克罗普斯的眼睛,能让作家看到常人看不到的东西。加迪斯认为,作为有责任的、有才智的人,对于他们时代发生的事,都有权利和义务依赖自己的理智和力量采取某种立场。而作为作家,更应该以艺术为载体,以关照社会的方方面面为己任,对现存社会存在的问题进行批判性的反思。

正如解构主义大师德里达所指出的:"解构不是一种简单的理论姿态,它是一种介入伦理及政治转型的姿态,因此也是去转变一种存在霸权的情境,自然这也等于去转移霸权,去叛逆霸权并质疑权威。从这个角度讲,解构一直都是对非正当的教条、权威与霸权的对抗。"③作为一位后现代主义作家,加迪斯孜孜不倦地观察自己所生活的社会,通过小说创作履行作家创造变革的职责,以小说激起的义愤去发现生活的处境,以讽刺性的幽默去揭穿谎言,并通过想象构想出一种可能实现,但尚未被注意到的生活秩序,写给佛罗拜所谓的"志趣相投,愿意把火把传递下去"④的那些对社会负有责任的、有才智的人看。因此,加迪斯对后现代人类世界的解构并不仅仅是一种摧毁性的否定,而是一种建设性的批判,它绝不是虚无主义或怀疑主义,而是一种对现存社会制度和僵化秩序的全面彻底的反思,表现出深刻的人文主义关怀,是一种指向未来的承

---

① 柏拉图:《柏拉图全集·申辩篇》,王晓明译,人民出版社2002年版,第19页。
② William Gaddis. *The Rush for Second Place*. New York:Penguin,2002:126.
③ 德里达:《书写与差异》,生活·读书·新知三联书店2001年版,第15页。
④ Flaubert Gustave. *The Letters of Gustave Flaubert:Volume I and II*:1830—1880. Trans.and Ed.Francis Steegmuller.London:Picallor,2001:83.

诺。因此,加迪斯作品中对后现代人类世界的解构具有质疑与批判的精神气质。

二、商品拜物教和失控的自由企业制度

资本主义以生产资料的私有制为基础,个人可以通过资本投资以及雇佣劳动力获取利润。资本主义根植于自由企业观念。该观点认为,政府对经济的干涉应受限制,而基于供求关系的自由市场最终会使消费者的福利最大化。但在美国大企业发展的自我欺骗性下,美国社会充斥着社会不公、经济发展不均衡、欺诈以及其他有违道德的现象。自由企业制度对商品的崇拜已经成为支配性的价值规范,侵蚀到社会的每一个角落,影响着每一个政府机构和个体。加迪斯暗示:"现代社会中的一切都在因经济掠夺加剧熵化过程,走向崩溃。"[1]

商品拜物教(commodity fetish)这个概念是马克思在《资本论》中首先提出的,指在以私有制为基础的商品经济中,人与人的社会关系被物与物的关系所掩盖,从而使商品具有一种神秘的属性,在资本主义生产和交换情况下变得神圣化,似乎它具有决定商品生产者命运的神秘力量,成为资本主义商品生产的虚假意识形态。马克思把商品世界的这种神秘性比喻为拜物教,称之为商品拜物教。[2] 值得注意的是,商品拜物教并不是资本主义社会所独有的,它存在于其他社会中,只是到了资本主义社会,在资本主义商品生产条件下,为交换而生产的商品拜物教已成为每个人每时每刻都在发生的无意识行为。可以说,马克思的商品、货币和资本是资本主义的三大拜物教,是资本主义这种特定生产模式的产物,由资本主义体制产生。随着资本主义工业化的推进,当资本主义进入晚期资本主义或跨国资本主义时代,商品拜物教更是成为主导的意识形态,已经全方面地渗透到整个社会,因此,詹姆逊认为商品拜物教是资本主义消费社会的最主要特征。法国著名哲学家、后现代理论家让·波德里亚(Jean Baudrillard)明确给后现代社会下了这么一个判断:"我们处在消费控

---

[1] Robert A. Martin."The Five Recognitions of William Gaddis." *Notes on Contemporary Literature*,15(1 January,1985):5.

[2] 《马克思恩格斯全集》第23卷,人民出版社1972年版,第91页。

制着整个生活的境地。"①

可以说,马克思时代面临的是单个、具体的物的崇拜问题,而加迪斯时代所面临的是晚期资本主义社会全面物化和对整体的物的崇拜。加迪斯的创作把对商品拜物教的分析同社会精神联系在一起,对拜物教的物性奴役所导致的社会关系的物化表现出深切的关注。他考察了晚期资本主义社会中商品拜物教所带来的人的异化状况,讽刺性地揭示了战后美国被金钱的欲望以及商品拜物教腐蚀的精神荒原状态。加迪斯的小说创作以战后商业化的美国为背景,揭露了在资本主义制度下,商品拜物教和自由企业制度已成为主导性的社会原则,成为消费社会的伦理和意识形态深入人们的思想意识。当商品生产的目的不是创造使用价值,而是创造商品形式的交换时,其交换价值必然统治一切,以种种诱人形象现身的商品不仅使人们屈从于资本主义文化的幻景,也确立了商品世界所崇拜的方式。对金钱的崇拜已使其成为成功和权力的外在标志,金钱的扭曲作用使得世界万物都被商品化。因为商品形式的出现和中介作用,人的创造力、个人情感以及人的社会依赖关系都失去了传统社会中的直接性和完整性,变得具有间接性和破碎性。

在第一部小说《承认》中,加迪斯揭示在商品拜物教的影响之下,艺术被纳入工业化的机制之中,其产品不是为了满足人们的精神需要,而是为了交换价值,因此,艺术品与商品社会的其他商品完全一样,具有突出的拜物教性质。艺术从创作开始就被商品生产所渗透,失去了自主性和创造性,彻头彻尾地变成了商品。怀亚特·格里扬是一位虔诚追求艺术的审美与情感完整性的年轻艺术家,可他周围却是一群对造假熟视无睹的粗俗商人。怀亚特超强的伪造能力被艺术批评家和商人所利用。加迪斯把艺术经销商雷克托·布朗列为20世纪的魔鬼,是现代世界的守财奴。②艺术评论家巴西尔·瓦伦丁实际上是一个为了物质财富而出卖灵魂的庸俗商人。他以其座右铭"金钱是一切存在的意义"说服怀亚特为他伪造艺术品(R 144)。怀亚特的赝品加入到这个被物质和金钱腐蚀的疯狂无序的世界,因为"在纽约,没有金钱就无法生存"(R 151)。

加迪斯小说中人物的命名极富象征意义。雷克托·布朗(Recktall Brown)这一名字生动地揭示了他的贪婪,③艺术评论家巴西尔·瓦伦丁

---

① 让·波德里亚:《消费社会》,刘成富等译,南京大学出版社2001年版,第6页。
② Steven Moore.*William Gaddis*.Boston:Twayne,1989:48.
③ 其英文名 Recktall Brown 令人联想到 rack all,即(金钱)毁灭一切。

(Basil Valentine)的名字让人联想起 15 世纪点金术士巴西流斯·瓦伦丁努斯(Basilius Valentinus)。然而,与一心想过上美好神圣生活的巴西流斯·瓦伦丁努斯不同,巴西尔·瓦伦丁与雷克托·布朗串通一气,夸赞怀亚特仿制的绘画是真品,以诱骗公众来购买。加迪斯通过巴西尔·瓦伦丁对怀亚特所说的"雷克托·布朗就是现实"(R 344),力图揭示在世俗世界里,商品拜物教俘获了许多人的心灵。艺术品变成了消费品,被纳入到商品生产中,完全渗透了资本的逻辑,丧失了作为艺术作品的内在品质,艺术家很难摆脱商品拜物教的侵蚀。他们为了获得财富而出卖健全的心智,被迫在市场上出售自己的艺术品。巴西尔·瓦伦丁醉心于收藏世间的黄金工艺品:章印戒指、袖子夹扣、香烟盒,甚至是一只金牛,为牟取利润,他加入到与艺术经销商布朗勾结的阴谋中去。艾勒里和皮夫纳先生代表的是在金钱主导一切的社会中的牺牲品。艾勒里的首要人生信条就是:"这东西能卖吗?"金钱利益支配着他的行为、他的鉴赏力,甚至是他的道德。皮夫纳狂热地阅读小报,四处打听由艾勒里及其合伙人刊登的广告,希望借此机会窃取他们获取物质财富的秘密。戴尔·卡耐基的《如何赢得朋友和影响他人》成为小大亨为巴斯特发动商战做准备而购买的书。这本书教授的经商之道,已经取代《圣经》里侍奉神的神圣教义。《承认》这部作品是 20 世纪中期美国社会的缩影。在这充斥着商品和金钱交易的生存空间里,多数人物都卷入不同形式的造假之中,伪知识分子人数众多。剧作家奥特为了保证在一个越来越被隔绝的世界里占有一席之地,无意识地伪造自己的身份。弗兰克·西尼斯特拉也是一个伪造者,伪造自己的身份、货币、护照,甚至是木乃伊。在 20 世纪中期美国这样一个造假的世界里,为了吸引消费者的注意,刺激消费者的购买行为,广告业在美国的经济生活中起着重要的作用,并将整个国家的文化引向物质化、商业化。正如 Necrostyle 广告公司的一位经理所说的:

> 这该死的高水平的美国生活就建立在美国经济之上。为了保持大生产,你必须拥有大市场。为了拥有那该死的大市场,你就必须做广告。情况就是如此。没有广告,一种产品在一夜之间就被淘汰了。不管是什么东西,一本研究论文集,或是一种牌子的香皂,就会不见了。我们曾拥有过那该死的信仰时代,我们曾拥有过那该死的理性时代,而现在就是广告的时代。(R 736)

法国哲学家、马克思主义理论家居伊·德波尔(Guy Debord)在《景观社会》(The Society of the Spectacle,1967)里所描述的"景观",在消费社会的美国出现了。德波尔是这样界定"景观社会"的:"所谓景观相当于商品完成它对社会生活的统治的这个历史时刻。与商品的联系不仅是显著的,而且除了它再也看不到任何其他东西,我们所能看到的就是商品的世界。"[①]值得注意的是,景观虽然是商品的堆积投射到观看者头脑中的外观形式,但它与商品本身已然不同,它不是商品的使用价值,而是商品的现实反映在人们头脑里的意象。广告就是在资本主义从商品的生产型社会向消费型社会转变的过程中形成的,成为相对于人的主体的外在的景观,在人的脑海中不断地合成、幻化和堆积,广告话语通过不断播放、反复出现,对需要与消费进行操控。广告等大众传媒代表资本主义从商品社会走向影像景观帝国。这种广告的意象不知不觉、令人愉悦地统治着一切,其隐蔽性和压制性的统治就是对人精神自由的控制和异化,人们陷入了由形象、景观和拟像构成的游戏中,越来越同外部世界隔绝。加迪斯指出,资本主义社会从信仰时代走向怀疑信仰的理性时代,继而走向影像景观所带来的负面影响:后现代时期,美国社会的基石是建立在大众市场和宣传这类传媒符号之上的。广告、电视和媒体对社会进行无与伦比的渗透,商品化和物化主导着整个美国社会,渗透到所有的文化生态乃至人际关系之中,弥漫在社会的各个角落。加迪斯在第二部小说《小大亨》中进一步剖析了商品拜物教和自由企业制度。

《小大亨》是一部出色的长篇讽刺作品,以美国工业及其金融综合体为主题。小说的中心人物之一杰克·吉布斯就是热力学第二定律的奠基人之一乔赛亚·威拉德·吉布斯的代言人。这里有必要重温杰克·吉布斯对学生说的话:"你们认为有组织性是知识本身固有的一个特性,无序和混乱只是来自外部的,威胁组织性的毫不相关的力量。事实正好相反。秩序只是我们强加给混乱这一现实本质的不可靠的、岌岌可危的状态。"(JR 20)。这部小说延续了加迪斯对商品拜物教的关注,人们的兴趣已从商品的生产转向商品和股票的交易。这一部融合商业、艺术、机械和教育多重声音的史诗,通过直接对话,显示了无休无止的说话声和各种噪音与"经商"相融合的偏执话语,该书长达725页的非连续性对话对美国资本主义的经商之道进行了滑稽戏仿。加迪斯在1986年的访谈中提到,自己把《小大亨》视作"对失控的自由企业制度进行

[①] Gye Debord. *The Society of the Spectacle*. Trans. Donald Nicholson-Smith. New York: Zone Books, 1995:29.

的评论。"①《小大亨》实际上是对美国晚期资本主义自由企业制度发出的最诙谐、最猛烈的攻击。

一位被同学叫作 JR.文森特(for "junior")的 11 岁小男孩,小说中称为小大亨,集精明和天真于一身,利用学校的公用电话策划建立起一个巨大的国家性商业集团。在参加由学校老师艾米·朱伯特组织的对华尔街的实地考察之旅后,他认识到"真正的美国是什么样子"。在证券交易所,班上所有同学都购买了钻石电缆的股份。该公司是艾米的父亲蒙克利夫和她的叔祖父凯兹理事拥有的堤丰国际的一个子公司。这些孩子股东们觉得他们自己"再也不在我们国家的伟大经济中扮演被动者的角色"(*JR* 105),并相信整个美国自由企业的经营信条是为他们服务的。在经理室的洗手间里,小大亨偷听到蒙克利夫和凯兹之间的谈话。

让该死的政府的钱为他效力使情况发生改变他以为那家该死的电话公司到底是怎么会发展到他们现在这个地步的。(*JR* 108)②

小大亨知道拥有这样一个钻石电缆证券的投标可以让凯兹省去一大笔的税金。凯兹也告诉小大亨自由企业的狡诈,教他"金钱应该为你服务……诀窍就在于如何让其他人的钱为你服务"(*JR* 109)。小大亨知道凯兹利用其他人以及政府的钱为自己赚钱。

很显然,小大亨将这种赚钱方法牢记于心,急切地想把它付诸实践。他从商品目录上获取信息,并通过学校的公用电话亭做买卖。这种匿名的经商方式也是从华尔街校外教学中学到的。首先,他发动了针对钻石电缆的股东诉讼,从而有能力使用凯兹的钱为自己的第一桩主要买卖提供资金支持。他通过协议收益贷款,向海军购买了 9,000 个塑料餐具并向军队出售这批货物获利。之后,他通过购买贴现债券,接手了濒临破产的老鹰纺织厂。他几乎把一切都以 99 年售后回租的方式卖掉,用以维持商业和获取现金收益。小大亨不考虑工人的利益,用机器取代工人,将工人的退休金投资于其他生意。他以非常低廉的价格将公司财产全部售出,获取了大量的抵免所得税。正如加迪斯

---

① Zoltan Abádi-Nagy."The Art of Fiction CI: William Gaddis." *Paris Review* 105 (Winter,1987):60.

② 威廉·加迪斯:《小大亨》,朱叶等译,凤凰出版传媒集团、译林出版社 2008 年版,第 170 页。

第二章 加迪斯对美国后工业社会的批评

的评论家克里斯托弗·奈特所说的:"资本主义建立起一种掠夺性的、侵略性的道德规范,这种道德规范若是褪去假面具必将不受欢迎。"①小大亨对老鹰纺织厂的接管完全是掠夺性的,他准备好模仿成人商业竞争的伎俩,全身心投入到对利润的不懈追求中去。小大亨认识到要在商界驰骋,必须为追求成功不惜一切代价。当巴斯特指责他接管老鹰纺织厂的非道德时,他为自己辩护道:

——可是我该做些什么呢!他一只脚放到地上另一只脚从暖气片里抽出来,我是说谁要他们倒霉的纺织厂来着?我所做的只是买下那些债券作为投资管我自己的事后来他们改变主意把所有那些破楼和工人还有其他东西全丢给我他们指望我干什么,给他们造个公园吗?我是说天哪……他撕下一张纸巾然后用他擤鼻子,——我有这项用来保护它的投资不是吗?我是说你为那些把债券换成股票的老人们感到如此内疚他们买那只股票不也和我一样是为了投资吗所以他们怎么了?(JR 300)②

加迪斯的小说把美国社会描绘成除了商业增长之外,其他的一切都呈现出停滞生长的荒原状态。在《承认》中,汉娜曾抱怨道"我们生活在一个不会长大的国家"(R 748),而《小大亨》是对"美国到底是怎么一回事"进行了更为喜剧性的、讽刺性的揭露(JR 719)。比起社会道德等其他方面的衰退,商业和股票期权获得了更为稳定的发展。小大亨所信奉的简单信条是"得到你所想要的"。在每一回合,他只遵守着这一信条的字面意思而避开其精神实质。在这部小说中,加迪斯提到了戴尔·卡耐基的《如何赢得朋友及影响他人》对美国民众的影响力。这本书自1937年问世以来,成为了当时美国最持久的畅销书之一。此书的唯一目的就是教会人际准则和生活技巧,帮助人们如何在日常生活、商务活动、社会交往中与人打交道,并有效地影响他人;如何击败人类的生存之敌——忧虑,以创造一种幸福美好的人生。加迪斯讽刺了这一本成功学或交际学读物,认为这是一本诡诈的书,教导如何用残存的、值得坚守的人格去换取被认为值得拥有的东西,汇集了如何操纵别人、谋求私利、找到"有

---

① Christopher J. Knight. *Hints & Guesses:William Gaddis's Fiction of Longing*. Madison:The University of Wisconsin Press,1997:88.

② 威廉·加迪斯:《小大亨》,朱叶等译,凤凰出版传媒集团、译林出版社2008年版,第467页。

效途径"的方法,集合了世俗和宗教世界里最坏的东西于一身,即实用主义对一种想法的"现金价值观"和新教伦理的内在孤独。卡耐基这本书为900多万的读者提供了蹩脚的权宜之计,让自己"有人缘"。①

小大亨把这本书的经商之道熟记于心,迅速建立起自己的商业帝国。他的帝国引诱了周围的每一个人,因为在自由企业体制中,成功的意义就是对金钱的获取,对失败的担忧很大程度上决定了人物的醉生梦死。许多人物都走进了这个金融帝国,包括小大亨的老师、作曲家爱德华·巴斯特以及一大批商业代理人。这些交易的当事人中没有人注意到电话线的另一端是一个六年级学生,他用手帕捂着扬声器佯装成年人的声音和成年人做生意。在少年时期,小大亨就买下了一家玩具公司和杂志社,业务范围多样化,包括交通、药物、木材、殡仪服务,等等。

加迪斯在《小大亨》中揭示了20世纪70年代自由企业制度所固有的弊病。由于美国国税局(IRS)允许公司以及个人将贷款利息从应税所得中扣除出去,债务公司享受了巨额税务注销的好处。结果,联邦赤字增加,新的通货膨胀开始了,但公司律师比密斯透露:"对法律字面意义近乎狂热的强调是以牺牲法律的精神为代价的,实际上常常直接践踏了法律的精神"(JR 525)。企业活动主要围绕贬值、折耗备抵、亏损移后、税务注销及诸如此类的消极考虑展开,小大亨的商业帝国根植于对极不稳定的股票市场的非法操控和投机买卖。证券交易所发现了小大亨的所有交易,小大亨的商业集团最终土崩瓦解。在小说结尾,小大亨冲着一部无人接听的电话大喊大叫,不择手段的成功以及自由企业的竞争被称为"缔造今日美国的传统观念及价值观"(JR 652)。小大亨印证了律师哈里·鲁兹在《诉讼游戏》中对放任资本主义的论述:"贪婪和政治腐败顷刻之间共同缔造了这个国家"(F 136)。在小说结尾,劫后余生的小大亨仍然愉快地幻想着重建金融帝国的新计划。

《小大亨》展示了后现代资本主义自由企业制度下的另一残酷境遇,也就是美国历史学家理查德·霍夫施塔特(Richard Hofstadter)所描述的弱肉强食:"美国社会在自然选择的牙齿和利爪中看到了自己的形象。"②这句话生动地说明了美国是一个信奉适者生存的赤裸裸的丛林社会,活跃且紧张的竞争渗透进所有人类的心灵,以此它的统治集团可以把这种竞争情景渲染成一件本身就是好的事情。企业一心获取利润,它们之间无情的激烈竞争引发了严

---

① William Gaddis.*The Rush for Second Place*.New York:Penguin,2002:53.
② Ibid.47.

重的社会危机。约翰·戴维·洛克菲勒在演讲中说道:"美国的红蔷薇只有牺牲它周围生产的初芽,才能绽放出妩媚芬芳的花朵,使其旁观者喝彩,这不是一种邪恶在商业上的倾向。这仅仅是工作的自然法则和上帝的法律。"①加迪斯在随笔《勇争第二名》中援引这段话表示出他本人对洛克菲勒伦理的讽刺和厌恶。《小大亨》描述了这样一幅触目惊心的景象:"商业投机凌驾于商品生产之上,权利只集中在少数人手中,经济上的公正不复存在。"②小大亨的许多商业交易都是不道德的。他的收购使得许多工厂倒闭,工业凋敝,福利事业被忽视,造成大量人员失业,加剧了劳资冲突。一家小壁纸公司的老板邓肯先生因为小大亨家族公司而破产,精神崩溃,最终死在医院里。他只是身受适者生存的丛林生存法则之害的芸芸众生之一。在临死之前,他告诉绝望的巴斯特:"巴斯特,我告诉你,要是你什么都没做的话,你不是一个失败者。你可以把整个国家弄糟了,让三万或是四万人被杀。只要你不是为了偿还这笔债而增加税收,你就可以不把这件事当作战争。认为获利是真理的人都是王八蛋。这正是让他们害怕的"(JR 683)。置身商界,"一切为了获利"的动机已经入侵到众多人的内心,它成为支配社会的原则,摧毁了无数的弱势群体。

小大亨可以看作是加迪斯笔下的盖茨比,是对美国市场中耗尽的自我驱动力的滑稽戏仿,两者唯一的不同之处在于:盖茨比是通过非法制造和贩卖而积累财富,而小大亨则利用了美国自由企业制度中的漏洞,利用对股票市场的非法操纵而攫取私利。当资本主义自由企业制度高度组织性、有序性的面纱被揭开之后,我们可以看到其背后是混乱这一固有的基本现实。小大亨窥见了"道德真空",他为自己生存在这一环境的"非道德行为"辩护。小大亨面对爱德华·巴斯特在获悉他的剥削计谋后表现出的愠怒时,他的反应是:"但是我又能做什么呢?"(JR 300)因为与小大亨打交道的都是一些不讲道德的商人,他认为自己步他们的后尘无可厚非。

三、虚伪欺诈的宗教与美国疯狂的对外扩张

加迪斯的四部长篇小说气势磅礴,颇有见地地涉及后工业化美国社会商

---

① William Gaddis. *The Rush for Second Place*. New York: Penguin, 2002: 46.
② Peter Wolfe. *A Vision of His Own: The Mind and Art of William Gaddis*. Madison & Teaneck. NJ: Fairleigh Dickinson University Press, 1997: 154.

品拜物教和自由企业制度的诸多重要主题。"钱"是《小大亨》的开卷首语,也是加迪斯创作的中心议题。获取利润不仅成为大商业机构的唯一目标,对宗教和政府机构来说亦如此。表面上看,美国政府冠冕堂皇,一心关注民众的福利,但政府和大商业机构之间却隐藏着黑暗交易。政府、宗教以及大商业机构都屈从于利益。为了获得巨额财富,宗教机构搞欺诈,宗教成为欺骗信徒的工具。正如加迪斯在"作家与宗教"研讨会上宣读的文章《老冤家新面孔》中所言:"传教士是神秘的守护人,而艺术家被迫要揭示神秘。他们之间的差别就是:作家是秘密的讲述者,他一次只能对付一个读者,一页文本;而传教士能够一次性让全体教徒陷入这种集体性的错觉。"①加迪斯认为作家一直以来承担着探索人类思想中最古老的,也是最普遍的活动之一——宗教这个永恒的问题。他直言自己所要批判的宗教就是"近半个世纪以来,我在其一两个化身里,磨破我胫部皮肤的那个教派"。② 很显然,加迪斯意指正统基督教派。在《承认》《小大亨》和《木匠的哥特式古屋》中,加迪斯揭露了政府、宗教和大商业机构之间腐化的相互渗透。在加迪斯的对话体叙事中,我们可以看到,人物之间的交易总是发生在幕后,宗教与这些社会机构隐蔽的相互渗透总是避开公众的注意。

(一)虚伪欺诈的宗教

在后现代社会,当利益成为唯一的衡量标准,信仰、理想、道德必将成为交易的筹码。美国文学批评家文森特·帕瑞娄(Vincent N. Parrillo)说道:"在一个社会中,居于统治地位的宗教代表的是在经济和政治的阶级领域占统治地位的阶级的利益。它使现存的社会结构合法化,用来世回报的许诺减轻人们的挫折感、愤怒和伤痛。"③宗教原本超自然的、神秘的、栖息在精神层面而无法描述或理解的意识已经同遵从权威紧密相连,宗教不再关心对上帝、对子民的爱以及与此相关的宗教仪式和宗教义务。宗教失去了"自由"的灵魂和核心,或成为文化压迫的工具,或被用于笼络人心,挑起是非,在宗教的幌子下是虚伪、腐化和阴险。莫尔曾指出,加迪斯深谙马克斯·韦伯的经典研究《新教

---

① William Gaddis.*The Rush for Second Place*.New York:Penguin,2002:91.
② Ibid.89.
③ Vincent N. Parrillo.*Strangers to These Shores:Race and Ethnic Relations in the United States*.New York:Pearson,2003:514.

伦理与资本主义精神》(The Protestant Ethic and the Spirit of Capitalism，1930年英译版)。① 很显然，韦伯的著作成为加迪斯小说《承认》和《小大亨》的重要引用来源之一。韦伯将清教主义在资本主义的欧洲，尤其是在美国取得的成功归因于清教的工作伦理；这是一种"入世苦行"，认为人们只有努力工作才能最好地服务于上帝，进而成为上帝的选民，注定能够得到救赎的最可靠标志是任何形式的成功，而经济上的成功被认为是最显著的表现。韦伯写道："清教徒想要响应神的感召，从事某种工作。"②原教旨主义者严格遵循清教的工作伦理，认为个人财富的增长是上帝施予恩泽的象征，贫穷者是上帝的弃儿。一个人挣的钱越多，就越获取上帝的救赎，越能为上帝增光。因此，一个人有没有信仰，是否能够获得救赎，就从路德所说的"因信称义"变为以"事功"来显示和证明。清教主义中的这一观念在一定程度上统领着美国资本主义的生活方式，其他的美学和文化价值都屈从于"以经济上的成功彰显神的感召"这一信条。加迪斯以小说创作指出宗教由启示宗教降至神设宗教的危险及其导致的社会问题。

在《承认》中，怀亚特的新英格兰祖先深受清教的原罪与禁欲主义之苦：

> 任何一种愉悦身心的活动若不是被认定为绝对的邪恶，那就是更糟糕的，是浪费时间。情感上的道德已从它们的系统中被连根拔起。它们并不一定把穷人当成上帝的朋友。精神上的贫穷则是另一回事。苦干是上帝所需要的，表达对他感恩的方式，正如一切都已有安排，金钱被认为是证明优良品质的象征。(R 13～14)

在《小大亨》中，杰克·吉布斯无处不在的诅咒——"该死的上帝"表达了他对作为内心世界信仰力量的"上帝之存在"这一普遍信念的怀疑。这位受挫的艺术家意识到资本家用来为他们的存在作辩护的宗教欺骗极具威胁性。他大声吼道："这该死的新教伦理是摆脱不掉的，我们需要救赎。"(JR 477)吉布斯发出了加迪斯对宗教的批判之声，在他看来，无论是新教还是清教，都是统治阶级为自己控制社会进行辩护的工具。加迪斯小说中的人物清楚地意识到他们的困境，并在对抗宗教组织的混乱中做出了一些大胆的尝试，但是他们的

---

① Steven Moore.*William Gaddis*.Boston：Twayne，1989：70.
② Max Weber. *The Protestant Ethic and the Spirit of Capitalism*. Trans. Talcott Parsons.New York：Scribner's，1958：181.

努力似乎太无力,不能把他们从危机中拯救出来,唯一可行的办法就是逃避,冲破这一让人窒息的封闭体制。《承认》中怀亚特·格里扬放弃当传教士而从事绘画工作——依照清教徒的偏见,艺术创作是罪恶的,亵渎神明的。怀亚特对真品艺术的痴迷与他对真实的宗教体验的执着密不可分。怀亚特的父亲格里扬神父发现基督教伪造密特拉教之后,全身心投入对神秘的异教——密特拉教的研究当中,这可以看作是这位神父对制度性宗教失望的表现。

《木匠的哥特式古屋》重返宗教主题,进一步揭示了宗教中的虚伪以及同政府和大商业机构勾结而复杂化的宗教,正如约瑟夫·塔比所说的:"有组织的宗教、庞大的金钱网络、一个依赖廉价的石油和自然资源的全球经济之间的关系,很长时间是加迪斯探索的主要题材。"①这一部作品揭示的是艾尔顿·乌德牧师,一位美国参议员,地质学家麦肯德利斯,在作为小说背景的"非洲大裂谷"进行的人与物的交易。在这里,加迪斯攻击的目标是从20世纪以来就一直困扰美国的原教旨主义以及各宗教派别之间的混战。以前做过军官的保罗·布斯心胸狭隘,卑鄙无耻,他在越南把自己打造成传媒顾问,南部福音派牧师艾尔顿·乌德是他最有前途的客户。布斯帮助他将一次洗礼中的意外溺水事件适时发展为媒体向邪恶势力讨伐的呼吁。宗教所认为的邪恶势力包括共产主义、进化论者、犹太自由新闻界以及无处不在的人道主义者。油腔滑调的乌德牧师是以溺水者名字命名的韦恩·菲柯特圣经学院的创始人。乌德牧师领导了在非洲的福音派运动,并在南方笼络了一大批忠实的原教旨主义者。事实上,他高调的道德说教使人们放松了对宗教虚构与欺诈的警惕。乌德牧师在非洲的布道很好地契合了他的矿业公司在这个区域的利益。他打算在这个地区散布消息,抵制无神论共产主义隐蔽的进攻。乌德牧师是这部小说的神秘人物,其形象在布斯怒吼的话语以及麦肯德利斯愤世嫉俗的评论中若隐若现。麦肯德利斯对宗教欺诈和原教旨主义者的盲目狂热冷嘲热讽。他将原教旨主义与愚蠢和疯狂等同起来,谴责了宗教不同派别之间的血腥争斗:

——愤怒的最大根源是恐惧,怨恨的最大根源是愤怒,而所有这一切的最大根源就是你触目所见的毫无顾忌的神启宗教。锡克教徒杀害阿拉伯人,阿拉伯人杀穆斯林,德鲁兹教派穆斯林杀马龙派教徒,犹太人杀害阿拉伯人,阿拉伯人杀害基督徒,而基督徒互相残杀,也许这是我们的唯

---

① Joseph Tabbi."Introduction" in *The Rush For Second Place*.By William Gaddis. New York:Penguin Books:xv.

第二章 加迪斯对美国后工业社会的批评

一希望。你们把由原罪生发的自我怨恨投向自己的邻里,也许你们会有足够多的不同宗派的残杀,从伦敦德里市到昌迪加尔,一直把整个该死的世界抹掉……(CG 185~86)

这里,加迪斯指的是发生在英国伦敦德里市和印度北部昌迪加尔的两起宗教血案。在这部小说中,麦肯德利斯可以被视为基督的敌人,到处散播他对不同宗教派别之间的血腥争斗的诅咒和绝望。加迪斯借他之口,对参与国际权力游戏的宗教进行犀利的批判。在《诉讼游戏》中,加迪斯再次控诉宗教冲突引发的暴行。

紧跟着锡克人屠杀印度教徒的视觉盛宴之后是印度教徒屠杀穆斯林教徒,德鲁兹教派穆斯林杀害马龙派教徒,犹太人杀害阿拉伯人,阿拉伯人杀害基督教徒,为了换口味,基督教徒互相残杀……(F 471)

加迪斯以讽刺的口吻叙述的宗教冲突揭示了各教派的生灵涂炭,与宗教等同的和平与和谐被借信仰之名的杀戮所取代。正如《出埃及记》所说的,上帝是战争之人,随之而来的两千年的屠杀带来的不是和平,而是十字军手中的利剑,这种冲突局面一直延续到当今世界。有鉴于此,英国哲学家阿尔弗雷德·诺斯·怀特海(Alfred North Whitehead)以自己独特的形而上学观点对宗教进行了阐释,他认为宗教活动并不一定是善行,"宗教的欺骗"非常危险,极容易发生激烈的嗜血事件。他在《宗教的形成》(*Religion in the Making*,1996)一书中写道:"宗教是人类野蛮的最后的避难所,历史就是与宗教有关的恐怖事件的可悲记录:活人祭品、特别是杀戮儿童、自相残杀、纵情声色、鄙俗的迷信、种族之间的仇恨、维持堕落的习俗、歇斯底里、偏执顽固,所有这一切全是宗教的罪状。"[1]加迪斯以小说创作的形式揭开了宗教的欺骗面纱,他注意到宗教的偏执不仅局限于美国,而是整个世界的普遍现象。身披各种不同道袍的教派只要一有机会就相互吵架,不同宗教团体的相互隔离导致了世界政治中的混乱局势。宗教教义被曲解滥用,以谋取私利,被利用来压制他人,发动战争,滥杀无辜。加迪斯的《诉讼游戏》引用了罗伯特·弗罗斯特(Robert Frost)在诗歌《冰与火》(*Fire and Ice*)[2]中描述的两种极具毁灭性的力量:世

---

[1] 怀特海:《宗教的形成》,周邦宪译,贵州人民出版社2007年版,第52页。
[2] William Gaddis. *A Frolic of His Own*. New York: Scribner, 1995: 425, 507.

界毁灭于"火"或者是"冰"的可能。加迪斯用火象征宗教的激情和欲望,用冰象征宗教的冷酷和仇恨,宗教的狂热与冷酷足以引起不同宗教派别之间的憎恨而将世界埋葬。

(二)疯狂对外扩张的新殖民主义

虽然在二战之后,大多数殖民地国家赢得了政治上的独立,但是,像美国这样的西方国家仍然控制着第三世界国家的经济。美国政府从狭隘的单一地方论出发,持西方中心主义论,把美国视为"唯一真实的地方",而把那些边缘地方叫作"影子地方"。美国为使自己国家强盛而掠夺他国资源,将本国利益凌驾于他国利益之上,剥削其他地方的居民,掠夺当地资源,以此巩固自己的家园,毁灭其他地方。正如詹姆逊指出的:"文学文本的政治阐释仍然是一切阅读与阐释的绝对视域。"①《小大亨》和《木匠的哥特式古屋》这两个文学文本就是对这种政治欺骗——当代新殖民主义政治和经济进行的阐释,适合于在政治阐释的视域下解读。在这样的政治欺骗下,非洲人和美洲土著人成为美国充分掠夺非洲国家和印第安人居住地自然资源的障碍。《小大亨》中的两个虚构国家甘第亚和尤阿索之间的争端(实际上是比属刚果和卢蒙巴的刚果民族运动之间的争端),揭露了20世纪60年代美国通过跨国公司对非洲的"影子地方"实行的新殖民主义。

加迪斯在小说中向读者揭示了大公司和国家机构在推行新殖民主义上的相互依存。公司需要国家政客保护他们的投资和权利,而国家需要大公司推行其对新兴独立的第三世界国家的经济和政治控制。在《小大亨》中,琨丰公司在一个名叫甘第亚的、国内政局不稳定的非洲国家投资矿产生产。琨丰的冶炼厂所在地尤阿索正在进行分裂活动,企图脱离甘第亚。超级大国美国扮演了国际警察的角色,认为必须在那里驻扎军队以确保和平,暗地里却支持这一分裂活动。如果尤阿索的分裂活动获得成功,该地区在独立后将成为琨丰的矿业城市以及美国在非洲进行政治经济活动的后院。为了进一步实现这一不可告人的阴谋,美国政府利用琨丰的财政支持,暗中和甘第亚的国防部长德博士打起了如意算盘。美国出动军队干预甘第亚的国内动乱。当德博士的叛乱分子炸掉一些桥梁,并对琨丰的矿业造成威胁时,琨丰的真正所有者、总督

---

① Fredric Jameson. *The Political Unconscious: Narrative as a Socially Symbolic Act*. New York: Cornell University Press, 1981:17.

凯兹呼吁他的白宫游说者——议员布鲁克斯和弗兰克·布莱克保住公司的既得利益。凯兹和布鲁克斯的电话交谈揭示了美国政府在实行新殖民主义中的立场和出手干预的真面目。

> 布鲁克斯……？他抓起电话来贴在一只聋耳朵上，——没有该死的时间来吹毛求疵了，要是蒙帝还在这儿管事的时候没有将这份合同签上字封好并且送出去的话那他在合同上的签名就和杰斐逊戴维斯的一样不管用了，已经有足够多该死的问题了左翼报纸搞二加二等于五听上去像是那边几个黑人提前行动了炸了一座该死的桥还是什么的，这边布劳芬格在电话里想知道的头一件该死的事就是有没有任何关于派遣军队去稳定局势的说法。答复最好是我们他妈的没有我想要弗兰克·布莱克去向下面那些记者团及其他任何探听消息的人好好说清楚听见我说话吗？为了让这个尤阿索省分离出来爆发了内战，这不是谁的事而是这些该死的非洲人的事，我们不能掺和进去支持脱离活动可也不说明我们就想要某个该死的傻瓜做出支持现任政府的决议听见我说话吗……（JR 96）①

凯兹并没有充分领会到他的公司在美国对第三世界国家的政策中所起的作用，担心美国政府的干涉会损害公司的利益，他雇用了一个前纳粹军官布劳芬格支持分裂活动，以带来更多的利润。琫丰公司的业务就成为美国对非洲国家施行经济和政治控制这一大阴谋的一部分。英国社会学家安东尼·吉登斯（Anthony Giddens）评论道："如果民族国家是世界秩序中主要的'演员'，那么跨国公司就是世界经济中主导性的代理。"②在这里需要补充的是，如果我们能够认识到新殖民主义是通过跨国公司进行经济控制和掠夺的，那么就能明白跨国公司在政治舞台上同样起着主导作用，是发达国家利用经济优势，采取的更为隐蔽的、间接的殖民侵略手段。我们应该注意到被标注在地图上的非洲国家是原料开采和赚钱的地方，而并非是人民真正独立生活的地方。甘第阿和其他非洲第三世界国家一样，是发达国家获取廉价劳动力和原材料，最大限度地榨取财富的地方。尤阿索对琫丰公司来说是一个理想的冶炼厂所在

---

① 威廉·加迪斯：《小大亨》，朱叶等译，凤凰出版传媒集团、译林出版社 2008 年版，第 151～152 页。
② Anthony Giddens. *The Consequences of Modernity*. Standford: Standford University Press, 1991: 72.

地,对美国的非洲事务而言,它又可被视为理想的傀儡政府所在地。凯兹获悉马尔威这个更为落后的地方准备开始危险的采矿业时,命令布劳芬格军官吞并它,以便获得更多利润。热爱自由与独立的马尔威人民行动起来,反抗由堤丰资金支持的军事入侵,但他们没有坚炮利器,有的不过是玩具式的武器。《小大亨》中有一幕生动形象地描绘了势单力薄的马尔威人民对侵略者的抵抗。

> 唯一他妈的问(题)……劳动力马尔威全部该死的劳动力大量毁灭是的那到底是怎么发生的。戴博士的人想霸占它听说他们走了进去这些蠢货武装到了他妈的牙齿去迎击他们戴的那伙人一慌就把他们砍倒了一大片进去清扫时发现他们使用的全是玩具,手枪卡宾枪轻机枪火箭发射器每一样你想得到的他妈的武器都是塑料玩具可怜的蠢货一定已经……(JR 709)①

加迪斯幽默地讽刺了发达国家与第三世界国家力量之悬殊,然而,马尔威人民身上所体现的爱国主义激情深深震撼了读者。在《小大亨》和《木匠的哥特式古屋》这两部小说中,美国通过跨国公司对外扩张,对非洲政治实行的新殖民主义成为加迪斯关注的焦点。在《木匠的哥特式古屋》中,麦肯德利斯揭露了美国公司以及国家权力机构之间隐蔽的、罪恶的交易。沃拉克矿业储备公司在非洲中部除了获得矿业利益之外,与美国政府的新殖民主义和对外扩展也有着千丝万缕的联系。"那里有世界一半的钻石和铬,世界百分之九十的钴,一半的黄金,世界近一半的铂金,在几内亚波克的整个紫铜带和铝土矿床上……他们出售钒、铂金、锰和铬这四种主要矿物,用于我们的工业和国防,难道不是这样吗?"(CG 189~190)加迪斯在小说中揭露了不为一般民众所熟知的黑幕:美国政府以保护本国利益为名,干涉第三世界国家内政,侵犯他国利益。在非洲矿藏宝地上的沃拉克公司企图再次将整个非洲大陆开拓为新殖民地,再次奴役当地的居民,以使他们为美国的大公司服务。加迪斯以犀利的笔触揭露了美国就是这样一个国家:"其国民是可能做出可耻行为的一群道貌岸然的人。"②

---

① 威廉·加迪斯:《小大亨》,朱叶等译,凤凰出版传媒集团、译林出版社2008年版,第1091页。
② Lloyd Grove. "Gaddis and the Cosmic Babble." Interview with William Gaddis. *Washington Post*, 23 August 1985: B1.

四、荒谬的法律和司法制度

《诉讼游戏》的大多数场景发生在纽约长岛汉普顿斯的温斯科特,并且都是以对话展开的。这部"以轻描淡写的方式揭示深刻主题的小说"①体现了加迪斯创作中的众多关注点和主要态度。和前三部小说一样,这部小说以法律和司法制度为侧重点,展示了美国是一个以金钱维系的社会。对金钱的强烈欲望已经侵蚀了诚实、奉献、友谊等美德。加迪斯通过将金钱与美国的法律和司法制度结合,深化了他对"金钱至上"这一信条的思考。正如评论家克里斯托弗·奈特所说:

> ……在美国,一切都不尽人意,尤其当这个国家越来越依赖于通过胜者通吃这一种对抗式的做法解决存在的社会紧张局势。也就是说,加迪斯的小说指出当一个国家被经济(比如竞争和自由市场)所统领,政治以及文化的统领地位越来越弱时,它的法庭以及更宽泛意义上的司法道德意识也相应地出现对抗性做法。②

这部小说揭示了以自由企业为主的美国社会就是一种对抗式社会,在同样的对抗性背景下产生的法律与其说是保证秩序和公正的体制,倒不如说是被贪婪的人荒唐滥用、获取利益的武器。这部有趣的悲喜剧揭示了后现代美国这一好诉讼的社会以及律师行业中的肮脏丑陋交易。

正如律师哈里·鲁兹所说,《诉讼游戏》这一标题(*A Frolic of His Own*)源自保证雇主不需对任何在"雇佣范围之外"造成损失与破坏的雇员承担任何责任的法律用语(CG 348)。它暗指这部小说中所有好诉讼的人物都在以自己的方式参加一场诉讼游戏。批评家拉里·维特姆指出:"诉讼是小说中的人

---

① Richard Lacayo."Speaking in Tongues." *Time*,24 January 1994:67.
② Christopher J.Knight. *Hints & Guesses:William Gaddis's Fiction of Longing*. Madison:The University of Wisconsin Press,1997:202.

物唯一能真正与外面的世界沟通的方式。"①当事人提出诉讼是为了赚钱。在20世纪晚期的美国社会,诉讼已经取代诚实工作而成为唯利是图的人们获得金钱和自我认可的来源。法律帮不了真正寻求其帮助的弱势群体,他们被律师们欺骗,因为法律和司法体制对这些弱势群体来说具有对抗性和敌视性。《诉讼游戏》融合诉讼游戏的喧嚣和司法公正的严肃主题,"唤起了人们对文明支柱的脆弱以及文明之下的黑暗的思考"。②

　　小说一开始,首席原告——中年大学历史教授奥斯卡·克里斯正赶往医院,因为他运用点火装置电线短路的方法发动小轿车时,轿车突然从停车区窜到车道上去,把自己给撞倒了。他认为自己是"最后一个文明人",但他却没有任何权利认为自己高人一等。奥斯卡又是一个觊觎金钱的险恶之人。他的同父异母姊妹克里斯蒂娜嫁给了律师哈里·鲁兹。奥斯卡在各种诉讼中常常寻求他的帮助。他打算因自己被无人驾驶的小车撞伤而控告保险公司。但对于这些受损的零件,他又能控告谁呢?他能够控告车主吗?他自己就是这辆日本产的 Sosumi③ 轿车的车主。在这样的情况下,他既是原告,又是被告。如果他控告这部车的经销商,经销商会控告制造商,制造商又会控告各零部件的供应商,结果就是要控告整个世界。即使奥斯卡的案子能了结,他要等多久才能获得赔偿?而支付这一大堆的诉讼费用之后,他又能获得多少呢?奥斯卡对保险公司调解人说:"我需要的只不过是公正。"(F 27)但他所谓的对正义的渴求是受自身利益的驱动。他一心只想为自己争取公正,尤其是经济方面的公正。他的人身赔偿诉讼与其说关乎公正,倒不如说关乎金钱和贪婪。另外一个喜好诉讼的女士翠西听说奥斯卡的车祸后说道:"他真是聪明!要是你看到每天分发这样一大笔钱,你可以想象他可以为拿到数百万而上诉,难道不是吗?"(F 16)翠西向读者道出了奥斯卡的别有用心,而她与奥斯卡同是一丘之貉。加迪斯通过哈里之口说出:"贪婪、愚蠢、两面派,在我们这样的体制下,你能指望人们有什么出彩表现呢?"(F 41)哈里的这些话语,指出了当今美国司法体制的无序是衍生大批诸如此类的自私之人的温床。

　　奥斯卡还卷入了另一桩诉讼。他起诉好莱坞电影制作人康斯坦丁·基斯

---

① Larry M. Wertheim. "Law as Frolic: Law and Literature in *A Frolic of His Own*." *William Mitchell Law Review* 21, no.2(1995):445.

② Peter Wolfe. *A Vision of His Own: The Mind and Art of William Gaddis*. Madison & Teaneck, NJ: Fairleigh Dickinson University Press, 1997:281.

③ Sosumi 与 so sue me(起诉我)同音。

特剽窃了他尚未出版的剧本《曾在安提塔姆》,并将其搬上银幕。奥斯卡在这部剧本中讲述了他的祖父托马斯·克里斯在美国内战中不为人知的故事。由于国内南方与北方的分裂局面,他的祖父分别从联邦政府军队和南方联盟军队雇用了两个人,他们在惨烈的安提塔姆之战中相互对峙,但死时却握手言和。托马斯·克里斯祖父最终任职于奥利弗·温德尔·霍姆斯法院,作为法官的克里斯因维护法律的公正而享有盛誉;认为法律的生命并非是逻辑,而是经验的霍姆斯法官则认为自己的职责就是执行法律,因此两者常常意见不合。奥斯卡写这部戏剧是为了向他的祖父致意,同时也希望能和他当法官的父亲克里斯和解。然而,他父亲并不是一个慈父,而是一名严厉的法官,把自己的一生都奉献给了他毕生热爱的法律事业。在这种情况下,奥斯卡有理由起诉这位好莱坞制片人,因为后者擅自篡改他所写剧本的部分内容,并把它变成了一部赤裸裸的色情电影。虽然哈里·鲁兹反复警告奥斯卡,官司打下去只是堆积账单,别无他用。奥斯卡拒绝接受法庭裁决的 20 万美元赔偿金,坚称要寻求法律的公正。结果是奥斯卡把美国法律和司法体制过分简单化和理想化,虽然美国法律和司法体制高调标榜公正和秩序的理念,但在实际应用中常常制造混乱。在法庭上,辩方律师指责奥斯卡剽窃莎士比亚、柏拉图和奥尼尔的作品。奥斯卡不知如何在那些擅长钻法律空子的雄辩的律师面前为自己辩护,他被彻底击垮了,最后只得到了被告方净利润的 20%。

在这部剧作中,其他的人物也被牵连到非常荒唐可笑的法律诉讼中去。奥斯卡 90 多岁的老父亲、法官克里斯也被卷入荒唐的法律诉讼中,他正在审讯一宗关于一位雕塑家的案子。雕塑家 R.斯里克在弗吉尼亚一个小村庄造了座雕像,一只名叫斯伯特的小狗陷入其内部复杂的罗网中出不来。小村庄的村民要求挽救小狗,拆除该建筑,而雕塑家不让他们破坏他的艺术品。克里斯法官判决雕塑家胜诉,引起全国电视台发动挽救小狗的行动。喜好诉讼的当地居民受到鼓动,参加到游行队伍中去,这使得事件逐步升级为明显含有种族弦外音的敌对事件(因为狗的主人和他的家人都是黑人),案件最后还涉及动物权利的保护。

《诉讼游戏》中荒诞不经的诉讼案件数不胜数。同样被卷入诉讼这一漩涡之中的还有奥斯卡的女朋友莉莉,克里斯蒂娜的朋友翠西,美国圣公会以及百事可乐公司。莉莉指控作为整容医生的前夫把硅胶填充到她胸部。当然对她而言,诉讼的主要意图是获得经济补偿,并不是要得到什么公正。她说道:"我起诉他是为了得到他的一切。这样当我父亲死后我就不用为他的钱而担心了。我也不用担心假惺惺的波比·乔神父会拿走这笔钱,因为我也会起诉他的。(F 468)"翠西想要起诉医院里的护士,因为护士让她名贵的衣服沾上鲜血,她非常聪明地以胎儿受到危害为堕胎借口。美国圣公会起诉百事可乐侵犯了他们的名誉权(百事可乐 Pepsi Cola 当中的所有字母都来自圣公会 Episcopal 一词的打乱重组)。正如莫尔所说:"加迪斯的这部小说以深刻而严肃的方式探讨诸如公正和道德的崇高主题,但小说读起来俨然像一部怪诞喜剧。"① 加迪斯以戏谑的手法揭示了法律固有的矛盾和弱点,刻画了一个痴迷于打官司,近乎疯狂的社会。美国的法律以及司法体制已经变得荒诞不经,背离了公平、平等、正当、正义的精神。

在这部小说中,加迪斯探讨了法律不能为民伸张正义的原因。因为在法律和司法体制中有自我调节的阴谋。小说一开篇,律师哈里·鲁兹如是说:"你要想得到正义就要等到下辈子了,在这个世界里你有的只是法律。"(F 13)他甚至说道:"每一种职业都是对公众的阴谋,每一种职业都以其特有的语言来保护自己。"(F 251)加迪斯对法律现状作出一番振聋发聩的评述:"语言与语言的对抗使得语言本身变成一种理论,这样,语言就不再是原本的语言,它成为空壳,成为供玩耍的东西。"(F 251)以下是从奥斯卡对好莱坞电影制片人的起诉中摘录的一个例子,律师麦德哈·派使用模糊的、重复唠叨的法律术语驳倒奥斯卡,把整个庭审变成了法律术语的冗赘叠用。

> 我能提醒注意是原告自己采取这项行动已经严重给其他人带来不便到了这么一个严重的程度要跑很多路程到他的寓所考察他随意宣誓作证。如果他现在突然觉得不情愿面对他自己招致的严苛的司法程序……(F 164)

为了表现律师是如何操纵法律术语的,加迪斯使用中间只有少数标点的冗长复杂的句子。面对油嘴滑舌的律师口中说出的极具杀伤力的话语,奥斯卡怔住了。他没有从内战、安提塔姆战役中得到任何权益,就连他祖父个人的历史都属于公共领域。加迪斯在小说中写道:"你瞧,这一切说的都是没完没了的话语,直到一切都被话语所淹没。"(F 160)

加迪斯嘲弄法律这个行当,他的目的在于彻底转变我们的认识:在资本主义社会,法律不为穷人讨说法,正义不过是强者享有的特权。如果有人想要提

---

① Steven Moore." Reading the Riot Act." Rev.of *A Frolic of His Own*.By William Gaddis. *Nation*,25 April 1994:209.

出申诉,那么在申诉过程中的每一步都要花钱,包括支出额、工本费,以及败诉要支付的诉讼费。有一流的法律事务所,也有低级别的法律事务所。能请得起有名望的律师,胜算的概率就大一些,正像奥斯卡起诉好莱坞电影制片人一案。奥斯卡只能根据哈里的推荐,从一家收费较低的律师事务所请来一名黑人律师。虽然出于对法律的尊重,父亲克里斯法官为他写了诉讼案情的摘要,做出有利于奥斯卡的裁决,但是奥斯卡从这一诉讼中却拿不到一分钱。电影制片人为打赢官司花了足够的钱,找到了为自己辩护的新途径。

出于对金钱的贪欲,律师们认为,司法工作在这个好诉讼的社会里是非常有利可图的,他们弃职业道德和义务于不顾。律师成了喜欢煽动人们去打官司,而不愿细致认真地展开调查,唯利是图的低劣人物。莉莉离婚案中的律师凯文就是一个典型例子。此外,律师彼此间都抱有成见,尤其是种族和性别歧视。克里斯蒂娜抱怨斯威尼和杜尔律师事务所主要雇佣白人和男性律师。加迪斯借律师麦德哈·派之口指出:"美国是一个熔炉,但是没有什么东西被真正融合。"(F 327)在一个白人主导的社会里,律师事务所雇佣的少数族裔只是平等和民主的幌子,作为提升社会形象的象征性标志。

评论家罗达·可尼格(Peter Konig)形象地把诉讼称作一台绞肉机,它使"人们像猪一样走进来,而像香肠一样离开"。① 小说中的人物经历烦琐的诉讼程序而索赔无望,身心疲惫时最后发现这台机器有许多锋利的牙齿,能够吞噬任何人,包括那些操作这一机器的律师。哈里起初将法律视作"正义的工具"(F 459),并希望能够尽自己的一份绵薄之力改变司法界的不公正。他刚开始服务于许多小型的、非营利的公益性法律事务所,但在同司法案例的接触中,他的梦想破灭了。于是,他转投公司法,因为这项法律只关乎金钱。具有讽刺意味的是,哈里对公司的百事可乐案子过度操劳,最终把命也搭上了。他为效忠公司而死,而公司对他却不仁不义,在他死后还强占了他的保险。

在《诉讼游戏》中,要获取公正需要付出如此昂贵的代价,以至于最终千辛万苦得到的公正看上去跟不公正没什么区别。法律的宗旨本应是澄清事实,但最终的结果却使事实变得更模糊不清。《诉讼游戏》正是讽刺了这一悖论。这部小说揭示了标榜理性的西方文明危机频频,一针见血地指出应该对西方文明的困顿状态负责的并非是个人,而是整个社会:"是社会制造了罪犯,是社会,而并非个人需要为此负责任。"(F 223)

---

① Peter W.Koenig."Recognizing Gaddis' Recognition." *Contemporary Literature* 16 (Winter 1975):61.

第三章 加迪斯对美国后现代社会文化的批评

一、资本化的文化逻辑和技术的非人化

正如评论家约瑟夫·塔比所言:"加迪斯对自动钢琴的论述——这是他定期更新而又搁置一边,却从来没有完全放弃的项目——也许最能清晰地说明他在小说创作中所要取得的成就:是对技术战胜一切,以及在技术民主中艺术和艺术家地位的辛辣讽刺。"①加迪斯的作品不仅揭示了美国商品拜物教和自由企业制度的弊病,而且关注金融资本和平庸与简单的技能如何摧毁精神创造,使之沦为获取利益的工具。他以文学论述的形式沉思了美国后资本主义社会时期文化的生存环境。美国后现代社会在金融资本和科学技术的影响下呈现出物质主义污染了一切超越性信仰,所有的文化因素服从于物质欲望的满足,使利润最大化这一目的。物质财富的增长优先于文化的发展,全民物化的结果是文化的贫瘠荒芜。有这样一句名言:"金钱能让一切土崩瓦解。"②加迪斯的小说在揭露美国资本主义体制混乱的同时,也从后现代人文视角审视后现代文明的弊端,着重探讨了属于文化精神中最为活跃的部分——艺术如何成为技术和商品的文化逻辑,揭示了西方文明和人文主义的衰弱;艺术家的敏感性在物质社会的衰败;内心生活的枯竭和人性的机械化。

---

① Joseph Tabbi."Introduction" in *The Rush For Second Place*.By William Gaddis. New York:Penguin Books,2002:ix.
② Steven Weisenburger. "Contra Naturam? Usury in William Gaddis's *JR*." In *Money Talks:Language and Lucre in American Fiction*.Ed.Roy R.Male,93-110.Norman: University of Oklahoma Press,1981:94.

第三章 加迪斯对美国后现代社会文化的批评

物质生活的生产方式制约着整个社会生活、政治生活和精神生活,后现代的物质生活制约着后现代的文化生存环境。到了晚期资本主义阶段,商品拜物教已经强有力地渗透到文化内核的各个要素之中,思维方式、感受方式、行为方式、价值观念和社会游戏法则等在金融资本的同化作用下,一切事物的内在差别都被同质化了。人和人之间的关系在商品生产和交换过程中被史无前例地抽象为物与物之间的关系。可以说,在后现代主义阶段,资本的逻辑已经渗透到所有的文化领域,文化不知不觉地变成了一种"工业",文化与资本形成了"共谋"关系,文化的逻辑自然而然地也资本化了。① 商品拜物教在支配着后现代的社会组织,也就是说,在晚期资本主义社会中,一切都被商品化,文化也不例外。加迪斯在随笔《勇争第二名》中将这种资本化的文化逻辑追溯到实用主义和新教伦理:

> 实用主义者威廉·詹姆斯说道:"实用主义者远离那些抽象和不充分的东西,口头解决方案,那些错误的先验理由,固定的原则,封闭的系统,佯装绝对和万物之起源的东西。他转向具体和充分,转向事实,转向行动和权力。"他主张,避开"上帝"这个口头解决办法,"从每个词中挖掘出其实用的现金价值,使其在你的经验之流里发挥作用。"
>
> 霍夫斯塔特直言:"当人们正想着垄断和控制时,实用主义就被吸收到了国民文化里。"……在一个如饥似渴追求物质进步的国家里,合乎逻辑的结果就是大生产、流水线这些概念,随之而来的就是把包含的每个因素简化成与量化、垄断和控制相关联的数率,另一方面,不可避免地,对诸如"人事管理"的恐惧,对实现"同意的工程"的阴险目标的恐惧也跟随着日益增长。②

加迪斯对实用主义充满怀疑,实用主义以权宜之计作为标准,使人们为不断追求更多物质财富而奋争,日益被那些有形的、可以量化的、可以测量的有用的东西困扰着。《承认》和《小大亨》揭示了被商业异化的文化艺术的生态环境。功利的实用主义腐蚀并扭曲了文化,使艺术创作和教育都臣服于利益的最大化。现金价值已经成为社会一切价值的试金石。加迪斯的作品极具文化

---

① 梁永安著:《重建整体性:与詹姆逊对话》,四川人民出版社2003年版,第105页。
② William Gaddis. *The Rush for Second Place*. New York: Penguin, 2002:48-49.

忧患意识,表现了"在资本主义文化上类似《荒原》的精神崩溃",①揭示了在资本主义高度技术化和商业化的物质社会里文化层面所缺失的东西。在《承认》中,"值得拥有的东西"取代了"值得存在的东西"。用小大亨的经济术语表达,像利润和税收收入这样的"有形资产"在与艺术、理念以及其他的精神追求等"无形资产"的较量中占了上风(JR 655),资本主义的交换价值位于一切价值之上。小大亨为了获得商业利益,无情地剥削和耗尽机构或者个人的商业价值,因为"这就是你所要做的"。《诉讼游戏》中,反复出现"金钱是他们说话的唯一语言","一美元上面写着我们信仰上帝,美元对我来说就是足够的福音了"等哀叹。(F 261)在《爱筵开裂》中,存在于爱筵的中心是毫无基础的理想和对博爱的迫切需要。虚构的人物瓦尔特·本雅明同约翰·赫伊津哈说道:"每样东西变成了一种商品,市场称之为价格。价格成为一切东西的标准。"②加迪斯讽刺了把商业价值当成意义中心的话语模式以及资本主义的话语模式。他通过广阔的文化考察和完完全全的文学方式,揭示了资本化的文化逻辑侵犯了社会生活领域,对商品这种具体物品的崇拜被对工具的效能崇拜所代替,工具理性取代了价值理性,使得手段支配了目的。

　　加迪斯的作品情节丰富,错综复杂,始终贯穿一个共同的主题:后现代社会的文化到底出现了什么病症?在 20 世纪西方资本主义和自由企业制度中可能出现何等文化问题?文化中有一些什么东西被疏离了?这种病症就是复制技术在资本主义机器大生产中的运用,艺术作品的独一无二性消失所导致的人的"异化"。著名的西方马克思主义批评家雷蒙·威廉斯(Raymond Williams)在《关键词:文化与社会的词汇》中对"异化"(alienation)作了深刻的阐释:

> 事实上,异化(alienation)本来就具有多重用法。现代最广泛的用法可能是源自心理学,意指人们与他们内心深处的情感、欲求产生疏离。但还有一种非常普遍的用法:就是 alienation 在原本心理学的意蕴中,加入"我们处于一个疏离的社会"这层意义,这与现代工作、教育与社会形态本质所产生的疏离特别有关。最近的分类是由西曼在 1959 年所提出的,他把 alienation 的定义归类为下列诸项:(a)powerlessness(无力感)——无力或感到无力,对我们所处的社会有所影响;(b)meaninglessness(虚无

---

① Steven Moore. *William Gaddis*. Boston: Twayne, 1989: 62.
② William Gaddis. *Agapé Agape*. New York: Viking Penguin, 2002: 34.

感)——感到失去行为的准则与信仰的依归;(c)normlessness(失序感)——感到非不择手段便不能达到目的;(d)isolation(孤独感)——感到与特定的目标与规范产生疏离;(e)self-estrangement(自我疏离)——无法找到真正令自己满意的活动。①

小说中的人物,如《承认》中的怀亚特·格里扬、《小大亨》的爱德华·巴斯特、杰克·吉布斯、《木匠的哥特式古屋》中的保罗·布斯和《诉讼游戏》中的奥斯卡·克里斯遭受的精神危机源于他们"处于一个疏离的社会",这个社会使他们陷入了快速的物质发展与人性文化之间的冲突——不管这种人性文化是美学的、哲学的,还是神学的,他们因而产生无力感、虚无感和孤立感。人的异化已经成为后现代社会最严重的问题,因此不难理解加迪斯的作品中为何有如此众多的艺术家被商业摧毁,被物质需求所吞噬。正如克里斯托弗·奈特所评论的:"穷苦潦倒的艺术家是加迪斯作品讽刺和谴责的主要对象。"②加迪斯的小说创作彰显出深刻的道德意识和人性关怀,反复探讨的主题就是艺术和商业之间的不和谐关系,他对艺术商业化敏锐直接的批判,秉承英国文学文化批评家F.R.利维斯(F. R. Leavis)、德国法兰克福学派代表人物西奥多·阿多诺(Theodor Adorno)和麦克斯·霍克海默(Max Horkheimer)对被政治和经济操纵的文化生产世界的批判。阿多诺深刻阐释了艺术生产过程中的权力运作规律。他指出:"在资本主义社会中,艺术同商业利益相结合,巧妙地使艺术的生产和再生产纳入到文化工业的系统中,艺术在商业化和市场化的过程中逐渐实现了一种有利于资本的大众化。在他们看来,以盈利为要旨的大众文化侵蚀了人类的生活体验和文化格调,刺激了大众的物欲需求,降低了社会的精神和道德水平。"③

人们往往将文明视为科技文明,并将科学与技术当作文明的本质特征。美国耶鲁大学政治学与人类学教授詹姆斯·斯科特(James C. Scott)着力批判极端现代主义(high modernism)中蕴涵着对科学和技术进步的强烈的,甚至可以说是僵化的信念,指出:"其核心就是对持续线性进步、科技知识发展、

---

① 雷蒙·威廉斯:《关键词:文化与社会的词汇》,刘建基译,生活·读书·新知三联书店2005年版,第8页。

② Christopher J. Knight. *Hints & Guesses: William Gaddis's Fiction of Longing*. Madison: The University of Wisconsin Press, 1997:24-25.

③ F. R. Leavis. *Mass Civilization and Minority Culture*. Cambridge: Minority Press, 1933:13-15.

生产扩大、社会秩序的理性设计、人类需求满足的上升,以及与对自然规律科学理解的增长相对应的控制自然(包括人类本性)的能力的增长的超强自信。"① 按照技术导向的社会科学的看法,技术决定着生活方式和人的活动世界,文化艺术当然也不例外。加迪斯感受敏锐,思想透彻,对后现代文化生存环境表现出深切的担忧。技术在自然科学文化和精神科学——文化艺术中出现了不平衡。启蒙时代的理性思维和科技的发展不再像那个时代的人所坚信的那样可以造福人类,单纯社会技术取向的策略在某种程度上对精神文明造成了巨大破坏,忽略了人文关怀和生存关怀,出现了技术在征服自然的同时,也对主体进行摆布,使主体物化,致其死亡。评论家克里斯托夫·奈特指出"加迪斯小说充满了熵,万物分崩离析的场景触目可及"②。评论家卡特琳·拉斯洛普(Kathleen Lathrop)也注意到《承认》的字里行间充满了事故、疾病和死亡"。③ 有据可考的混乱造成了"我们居住的这一宇宙缺乏基本的对称性"(JR 485),加迪斯揭示了现代性的悖论造成的后现代社会文化的贫瘠和荒芜。正如澳大利亚人类学家乔·科汉(Joel Khan)在《人类学与现代性》一文中("Anthropology and Modernity")所言:"现代性作为一个解放和连续的技术变革的愿景在现代化过程中并没有兑现它的承诺。"④现代性的技术变革给人类带来益处的承诺在现代化过程中反客为主,成为主宰人、凌驾于人本体之上的体制。加迪斯对此发出振聋发聩的评论:"技术的残暴在于,其在自身领域所取得的惊人成功促使技术侵入其他领域,在那些与技术进步无关的领域,技术无法发挥其作为工具的能力,反而变成了唯一的目的、一股异化力量,最后导致雄心与抱负的彻底丢失。"⑤这就是说,现代性承诺的解放过程其实变成了人们不断失去自由的现代化过程,这种文化生存的危机到后现代更为凸显,一切都无法免受机械创造性的影响。日益加深的机械化把人性因素从艺术创作剔除出去并摧毁了文化艺术,使得原本具有创造性的艺术活动成为

---

① James C. Scott. *Seeing like a State: How Certain Schemes to Improve the Human Condition Have Failed*. New Haven: Yale University Press, 1998:89-90.

② Christopher J. Knight. *Hints & Guesses: William Gaddis's Fiction of Longing*. Madison: The University of Wisconsin Press, 1997:94.

③ Kathleen L. Lathrop. "Comic-ironic Parallels in William Gaddis's *The Recognitions*." *Review of Contemporary Fiction* 2.2 (Summer 1982):34.

④ Joel S. Khan. "Anthropology and Modernity." *Current Anthropology*, Vol.42. Issue 5 (December 2001):659.

⑤ William Gaddis. *The Rush for Second Place*. New York: Penguin, 2002:143.

了一种机械生产,艺术的美学价值沦为单纯的娱乐和商业价值。

在对后现代文化的批评上,加迪斯关注了科学技术对人的非人化影响。在《小大亨》中,加迪斯讽刺了丧失人性的科学实验。吉布斯抱怨科学技术正在使人非人化,他嘲讽19世纪德国生理医生、解剖学家约翰内斯·米勒(Johannes Müüller,1801—1858)的奇思妙想:他设想歌剧公司可以购买已故歌唱家的喉咙,通过连接的绳子和砝码向人的咽喉吹气制造声音,让这些喉咙继续唱出咏叹调。(JR 214)音乐机械化只需要录制声音、复制,而不需要艺术家创作精神的参与。吉布斯痛斥道:"他妈的,要把艺术家驱逐出艺术的领地,在它自己的发展道路上毁灭了艺术是关于什么的重要因素。"(R 288)在后现代,人们更为疯狂地幻想以技术征服世界,统治世界,对技术革新的信仰正像对进步的信仰一样在人们的思想里根深蒂固,结果是人们心甘情愿成为各种技术的试验品。加迪斯对现代社会倾向于技术功效这一现象表示忧虑:科学一旦失去了道德和伦理的约束会导致重大的灾难。加迪斯以科技的幻想作为对当今社会受到技术统治的滑稽戏仿,目的在于提醒人们注意科学的非人性化特征。

正如马克斯·韦伯所说,现代性就是一个持续的"世界祛魅"(disenchantment)过程,①西方自启蒙运动以来形成的机械性的、物质性的世界观认为,整个世界并无任何神圣性可言,一切自然现象都可以通过科学的原理来解释。加迪斯所要揭示的是:启蒙运动开启的现代性已走向另一个同样危险的极端,也就是诺伯特·维尔纳所说的"再也没有神秘莫测、无法计算的力量在起作用,人们可以通过计算掌握一切。"②加迪斯称科学为"现代主义的异教"(R 178),毫不客气地批评科学在拯救人类灵魂方面的无能为力:

> 科学,科学有一个关于识别的愚蠢的理论。大脑前端的一半接受一个印象,……但是它给这些愚蠢的科学家们找了些事做,让他们不再管那些与他们无关的要事。……科学可以把一个婴儿串在电极上进行电冶浴……而不是把我们的尸首从坟墓里的尸虫中拯救出来。(R 414)

---

① Timothy Clark. *The Cambridge Introduction to Literature and the Environment*. Cambridge:Cambridge University Press,2011:143.

② Norbert Wiener. *The Human Use of Human Beings:Cybernetics and Society*. New York:Avon Books,1967:29.

这段话强有力地表明了加迪斯对科学的反讽态度,指出对科技进步神话的天真信仰恰恰演变成一种类似对神启宗教盲目信仰的信仰。科学正在扼杀生命,不足以处理后现代的人类经验,不能解救人们内心深处的空虚孤独。加迪斯在《承认》中也发表了对化学的嘲讽:"化学已经把自己塑造为真正的、合法的儿子和继承人,点金术则变成了一位酗酒的父亲,摇摇晃晃地走远,向越来越少的听众,越来越不令人同情的孤独的流浪儿唠叨着天马行空的怪念头。"(R 132)

在小大亨的学校里,有许多教师对通讯技术怀有稀奇古怪的想法,沃格尔教练就是其中一员。他是人类"心灵运输"过程的设计师,也为小大亨公司的一个子公司开发噪音冷冻技术(Frigicom)。X射线公司受到电话技术在信息传递上的启发,发展了小大亨家族公司的研究机构,拥有自己的工程师,致力于研究"心灵运输"设备以传导人类身体的物质性。通过将人类身体压缩成分子信息,X射线的科学家们计划利用电视广播将一个鲜活的人体从"公司的德州站"输送到"缅因州的一个未泄露的接收站"(JR 689)。这个运输人类身体的设想原本是由控制论先驱诺伯特·维尔纳提出的,在理论上被认为是似是而非的。在《人有人的用处:控制论与社会》中,维尔纳详细介绍了电波传送人的可行性方面所遇到的技术问题:"当有机体的部分身体慢慢地被毁坏时,稳固地抓住他……包括他的活动程度的降低,这在大多数情况下将摧毁组织细胞生命。"①然而,心灵运输实验的管理员不顾科学实验的可行性,贸然执行沃格尔提出的实验,结果应验了维尔纳的预言,他们的实验人体、公关部的代表丹·迪塞法利斯已经"在传输过程中失踪或消散"。(JR 705)这个用电波传送人体的幽默而令人担忧的科学幻想揭示了科技在人类社会中的消极影响——人类主体性的最终消失。加迪斯对科技的发展保持谨慎乐观的态度。科技的极大进步带来了众多新发明,改善了我们的生活。同时,由于这些改变人类与物质世界关系的机器分裂了个人的身份,人在元话语中的中心位置和特权已经消失,在技术统治的后现代社会中被肢解。加迪斯与其他后现代主义者,如托马斯·品钦和库尔特·冯内古特都非常关心人的主体性的消失。早在20世纪70年代,在传真机和电脑普遍运用之前,自从"电话成为最有效的通讯方式后"(JR 526),加迪斯也曾预言电报技术对印刷媒体的影响,在《小大亨》中,他通过电话记录下来一段非常冗长的关于一项新技术的新闻。

---

① Norbert Wiener. *The Human Use of Human Beings: Cybernetics and Society*. New York: Avon Books, 1967: 103-104.

第三章　加迪斯对美国后现代社会文化的批评

小大亨公司的公关专家戴维多夫发布了噪音冷冻(Frigicom)新技术,这是公司研制出的减少噪音污染的方法。其方案包括冷冻声音,让噪音在海里解冻的计划。

噪音冷冻(Frigicom),逗号,现在开发解决噪音污染问题的程序逗号有朝一日可能取代唱片逗号书逗号甚至我们日常生活中的私人信件逗号,根据一份国防部和 X 连字符射线公司今天联合发布的报告逗号大写 JR 集团公司的一家成员句号另起一段。仍然保密的噪音冷冻(Frigicom)程序引起了我们主要城市的关注这是最新的科技突破它有望用吸收屏消除噪音这些称作引号碎片间距引号完了在受噪音污染的区域句号运作速度更快连字符比连字符音速逗号一个应用液化氮的复杂程序将被用来转换噪音碎片逗号众所周知逗号在很低的温度下在它们散发出来的时候可以由受过训练的人士比较容易地立刻处理它们而不让噪音元素释放到大气之中句号然后碎片在边远地区或到海上被收集起来处理掉逗号在那里它们解冻所产生的干扰将不致使那儿的任何一个人被它们解冻时造成的影响所干扰句号另起一段。[……]沃格尔强调了噪音冷冻(Frigicom)可能的重要性逗号他从表示寒冷与传送的大写 L 拉丁词逗号给音乐和文学领域创造了这个名称句号随着解冻过程的完善逗号沃格尔想像了音乐会逗号全篇歌剧逗号以及用 Frigicom 程序朗读和保存下来的书逗号强调它对较长的小说作品的重要性这些作品现在被作为典籍打发掉而且因为阅读和翻阅两百多页消耗许多精力大多数都没人读句号另起一段都记下来了吗? (*JR* 527—528)①

这里有必要大篇幅引用《小大亨》中的这一段话,因为这一节在很多方面对加迪斯的信息熵极具启发性。在一个各个领域被信息充斥的社会里,拥有电报、传真和信息收集系统,重要的信息不断遭到破坏,产生噪音。在第 96 街公寓,杰克·吉布斯和爱德华·巴斯特被源源不断的电话声和摇柄坏了的收音机发出的噪音打扰。电话铃一直响个不停,电视不停地播放。"垃圾信息"的噪音几乎吞噬掉了真实生活,使小说人物陷入梦魇式的恐惧。加迪斯对噪音的担忧预见了 10 年之后德里罗在"美国后现代社会的死亡之书"——《白色

---

① 威廉·加迪斯:《小大亨》,朱叶等译,凤凰出版传媒集团、译林出版社 2008 年版,第 808~809 页。

噪音》中描述的梦魇:人类是如何被后工业时代的电视、收音机和其他新闻媒体的噪音所麻痹,现在正是控制噪音污染蔓生的关键时期。"Frigicom 噪音冷冻技术"是加迪斯冷冻噪音,将信息浓缩和固化的幻想。然而,这种发明却是一把双刃剑。噪音还将影响其被抛弃之地——遥远地区的生态系统。加迪斯特地夸大产品的优点,将整部交响乐和长篇书籍冻结成 Frigicom,解冻后再收听。他夸张地说明科学技术是如何在道德真空中发展,走向疯狂。美国后现代社会是一个异化了的物质世界,现在反过来异化人类,先进的科学技术反而给人们带来幻想的破灭以及精神的扭曲和变态,威胁他们的生存。因此,技术只不过是自然界蕴藏的能量转化的结果,越是把技术扩散到整个文化中去,整个社会就越是支离破碎,混乱程度也就越大。

二、"灵氛"消失中的后现代艺术危机

德国文化批评家瓦尔特·本雅明(Walter Benjamin)在其发表于 1936 年的核心论文《机械复制时代的艺术品》("The Work of Art in the Mechanical Reproduction")中追溯道:"最早的艺术作品起源于一种仪式——起初是巫术,而后是宗教仪式。与其'灵氛'(aura)有关的艺术作品的存在,从来就不能完全与其仪式的功能分开。"[①]机器时代引发了一大变化,即艺术品的灵氛消失了。本雅明说道:"有史以来,第一次在世界上发生:那就是机械复制让艺术品从其祭典仪式功能的寄生角色中得到了解放。愈来愈多的艺术品正是为了复制而制造。"[②]机械时代艺术复制品缺少的就是这种灵氛,即使在最完美的艺术复制品中也会缺少一种成分:艺术品的即时即地性,也就是它在问世地点的独一无二性。从这些阐述中可以看出,本雅明使用这个概念是为了表达在技术复制条件下艺术所失去的古典韵味,他在描写古典艺术时强调,古典艺术是与古代宗教仪式的价值密切联系在一起的。在机械复制时代,技术力量的干预引起了艺术创作环境的变化。技术力量对艺术创作的破坏作用表现在灵

---

① Walter Benjamin. "The Work of Art in the Age of Mechanical Reproduction." Trans. Harry Zohn. *Illuminations*: *Essays and Reflections*. Ed. and Intro. Hannah Arendt. New York:Sohocken,1968:223.

② Ibid.224.

氛的削弱和消失。依靠技术大量迅速的复制使得艺术作品的可能性空前增长,这就意味着艺术的精神气质,即灵氛缺失了,而这灵氛正是艺术作品的原真性(echtheit),是自身独特的精神气质,没有灵氛就谈不上艺术真品,只能是赝品。

  传统的文学艺术创作依赖艺术家个体的创作才华和精神气质,然而,到了后现代社会,美学生产已经与商品生产普遍结合起来,文化工业产品被纳入市场体系,商业化和大众化的文化生产使得文化艺术固有的概念商业化、庸俗化了,现成品将艺术与生活的边沿抹去,结束了艺术的高雅性。艺术之所以被商品化,是因为艺术作品具有物质的形体和外在的表现形式,容易被当成商品进行交换,这种作为艺术客体的艺术必然正在参与这个资本主义体系最极端的表现,即商品生产,为市场的利益和大众的趣味所左右。后现代艺术越来越背离经典性艺术,这类游戏性的"艺术"不断失去艺术含金量和创作者对人生的深刻体验,在没有精湛的技艺与生命精神参与的情况下,艺术日益变成"非艺术"或"反艺术"。

  在批判技术发展对于艺术文化领域产生的冲击方面,加迪斯与本雅明的观点具有相通之处。然而,加迪斯在1992年写给评论家格列高利·柯姆的信中说道,他在写作生涯的迟些时候才读到本雅明关于机械与艺术的论述。这是事实,因为加迪斯对程序化社会和机械化对艺术的影响的研究始于19世纪50年代,早在本雅明这篇具有影响力的论文被翻译成英文之前。然而,加迪斯坦言,当他读到这位大理论家关于"灵氛"的论述时,发现自己与本雅明有很多共同之处。[1] 因此,加迪斯与本雅明的亲和力并不是源自相互影响,而是两人思想的融通。

  加迪斯在1955年出版的《承认》的核心故事涉及艺术造假,并由此发展成为一个复杂的综合体,涵盖了"对当今社会的批判,对艺术本质的反思"。[2] 评论家罗伯特·马丁对《承认》的标题解读是"通过正规知识、赞许或是支持得到的承认"。[3] 就这部小说中有关"艺术的本质"的内容而言,其定义应该被延

---

[1] Steven Moore."The Secret History of Agapé Agape." *Paper Empire*: *William Gaddis and the World System*.Eds.Joseph Tabbi and Rone Shavers.Tuscaloosa: University of Alabama Press,2007:261.

[2] John Beer."William Gaddis." *Review of Contemporary Fiction* 21.3(Fall 2001): 77.

[3] Robert A.Martin."The Five Recognitions of William Gaddis." *Notes on Contemporary Literature* 15.1(January 1985):5.

伸，包括艺术家在商业化背景下，为了让自己的艺术创造力得到认可所遭遇的困难。在商业化背景下，对艺术的评价不是由其固有的内在价值，而是由艺术批评家和画家的名气决定的。在20世纪中期盛行的造假风气之下，社会文化环境对艺术家来说极其不利。赤裸裸的盈利动机亵渎了艺术。一位不讲道德的艺术评论家克里默向怀亚特·格里扬许诺：如果能把交易所得的一部分分给他，他就会对他的画作做出正面的评价。然而，怀亚特拒绝了，他的绘画天赋因此被扼杀而得不到认可。怀亚特在艺术的商业化现实面前梦想破灭，转而临摹佛兰德斯大师们的绘画。佛兰德斯绘画是对15世纪早期至17世纪佛兰德斯地区（今比利时西部、法国北部、荷兰沿海部分地区）美术的通称。代表人物有勃鲁盖尔、鲁本斯、凡·戴克等，他们对欧洲美术的发展有很大影响。怀亚特在绘画模仿方面身手不凡，深得雷克托·布朗的赏识。然而，布朗是一个道德败坏的商人，他只想利用怀亚特的模仿才能，以假乱真，大肆生产仿造品。艺术评论家巴西尔·瓦伦丁为布朗的计谋推波助澜。布朗是个魔鬼式人物，他试图把艺术家骗进物质财富的诱饵中去，"今天的艺术？今天的艺术跟造假可分不开。要做的事很多，有谁满足于自己的所得？"（R 143）。实际上，怀亚特·格里扬之所以造假并不是出于恋财之心，而是出自对佛兰德绘画的热爱。在传统艺术兴盛的时代，人们相信艺术必须传达某种精神信仰。传统的艺术创作，依赖于艺术家个体的奇思妙想，传达的是人与世界的神圣纽带，是一种具有仪式感的神圣创作。然而，在怀亚特所处的后现代社会，正如詹姆逊所指出的："当前西方社会的实况是：美感的生产已经完全被吸纳在商品生产的总体过程之中。在社会整体的生产关系中，美的生产也就愈来愈受到经济结构的种种规范而必须改变其基本的社会文化角色与功能。"①商业化主导一切艺术生产，市场的力量、大众的趣味决定了艺术的方向，艺术只重视技巧和材料，艺术生产受制于政治经济，而不是实现艺术家的创作意图和思想倾向。

怀亚特对自己所处时代的美学思潮失望了，艺术已经沦落为商品。大生产的艺术千篇一律，非多样性在批量生产的时代成为艺术的本质与价值尺度。在机械复制时代，艺术失去了本雅明所说的蕴含在灵氛中的膜拜价值，转变为对赤裸裸的展演价值的追求。艺术被解体了，不再是一种创造活动，而变成了适应资本主义的死气沉沉的机械活动，艺术家的思想已经和他的作品割裂了，

---

① 詹明信：《晚期资本主义的文化逻辑》，张旭东编，陈清侨等译，生活·读书·新知三联书店2003年版，第429页。

艺术家脱离了超验的概念而陷入虚无之中,艺术沦为了现成品,成为类象。在当今的"机械复制时代",复制作品比比皆是,众多的摹本代替了原作独一无二的存在,因而导致现代艺术缺失了艺术应有的灵韵,技术统治使艺术发生变异,失去了很多丰富的意韵。可以说怀亚特模仿佛兰德斯画家的意图正是要以摹本(copy)拒斥后现代文化中的"类象"症候。所谓摹本,就是对原作的模仿,就是因为有原作,才期望恢复原作具有的真正价值。而类象就是那些没有原本的东西的摹本,指的是机械性的复制以及商品的复制和大规模的生产,其特点在于不表现出任何劳动的痕迹。原作和摹本都是由人工创作的,而类象看起来不像任何人工的产品。詹姆逊和鲍德里亚表现出对后现代艺术的担忧:"我们的世界是个充满了机械性复制的世界,这里原作原本已经不那么宝贵了。如果你被各种类象包围,就像置身于一间装满玻璃的房子时,现实也就不存在了。如果一起都是类象,那么原本也只不过是类象之一,与众没有任何的不同,这样,幻觉与现实便混淆起来了。"①这也真是加迪斯的担忧:后现代主义文化的艺术价值实质上就是技术价值,后现代社会的类象文化膨胀,充满了机械性的复制,宣告了艺术的独一无二性和终极价值的寿终正寝。

《承认》中充满了伪学者和伪艺术家,而加迪斯对这一群虚伪者表达了厌恶之情。

> 一群衣冠不整、营养不良的人蹲坐着,他们的思想这么发达,以致可以放荡不羁,他们在某个方面的品味是如此高雅,而可以在其他方面没有品味,情感丰富,唯一的异常就是正常了,全都漂浮在邪恶的池子上,这种邪恶精打细算地表现出他们正扔掉的东西是无价之宝,是分成两种颜色的三种性别,是一群在精神上和肉体上都出了乱子的人。(R 305)

马克斯是一位抽象派画家,他深谙如何注重艺术媒介的作用,而不关注艺术内容和形式本身,深谙如何以新奇的方式使自己的艺术适应商业利益,如何使作品迎合商业品味。怀亚特跟他完全相反,他为了寻求艺术和生命的真谛而陷入迷惘,他被阴险狡猾的艺术商人所诱骗,但其仿造的过程却伴有他所追求的精神上的救赎,他乞求能从自己仿造的大师作品中寻求片刻的"承认",以便从乔伊斯式的顿悟中获得个人的启迪。加迪斯将怀亚特对佛兰德斯名作的

---

① 詹姆逊:《后现代主义与文化理论》,唐小兵译,北京大学出版社1997年版,第219页。

模仿转变为一种悖论,因为在一个浮躁而无知的艺术世界里,怀亚特只有通过模仿古典大师的画作,复制佛兰德斯绘画中形式与内容的和谐关系,才能向世人表达艺术之真实。

在《承认》中,加迪斯对抽象艺术的批评也是对他所熟悉的20世纪中期的艺术审美的批判,加迪斯对20世纪四五十年代纽约艺术运动的关注,以及他在小说中所表现的美学旨趣被许多评论家所忽略。1940年以来的纽约迎来了大批来自欧洲的艺术家,纽约开始取代巴黎成为西方艺术的中心。新旧大陆艺术观念全面交锋,艺术现象和流派纷繁芜杂,包括后印象主义、超现实主义、抽象表现主义和极简主义,还有行为艺术和地景艺术纷纷登场。加迪斯并不认同先锋派艺术的虚无主义和恶作剧般的审美激进,他关注的是艺术作品本身的地位,尤其是与观者之间的关系。他不赞成观者或读者的经验是艺术意义不可分离的一部分,他认为"一个人的信息在他的作品当中"[1]。真正的艺术在于艺术品本身的价值,而虚假的艺术的价值在于观者,因为在加迪斯的时代,观者已经被浮华世界的利益俘虏了。《承认》中的怀亚特宁愿通过摹仿古典画师的赝品式画作向世人表达真实的艺术。加迪斯以元小说的方式告诉读者:优秀的艺术家并不按照批评家的规则走,而是创造自己的规则。因此,加迪斯这样一位艺术家在有生之年甘于寂寞,创造属于自己风格的艺术,而不是去迎合批评家的口味。

在一个以实用价值为主导原则的商业社会中,艺术家注定要穷困潦倒,被边缘化。《承认》中有这样一些波希米亚艺术家,他们定居在纽约格林尼治村并常常出现在维亚雷焦。维亚雷焦在"外来人入侵之前是一个任人唯亲的意大利酒吧,而六百年前但丁曾在这里写下炼狱"(R 305)。加迪斯斥责这些被异化的艺术家普遍陷入追名逐利的圈套。他们不再坚持不懈,而是沉溺于海洛因和同性恋,居无定所,身无分文,处于飘忽不定的不确定生活状态。《承认》描述了纽约波希米亚艺术家花天酒地的生活场景。这些场景体现了艺术家们在社会上是低人一等的,正如评论家戴安娜·克莱(Diana Crane)所描述的:"这一小群狂热者以及与社会格格不入的,醉心艺术的人享受不了任何声望。他们在美国被孤立,就好像他们是生活在旧石器时期的欧洲。"[2]在后工

---

[1] Miriam Berkley. "PW Interviews: William Gaddis." *Publishers Weekly*, 12 July 1985:56.

[2] Diana Crane. *The Transformation of the Avant-Garde: The New York Art World*, 1940—1985.Chicago: University of Chicago Press, 1987:47.

业化的美国社会,艺术家的创造力要想得到认可的唯一许可证就是要在商业上盈利。

《承认》的主人公怀亚特同古希腊神话传说的能工巧匠迪德勒斯一样。相传迪德勒斯是一位工匠,曾为克里特国王造了一座迷宫,后来他触犯了国王,被囚禁在自己营造的迷宫中,迪德勒斯制造了蜡翼,逃离了迷宫。怀亚特所处的时代正值美国艺术文化在商品化和技术化中处于危机状态,严重阻碍了艺术家的自由成长。后来怀亚特幡然醒悟,明白自己也应像古希腊的迪德勒斯一样飞出囚笼。他试图通过沉浸在艺术创作之中,使自己超脱置身其中的虚伪造假的艺术环境。艺术是自由的,艺术家沉浸其中是为比金钱回报更高的目的。而在后现代社会,艺术越来越背离古典的灵氛,成为一种游戏性的"艺术"。倘若没有精湛的技艺与生命精神的参与,艺术将日益沦为"非艺术"或"反艺术"。因此,怀亚特与他的妻子伊斯特说,他欣赏毕加索的《安提布垂钓夜》时,精神大为振奋,获得了一种对古典气质的神性光芒的认识:

> 在这件艺术品上我已经耗尽心血,在完成的那一刹那,我自由了,突然间在这个世界上自由了。在街上一切都是陌生的,我所见的一切是不真实的。我觉得自己就要失去平衡了,这种感觉一直纠缠着我。我去那里只是去休息一会儿。我看见这幅画时,一切都自由了,汇合成一种认识,真正地化成了真实,这是我们从来没见过的,你永远看不到的。(R 91~92)

怀亚特发现只有当他模仿古典大师,特别是佛兰德斯画师们的画作时才能更坚定地立足于真实,辨伪存真,了悟己心。当他临摹这些绘画大师的作品时,他深深感受到艺术家的智能和灵感,每一种情境都具有独特性,都被赋予了一种灵氛的维度,因为"艺术就是爱的作品"(R 465),具有让人平静的感化力,给人一种精神上的抚慰。

加迪斯的第二部小说《小大亨》更深入地涉及商业、机械化冲击下精神理想的失败和道德的沦丧,商业与艺术是小说中的两个并行文本,两者之间的冲突就是两个并行文本之间形成的张力。在《小大亨》的金融帝国中,艺术的美学价值被粗俗、贪婪和权力所取代。处在小大亨商业交易和家庭纠纷边缘的是五位全力以赴,想在冷漠社会里创造出艺术的艺术家,其中最重要的一位是爱德华·巴斯特。他试图为丁尼生的《洛克斯利大厅》创作一部歌剧。为了获取资金,他不得不为小大亨工作,并接受一位不诚实的经纪人克劳利的委任,为有关非洲野生动物的电影配乐,结果是不谙世事的巴斯特被世故圆滑的商人欺骗了。巴斯特没有得到任何报酬,因为克劳利不光要求他提供配乐,还要求他提供全效果音乐。巴斯特最终经历了一场精神崩溃,只得放弃他宏大的歌剧创作,代之以简短的、用儿童的蜡笔写就的大提琴独奏曲。小说中,其他艺术家也或多或少面临相同的困境,被卷入商业交易。画家谢珀曼先生一直在卖血换钱买颜料;杰克·吉布斯试图要继续他的《爱绽开裂》,一部有关"机械化这一毁灭性因素给艺术社会史带来的混乱"(JR 244),却迫于生计,受雇于小大亨;托马斯·艾根想完成一部关于美国内战的剧本,却被琨丰公司招进公关部任职,无暇顾及他的剧本创作。艾根曾出版过一部好小说,但小说被评论家们忽视,这一点正好与加迪斯在《承认》出版之际遭受的冷遇相似。作家施莱姆试图把他痛苦的二战经历写下来,最终却以自杀告终。画家谢珀曼的作品则被佐娜·塞尔克以"欣赏"的借口束之高阁,放在她的乡下别墅待价而沽,却埋没了作品的价值,使其落得个不见天日的下场。加迪斯通过这些投机的艺术批评家和不得志的艺术家之间的冲突指出:在一个商品化和工业化的社会里,金钱以及资本主义拥有的无处不在的权力破坏了艺术的原真性。《小大亨》中,艺术家经常出没的第96街公寓就是他们必须面对的混乱社会的缩影。这间公寓是他们为自己的艺术作品保留私人空间的唯一去处。具有讽刺意味的是,这个地方最终成为小大亨经销和邮寄宣传品的储藏室,期间邮寄的宣传品不断堆积,坏掉的水龙头和收音机发出的噪音弥漫整间屋子,以至于杰克·吉布斯大声疾呼艺术要在文化荒原中存活实在太艰难了,艺术家要在这个人情冷漠的社会里竭尽全力保持清醒的头脑去创造艺术是何等艰难。他愤愤不平地对巴斯特说道:

  问题是巴斯特这周围渗漏出来的东西他妈的太多了,有了这么多能量溢出来就没法创作任何曲子这么多该死的熵在持续你觉得可以把这些音符拼凑在一块儿知道它听起来什么样吗?巴斯特?(JR 287)①

《小大亨》不仅探讨了艺术面临的商业化危机,而且探究在后现代社会,艺术所面临的另一对抗力——不断深化的机械化。加迪斯倾注一生关注艺术和机械化之间的关系。在《小大亨》和遗著《爱绽开裂》里,他探讨了美国自动钢

---

① 威廉·加迪斯:《小大亨》,朱叶等译,凤凰出版传媒集团、译林出版社2008年版,第446~447页。

第三章 加迪斯对美国后现代社会文化的批评

琴的历史,认识到自动钢琴代表了机械化的所有弊端。它是艺术机械化导致人类创造力被毁灭的最好象征。加迪斯对媒介技术影响艺术的研究在现在看来具有前瞻性,完全是时下关注的话题。他已经深刻了解现代历史学家和艺术家所发现的这一点:在技术进步的核心是无法根除的信仰失落和精神分裂。评论家约瑟夫·塔比认为,"加迪斯对机械化与艺术的探究可以使他与美国媒体文化研究者和批评家刘易斯·芒福德(Lewis Mumford)、伊丽莎白·爱森斯坦(Elizabeth Eisenstein)、马歇尔·麦克卢汉(Marshall McLuhan)和尼尔·波兹曼(Neil Postman)齐名。"[①]《爱筵开裂》同冯内古特的第一部小说《自动钢琴》一样,可以归类为用小说形式表达的社会学著作,揭示了先进的机器如何使艺术失去了本真,人失去尊严,造成孤独。自动钢琴暗示了技术不仅是破坏艺术的武器,而且使得爱筵,即加迪斯所认为的参与创造性活动的社会价值遭到破坏。在后工业化社会,科技和商品拜物教的力量已经扭曲了社会关系,结果是科技的发展对审美观念以及美学生产方式都产生了巨大的影响。本雅明对机械化再生产对于艺术创作的干预给予正反两种评价,从对灵氛消失的分析转变为对艺术世俗化过程的肯定:他既看到了机械复制时代"灵氛"的缺失,又肯定了机械复制技术的发展给艺术领域带来了一系列变革。在技术进步的作用下,机械复制技术使得艺术作品在传统的膜拜价值之外出现的展示价值越来越重要。技术机械复制时代的艺术作品脱离了时间和地域条件的限制,进入到普通大众的生活中,将曾经的高雅文化变成了一种大众文化,艺术不再由少数艺术贵族和精英所垄断,这体现了艺术的一种民主性。

我们可以看出,与本雅明在立场上表现出的双重矛盾不同,在加迪斯看来,本雅明对于机械复制为大众带来理解和领悟艺术作品的新的可能性这一看法过于乐观。加迪斯并不是摆出精英的姿态来反对艺术的民主化和大众化,而是反对人们越来越急功近利的心态以及以机械复制品取代真正艺术品的倾向。他在1951年发表的一篇文章《自动钢琴停止演奏:第四号笑话》("Stop Player:Joke No.4")中揭示自动钢琴受欢迎这一现象所带来的艺术环境的恶化:

> 把自动钢琴卖给美国人并不是一件难事。每个人在这美丽新世界应有一席之地,自动钢琴可以满足美国人某些最执着的需求:为人们提供无

---

① Joseph Tabbi.*Nobody Grew but the Business:On the Life and Work of William Gaddis*.Evanston:Northwestern University Press,2015:205.

需费神理解,而可以参与的机会;无需费时费力练习就可以享受创造的乐趣;无需真才实学却可以显得才华横溢。①

如果只要脚踏就能听到艺术家演奏的音乐,而且比钢琴师演奏的曲目更多,那么钢琴师又有什么用呢？艺术家在这"美丽新世界"能有立足之地吗？在机械化和自动化浪潮的冲击下,艺术的方方面面都受到冲击,自动钢琴只是机械化和自动化对艺术冲击的一个典型范例而已。与本雅明所看到的技术进步对大众文化的审美观念的影响和推动作用不同,加迪斯并不认同大众文化对艺术民主化的推动,他认为大众文化是程式化的、肤浅的、媚俗的、商业的、拜物的、可复制的。大众文化是商业文化的产物,是维护现存消费文化,助长消费享乐的虚假意识形态。机械化和艺术民主只会将艺术降格为纯粹娱乐的场景,扼杀真正有才华、有创造力的艺术家。在《小大亨》中,杰克·吉布斯说道:

——射杀那个该死的钢琴师刚告诉过你它是讲什么,它自己会演奏的自动钢琴射杀那个钢琴师读一读嘛该死的就在这儿写,这儿在此发明正在消除失败作为成功的一个条件的可能性正是在该死的艺术中那儿,就在那儿写着。(JR 604)②

在工具理性取代价值理性的后现代人类社会,艺术注定要被市场化和产业化,从根本上消解自身应有的差异性和丰富性。科技将人性因素从艺术中剔除出去。随着艺术的大量生产,艺术家的才干不被重视,因为人们能够借助录音带、收音机、电视、唱片等机械化的复制,翻录好音乐就能即刻满足人们的需要。就像流水线生产把人的因素剔除出去,在艺术被机械化复制的过程中,效率研究、标准化测试和各种更适合于机械而不是人的评价手段也把艺术生产中人的因素去除了。在机械化文化中,人们不再关心个体才能的培养,加迪斯给出了艺术被大批量生产的例子。巴斯特家族的主要业务是生产钢琴纸卷乐谱,这是自动钢琴记录和保存乐音的机械化、自动化途径。海德甚至吹嘘艺术已经成为一件在杂货店就可以轻易买到的商品:

---

① William Gaddis.*The Rush for Second Place*.New York:Penguin,2002:2.
② 威廉·加迪斯:《小大亨》,朱叶等译,凤凰出版传媒集团、译林出版社2008年版,第928页。

第三章 加迪斯对美国后现代社会文化的批评

——得到？艺术？从你能得到其他任何东西的地方得到它呗你购买它,听着吉布斯别试图告诉我在今天和这个时代里已经没有什么对于每个人足够的东西了,伟大的艺术绘画音乐书籍谁听过所有伟大的音乐作品,你吗？你读过所有伟大的书吗？看过所有这些伟大的绘画作品吗？任何一部你想听的交响乐都有翻录好的唱片你能得到它们而它们几乎是完美的,已经创作出来的最伟大的书你在药店就能买到。(*JR* 48)①

马克思如是说:"技术的胜利,似乎是以道德败坏为代价换来的。"②人类愈控制自然,自然愈遭受破坏。资本主义的发展强调对自然界的征服和改造,这种发展已经破坏了环境,因为采矿和其他工业给原本安宁的生存环境带来了浩劫,带来了环境恶化和生态灾难。在加迪斯生活的年代,第二次世界大战之后,美国的城市化进程使得大工业、大企业等被称为"毒瘤"的东西向城镇扩张,郊区变得城镇化,人与人之间的战争迅速转向人与自己赖以生存的大自然之间的战争。在《小大亨》中,加迪斯在吉布斯创作的作品《爱筵开裂》里特别引用了奥斯卡·王尔德在美国之行的演讲,说明原本朴实无华的小镇不复存在,城市化对社会和生态的破坏是史无前例的:

——美国人一个突出的特点是他们把科学应用于王尔德大为惊讶的现代生活的方式,后者对于这个有史以来最喧闹的国家深受触动。一个人在早上被惊醒,他不是被夜莺的歌声叫醒,而是被汽笛声吵醒……一切艺术都取决于优美和雅致的感觉,而这种不停的混乱最终一定会毁掉人的音乐能力,这样的话,尽管长笛不是一种表现道德……的乐器……怎么啦。(*JR* 289)

对奥斯卡·王尔德而言,艺术创作必须诉诸启示和灵感。对艺术存在最重要的便是宁静的创作环境,王尔德特别推崇艺术取决于优美和雅致的感觉。理查德·爱尔曼对王尔德的这段话评论道:"对美国社会物质化的粗俗给予最坚决、最持久的攻击。"③这是王尔德眼中的美国,实际上也是加迪斯对美国文

---

① 威廉·加迪斯:《小大亨》,朱叶等译,凤凰出版传媒集团、译林出版社2008年版,第76页。
② 《马克思恩格斯全集》第12卷,人民出版社1962年版,第4页。
③ Richard Ellmann. *Oscar Wilde*. New York: Knopf, 1988: 379.

化环境受高度工业化破坏的批评。所有的音乐都依赖精致细腻的敏锐感觉，工业文明破坏了人与自然相处的和谐环境，自然环境与社会环境的恶化使创作艺术的情境受到了很大的冲击，而这种和谐的人文情境正是艺术的起源和灵感的来源。

三、教育的商业化

在加迪斯所呈现的物质至上的消费社会里，一切都被商品化了，现代社会的消费主义逻辑渗入文化领域的方方面面，原本起着精神文化传播作用的学校也不能幸免。资本主义教育也被商业所侵蚀，变得商业化了，成了一种没有灵魂的教育。小大亨在长岛上学的初中是商业入侵美国教育体系的典型例子。《小大亨》讽刺性地指出：这些孩子将来要面临的是缺乏实质性内容，被资本操纵着一切的社会的认可。学校的教育就是要使孩子们将来适应这种社会。校长怀特贝克（Whiteback）的姓氏暗示着虚伪和两面派。他具有双重身份，既是校长，又是当地一家银行的行长。他把电话安装到学校里，在他的办公室里开展银行业务，而两家公司的电话经常相互串线，让他茫然不知所措，只好对着这两部电话叫嚣着。当有人问他是不是要放弃其中之一时，怀特贝克回答说："要看哪一家能够生存下去。"（JR 340～341）身为学校校长的怀特贝克并不是出于职责管理学校事务，而是为了获得自身利益担任学校要职，是一位不称职的校长。学校常常出现骚乱，老师常常罢课，学生行窃，经商，从事毒品交易。像梅杰、海德和丹这样的学校教育委员会成员也受雇其他公司，玩忽职守，置学校教育职责于不顾。他们最关心的就是和当地的承包商做生意，不断购进越来越多的先进的教学设备，获得更多的共谋利益。在这个学校，买回来的各种设备塞满了许多教室，有一些甚至被遗弃在角落，从未拆封。校门上的希腊铭文写着："各尽所能，各取所需"，而这正是对学校管理者一身铜臭的嘲讽。

在后工业化的美国社会，仅仅考虑如何获得最大利益的资本逻辑已经取得统治地位。事实上，资本的逻辑是冷漠的，注重的是利润的最大化。学校看重的是商业的价值，不注重孩子身心道德的成长，孩子们成了迷路的羔羊，学校教育成了失去灵魂的教育。评论家约翰·奥尔德里奇（John Aldridge）一针见血地指出:在小大亨就读的"学校里面几乎没有进行任何教学活动"。①孩子们"在这里不是为了学到东西,而是为了通过考试"(JR 20)。教学是"充满了次等人的次等职业"(JR 497),或者说"学校仅仅起着托管的作用。在这里,孩子们可以避免流落街头,直到女孩子们达到出嫁年龄,男孩子也可以出去闯荡,有自己的事业,比如拥有自己的加油站。学校确实是看管性质的,其余的都是铺设管道的工作"(JR 226)。小大亨告诉巴斯特,"学校总是跟任何实质性无关"(JR 649)。小大亨凭直觉做出的评价是对美国教育混乱无序的犀利讽刺。学校不停采购像投影机、闭路电视等最新装置以代替一对一的个性化和人格的教育。这些设备使得教育变成了生产车间,小大亨和学校的孩子就像是流水线上生产出来的产品,这些设备并不能在教育中起启迪作用,而只是为创校者搭建陈列馆。校长怀特贝克圆滑的官腔给人今日教育官僚的印象。他经常使用的词是"利用,让一切效用发挥到最大值"以及其他一些夸张性的用语,而吉布斯和巴斯特则是深陷体制之中、愤世嫉俗,对教育不再抱有幻想的老师。原本是商业净土的学校也成了唯利是图的赚钱机构,学校随处可见提供投资赚钱的小册子和商业传单,如《投资情况》《投资语言》《如何花不多的钱进行投资》《投资条款术语表》之类的介绍手册。(JR 128)教师也成了投机商。一位数学教师葛兰西教给孩子们资本主义赚钱的原则:"一家公司一年获得的毛利是6500美元,而开支占其中的22.5%,一个问题是你们知道净利润是多少?"(JR 29)艾米·朱伯特带领学生用他们手中的24美元购买公司股票,让小学生体会如何真正参与到美国的经济生活中去。小大亨从学校组织的华尔街之行学到了经商的秘诀:"窍门就是让别人的钱为你服务"(JR 171),回来之后便以那些商人为榜样,依葫芦画瓢,建立起自己的金融帝国。孩子们纯洁无瑕的心灵被这个建立在金钱基础之上的社会所玷污,这一点从年仅4岁的大卫和他母亲之间的讽刺性对话可见一斑。

——你爱我吗?
——是的。
——多爱我呢?
——值多少钱……?(JR 267)

商业已经侵蚀到作为教育基地的美国学校,作为抚养孩子的最基本的社

---

① John Aldridge.Review of *JR*, *Saturday Review*, 4 October 1975:49.

会单位——家庭不再履行职责。在《小大亨》中,叙述者夸张地描写商业化、货币化入侵学校的严重程度:一位小姑娘捡起操场的落叶放进钱包里,"好像这些叶子就是纸币一样"(JR 32)。许多孩子遭受父母离异之苦,包括小大亨、毒贩布兹、吉布斯的女儿罗丝、艾根的儿子大卫、朱伯特的兄弟弗雷迪以及朱伯特的儿子弗朗西斯等。丧失家庭温暖的孩子大多数待在寄宿学校里。加迪斯借吉布斯之口怒斥寄宿学校非人的待遇。当他回到家时,他感到"生活抽空了天空,抽空了这个世界"(JR 119)。读者能够理解为什么吉布斯关心照顾智障儿童弗雷迪,因为这些孩子没有父母的恰当引导,很容易走上歧途。正如加迪斯的评论家彼得·沃尔夫所言:"《小大亨》可被称为最诙谐幽默的美国小说。但他所引发的笑声却暗含哀伤的基调。"① 这部小说从社会以及家庭层面对美国失去灵魂的教育体制进行严厉的批评。与儿童视角小说往往是天真无邪的主人公不同,加迪斯选择了一个年幼懵懂,而心灵不再纯洁的六年级学生作为小说的主人公,让这个孩子参与到摇摇欲坠的美国商界中去是独具匠心的。一方面,正如莫尔所说:"加迪斯将小大亨作为小说的主人公,其用意即为了谴责他的美国同胞们之行为举止就像缺乏教养而又贪得无厌的小儿。"② 另一方面,因为孩子的敏感和天真可以最真实地暴露美国自由企业制度中的痼疾,讽刺金钱在美国社会的各个层面所扮演的角色,加迪斯借此无情地嘲讽了资本主义商品拜物教对童真的侵蚀。评论家约瑟夫·塔比并不认为《小大亨》是一部成长小说,因为"这是一部除了商业增长而别无其他成长的小说,主要人物小大亨虽然悟性极高而又聚敛大量资本,但他并不像成长小说的主人公在逆境中成长为一个独立的成年人"。③ 我们可以说,《小大亨》是另一种类型的成长小说,与传统成长小说主人公获得人格的完善和心灵的成长相比,资本主义既定社会秩序和法则已经把一个稚拙的孩童磨蚀成世故圆滑的制度玩家。

---

① Peter Wolfe.*A Vision of His Own:The Mind and Art of William Gaddis*.Madison & Teaneck,NJ:Fairleigh Dickinson University Press,1997:171.

② 斯蒂芬·莫尔:《〈小大亨〉中文版序》,朱叶等译,凤凰出版传媒集团、译林出版社2008年版,第6页。

③ Joseph Tabbi.*Nobody Grew but the Business:On the Life and Work of William Gaddis*.Evanston:Northwestern University Press,2015:143.

四、人性的机械化与主体性的丧失

从社会学的角度出发,熵指的是不管是社会的还是自然的,所有系统能量不可逆转的损失或逐渐的衰落,以及处在虚假系统中的个人能量的耗竭。换句话说,当个人被包括并融合进社会系统时,社会系统吸收了个人的能量,个体的生命丧失目标感,陷入不活动的状态,这就是"自我的熵"。最终的结果是如果没有新能量的注入,庞大的社会系统抵消了个人身份和个人经历,也就是自身的能量被损耗掉,自我的熵达到最大值。在社会权威话语的控制下,个体经验会被动认同社会系统的公共解释,从而丧失自身的独立性和个体生命的价值,处于一种丧失自由和非本真的状态。社会化大生产导致社会分工日益细化,即"职能的分化同时造成了意识的分化",人们不再把自己看成"伟大的行动着的个人"。[1] 当社会系统中的熵不断加剧时,个人自我不得不向体制化、机械化的社会屈服,被迫成为加工某一种材料的工具,一种抽象,不能获得自身的完整性,实现个体生命的价值。随着垄断资本主义的发展,尤其到了晚期资本主义社会,"劳动"的"合理化"得到实现,这意味着个人为技术所摆布,成为物,成为流水线上的工具,被机械性阻滞不前,陷入一种非本真的存在状态。资本主义固有的"物化力量"不断加剧,这种全面的物化包括四个层面:一是人与自然关系的物化;二是人与社会之间关系的物化;三是人与人之间关系的物化;四是人与其自身关系的物化,指自我消失了。[2] 物化的结果是一切社会活动完全被纳入"手段与目的"的同质性效率关系中,个体以技术的范畴把握自己、自己与他者的关系。其结局是这种物化力量使得人的自我意识发生了全面异化的新转折,其产物只能是自我的生产,即技术性地造就自我,不会培育完善的人的自我与灵魂。人成为精神贫乏的孤独之物,人与人之间的关系堕落成商品化、货币化的关系。

根据德国哲学家彼得·科斯洛夫斯基(Peter Koslowski)所说的技术决定社会文化的观点:在技术与文化之间的条件关系中,技术的发展是自变量,

---

[1] 米特等编:《有为与无为》,周懋庸等译,生活·读书·新知三联书店1996年版,第3页。
[2] 高岭:《商品与拜物:审美文化语境中商品拜物教批判》,北京大学出版社2010年版,第113页。

而社会文化的发展是因变量。从技术的格局来看,人与社会都被"技术形态化"。① 这就是技术病理后果所带来的文化病理后果,因为技术上对象化的、物化的、疏远化的思维方式是建立在主客体分离的基础上的,并不考虑主客体关系共在的范围,必然会缺少人的精神上的共鸣。可以说,一个以利润、效率和标准化,而不是以人类的生态环境规范一切的社会更符合机器的运作规律,艺术的机械化与人性的机械化是并驾齐驱的。加迪斯的整个小说世界"不仅仅是对上帝已死这一命题的探究,也是对个体对社会契约不再负有责任这一命题的探究。社会契约中有价值的个体已经死亡了,仅存被分离出来的致命的系统支配我们的社会行为"。② 这里"被分离出来的系统"指的是以工具理性为目的的社会话语的控制,具体说来,是指《承认》中虚伪造假的文化环境;《小大亨》中的金融资本主义;《木匠的哥特式古屋》中的强权政治以及《诉讼游戏》中的司法体制。怀亚特放弃了宗教学习而潜心艺术创作,目的是重新找寻现实世界的重要性和新意义。然而,置身于这样一个圈子中,他被卷进了一个"欺骗、伪造、价值瓦解"的世界。③ 在他周围全是一群以造假为生的人,他们的每一个行为都和广告、宣传、功利脱不了干系。怀亚特原想在绘画方面有所作为,但却不得志,因为他不愿意做违心的事贿赂艺术评论家。

在物质文明和政治制度高度发展的后现代社会,任何人都能够切实而具体地感受到,晚期资本主义社会对人的主体性的解构比以往任何时候更为严重。法兰克福学派的主要代表人物哈贝马斯从行为角度出发,认为现代西方社会是一个交往行为不合理,而工具行为合理化的社会,工具理性是启蒙精神在发展中走向它的反面的结果。由于科学技术作为第一位生产力并执行了意识形态功能,社会形成了工具理性,人被异化。工具理性意味着物化,随之而来的就是人的思想自由的丧失和人类世界的热寂死亡。在一个高度体制化的世界里,人化身为社会职能的执行符号,变成破碎不堪的非我,精神生活越来越贫乏,人们失去了信仰,要反抗机械化对人性的瓦解,保证自我的完整是何等困难。因此,"自我"的问题成为后现代文学作品的关注主题,"人的物化"和"精神危机"成为文学家共同关心的危机。

---

① 彼得·科斯洛夫斯基:《后现代文化:技术发展的社会文化后果》,毛怡红译,中央编译出版社2011年版,第1页。

② Steven Birkerts."A Frolic of His Own(book reviews)." *The New Republic*,7 February 1994 V:27.

③ John Leverence."Gaddis Anagnoresis." In *Recognition of William Gaddis*. Eds. John Kuehl,and Steven Moore.Syracuse:Syracuse University Press,1984:39.

第三章 加迪斯对美国后现代社会文化的批评

《承认》充满了变态的性欲、失败的婚姻、疾病、事故和死亡,这些都是自我的熵之缩影。埃斯米、奥特以及其他波希米亚艺术家处在崇高的道德理念以及庸俗的世俗环境的矛盾夹缝中,遭受精神分裂和精神崩溃之苦。小说中出现了不下十起自杀事件,其中大多数都是从高处坠落掉下。自杀是社会环境崩溃,个体被强大的社会系统吞噬的极端例子。加迪斯笔下的人物深刻体会到在后现代商业背景下做有价值的事是极其困难的。怀亚特最终使自己妥协于造假。他在造假方面的非凡天赋被雷克托·布朗所利用,而后被弗兰克·希尼斯特拉利用,参与伪造木乃伊。在小说中,怀亚特,还有其他人物像埃斯米、斯坦利和安瑟姆为摆脱被分裂的个人身份苦苦挣扎着。斯坦利说一切都被割裂了,这就是所谓的现代病。

——碎片的自我满足,诅咒就在这里,不能拼在一起的碎片,分开之后毫无意义,但是又很难把它们聚合在一起。现在没有连续的时间感是很难完成一项作品的,因此你就得把所有的部分组成一个整体。(R 616)

由于庞大的社会系统侵蚀了个体身份以及自身的经验,个人免不了意志消沉。《小大亨》透彻地揭示了商业化导致的道德沦丧、文化与自我的双重堕落。经济学家 F.H.奈特曾写道:

经济关系是非人的,它就是市场,是交换机会,是功能上的真实存在而不是其他的人际关系;这当中甚至没有行动的方式。这种关系既不是合作关系,也不是相互利用,而是完全非道德、非人性的关系。①

理性化和法制化的现代资本主义和文化的发展,对于个人自由始终具有双重意义:一方面,它从总体上承认和赋予个人自由的权力,表现出对人性的推崇;另一方面,它又通过越来越完善的制度不断限制和缩小个人自由的领域,表现出对人性的摧残。在后现代资本主义社会,个人生活的精神层面和世俗层面之间的割裂比以往任何时候都更严重,商品在文化中的地位和比重由隐而显,商品化普遍深入文化的事实已经是毋庸置疑的。开启现代性进程的

---

① F.H.Knight."The Ethics of Competition(1935)." In Norman O. Brown's *Life Against Death*: *The Psychoanalytic Meaning of History*. Middletown, Conn.: Wesleyan University Press,1959:238.

工具理性和技术政治使人与世界发生关系的领域从形而上的精神走向形而下的实践。在技术的控制之下,一切事物都被转变成商品,人与社会的关系也从神圣的地位退减得只剩下合同关系,原初人与世界的完整与和谐被彻底毁掉。无怪乎吉布斯抱怨道:"这该死的问题在于社会关系从神坛下降至合同关系。"(*JR* 393,509,595)也就是说,大多数人不知不觉地与庞大的社会体制签订契约,做一些违背自己本真的事。

  马克思警告自动化机器、工厂以及生产线将增加非人关系,剥夺人性的尊严。不断深入的机械化会把人的因素从艺术创作中消除出去,抹去诸如艺术家、艺术作品和原创性等传统艺术中的重要概念。在《小大亨》中,加迪斯探讨了在一切以金钱为衡量标准,以追求物质享受,赚取最大利润为目标的美国社会中,艺术家的精神追求与美国社会物质至上主义之间存在着不可调和的冲突。五位有着崇高精神追求的艺术家处处碰壁,无可奈何地被异化了,成为荒谬社会环境的受害者。这些心灵被扭曲的艺术家是社会的弃儿,郁郁不得志,出卖了自我价值。爱德华·巴斯特卷入小大亨的金融阴谋以及克劳利的广告宣传音乐中去。小说家吉布斯告诉艾米·朱伯特:"我们第一次有这么多的机会去做根本不值得做的事,这是史无前例的。"(*JR* 477)在后工业时期的美国,人被异化,失去了自我,仅仅变成了名曰"美国"的国家机器的一个齿轮。

  在《木匠的哥特式古屋》中,保罗·布斯被迫参加越战,成为美国战争机器的一个齿轮。《诉讼游戏》中的律师哈里·鲁兹所做的事也毫无价值。他最初涉足法律行业是为了伸张正义,在他看来,"法律是正义的工具"(*F* 459)。但是当他看穿虚伪的司法界时,他的梦想破灭了。正如他所指出的:"你要得到正义就要等到下辈子了,在这个世界里我们有的不过是法律。"(*F* 13)他告诉妻子克里斯蒂娜,他涉足企业法是因为"这关系到钱,而与其他无关"(*F* 44)。哈里违背自我意志,做了不值得做的事,以为公司卖命取代了自我价值,太多沉重的工作已使他不知所措。他的神经衰弱和最后的崩溃象征了占统治地位的企业机构使个人能量消耗殆尽,最终吞噬了个体价值。

  正如评论家约翰·希尔蒙斯(Johan Thielemans)所言,金钱"让人们不再善良,敏感,无法完整统一。人一旦有了金钱就永远在心理上残缺不全了"。① 加迪斯匠心独运,借用吉布斯探讨有关机械化和艺术关系的小说《爱筵开裂》,

---

  ① Johan Thielemans. "Art as Redemption of Trash: Bast and Friends in Gaddis's *JR*." *In Recognition of William Gaddis*. Eds. John Kuehl, and Steven Moore. Syracuse: Syracuse University Press, 1984: 136.

一语双关地指出一个缺乏爱的后现代社会。对于基督徒来说，爱筵（Agapé）指的是神对世人的爱和基督徒之间的兄弟仁爱，但是紧接着加迪斯却采用这个词的贬义，因为第二个"Agape"指的是"张大了嘴巴，尤其是当你吃惊，惊吓或是崩溃时"。"爱筵开裂"象征的是教区基督徒相互间缺乏关爱，而上帝也不再关爱这个世界了。对金钱的渴求占据着集体意识，它甚至能够扭曲最亲密的家庭关系。爱已经被商业化了。托马斯·巴斯特临死之前没有立下遗嘱，这就在公司所有权问题上引发了一系列家庭纠纷。斯特拉为了获得公司的控股权益和她的丈夫诺曼发生了争斗。在另外一个家族企业中，艾米·朱伯特的丈夫路西恩正是因为考虑到艾米可以继承其父亲的大公司才跟她结婚的。其他许多家庭则是因为艺术家贫困潦倒，不能为家庭提供充足的收入而破裂。正如莫尔评论道："加迪斯有能力把家庭冲突转化成更广阔的社会冲突。"①所有的这些家庭纠纷都揭示了后现代人类社会的瓦解。加迪斯在小说中影射了"恩培多克勒神话"（JR 45），暗示世界正进入一个宇宙混乱的阶段。恩培多克勒的世界是由两种相对的势力统辖的——爱和憎。爱使一切要素融为一体，而憎却使这些要素分裂开。《小大亨》中无处不在的身体各部位、各肢体、断裂的头颅散落一地的描述暗示着后现代一个个"自我身心肢解式零散化"的"非我"主体，②一个被"憎"所支配的混沌世界。

在高度体制化，科学技术和商业飞速发展的环境下，后现代社会，无论是在文化、艺术还是教育方面都越来越具有功利性，导致了一种不人道的世界的形成，人们无法享受到真正的自我实现和自我满足的自由。加迪斯通过广阔的文化考察，以现实与想象相结合的小说创作形式警示人们：在一个个体被体制所支配而造成的紊乱解体的世界，个性的丧失和人性的物化发展到了严重的程度，也就是整个人类世界的热寂死亡。在一个技术主导一切的时代，人的精神渐渐脱离身体，消失并转变成机器的幽灵。加迪斯一方面以一个具有忧患意识和社会责任感的作家的身份，唤醒人们对后现代文化生态环境的关注，对后现代破产的人类精神进行不依不饶的拷问和不留情面的讽刺；另一方面，他在小说中也探索了如何衔接文化断层，挽救濒临危机的人文精神，重建精神家园的可能性。他强调技术的发展应注重文化的内涵，人的主体性以及美好生活的向度必须成为所有技术的导向。倘若没有文化内涵，科学技术对于人的身心发展，对于社会生活来说，就是毫无意义的。

---

① Steven Moore.*William Gaddis*.Boston：Twayne，1989：125.
② 王岳川：《后现代主义文化研究》，北京大学出版社1996年版，第240页。

第四章　加迪斯对后现代社会的拯救之道

一、艺术创作的过程是艺术家的自我救赎

对加迪斯而言，艺术创作不仅反映了艺术家的自我创造、自我展示和自我实现，而且反映了艺术对社会现实的剖析与批评。他在自己的创作手记中写道："艺术创作的过程是艺术家的自我救赎。"① 这句话正是加迪斯对自己的写照。加迪斯的小说告诉人们，在充满悖论与冲突的后现代语境中，当"上帝不再关照他们"时(R 251)，艺术具有救赎之力，艺术家要有担当。加迪斯认为，"批评是我们今天非常需要的艺术"。(R 335)艺术应该具有形而上学的意义，艺术家的创作就是一种救赎行动。就像耶稣被钉死在十字架上，把人从罪恶的诅咒中救赎出来，艺术家的创作过程就是用艺术创作的"启示"或"顿悟"替代宗教的"显圣"，实践艺术救赎的主张。正如《承认》中管风琴演奏家斯坦利演奏的音乐在"救赎中升华"，找到在某一时刻"爱与内心的需求合二为一"。当音乐奏响时，那虚假的、根基不稳固的大建筑物摇晃坍塌，这最终的救赎与胜利同虚假的倒塌说明艺术具有形而上学的意义，艺术的创作是艺术家超越深陷其中的恶劣环境，在混乱中寻找秩序的一种救赎行动。

赫胥黎在《美妙的新世界》的前言中写道："艺术也有道德，它的许多信条跟一般的道德信条相同，至少相似。"② 优秀的文学作品亦是如此，它在关注社

---

① Peter W. Koenig. "'Splinters from the Yew Tree': A Critical Study of William Gaddis' *The Recognitions*." Ph. D. diss. , New York University, 1971: 90.

② 阿道斯·伦纳德·赫胥黎：《美妙的新世界》，孙法理译，译林出版社2014年5月，第1页。

会当代品行的同时,并不耽于悔恨和批评,而是探索性地寻求答案,努力加以补救,应对危机,以获得一种较为安全的、普世性的价值体系,不论这种价值体系是宗教的、神话的还是心理的,这种探索的可能性就是文学作品和作家的社会责任,也就是文学作品的人文关怀。

诺伯特·维尔纳在《人有人的用途:控制论与社会》中写道:在美国物理学家 J.W.吉布斯的宇宙中,

> 秩序无法实现,混乱最有可能。但是既然这个宇宙作为一个整体(如果真的有个完整的宇宙)趋向衰败的话,在那里有这样一些飞地,它们最大限度地朝着与宇宙运行的方向相反的方向运行,并且在那里具有一种在特定范围内的、暂时性地不断形成整体的趋向。①

加迪斯在他的小说中引进了同样的熵的概念,提醒读者"自然界在统计学上呈现混乱倾向,熵在孤立的系统中也倾向增加"。② 他以其敏锐的眼光洞察美国后现代社会中,物质丰裕下面掩盖的各种文化和精神失落。加迪斯的小说创作被认为是对熵化的后现代社会的百科全书式的揭示。在他的小说创作中,熵化的后现代社会被各种虚假包围——粗俗的物质主义,没落的道德观,虚假的宗教,以及不公正的法律。加迪斯认同自己喜爱的英国作家塞缪尔·巴特勒(Samuel Butler)所说的:"正是文学的这种实用功能,我指的是可以运用文学来解决一些棘手的问题,使得这些问题得以有效的解决——文学单凭这一点就触发我要去吞噬它和模仿它的强烈欲望,我将尽自己的绵薄之力同虚假斗争到底。"③加迪斯始终保持着强烈的社会良知,谴责人们对金钱、商品、地位的追求,质疑美国中产阶级的价值观,揭示文化衰败所带来的社会剧变。

比起现代主义文学,后现代主义文学更充分地探索了人性异化和历史断裂感等主题。有些评论家认为后现代主义小说致力于揭示混乱,带着很强的瓦解和游戏的目的,并不试图触及或者纠正混乱,这无疑是片面的,并不能概括所有的后现代主义作品。后现代主义文学作品并不只是解构和摧毁,而是

---

① Norbert Wiener. *The Human Use of Human Beings: Cybernetics and Society*. New York: Avon Books, 1967:20-21.

② Ibid. 20-21.

③ William Gaddis. *The Rush for Second Place*. New York: Penguin Books, 2002:87.

追求回救与建构。加迪斯是一位具有强烈社会责任感的后现代主义作家,相信维纳所说的:"在那里有这样一些飞地,它们最大限度地朝着与宇宙运行的方向相反的方向运行。"他的作品秉承文学作品所承载的人文价值,在解构后工业时期的美国资本主义社会和文化的同时,也对后现代人类生存境况表现出深切的关怀,提出拯救后现代人类社会的构想。加迪斯在他的小说中揭示混乱世界的同时也塑造了一些热忱的探索者,他们试图寻找抵抗混乱倾向的办法,引导人们走出后现代的精神荒原。

颇受加迪斯敬重的"我们这一世纪最卓越的诗人"(F 40)T.S.艾略特在评论《尤利西斯》的写作手法时曾指出,现代主义作家(乔伊斯和叶芝)往往通过神话和秩序的建构处理历史与现实的关系,即"神话学的方法":"一种对混乱的当代历史加以控制、重塑和建构的方法。"①加迪斯和品钦等后现代主义作家同样认为,这种占支配地位的社会秩序并不是永恒不变的,是可以改变的,他们也认同艾略特等现代主义者以重建过去的神话拯救现在堕落世界的方法,相信可以从过去的神话中找到治愈能力。正如莫尔所说:"加迪斯追求相同的神话建构的方法,得到同样吸引人的结果。"②加迪斯同样表达了艾略特在《四个四重奏》(*Four Quartets*,1922)的第二篇《东科克尔》("East Coker")中饱含的忧患意识:"一旦找到又重新失去,又去寻找,这样循环往复的斗争。而现在似乎处于不利条件之下,但也许既不所得也无所失。对于我们,唯有尝试自己,此外则非我们所能为力。"加迪斯的小说展现了一个充满"或然性"的后现代世界。在《巴黎评论》中,他说自己创作的核心就是描写"人在一个充满不确定的世界中生活的勇气;人要有接受一个相对宇宙的勇气;甚至是无休止面对各种偶然性的勇气,而这种勇气只不过是人的一种成长经历罢了"。③

梭罗在《瓦尔登湖》中写道:"认真地生活,只面对生活的基本事实,我要生活得深刻,把生命的精髓都吸到,要生活得稳稳当当,把生活压缩到一个角隅里去。"④梭罗提倡的"认真地生活,汲取生活的精髓"的思想在加迪斯的小说创作中都有体现。在后现代世界,"认真地生活"成了加迪斯小说中的人物的道德衡量标准,这一指导思想揭示了加迪斯对待这个变化无常、愚昧无知、冷

---

① T. S. Eliot."Ulysses,Order,and Myth." *Selected Prose of T.S. Eliot*.Intro. and Ed. Frank Kermode.London:Faber and Faber,1975:177.

② Steven Moore.*William Gaddis*.Boston:Twayne,1989:19.

③ Zoltan Abádi-Nagy."The Art of Fiction CI:William Gaddis." *Paris Review* 105 (Winter 1987):77.

④ 梭罗:《瓦尔登湖》,徐迟译,沈阳出版社1999年版,第88页。

酷无情的世界的态度。"认真地生活"这一理念与荣格的自性完整理论是相关联的。荣格用自性化来说明心灵的发展。他用自性化表达这样一种过程：一个人最终成为他自己，成为一种整合性的，不可分割的，但又不同于他人的发展过程。他在《心理学与点金术》(Psychology and Alchemy, 1970)一书中指出：关于自我救赎的方法，基督教与点金术最大的区别在于，点金术"强调人既是被救者也是施救者。基督教规定了救赎的第一步，点金术则包含了两个方面"。基督教认为"人认为被救赎是天生的权利，而将这一任务留给神祇；点金术认为人自身承担起了自我救赎的艰巨任务"。①《承认》中，怀亚特像基督教首位殉道者斯蒂芬（母亲听从冒牌医生雅克的建议将他取名为斯蒂芬）一样，游荡于西班牙与北非，他几近崩溃，跟跟跄跄地走进一座西班牙修道院，内心充满了懊悔与负罪感。他对过去与不确定的未来都深感愧疚："回头看看，人从一出生就是有罪的？怎样才能获得自我救赎？是让自己沉溺于对过去的回忆，还是历经重重困难，解脱自我？"(R 896)加迪斯让怀亚特求助于点金术，通过考验自我获得救赎，因为"人既是被救者，也是施救者"。怀亚特最终领悟到："现在，如果神祇们忘记自己天生作为救赎者赐予我们恩赐，我们自己就必须经历苦难找回这些恩赐，达到自我救赎。"(R 898)怀亚特不仅是殉道者斯蒂芬，也是梭罗式的人物，他想要认真地生活，通过自身努力获得自我救赎。"认真地生活"这一理念反复出现在加迪斯的小说创作之中，这正是开启加迪斯心灵世界的钥匙，也是加迪斯一以贯之的精神内涵。他所要传达的信息是：在一个变化无常的、无秩序的、混乱的世界里，人类的自我救赎蕴藏在自我改变之中，蕴藏在灵魂的自我成长之中。人只有积极地参与生活，不断实践，才能使人格、良知与灵魂得到发展。

正如利奥塔所言："在当今科技和资本的社会里，人与社区本身的认同不需要思想的支持，不需要任何共享的伟大意识形态，而是通过以惊人速度交换的整套商品和服务作为媒介发生的。"②加迪斯的作品总是围绕着在物欲横流的社会中，艺术家的挣扎和内心的脆弱这个中心思想展开。《小大亨》描述的正是一个失去价值体系，以商品的交换作为媒介的社会，在这里，人们用值得成为的事物交换值得拥有的东西。金钱成为"成功"的第一衡量尺度，已经侵

---

① Carl Jung. *Psychology and Alchemy*. 2nd ed. Trans. R. F. C. Hall. Princeton：Princeton University Press, 1970：306.

② Jean-Francois Lyotard. *The Inhuman*. Stanford：Standford University Press, 1991：124.

蚀了精神价值观,成为多数人毕生的追求。像小大亨、凯茨以及克劳利等利欲熏心的商人对艺术中存在的精神因素完全不予理会,他们人生的唯一乐趣就是获得最大化的商业利益。加迪斯向读者展示了一个混乱的后现代人类世界,这里除了商品之外,不存在任何道德观念或艺术感受力,上帝对世人的爱已经荡然无存,人与人之间的憎恨无休无止。小大亨通过投机与剥削建立起自己的事业。在他眼中,只有金钱与利润。在后现代社会价值体系的转化过程中,艺术的作用早已被人遗忘,被肮脏的金钱所玷污。艺术的有用性仅仅体现在市场的交换价值上。那些在社会边缘挣扎的穷困潦倒的艺术家便是明证。青年作曲家爱德华·巴斯特无法寻觅到自己创作的私人空间与经济支持,继续他钟爱的音乐事业。巴斯特落入小大亨设下的利益圈套,沦为后者的商业代言人。投机商佐娜·塞尔克囤积了谢珀曼的大量画作。托马斯·艾根不得不一边创作一部有关美国内战的剧本,一边受雇瑅丰而耗费自己的精力。杰克·吉布斯试图完成一部以秩序与混乱为主题的作品《爱筵开裂》,然而,社会却只注重物质利益,轻视艺术与艺术家的价值,因此,他的创作经常受困,创作期长达16年之久而未完成。克劳利认为自己是一个非常慷慨的人,因为他帮助了"在阁楼里饿肚子的年轻作曲家"(JR 476)。律师科恩如此评价巴斯特:"不过他对金钱所表现出的这种高傲的漫不经心似乎相当啊,不同寻常……他对音乐有着强烈的兴趣,而艺术家们在这种事上是出了名的不切实际。"(JR 357)戴维多夫告诉巴斯特自己曾经写过一本小说:"可能有点妒忌你们这些有艺术天赋的人,这种奢侈我奉陪不起,一直没有写完,就是无法坐在那儿,像那样放任自己。"(JR 540)

　　在试图把一切都物质化、商品化的社会,高度物质膨胀的实质是精神危机,是信仰、道德和伦理的缺失。在这样的文化背景下,艺术的美学价值只能被庸俗化,沦为市场价值。加迪斯认为,作为一名有社会责任感的作家,在唤醒人类良知方面有着不可推卸的责任。他把对抗艺术商业化的任务交给了艺术家,然而,有些艺术家却无法胜任。他批评了诸如杰克·吉布斯、詹姆斯·巴斯特、托马斯·艾根以及施兰姆这样意志瘫痪,无法与腐蚀艺术心灵的实用主义进行对抗的艺术家。加迪斯暗示:虽然艺术家陷于后现代文化废墟难以自拔,但是他们为之付出的努力却是值得尝试的。爱德华·巴斯特的父亲詹姆斯·巴斯特有意与外部纷扰的世界隔绝,将自己的内心封闭起来,沉浸于失望与悔恨之中。作家施兰姆甚至采取自杀这种更加过激的方式表示自己的不妥协。不同于那些意志瘫痪的艺术家,加迪斯塑造了一些在信仰失落之后能够积极采取行动,抵制商品拜物教对灵魂侵蚀的艺术家。加迪斯自己就试图通过文学创作与日趋衰落的文明形成抗衡,并获得一种精神上的自我救赎。

在加迪斯的遗作《爱筵开裂》一书中,病危的艺术家向读者揭示了艺术的救赎力量。他说道:"音乐能够带你看清你从来未曾谋面的自己;感知你从未有过的感觉;了解你不曾相信的世界。"①这正是加迪斯对音乐能够对人的道德和心灵产生好的教化的赞扬,也是理解加迪斯小说中艺术家为自我救赎不断努力的关键。怀亚特试图通过绘画创作实现自我救赎。加迪斯将在意大利教堂中演奏管风琴的演奏家斯坦利比作以自己的生命为代价,推倒非利士人庙宇的力士参孙。"四周的墙壁震颤着,但他仍然没有退缩。一切都在摇晃,甚至倒塌,在毁灭中寻求自我救赎。"(R 956)加迪斯在《小大亨》中提及了希腊神话中受伤的弓箭手菲罗克忒忒斯,就是这位弓箭手结束了特洛伊战争。被边缘化的作曲家詹姆斯·巴斯特正在创作一部以菲罗克忒忒斯为题材的歌剧。希腊得到预言:只有靠被流放在小岛上的菲罗克忒忒斯,他们才能打败特洛伊人,这预言最终成真。正如评论家弗雷德里克·卡尔所言:"菲罗克忒忒斯扮演了一个艺术家的角色:伤痛、孤独、煎熬、遗弃,但他手里仍然握有最后的武器,并且这武器是社会所需的,那就是他的艺术或艺术才能。巴斯特最终必须使自己适应这种气质,否则他就是个堕落之人,无异于其他企图垄断学校和市场的人物。"②加迪斯将希腊神话菲罗克忒忒斯的故事植入他的小说,因为他相信维尔纳的论断:"艺术是抵抗熵化与同质性的主要途径,因为它在文化体系当中注入了能量与多样性。"③加迪斯在《小大亨》中提到的希腊杰出勇士菲罗克忒忒斯不会再遭受流放之苦,他希望有胆识的英雄仍像这位希腊勇士一样握有"神弓和箭",能够回归这个信仰受到怀疑的时代,帮助人们获得灵魂的拯救,重建精神家园。

爱德华·巴斯特在浪费自己的音乐才华之后幡然悔悟,毅然离开自己的工作室,在充满混乱的公寓里谱曲。他的这一行动体现了加迪斯对艺术家的期许。艺术能培育品格和情感,教导人们不能耽于物质利益的追求,要注重塑造高尚品格和美好心灵。巴斯特试图将小大亨的注意力转移到巴赫的第21章康塔塔上。他指责小大亨:"你,你搞坏的这一切你碰过的一切!"(JR 658)

---

① William Gaddis. *Agapé Agape*. New York: Viking Penguin, 2002: 96.

② Frederick R. Karl. *Introduction to JR*. By William Gaddis. New York: Penguin, 1993: xix-xx.

③ Norbert Wiener. *The Human Use of Human Beings: Cybernetics and Society*. New York: Avon Books, 1967: 84.

他希望一首美妙的乐曲可以净化小大亨的心灵,因为他相信"音乐是一种声音效果,有一种东西只有音乐才能表达,那些是写不下来,也不能被挂在晾衣绳上的"(JR 658)。聆听音乐就是与自己的灵魂进行对话,可以使人忘却物质利益的诱惑,从而升华到一种更高的境界。为了激发小大亨对音乐的兴趣,巴斯特说道:"那些人宁愿不吃饭也要听交响乐他们仍然能够他们听到的是美妙的女高音在唱。"(JR 659)[1]巴斯特试图向小大亨展示世界上真的有无形财产存在。但小大亨却道出自己毫不相信艺术的无形力量,他对巴斯特说自己听到的都是噪音。与大文化背景下的拜物教和工具主义的毁灭力量相比,艺术家的力量是微薄的,艺术与金钱、艺术家与资本价值观的矛盾冲突"上升到了一个更高的层面:即秩序与混乱的对立"。[2]

虽然杰克·吉布斯相信艺术的精神价值在于:使人获得真正的精神解放和心灵提升,但他没有独立的人格,不像爱德华·巴斯特那样意志坚定,始终认为过程比结果更加能够体现人类奋斗的价值。当巴斯特从精神崩溃中恢复之后,他在医院里突然产生了一种要抒发情感的冲动。医院在《小大亨》中是一个非常重要的场景。在这里,许多人与健康失之交臂,利欲熏心的堤丰首席执行官诺曼·安吉尔发现自己已经失去对公司的掌控权,躺在医院不省人事时,最终开枪自杀。邓肯先生遭到小大亨家族企业的暗算,丢掉了自己的壁纸公司。邓肯一生所追求的信念是"胜利就是一切"。他病危,躺在医院时,才意识到这一生对成功的追求毁了他自己。他扮演着巴斯特精神之父的角色,告诉他什么是人生最重要的东西:"我告诉你巴斯特你还没有做过什么事情你怎么能称自己是失败者呢?"[3]邓肯告诉巴斯特,他依然能够听到自己女儿弹奏贝多芬的曲子《致爱丽丝》。听到一个垂死之人的忏悔之后,巴斯特第一次意识到他要为自己做一些有意义的事。他要重新开始音乐创作。"我在别人的事情上失败得够了从现在起我损害自己,从现在起我在自己的事情上失败嘿那些纸页等一下,把那些纸页给我。"[4]他试图从纸篓里捡起那些自己所写的

---

[1] 威廉·加迪斯:《小大亨》,朱叶等译,凤凰出版传媒集团、译林出版社2008年版,第1015页。

[2] Johan Thielemans. "Art as Redemption of Trash: Bast and Friends in Gaddis's JR." In Recognition of William Gaddis. Eds. John Kuehl and Steven Moore. Syracuse: Syracuse University Press, 1984:136.

[3] 威廉·加迪斯:《小大亨》,朱叶等译,凤凰出版传媒集团、译林出版社2008年版,第1035页。

[4] 同上,第1104页。

乐谱。当托马斯·艾根迷惑不解地看着巴斯特用蜡笔涂写的乐谱时,巴斯特回答道:"我是说等到一个表演者听见了我所听到的话并且让其他人听见他所听到的话那只不过是垃圾不是吗艾根先生,那只不过是垃圾就像这个地方的一切。"①商业化的社会吞噬了人的道德,有着崇高精神追求的艺术家处处碰壁。虽然巴斯特创作一部宏大歌剧的计划被不停削减,先减至大合唱康塔塔,然后成了清唱剧,最终减到他在病床上用蜡笔写就的,无人伴奏的提琴组曲,但是他屡遭挫败却不改初衷,他要借助音乐之魂唤起人们对音乐无穷力量的感知,驱赶周围的黑暗。这正是加迪斯对艺术的坚守和期许,他希望艺术家能够不断努力地进行自我救赎,将美学价值带给社会,为社会注入活力,以抵御社会的日益熵化。世界本不应该只有金钱与商品的存在,必须还有可以使人领略到人生真谛的介质。虽然艺术家为此付出的努力可能微不足道,但是他们为寻求人生真谛所做的努力即使失败了,也是一种伟大的尝试。

　　加迪斯拯救后现代精神理想和道德沦丧的人文关怀是双声的。一方面,他建议回到过去神话的普适性精神价值,在后现代建立新宗教;另一方面,他讽刺性地暗指"不可挽回的失去"。批评家沃尔夫坚信"加迪斯胸怀宽广,他贴近群众,而且也不害怕自相矛盾"。② 克里斯托弗·奈特指出,解读加迪斯的作品需要全面考虑在小说文本无秩序的背后是对秩序的渴望。他说道:"对无秩序的认识需要首先认识秩序的概念,认识事情会怎样的意识。"③加迪斯向自己和读者提出问题:"我们如何来填满文化的空缺?"他的小说试图通过诉求崇高精神而构想出秩序——在艺术和自然美中获得人格心灵的净化和精神上的重生。他认为当后现代社会发生了精神危机,可以通过诉诸艺术,在高度自由的艺术和审美活动中找到人生的价值,因为艺术的自由创造能成为摆脱这种矛盾困境的场所。

　　从深层次看,艺术精神与文化精神息息相关,艺术具有深广的文化语境。人类用艺术感性的方式表达对精神的追求,这种感性的审美方式区别于其他如哲学和宗教的精神追求方式。虽然在西方世界,尤其是美国,艺术往往受制于政治,然而,对于加迪斯来说,艺术和自然的灵性赋予了人们精神价值和更

---

① 威廉·加迪斯:《小大亨》,朱叶等译,凤凰出版传媒集团、译林出版社2008年版,第1116页。
② Peter Wolfe. *A Vision of His Own: The Mind and Art of William Gaddis*. Madison & Teaneck, NJ: Fairleigh Dickinson University Press, 1997: 290.
③ Christopher J. Knight. *Hints & Guesses: William Gaddis's Fiction of Longing*. Madison: The University of Wisconsin Press, 1997: 6.

高的有关社会秩序的视野，艺术价值给文化世界带来审美的意义。城市的发展滋生了利欲熏心的拜金主义以及贪婪的思想意识，相反，自然是纯净和美好的，打破自我中心、人类中心，与自然万物逍遥于无穷天地，人与自然这样的融合能提高自己的精神境界，在审美超越中满足个人的审美愉悦，更新自身的生命。加迪斯的作品蕴含着深刻的哲学思辨，给了读者最强音；这些作品通过诉求艺术和自然美的崇高和超验价值，使人脱离客观环境对主体的束缚，超越日常生活空间，是对商业社会的矫正。加迪斯和阿多诺持有相同的信仰："艺术作品通过自身的存在象征这种不存在的可能性，证明那不真实的、可能的世界是切实可行的。"[①]因此，艺术作品里的想象力和创造力可以转化为超越物质现实世界的认知，是对平庸世俗生活的偏离，以一种美好的愿景展望更富有秩序的生活。

二、重建新宗教的神学救赎

宗教是人类社会意识的重要组成部分，是统摄其他一切意识形态的最高意识形式。宗教可以看作是全人类所具有的普遍文化特征，是人类对自身存在与客观世界关系的整体性反应，也是人类对宇宙、天地、命运、历史的整体超越性的意识。一个社会如果没有宗教，就是一个没有文化情境的社会。美国社会学家、哲学家丹尼尔·贝尔在1976年的著作《资本主义的文化矛盾》中指出：

> 美国资本主义已经失去了它传统的合法性，这一合法性原来建立在视工作为神圣事业的新教观念上，并依赖从中滋养出来的一种道德化报偿体系。现在，这一切已为鼓励人们讲求物质享受与奢侈的享乐主义所取代……严肃艺术家所培育的一种模式——现代主义，"文化大众"所表现的种种乏味形式的制度化，以及市场体系所促成的生活方式——享乐主义，这三者的相互影响构成了资本主义的文化矛盾。现代主义大势已去，不再具有任何威胁。享乐主义也步其后尘，嘲弄人世。然而，社会秩序既缺乏作为生命力之象征性表现的文化，又缺乏作为动机或聚合力量

[①] Theodor Adorno. *Aesthetic Theory*. New York: Routledge & Kegan Paul, 1984: 192.

的道德因素，那么，靠什么才能够把社会联合为一体呢？①

贝尔认为资本主义的社会结构同文化之间有着明显的断裂，文化中宗教的权威日渐衰微，宗教无法就每个族群面临的主要生存困境给予回答。后现代文化已经不能为当代人提供一套全面的，或超验的终极意义，因此必须努力建立一种新的宗教形式，应对物质高度发达所掩盖的各种文化和精神的危机，把宗教的核心即信仰拉回到人们的生活中，重构或唤醒人们生活的意义。加迪斯、品钦和冯内古特等后现代主义作家与贝尔有着近乎相同的思想：如果要探索晚期资本主义文化矛盾的出路，将其从商品拜物和科学拜物中挽救出来，必须寻找精神拯救之路，重建新的宗教，使后现代人们重新获得新宗教的价值观念和人文关怀。他们希望通过信仰的复兴，建立一种新的宗教，解决后工业社会中的文化矛盾和信仰危机。既然这个世界上已没有了宗教，那么就应该创造一个，将痛苦的人类从虚无中拯救出来。

1949年，加迪斯即将完成《承认》时，曾经写过一段发人深省的话阐明自己作为宗教怀疑主义者的态度：他自己并不是亵渎神明，而是因为信仰宗教，所以要探索一种新宗教的模式：

> 那么，什么是亵渎神明？如果只是对教条的违反，那么它最终就像它所蔑视的教条一样毫无意义。只有信仰宗教的人才能够亵渎神明，并且如果他的渎神触及到了问题的核心；如果他进行足够深入的探索，能够揭示不只是模式，而是模式的内涵以及模式的必然性；如果他提出的问题足够深邃以至于所引起的怀疑让人害怕并且无法摈弃，那他就完成了真正的亵渎神明的工作，与他的对手抗衡：这是怀疑论唯一能够做的事情。②

如果说加迪斯质疑基督教，是因为教会作为人与上帝沟通的中介滋生了腐败，尤其是在第二次世界大战之后，严重的信仰危机出现了，正如韦伯所说："这时，寻求上帝的天国的狂热开始逐渐转变为冷静的经济德行；宗教的根慢

---

① 丹尼尔·贝尔：《资本主义文化矛盾》，赵一凡等译，生活·读书·新知三联书店1989年版，第132页。
② Peter W. Koenig. "Recognizing Gaddis' *Recognition*." *Contemporary Literature* 16 (Winter 1975):70.

慢枯死,让位于世俗的功利主义。"①既然基督教和其他制度化宗教无法履行救赎的职责,就必须寻找新的宗教信仰。加迪斯是一位很有思想的美国当代社会生活和文化批评家,他的渎神恰恰存在于他寻找的新宗教的信念中,因为基督教堕落了,无法给后现代生活以启示,不能把人类从生存困境中拯救出来。加迪斯所发出的关于基督教的尖刻言论,不仅道出了他对自己所处时期的制度化宗教氛围的不满,而且显示出他被赋予了一项崇高而艰巨的神学救赎使命,试图在一个人类精神破产的后现代,孜孜以求地寻找一种新的宗教,建立一种替代上帝存在的艺术神学,实践其艺术人生和艺术救赎的主张。

毋庸置疑,加迪斯的新宗教观已经注入许多世俗人文主义因素,即在世俗生活和神性世界之间寻找一种平衡,把社会生活中的精神层面和物质层面结合起来。在加迪斯的小说中,他将艺术家与点金术士和神父等同,倡导在后现代时期建立一种新的宗教,为人们提供神圣的启迪,提升个体对道德的敬畏感,倡导独立性思考、自由信仰与批判性反省。《承认》中的新宗教就是基于点金术、母性神话以及佛兰德斯绘画中的信仰力建立起来的。加迪斯倡导以多元化作为新的宗教信仰的基础,代替人为控制的宗派混杂的基督教,暗示将不同的宗教信条、神学和哲学进行有机结合,创立一种有别于制度化的神启宗教,如基督教和天主教的新宗教。

加迪斯的小说揭示了现代科学和基督教在拯救灵魂上的失败。在他的作品里,科学技术造成了和平环境里的浩劫,迫使人们离开家园,而机械化则造成了人际关系的异化,以及个性的丧失,等等。广泛流行的科学客观主义观念,显然难以对诸如传统、爱、终极关怀等普遍性问题做出完满的回答。对加迪斯来说,制度化基督教已经失去了其最初的救赎人类灵魂的目的,无法履行救世主的职责。加迪斯在《承认》结尾处以教堂的坍塌这一反讽手法,象征着后现代时期神启教会已最大限度地令人失望,其所赖以存在的基础是多么不值得信任。

弗雷德里克·詹姆逊认为,资本主义时代诗歌的"规范解体",即摧毁一切神圣的残余,把世界从错误和迷信中解放出来,使它成为一个可以被科学说明、衡量,挣脱了一切旧式的、神迷的、神圣的价值的客体。而生活在这样一个规范解体的时代,人们开始寻求一种新的补偿途径。因此,规范解体的时代是现代主义;而患精神分裂症,要求回归到原始的理性恰如其分地代表了后现代

---

① 马克斯·韦伯:《新教伦理和资本主义精神》,于晓、陈维纲等译,生活·读书·新知三联书店1992年版,第138页。

主义一切新的特点。① 加迪斯在小说中表现了与詹姆逊相同的思想,他试图以过去反观现在,在神话中获得某种启示,探寻过去和现在之间的联系,医治后现代社会里的意义缺失和价值虚无。加迪斯想要复原存在于点金术、母性神话以及弗兰德斯绘画中的精神信仰,以此作为精神与潜意识结合的象征。为了表述回归神话的治愈能力,他的小说充满了各种典故。这些典故来自古老的神话原型,与被金钱和各种虚假现象扭曲的后现代人类世界形成对比。加迪斯想要从神话中汲取其中蕴含的大智慧,传承具有普适性的价值,拯救混乱和失去宗教信仰的后现代世界,这与 T.S.艾略特所谓的"神话法"具有相同的思想意识,即"同当代和古代之间时刻保持平行",使作家和读者能够"认识当下历史内在的无益和混乱这一全景图"。② 可以说,加迪斯对过去神话的回归并不是逆行或者退避,而是对神话救赎能力的重新发现,以期拯救个性丧失、充满历史断裂感和被消费主义全面侵蚀的后工业社会。

(一)点金术与母性神话的精神信仰

以原教旨主义为代表的基督教意味着同一性,它以恒久不变的教条对流变的世界加以固化和石化,反对其他宗教。对加迪斯来说,原教旨主义以单一的思想阅读一个文本,以一元化对抗多元化,以归纳推理对抗演绎推理,以非历史和权威的观点反对自由主义神学及历史批判学。加迪斯将科学、基督教与点金术相对比,借以证明他所坚信的点金术是比现代科学更好的救赎方式。他将基督教等同于科学和以逻各斯为中心的男性中心主义,因为基督教权力的运作方式和职权分布,它的偏执和排他表现出了与人文主义的背道而驰。《承认》多处暗示了加迪斯对科学的不信任和怀疑。瓦伦丁所发现的基督教战胜其最大对手密特拉教的原因,实际上成为加迪斯批评基督教的关键点。"我来告诉你为什么密特拉教会失败,虽然它是基督教曾拥有的最强对手。它败在没有实行中央集权。"(R 178)他曾说:"理性!但是,上帝啊,难道我们没有足够的……理性?"(R 86)怀亚特生病,奄奄一息,医生束手无策,不知病名,无休止地治疗而不见好转,怀亚特父亲在一个暴风雨之夜,以一只从西班牙旅

---

① 詹姆逊:《现实主义、现代主义、后现代主义》,载张旭东编:《晚期资本主义的文化逻辑》,陈清桥等译,生活·读书·新知三联书店2003年版,第282~283页。

② T.S.Eliot."Ulysses,Order,and Myth." *Selected Prose of T.S.Eliot*.Intro.Frank Kermode.London:Faber and Faber,1975:270.

行带回来的猕猴献祭,这个仪式令怀亚特起死回生。这并不是一桩荒谬的事件,它具有严肃的意义。加迪斯以此传达:医生只是技术人员,是商人,并不是治愈者,真正的治愈力量来自神话、宗教和传统信仰。

正如加迪斯所说:"当现代的东西失败的时候,我们的天性就开始回过头去,从父辈们的疗法中寻找。如果那些还不管用,还有父辈们的父辈。我们能够上溯到数个世纪以前。"(R 45)诺伯特·维尔纳运用熵和能量注入的理论为回到父辈们的疗法定义为"重新发现过去的成果,用来控制一个系统"。[①]诚如波德莱尔所说:"美永远是,必须是一种双重的构成……构成美的一种成分是永恒不变的,其多少极难加以确定,另一种成分是相对的,暂时的,可以说它是时代、风尚、道德、情欲。永恒性部分是艺术的灵魂,可变成分是它的躯体。"[②]过去的神话具有永恒性的价值,加迪斯回归点金术是为了寻找其中蕴含的属于精神境界的、永恒的价值观,以抵抗世俗性的物质主义生活。为了与西方话语中科技进步的宏大叙事相互对峙,加迪斯尝试在点金术和母性神话里发现一种新宗教的神性,为被现代的科学与理性祛魅解幻的世界"复魅"(re-enchantment),让人类将自然视为有生命、有灵魂的生灵,在点金术的神圣仪式中进入神圣的空间,达到意识和潜意识、身体与灵魂的和谐共存,唤起神圣和崇高的情感。

点金术是中世纪的化学,是关于将普通的材料变为黄金的研究。点金术最重要的概念是将点金术的意义从实验室里的一项操作转变为标识性的,或者精神性的内在冥想行为。加迪斯最重要的批评家斯蒂芬·莫尔注意到,荣格的《心理学与点金术》(Psychology and Alchemy,1944)是加迪斯创作《承认》时引用点金术资料的主要来源。莫尔评论道:"《承认》的心理学定位基本上就是荣格主义。"[③]对荣格而言,"点金术"是一个具有浓厚神学色彩的术语概念。他研究点金术文本,发现了梦之象征主义与点金术存在诸多相似点。在《心理学与点金术》中,荣格首次研究了梦之象征主义和点金术材料之意象,展示了点金术是一个原型意象集中的海洋,这些意象至今仍出现在我们的梦中。荣格在其著作的后半部分考察了被用于点金术的宗教观点,以及当点金

---

① Norbert Wiener.*The Human Use of Human Beings:Cybernetics and Society*.New York:Avon Books,1967:41.

② 波德莱尔:《波德莱尔美学论文选》,郭宏安译,人民文学出版社1987年版,第475页。

③ Steven Moore.*A Reader's Guide to William Gaddis's* The Recognitions.Lincoln:University of Nebraska Press,1982:23.

术与宗教观点产生矛盾时,点金术所采取的微妙方式。荣格认为,点金术可以弥补基督教的不足。既然基督教通过制度的力量将意识与潜意识分离,那么,点金术承担着将潜意识与意识连接起来的任务。荣格相信点金术的金属转化过程代表着人格在精神上以及肉体上的结合。他写道:"点金术的象征意义所要表达的是人格进化过程中的所有问题……,即所谓的自性化过程。"①本雅明在《歌德的〈亲和力〉》中说道:"用一个比喻来讲,如果把成长着的作品比作燃烧的火葬柴堆,那么站在柴堆前的评注家就像一个化学师,而批评家就像点金术士。对于前者而言,木柴和灰烬是条分缕析后剩下的仅有之物;对于后者,则只有火焰才保持着诱惑力;亦即活的东西。因此,批评家深入真理,真理的活火焰在已经成为过去的厚重的柴堆和已经被体验过的余烬中继续燃烧。"②本雅明曾对点金术大为赞赏,因为点金术士并不像化学家那样只看到表面的东西,而是运用幻想和想象的力量,穿透火焰本身勃勃生机的谜团,去寻求具有恒久价值的东西。

正如莫尔所说:"《承认》讲述了文明人寻找(或者无视)人生的真正价值,以及在这个被虚假和谬误所包裹的世界,寻找这些价值所遭遇的困难和所表现出的不满(或者无视)。怀亚特·格里扬正是寻找这一人生真实价值的领军人物。"③根据荣格关于点金术的理论,加迪斯将点金术当作一个非常重要的隐喻,暗示怀亚特在熵化的后现代社会中寻找精神转变的方法。他在自己的创作手记中清楚地解释了点金术在这部小说中扮演的角色:

> 首先有一个理想;然后是现实的破碎、混乱和死亡;再然后是复兴,两者共同努力达成救赎。怀亚特那时就是点金术士;再没有比这更贴近了。④

《承认》中点金术的精神构成不是平面的、无深度的,而是具有精神价值的

---

① Carl Jung.*Psychology and Alchemy*.2nd ed.Trans.R. F. C. Hull. Princeton:Princeton University Press,1970:35.

② [德]瓦尔特·本雅明:《本雅明文选》,陈永国、马海良编,中国社会科学出版社1999年版,第44页。

③ Steven Moore.*A Reader's Guide to William Gaddis's* The Recognitions.Lincoln:University of Nebraska Press,1982:4.

④ Peter W. Koenig."'Splinters from the Yew Tree':A Critical Study of William Gaddis' *The Recognitions*." Ph.D.diss.New York University,1971:87.

高度、深度和广度。怀亚特父亲格里扬牧师搜集了许多关于点金术的小册子，怀亚特就是通过他父亲接触点金术的。格里扬牧师对他的会众感到失望，因为他们的行为越来越堕落，他对基督教深感绝望，越来越觉得自己没有能力履行职责。他为了向会众揭露基督教的骗局而沉溺于对密特拉教的神秘研究，这一点促使怀亚特逃离新教令人窒息的氛围，前往巴黎学习艺术。到了巴黎，怀亚特更加相信物质世界的腐败，决定离开利欲熏心的巴黎。点金术史上的先驱雷蒙·卢利①的暗示坚定了他的信念，从"土、空气、火和水的共同反应"(R 149)中寻找点金石。奥特重述怀亚特对伊瑟尔所讲的话：

> 我的意思是说，今天我们在讨论点金术和关于赎回物体的神秘事物，这不仅仅是锻造黄金，试图去锻造真正的黄金，而是那个事物……事物……那个事物我指的是救赎。(R 129)

怀亚特的主要目的是为这个堕落的世界寻得点金石，他将自己的精神诉求等同于点金术士锻造黄金。在小说中，以点金术士形象出现的怀亚特实现了三次重要的追求，超越渎神的世俗人生。第一次，他逃离了20世纪初期新英格兰令人不满的、严苛的清教氛围，摆脱牧师身份，前往欧洲发展他的艺术天分。第二次，当他进一步发现围绕在他身边的虚假、庸俗、贪婪、虚荣等各种文化腐败现象时，他借模仿佛兰德斯绘画大师追求心灵与精神的永恒。第三次，怀亚特放弃绘画上的模仿，在几近精神崩溃的边缘，领悟到自身救赎的重要性，要"认真地生活"。怀亚特三次觉醒的精神支撑就是"拯救物质世界"的点金术士的信念。他诉诸点金术的真正目的类同于荣格的"个性化"净化基础，将人性净化到最高的境界。

在点金术中，黄金与真实性联系在一起。在怀亚特的诉求中，他关心的是充斥着虚假现象的社会现实背后是否有"第一材料"，也就是"点金石这一哲学金子的主要备料"。② 怀亚特描述他第一次复制荷兰画家希罗尼穆斯·波希的画作《桌子》时说道："复制一个复制品？我就是从这里开始的？如果不存在

---

① 雷蒙·卢利(Raymond Lully)，或称拉蒙·卢尔(Ramon Lull)，约1235—1316，西班牙柏拉图派学者，因其《炼金术》著作而闻名于欧洲。他的作品由M.欧布拉多(M.Obrador)等人以加泰罗尼亚语编录(1905—32，共21卷)。

② Carl Jung.*Psychology and Alchemy*,2nd ed.Trans.R.F.C.Hall.Princeton:Princeton University Press,1970:159.

黄金怎么办？……如果我一直仿造的东西不存在怎么办？"(R 381)当艺术评论家巴西尔·瓦伦丁向怀亚特透露，他确信怀亚特所模仿的波希的《桌子》是原版的，不是复制品，现在正在回归它所属于的欧洲时，怀亚特嚷道："太好了，感谢上帝！——感谢上帝可以锻造金子了！"(R 689)怀亚特把点金术作为对后现代的精神救赎，试图以此抵抗世界的混乱。

根据希腊神话传说，古希腊诗人赫西俄德①把人类社会的发展描绘成五个阶段：黄金、白银、青铜、英雄和黑铁时代，每一阶段都比以前更加没落，到了黑铁时代，也就是堕落的现代，人类过着艰苦而悲惨的生活，社会秩序被打破了，人们弱肉强食，神彻底放弃了对人类的庇护。虽然后现代时期的美国社会毫无疑问已退降到其最后的阶段，许多事物韶华不再，人性的堕落实际上超越了文字上所描述的黑铁时代，但加迪斯提醒读者，只要像怀亚特一样坚信"在这个世界上仍有黄金可以锻造"，那么对这个混乱外部世界的拯救仍然值得一试。加迪斯将回归点金术重构成一个重现人类社会黄金时代的象征，重建黄金时代的信仰以拯救混乱的后现代社会。

另一个与点金术有关的神话是母性神话。荣格在他的点金术研究中写道："对于儿童来说，女性基质潜藏在母亲的至高无上中，有时候在其一生中都留有感性的联系，并且严重削弱了其男性化的发展。"②按照荣格所说，女性基质是男性体内的灵魂，"灵魂意象，男性体内活着的事物，它自生自灭并且产生生命……倘若不是由于灵魂的跳跃和闪烁，男人就会在懒惰这个最大的爱好中渐渐腐烂"。③ 在怀亚特对完整人格的诉求中，正如评论家约瑟夫·塔比所说："加迪斯在《承认》中所塑造的女性形象是进步与理性的反差力，是商业文化的美学选择。"④加迪斯试图运用母性神话滋养生命的力量治疗西方文明父性本质中理性的价值高于直觉，才智高于情感带来的危害。他塑造了一个失去母亲的儿子——怀亚特，这个儿子必须去寻找给予他完整灵魂，让其重生的母性的心灵滋养。怀亚特的母亲是一个"在小说中最少出现，然而却最大程度

---

① 赫西俄德：古希腊诗人（公元前8—7世纪），主要作品有《工作与时日》和《神谱》。

② Carl Jung. *The Integration of the Personality*. Trans. Stantley Dell. New York: Farrar and Rinehart, 1939: 79.

③ Carl Jung. *The Archetypes and the Collective Unconsciousness*. 2nd Ed. Princeton, NJ: Princeton University Press, 1968: 26-27.

④ Joseph Tabbi. *Nobody Grew but the Business: On the Life and Work of William Gaddis*. Evanston: Northwestern University Press, 2015: 97.

上影响怀亚特的人物"。① 因此,怀亚特的母亲卡米拉这一人物形象在小说中没有显性的描写,就如《喧哗与骚动》中的凯蒂一样,在小说中没有以她的观点为中心的独立章节,但她却是小说的中心人物。加迪斯运用间接叙述的形式,给予怀亚特和读者充分的想象空间,创造自己心目中的女性形象。怀亚特总是痴迷一幅他尚未完成的、母亲的肖像画。加迪斯精心塑造的卡米拉是一位完美的女救星的具象化。她是神化的母亲,是滋养无意识的女性本源。为求得人格完整,怀亚特必须让自己被其同化。这部小说中无处不在的母性象征——各种夜间的、月亮的、海洋的象征,暗示了母性的心灵滋养能为精神荒原提供和谐和秩序。

除了卡米拉之外,加迪斯还塑造了另外两个主要的女性形象——怀亚特的妻子伊斯特和他的女模特埃斯米,将她们与双面白肤女神作对比,暗示了母亲卡米拉的完美女救星的概念。伊斯特是一个专注理性的睿智型女人,她不理解怀亚特在潜意识里为何对原罪和救赎如此痴迷。加迪斯将她与男性化、理性、无情联系在一起:"她非常努力去理解所有这些;变得非常理性,用男性化的无情彻查过去,她随后变成了理性的帮凶,斥责这些追求毫无必要"(R 78)。怀亚特和伊斯特的婚姻被证明是失败的,因为伊斯特身上丝毫没有怀亚特所需要的女性资质。为了自己的精神诉求,怀亚特需要继续寻找另一个母性形象。埃斯米神秘、优雅,却是个瘾君子。对怀亚特来说,埃斯米就如美国著名的文学批评家莱斯利·费德勒(Leslie Fiedler)在《美国小说中的爱情与死亡》(*Love and Death in the American Novel*,1966)中所描述的:"[她]在这部小说中被认为具有精神分裂,她的两个角色被试图解释为浅色肌肤和深色肌肤的女人,她的两张脸像面具,天使与恶魔,动人与狰狞的组合。"②埃斯米不能超越鄙俗的现实,无法为怀亚特提供滋养元素。唯一能够给予怀亚特性格完整的女性角色就是怀亚特只能在梦中见到的母亲卡米拉。卡米拉拥有的女性基质介于怀亚特的自我(清醒的意志)和男性自我的潜意识,或者说内在世界之间。

除了女救星卡米拉之外,加迪斯在其他小说中还塑造了几位正面的女性角色,她们与女性资质中的心灵滋养紧密相连,试图截断高速发展的工具理性和技术政治,挽救精神理想的失败。比如,《小大亨》中的艾米·朱伯特用她的

---

① Steven Moore.*William Gaddis*.Boston:Twayne,1989:23.
② Leslie Fiedler.*Love and Death in the American Novel*.Rev.ed.New York:Stein and Day,1966:314.

爱为内心受挫的画家杰克·吉布斯带来了短暂的内心平衡。在《木匠的哥特式古屋》中,丽兹被称为"唯一能将事物整合在一起的人"(CG 177)。没有她,小说中的人物彼此将会更加冷漠。在《诉讼游戏》中,克里斯蒂娜经常陪伴在无助的男主人公奥斯卡身边。然而,在加迪斯的小说世界里,这些女性人物不是被有意安排成已故之人,就是在小说结尾被社会力量摧毁。加迪斯的这种有意安排一方面暗示了这些女性人物身上拥有一种原始的滋养性本质,比如关心、爱和生活的充实,这正是后现代社会所缺乏的;另一方面也表明在男权社会中,要拥有滋养性的女性本质是多么困难。

加迪斯认为,回归内在的自性,即人格的完整性能抵抗这个混乱的世界。更确切地说,加迪斯所暗示的这种回归是象征性的,指回归到能够使这个混乱的世界恢复内在平衡的、积极的、原始的力量。加迪斯所熟知的拉康关于象征秩序和想象秩序的理论能从另一角度解释回归滋养性女性本质的意义。拉康的象征秩序是法律、权力话语以及普遍被认定的父权秩序。以此形成对比,想象秩序与统一性和完整性具有密切联系,和生命之初,孩子的体验与母亲身体的原初的一体性是联系在一起的。如果母亲的身体是原初统一体存在的地方,是反象征的发生地,它同时也暗示着对失去的统一性的回救,以及在父权体制中无法体现的精神整体的统一。在《承认》的扉页上,那咬着自己尾巴的含尾蛇是点金术作品(opus alchymicum)的意义。含尾蛇在点金术中是一种蕴含净化力量的魔咒,它头尾相衔,雌雄同体,代表着最初,也是最末,实现所有的循环,也就是"从某处而生亦回到某处"。① 含尾蛇象征着至高无上的作品,既相融合又包藏对立,是一个既清晰而又模糊的"完美"概念,其中建构与破坏往复,生命与死亡交替。因此,含尾蛇这个标志引进了共栖联体的概念,指的是"通过回归达到与完整性相融合的主题,同时也是该小说主题和美学的重要部分"。② 在一个基于科学和理性组织起来的父权体系中,共同情感的匮乏、物质主义、个人生活的混乱无序、精神崩溃、腐败堕落和混乱屡见不鲜,愈演愈烈,这正好与前现代母性王国所拥有的价值观、人与人之间和谐共生的整体性生活形成了强烈的对比。

加迪斯提及怀亚特意识到这个世界是有爱的,怀亚特决定寻找他女儿,因

---

① Carl Jung.*Psychology and Alchemy* 2nd ed.Trans.R. F. C. Hall.Princeton:Princeton University Press,1970:293.

② John Leverence."Gaddis Anagnoresis." In *Recognition of William Gaddis*.Eds. John Kuehl and Steven Moore.Syracuse:Syracuse University Press,1984:56.

为她"是因爱而生而不是非爱而生,当爱发生时,现在可以重新塑造着过去。"(R 897—898)小说中许多角色已经意识到后现代爱之匮乏这个问题。《承认》中有作者侵入文本的话外音评论:"我们都熟知我们彼此疏离,在我们习惯性的否认中发誓要抛弃这种悲剧,因为我们只共享一种感觉,那就是不属于彼此,不属于别人,或者是上帝。"(R 103)阿格尼丝·德恩打算写一本研究论文集,书的标题是从美国作家格特鲁德·斯泰因(Gertrude Stein)提出的"友谊之花"中借用来的,因为她记得,"在友谊之花凋谢前,友谊即已逝去"(R 757)。杰克·吉布斯谴责艾根缺少仁爱,而他自己也被同一问题困扰。加迪斯渴望在信仰怀疑的时代建立一种新的宗教引导人们彼此关爱,找到内心的自我完整性。加迪斯对人与人之间的和谐共生怀有信仰,重新探寻蕴藏在文学与人之生存中的神圣追求与现世关怀。他建议人们使用爱的忘我原则,即爱筵(Agapé)拯救分崩离析的世界,表现出一位负有责任的艺术家对社会的担当和积极的介入态度。因此,我们可以说加迪斯就是这样一位点金术士,他追求的是自性化:人格的完善与发展的象征性的黄金,而不是具有世俗价值的普通金属。

(二)在艺术中追寻宗教情怀

从社会科学的角度看,宗教与艺术是人类社会生活中极其重要的组成部分,也是人类认知行为的重要对象,影响着我们的思维和价值观的构成,并改变着我们生活。宗教源于一种对信仰的敬畏,艺术也可以说是源于对审美创造的一种敬畏。艺术与宗教的抵达之途和侍奉的程式虽然不同,但都源于某种虔诚,都是对内心世界进行探索,在情性和用心上是同源同构的。在宗教信仰日渐式微的后现代,相对于宗教的敌对分裂与倒退,艺术自然而然成为人类的心灵追求与精神皈依的另一种模式或表达,艺术追求彰显出精神救赎的力量。

哲学家黑格尔早年把宗教看作是实现和确证由理性赋予的权力的理论,并设想了一种"民众的宗教",这种宗教融入了人类的道德价值,构成公众生活的一个不可或缺的部分。后来,黑格尔把艺术作为"面向未来的和解的力量",因为审美直观是理性的最高行为,真和善只有在美中才能得到协调一致。诗是人类的导师,只要它以新的神话形式发挥公共效力,就足以取代宗教的凝聚力。因此,艺术应当重新获得公共机制的特点,并释放出修复大众道德的总体性力量,甚至真正的理性宗教也应当把自己委托给艺术,成为一种"艺术宗教"。① 黑格尔之后的许多19世纪的艺术家所持的艺术观虽然略有不同,但倾向于认为艺术不仅将取代宗教,甚至将取代哲学而成为当代人精神追求的顶峰。尼采否定道德,包括古希腊苏格拉底以来的道德哲学和基督教的宗教哲学,但却希望以"艺术"取代他所反对的这两种道德观。他甚至认为艺术高于哲学,"生命通过艺术而自救"。因此,尼采推崇艺术家在热爱生命、热爱尘世的事物、热爱感官这一点上"比迄今为止的全部哲学家更正确"。② 尼采认为宗教、道德和哲学禁锢生命,是人的颓废形式;相反,艺术乃是生命的本来使命,他想将艺术作为社会整合的"新统摄力量"。尼采在理论上谈到艺术的救世作用,海德格尔后期倾向于把艺术视为拯救力量,同尼采提出的审美人生靠拢了。海德格尔认为艺术是人类心灵的展现,它模拟自然,抚慰心灵,传达理想;他还把艺术描述为展现真理的最好方法,而不仅仅只是一种审美的存在;他推崇"艺术是神力和宝藏",③希望把人从技术崇拜引向艺术崇拜,在艺术创作中寻觅属于自己的心灵追求与精神皈依,用艺术创作的"启示"或"灵魂"替代宗教的"显圣",建立一种艺术宗教。在艺术对人的生存救赎上,加迪斯与黑格尔、尼采、海德格尔等哲学家感同身受,他认同艺术是人的生命本能升华的最高形式,具有对抗并超越现存社会关系的力量。

　　加迪斯的作品彰显了艺术所蕴含的救赎功能。他认为在后工业社会,人性分裂、人格丧失、世界裂成碎片的现实只有通过艺术的精神补偿才能得以拯救。艺术把人们在现实中丧失的理想和梦幻、异化了的人性,重新展现在人们面前。加迪斯的小说直接告诉人们在混乱的后现代社会中,当"上帝不再关照他们"(R 251)时,艺术和艺术家的担当。在加迪斯的作品中,艺术是拯救日益走向衰败混乱的后现代文化系统的主要方式。小说中,许多人物在艺术追寻中发现了艺术能够恢复活力,并召回健康的人性。《承认》中身为天主教徒和管风琴演奏者的斯坦利坦言"艺术是爱的产物"。《小大亨》中的作曲家爱德华·巴斯特将音乐净化灵魂的力量描述为有别于外界物质生活的另一空间。

　　尼采认为艺术是生命的最高使命和生命本来的形而上学活动。他曾说

---

① 陈嘉明:《现代性与后现代性十五讲》,北京大学出版社2013年版,第287页。
② 尼采:《悲剧的诞生》,周国平译,生活·读书·新知三联书店1986年版,第365页。
③ 海德格尔:《科学与沉思》,载《海德格尔选集》,孙周兴译,生活·读书·新知三联书店1996年版,第955页。

过:"艺术乃是使生命成为可能的壮举,是生命的诱惑者,是生命的伟大兴奋剂。"①因为现代人丧失了人生的根基,灵魂空虚,无家可归,惶惶不可终日,究其原因,就是科学精神泛滥的结果。加迪斯对艺术的看法与尼采有契合之处。在加迪斯的作品中,艺术追寻被注入宗教情感因素。他认为要挽救当代人的人生,只有逃脱科学对人生的约束和统治,在高度自由的艺术和审美活动中找到重新评价人生价值的依据,找到带领人生走向希望的出路。正如约瑟夫·萨勒米(Joseph Salemi)所评论的:"对于加迪斯来说,艺术是试金石。通过艺术,可以评判生活的真实性以及检测人类动机的纯洁性。"②怀亚特不仅仅是一位艺术家,还是一位加迪斯式的艺术家,他关心在上帝不复存在的年代,人类灵魂的净化和救赎。艺术家应该致力于对灵魂救赎的渴望。加迪斯让怀亚特成为一位通过艺术寻求新宗教信仰的牧师。怀亚特不会忘记自己背弃神启宗教牧师职责而肩负的使命,他通过模仿佛兰德斯大师的油画唤醒灵魂,向人们传授新的宗教信仰。瓦伦丁曾经对怀亚特说:"你知道,你本身已是一位牧师了。"(R 261)怀亚特回答"我会成为一位牧师。我会知道我所做的是什么。我会比圣贝尔纳圣徒更会布道"(R 430)时,怀亚特意识到自己在模仿佛兰德斯油画时感受到的灵氛。他在摹仿佛兰德斯油画中找到了比制度化宗教——基督教更高层次的替代品,那就是诉诸艺术的精神救赎。

怀亚特不满后现代时期盛行的美学时代思潮,因为艺术受人尊崇和令人敬畏的职业灵氛被抹去了,艺术被用来实现它的市场价值,变得毫无灵魂可言。技术对艺术的摧残使得艺术在形式以及设计方面已退化,失去了艺术原有的精神生命。从这个观点来说,怀亚特传达了加迪斯对现代绘画和音乐的评论:

> 现代绘画和音乐与其说是如它们伴称的对当今价值观、无灵魂以及精神的失败的评论,不如说它们只是这个时代精神颓废的产物。绘画没有地位,大多数绘画比埃及的二维艺术更静止不变。③

---

① 尼采:《悲剧的诞生》,周国平译,生活·读书·新知三联书店1986年版,第443页。

② Joseph S. Salemi."To Soar in Atonement:Art as Expiation in Gaddis' *The Recognitions*." In *Recognition of William Gaddis*.Eds. John Kuehl and Steven Moore.Syracuse:Syracuse University Press,1984:47.

③ Quoted in Peter W.Koenig's " 'Splinters from the Yew Tree':A Critical Study of William Gaddis' *The Recognitions*".Ph.D.diss.,New York University,1971:113.

第四章 加迪斯对后现代社会的拯救之道

　　古典艺术借助艺术材料表现精神，而现代艺术更注重艺术媒介的作用，从独立的艺术品转移到艺术家的个人风格上，画布成为行动的舞台，这种本末倒置的做法已经使艺术本身失去了精神内核，迫使艺术趋于消解。这就是为什么怀亚特在20世纪中叶放弃神职，而后成为一位在佛兰德斯大师风格上尽心尽力作画的艺术家。他的模仿并不是对佛兰德斯绘画大师的亵渎，而是一种对后现代世界精神的救赎。怀亚特不像其他临摹者一样，将十幅油画的碎片拼凑成一幅，或者拿出一幅杜勒的作品并且颠倒组成部分，使得人物的眼神望向右边而不是左边，从另一幅肖像上取一撇胡子贴在他脸上，或者加上一顶帽子，一顶与众不同的帽子。他临摹的不仅是佛兰德斯绘画大师的风格，更重要的是他们对艺术的热情、专注、执着和敬畏的精神。

　　　不，它是……认识程度要更深，更回溯到从前，而我……这……X光测试，还有紫外线以及红外线，带着显微照相术和宏观照相术的专家们，你认为对它来说那是所有的吗？他们中的一些不是傻子，他们不仅仅要寻找一顶帽子或是一撇胡子或是他们所共识的风格，而是带着超越他们自己的记忆寻找，他们回到……我记忆回去的地方。（R 250）

　　怀亚特模仿古典大师的作品不是出于对金钱的渴望，不像凡·米格伦模仿17世纪荷兰黄金时代绘画大师约翰尼斯·维梅尔（Johannes Vermeer）的画作是为了以假乱真，获得市场价值，怀亚特的模仿是出于他对佛兰德斯大师的艺术精神的崇敬，以及对他们所营造的那种深不可测的艺术氛围的热爱。因此，怀亚特临摹的画作不同于其他模仿画作那么容易就被现代设备检测出。他的赝品可以说是比其他当代艺术家拙劣修补的画作更真实，因为他的作品未受名利的影响，他在艺术创作中保持纯净的动机。他认同让创作者本身的精神渗透到自己画作的理念，从佛兰德斯大师那里学会让作品每个细节反映画家在上帝的旨意下全心全意创作的结果。怀亚特在模仿佛兰德斯大师的作品时，获得了一种精神感悟，实现了对精神救赎的渴求。他的认知已渗入到佛兰德斯大师的灵魂深处。他甚至将自己看成是行会的成员之一，因为他曾使用过同样纯净的颜料，更重要的是，他还立下了同样的誓言：

　　　我已经宣了行会的誓言，不是为了评论家们，专家们，你，如果你是我的后代的话，你和我已无任何关系，和你和我之间都无任何关系……
　　　行会的誓言，是用纯净的材料在上帝的视线下工作。（R 250）

正如美国著名的文艺批评大师,当代杰出的人文主义知识分子乔治·斯坦纳所言:"所有美好的艺术都是从内在化开始的。"①内在美是一切艺术的本源,任何艺术创作都是作为生产主体的艺术家把强烈的主观意识以及主观因素渗透到艺术生产当中的过程。佛兰德斯绘画大师也是遵循此道,从内在化的理想层面出发,以艺术创作追求人与自然、人与自身的和谐统一。在怀亚特看来,艺术蕴含并传达着丰富的意涵,不应该以市场和评论家的判断为导向。怀亚特在临摹佛兰德斯油画时,把这种艺术追求当成了宗教信仰的内在化,体会到了一种绝对的快乐,那是一种来自有创造性的艺术生命的快乐。他曾经在精神顿悟时感叹道:"当我看到它时,它是现实或说是近乎认知的现实诸多片刻之一。当我看见它时,突然所有事情都归为同一认识,真的归于我们从未见,你也从未见过的现实。"(R 91~92)可以说,这里的现实在加迪斯的哲学理念中就是在后现代社会建立新宗教。克里斯多夫·奈特道出了怀亚特对建立新宗教的热情:"他天生具有柏拉图主义者的气质,意识到存在超越物质层面的理想层面。"②奈特对怀亚特的评论同样适用于加迪斯。作为一位经历信仰危机和历史断裂感的后现代作家,加迪斯希冀激起佛兰德斯画布背后的神性感知,引导人们点燃新信仰的激情,实现精神上的救赎。

怀亚特模仿佛兰德斯画家的行为与其说是对美学的追求,不如说是通过艺术实现精神上的救赎。他感受到:在艺术的那双神性眼睛的审视下,生存是值得努力追求的。在《承认》第七章第一部分的墓志铭中,加迪斯引用了点金术师雷蒙·卢利的话语:"正如耶稣基督以凡人的样子出现,为的是解放和救赎整个人类。同样,在我们的艺术当中,被不公平玷污的东西会从另一种与之相反的事物的纠缠中被赦免,净化并且获得救赎。"(R 222)作为一名艺术家,怀亚特孜孜以求,要把艺术从它的污秽中救赎出来,更重要的是,他肩负着在虚假时代救赎生命的责任。他做好充分准备,在公众面前揭穿雷克托·布朗和巴西尔·瓦伦丁的阴谋。就这点而言,怀亚特对艺术的追求具有希望通过艺术追求寄托精神救赎理想的愿望,比仅仅把自己限于神秘宗教研究的父亲所做的更有意义。然而,艺术作为宗教思想消亡之后的替代物,它在本质上是孱弱无力的;面对强大的社会经济和政治系统,加迪斯倡导在艺术中追寻宗教信仰,这只能是一种愿景,艺术追求无法独自完成对整个社会的维系和引导作

---

① George Steiner.*Real Presence*s.London:Faber and Faber,1989:227.
② Christopher J. Knight. *Hints & Guesses*: *William Gaddis's Fiction of Longing*. Madison:The University of Wisconsin Press,1997:60-61.

用,然而,加迪斯对恢复艺术本身的丰富意义和恒久价值的强调值得肯定。

三、在自然的审美超越中获得精神净化

加迪斯论及艺术在陶冶情操的作用之外,也赞同美国文化传统中提到的自然崇高性和对诗意的感知,崇尚在自然的审美超越中追寻本真的自我。弗雷德里克·卡尔评论道:"《小大亨》这部小说是对一个曾经历过田园生活的国度的戏仿。"[①]其实,加迪斯在戏仿中也表达了对田园生活的向往,追求自然的审美超越,重温爱默生与梭罗关于自然的哲思,用思维、道德与美学的架构观察自然,表达了对意义、价值和精神回归的渴望。细心的读者发现,在加迪斯的小说中虽然有不和谐的家庭和社会环境,充满了不连贯的对话,但还是有一小部分描写大自然的抒情文字,向读者展示了自然的超验主义之美。宇宙间存在一种无所不容、无所不在、扬善抑恶的力量。人在内心遭遇痛苦时可以转向大自然,用自觉官能同大自然的美好事物进行交融,感悟大自然带来的生命暗示,带来的灵魂重生。

小大亨对自然之美无动于衷。他眼中除了有形资产以外别无他物,一切事物背后都蕴藏着无限的商机,都可以让人们成为百万富翁。小大亨的老师艾米·朱伯特与爱德华·巴斯特试图将小大亨引入另一种超越物质至上的人生境界,而小大亨心里仅仅做百万富翁的梦想,他对艾米·朱伯特说:"就像现在某地有位汽水百万富翁和这位锁柜百万富翁我是说甚至灯泡有这位玻璃百万富翁。"(JR 473~474)艾米·朱伯特打断了小大亨的话,说道:

——停一下!她怀抱他肩膀捉住他的一只胳膊,——停下来看一看……!
——什么?看什么……
——看夜色、天空、风,你从不停下来看吗?还有聆听?
——噢我,我是说当然,我……他在她的怀抱中僵硬地站着,他怀里的东西使他无法靠得很近,——嗯天,我是说嗯现在天黑得很早……

---

① Frederick R. Karl."A Tribune of the Fifties." In *Recognition of William Gaddis*. Eds. John Kuehl and Steven Moore. Syracuse: Syracuse University Press, 1984: 194.

——是的抬头望一下天空看一下！那样会有百万富翁吗？但是她自己的目光落到她搁在他肩上的那只手上好像要证实对她所触摸到的纤弱而感到的惊讶。——是不是每样事情都得有一位百万富翁？

——当然噢，噢不我是说嗯……

——在那儿瞧，瞧。月亮升起来了，你看见了吗？这有没有……（*JR* 473~474）①

艾米·朱伯特像慈母一般将小大亨拥入怀中，让他在遍地都是六便士的世界里抬头看着月亮，希望唤起小大亨对大自然崇高之美的感知，割断其成为百万富翁的梦想，让他的人生超越世俗的物质层面，进入到高一级的精神层面。

18世纪法国启蒙思想家让·雅克·卢梭认为，人性出生时是完美的，只是由于在成长过程中过分追求非自然的需求，人性才被贬低和扭曲了，变得堕落了。人必须想办法回归自然，恢复出生时具有的自然本性，在大自然中独处静思，找回自然本我，回到一个未被异化和物化的、人和自然以及社会和谐共生的文化本真状态。加迪斯也教导人们如何通过诉求大自然的审美超越为熵化的世界注入能量。艾米·朱伯特想要告诉小大亨，天空看起来是多么蔚蓝，但是小大亨却无动于衷。具有讽刺性的是朱伯特对她"所触摸到的纤弱而感到的惊讶"（*JR* 473），因为小大亨根本看不到月亮升起，在他视野范围之内的只有汽水百万富翁、锁柜百万富翁，甚至灯泡百万富翁和玻璃百万富翁等。加迪斯是一位冷静客观的观察者。他让读者自己去寻找答案，因为对于自然的感觉因人而异，自然的象征意义只有通过个人的参与与想象才能获得顿悟。只有那些富有智慧、充满思想、感觉敏锐的人才能够在更大程度上欣赏自然的审美超越。在一个以有形资产衡量一切价值的后工业社会，加迪斯将人们的注意力转移到自然美学的象征意义上。

加迪斯深受超验主义者梭罗与爱默生的浪漫主义思想的影响，继承他们的自然美学的观念，接受自然的启迪，相信人与自然的交流会给人类带来智慧和幸福。在《诉讼游戏》中，加迪斯对池塘的描写与梭罗笔下的瓦尔登湖有异曲同工之妙。对于梭罗来说，瓦尔登湖就是纯洁与自然之美的象征，是映照心灵的一面镜子，能唤醒心灵。他写道："一个湖是风景中最美、最有表情的姿

---

① 威廉·加迪斯：《小大亨》，朱叶等译，凤凰出版传媒集团、译林出版社2008年版，第726页。

容。它是大地的眼睛；望着它的人可以测出他自己的天性的深浅。"①梭罗的瓦尔登湖是人性的一面镜子,象征性地代表了人类在物质与精神两个世界之中找到某种平衡。这两个世界分别由天与地代表,通过与瓦尔登湖的交流,人类在自然这个媒介中能进行天、地、人之间的沟通,不论是作者本人还是读者都可以获悉自己天性的深浅,对世俗社会中金钱与名利的狂热追求也会随之被淡化。加迪斯对奥斯卡寓所外的池塘的反复描写具有同样的象征意义,代表了一种远离尘嚣的哲理性沉思。评论家克里斯多夫·奈特认为池塘在这部小说中象征了人类对正义的思考,这是很有启迪意义的。他评论道："生机勃勃的池塘本身虽然不能够提供人类任何关于公平正义的法规法则,但它仍然是正义的明证,尤其是当它与以小时计费模式的虚拟的永恒相比时更是如此。"②

小说中的池塘将小说中的人物与读者的视线从以小时计费的平庸的物质生活转移到了自然的审美超越之上,让他们暂时忘却了美国社会中的经济与法律的阴暗面。池塘诗情画意又神秘莫测的一面暗示了乌托邦似的社会秩序。美国评论家罗伯特·韦斯博格(Robert Weisberg)指出："小说中的人物天真地相信他们世代传承,并不断完善的法律体系会最终给他们带来公平和正义,然而,他们相信正义终将存在或已经存在的理念却是正确的。"③池塘这一自然之物在加迪斯笔下成为有生命、有灵魂的生灵,代表着一种审美超越。以下描写池塘的精彩片段可以看出,加迪斯试图通过对自然景色的描写唤起人们对道德与正义的信仰。

> 他站在那里,凝视着窗外的池塘。光秃秃的树枝漫过河对岸,在河面上留下一道灰暗。天空万里无云。他俯了俯身,双手撑在窗台上。突然他拿起窗台上的几页纸,好像面对着一群热切的听众。他们不是来倾听什么优美的辞藻或动听的声音,而是为了艺术的纯真与直白。(F 304)

这里,奥斯卡面对带有神秘气息的池塘景色,内心深处泛起了千层涟漪。

---

① 梭罗:《瓦尔登湖》,徐迟译,沈阳出版社1999年版,第182页。
② Christopher J. Knight. *Hints & Guesses: William Gaddis's Fiction of Longing*. Madison: The University of Wisconsin Press, 1997: 234-235.
③ Robert Weisberg. "Taking Law Seriously." *Yale Journal of Law & the Humanities* 7.2(1995): 452.

由于版权被侵犯的问题,他一直纠缠于与好莱坞制片商的官司当中。在法庭上,每样证据都对他不利,他被指控盗用尤金·奥尼尔的剧本。由于终日纠缠在官司上,奥斯卡已经没有精力对他亲朋好友的遭遇表示任何同情。他不稳定的情绪让很多人为他担心。寓所草坪外的池塘突然让他精神振奋,因为它似乎体现了人生的真谛,并且将这一真谛具体化。池塘用最纯粹的自然语言与奥斯卡交流,试图要告诉他一些什么道理。不论季节交替、水面变化还是叶落叶生,池塘永远都存在着。此刻,奥斯卡学会了如何用内心读懂自然。如瓦尔登湖一般,这池塘拥有无限的活力与广博的胸怀,将奥斯卡的注意力从高昂的诉讼费用转移到了人生中更加重要、更加崇高的事物上。有关奥斯卡凝视池塘的描写表明他最终领悟到克里斯蒂娜对他所讲的一番话。"你觉得它[松鼠]想要告诉你什么?"(F 284)

池塘在小说中成为含义丰富的意象,象征了未来社会的公平与正义。虽然这种公平与正义还遥不可及,但已经深深地蕴藏在人们的内心期待里。

> 远处,池塘笼罩在一片奇异的阴暗之中。宽阔的草坪倾斜着,渐渐伸入水里,看上去好似洪水就要来临。远处的岸边突然间出现一道灰暗,这灰暗在中间地带时强时弱。天空没有云朵,仿佛生怕惊扰了这光线的突然变化。浪花从池塘的一侧向另一侧奔涌而去,整个池塘都在翻滚,那浪花就如同来自地狱的灾难扑向岩礁……(F 508)

富有神话般色彩的池塘笼罩在一片黑暗之中,来自这个邪恶世界的阴霾笼罩着它,池塘以涌起的浪花表示对人类遭遇的地狱般的灾难表示同情。这里我们可以得到关于世界末日的启示:世界终将经历从毁灭到重生的过程。如同雪莱诗中所写:"如果冬天来了,春天还会远吗?"世界的结局与其说是无望的,不如说是可以预知的,冥冥之中早有定数,正义只有在下一个世界才会出现。加迪斯是一位有担当的社会批评家。一方面,他运用反讽的手法抨击日益走向精神荒原的商业化资本主义;另一方面,他试图融合艺术与自然的审美超越寻找本真的自我。纵然世事纷乱,人类仍然具有通过不断创造出美好事物实现自我救赎的潜能。

四、黑色幽默：荒诞世界的生存方式

在后现代主义理论家哈桑看来，后现代主义已不再具有超越性，它不再关注精神、价值、真理、等级、权威等传统范畴，而体现在主体的内缩及对客体的内在适应，是心灵综合自己在世界上的一般特征，并对自我和世界发生作用的一种能力，这种能力越来越直接地成为其自身环境，是人类心智中固有的、内在的、充满活力的力量，他称之为"内在性"（immanence）。黑色幽默正是后现代主义"内在性"的一种表现，是疯狂的解构、叛逆之下潜藏的一种创造力量。可以说，现代主义作家告诉人们如何以一种理性的方式处理生活中的无常和无意义，后现代黑色幽默作家告诉人们如何以一种喜剧的方式适应不合理和混乱的世界。在将世界看成是荒诞、疯狂的这一点上，黑色幽默以存在主义作为它的哲学背景。萨特、阿尔贝·加缪等存在主义代表人物在其著作中阐述了以下哲学思想与命题：人类生存的这个世界没有意义，没有终极目标；茫然、恶心和恐惧等成为人们最大的心理特征；世界和人类的处境都是荒诞的。然而，不同于萨特和加缪等存在主义者与荒谬世界中个人的孤独、失望以及无限恐惧的阴暗进行抗争的强烈建议，后现代黑色幽默作家提出以玩世不恭的态度笑对荒谬和疯狂的生活境况。

黑色幽默被称为绞刑架下的幽默，也被称为熵的喜剧。黑色幽默并不是后现代主义文学的新发明，早在20世纪20年代，法国超现实主义作家安德烈·布勒东（André Breton）曾编过一本名为《黑色幽默文集》的书，该书所收录的黑色幽默作品几乎都是当时超现实主义的作家写的。1965年，美国作家布鲁斯·杰伊·弗里德曼（Bruce Jay Friedman）将1960年以来美国报刊上发表的，具有黑色幽默风格的12名作家的作品编成一本小书出版，取名为《黑色幽默》。同年，美国评论家康拉德·尼克伯克（Conrad Knickerbocker）发表《致命一螫的幽默》（"Humor With a Mortal Sting"）一文，将这类作家称为"黑色幽默"作家，于是以"黑色幽默"命名的现代主义文学流派在美国诞生，在20世纪60年代风靡一时，并且通常被认为是美国后现代主义文学的真正开端。虽然黑色幽默的主题和风格各有不同，但都有同样的宗旨：以极端的愤懑面对生存的无意义，并且通过喜剧和绝望的独特混合方式呈现更黑暗的视野。黑色幽默作家极其关注通过讽刺的力量来达到喜剧效果。评论家称之为奇怪或病态的幽默,"痛苦的,乖张的,虐待的和病态的"。① 从生存哲学角度看,黑色幽默不一定就是悲观的,相反,它告诉了人们一种生存哲学,在极度绝望的情形下将世界看成是荒谬的,看成是个笑话。伊哈布·哈森用一句短语来形容这种幽默是"偏向痛苦的笑声"。②

美国黑色幽默代表作家有约瑟夫·海勒、托马斯·品钦、小库尔特·冯内古特、约翰·巴思、布鲁斯·杰伊·弗里德曼和唐纳德·巴塞尔姆。海勒的《第22条军规》、品钦的《V》和《万有引力之虹》、冯尼古特的《第五号屠场》和《猫的摇篮》、巴思的《漂浮的歌剧》都被认为是黑色幽默的经典作品。评论家将威廉·加迪斯的《承认》视为美国黑色幽默作品的杰出先锋之作,认为它"曾有助于开创美国小说中的全新运动"。③《承认》和品钦的《万有引力之虹》这部黑色幽默小说类似,通过"戏仿传统典故"获得后现代喜剧效果,强调"在20世纪世界范围内传统意义的缺失"。④ 正如美国当代修辞学家肯尼斯·伯克(Kenneth Burke)所言,"历史发展是从'神圣的'到'亵渎的',从'精神的'到'世俗的'这种趋势是如此简单,以至于我们毫不迟疑地为之倾倒"。⑤ 用加迪斯的话来说,"仅有一种失望,或是不可挽回的失去的感觉"(R 119)。《承认》主要是对公元3世纪的神学手册《克莱芒的承认》(*Clementine Recognitions*)的戏仿。加迪斯通过戏仿《克莱芒的承认》中的传统故事,表达他关注社会现实,对信仰丧失、价值观念颠倒的后现代社会的严肃思考,对于人类生存的荒谬观点以及黑色幽默的生存救赎。在怀亚特看来,《克莱芒的承认》传递着一种寓意,即受难是个体获得重生的必由之路。然而,时过境迁,怀亚特所怀抱的救赎的渴望最终受挫,因为在信仰缺失的20世纪,根本不存在圣彼得和上帝。可以说,塑造探寻者和发现者是后现代主义文学迷恋的角色,他们受到作家的委派,去探究某个特定的人类生存状态的问题,追寻某种失落的精神,但是在一个业已不能再建构起中心意义的后现代世界里,这些探寻者必然遭遇

---

① Conrad Knickerbocker. "Humor with a Mortal Sting." *The New York Times Book Review*, 27 September 1967: 3.

② Ihab Hassan. "Laughter in the Dark: The New Voice in American Fiction." *American Scholar*, 32(Autumn 1964): 637.

③ Steven Moore. *William Gaddis*. Boston: Twayne, 1989: 3.

④ Elaine B. Safer. "The AllusiveMode, the Absurd and Black Humor in William Gaddis's *The Recognitions*." *Studies in American Humor* 1.2(October 1982): 103.

⑤ Kenneth Burke. *The Rhetoric of Religion: Studies in Logology*. Berkeley: University of California Press, 1970: 35.

第四章　加迪斯对后现代社会的拯救之道

失败,绝不可能找寻到他们需要的东西。

怀亚特在后现代文化中寻求拯救,其间遭遇诸多赝品。他十分迷恋公元1世纪早期基督教父圣克雷芒一世的故事。圣克雷芒曾旅行到巴勒斯坦并成为圣彼得的追随者,圣彼得教导他如何欣赏上帝的福音和如何获得拯救。圣彼得让克雷芒和他失去的父亲、母亲及兄弟们团聚在一起。怀亚特的父亲格里扬牧师解释道:"克雷芒的姓名首字母,他被处死,成了殉道者,是的,就是在这时,他们将锚系在他脖子上,将他扔进黑海。"(R 44)基督教神话记载,当圣克雷芒被守卫用磨石击昏,捆绑在船锚上投入大海而殉道时,一个星座沿着绳子掉进这个世界大气中并被淹没。水域分开了,在海底出现了一座宫殿,里面装着圣克雷芒的身体,象征着他的殉道。

怀亚特总是被父亲讲述的圣克雷芒殉道的故事迷住,想象是否真的有星座从天而降,搜寻受苦受难的殉道者。他问妻子伊斯特:"你难道不能想象我们为什么被搜寻?当我们走在天海海底的时候,你记得那个沿绳爬下将墓碑上的锚解开的那个人吗?"(R 116)在怀亚特的追寻中,他没有遇到任何救星,反而经常陷入诸如巴西尔·瓦伦丁等恶人的圈套中。巴西尔·瓦伦丁是个间谍,曾策划杀害圣马丁。怀亚特的父亲格里扬牧师也不会为怀亚特提供任何帮助,因为他自己也丧失了对基督教的信仰。当怀亚特回到自己的新英格兰住宅,并渴望从他父亲那里寻求救助时,他脱口说道:"父亲……基督是为我而死吗?"(R 440)"比笑更大声",叙述者嘲讽道:"有了撞击,并且在光线刺眼的痛苦中将它们分离,直到撞击结束在那儿都没任何东西存在。"然后,"在他们哭之前的几分钟,用它的鞭尾来追寻他们,敲打着穿越黑暗直至追寻到地球。水从屋顶的洞滴到他们中间。在黑暗中,他们闻到了烟的味道"(R 440)。在怀亚特与父亲团聚的过程中,他没发现上帝的圣灵关照他的迹象。怀亚特父亲的骨灰被当成面粉送到西班牙教堂,怀亚特通过吞食这样的"面粉"和父亲产生喜剧般的奇异结合。在某种意义上,这是对中世纪晚期最为重要的圣礼之一——圣餐仪式的颠覆性重构。教会在1215年的第四次拉特兰会议上正式确立了圣餐变体论(transubstantiation),即基督的血肉将通过圣餐仪式转化为酒和饼,并且在圣礼仪式中不得出现真实的血与肉的教义。圣餐仪式构成了中世纪晚期宗教文化中的一种"圣餐象征秩序"(eucharistic symbolic order)[①],并且成为信徒感知上帝临在的重要途径。怀亚特以一种完全颠覆教

---

① Bernard McGinn. *The Flowering of Mysticism:Men and Women in the New Mysticism*:1200-350.New York:The Crossroad Publication Company,1998:11.

会对圣餐仪式的规定和教义的方式表达:他在精神荒原的20世纪试图寻找一位精神之父,替代上帝救赎堕落的灵魂,最终找寻未果,他成为无依无靠的边缘人,信仰、圣礼、救赎不复存在。

加迪斯以元小说形式暗示,他的《承认》不是罗马的圣克雷芒,主人公怀亚特对自己的基督信仰不是很肯定,总是被魔鬼般的人物诱骗。怀亚特最后被赋予斯蒂芬·艾什这一殉道者的名字,这是一种喜剧的、荒谬的方式,因为这一名字是治死怀亚特母亲的假冒医生弗兰克·西尼斯特拉为他所取的。奥特的父亲皮夫纳先生成为怀亚特的替代父亲,劝说他一起仿制木乃伊。加迪斯在小说中以一种讽刺的副本颠覆了《克莱芒的承认》。读者会被其中的反讽所震撼,因人物面临的危机感到同情。加迪斯在《承认》中将怀亚特的追寻延伸扩展为在后现代社会对意义、真理、秩序等终极价值的追寻。当寻找精神之父的主题脱离虚构的小说世界,而上升到作家对现实层面的批评时,加迪斯常常在小说中使用自我指涉的元小说技巧影射现实层面。如巴西尔·瓦伦丁对小说中以"威利"①为名的作家说道:

  告诉你的朋友威利拯救那时几乎不是实用研究。什么?……为什么,仅仅是因为在中世纪他们坚信自己有灵魂要拯救。是的。什么?《承认》?不,是罗马的克雷芒。大部分都在说,说,说。这个年轻人最关心的是他灵魂的不朽性,他到埃及找到魔术师们,了解他们的秘密。这被认为是第一部基督教小说。(R 372)

在加迪斯的世界里,"在或然性和精神缺失的20世纪,人们深感绝望,一种荒谬的视野以及黑色幽默语调正是作为对秩序的怀念而出现的"。② 在这个世界,最好的生存方式就是用喜剧般的笑声回复这个世界的荒诞。《承认》中人物的灵魂并未被上帝的恩赐所拯救。埃斯米因亲吻船里的彼得圣徒,感染上一种致命的疾病而死去。斯坦利的夙愿是在意大利教堂演奏巨型风琴,因为他不懂墙上的意大利警告语:"请注意,不要使用太强的低重音。"音乐的低重音如此强烈,足以让教堂坍塌。在这个失去基督虔诚教义和上帝恩赐的世界,斯坦利并不能像圣徒参孙那样被赋予无比的神力,也许渎神者本尼所说

---

  ① 这里的 Willie 其实就是 William Gaddis。
  ② Elaine B. Safer. "The Allusive Mode, the Absurd and Black Humor in William Gaddis's *The Recognitions.*" *Studies in American Humor* 1.2(October 1982):109.

第四章 加迪斯对后现代社会的拯救之道

的喜剧方式才是适应荒诞世界的最好方式：

> 我们是滑稽的。我们都是喜剧演员。我们生活在一个喜剧时代。而且这个世界变得越糟糕，我们就越是滑稽。我们是滑稽的，因为没有任何其他事情，没有其他任何必需的事情。（R 640）

加迪斯以黑色幽默告诉了人们另一种对付精神缺失的方式，那就是喜剧般的行动，同时在主观和客观世界之间保持一定距离。加迪斯是最具幽默感的作家之一，鼓励读者和他一起以黑色幽默应对混乱。在加迪斯小说中，有许多卡通似的人物。《承认》中，喜剧性的卡通似人物奥托与怀亚特这一苦苦追寻的人物相对。奥特模仿怀亚特的仪态，剽窃他的台词，将其写进正在创作的小说《浮华时代》中。然而，艺术评论家不去仔细阅读他的作品，反而做些完全是废话的评论，拒绝接受他的作品。尽管奥特深陷绝望，还是想出了一个喜剧的方式处理绝望，吸引人们的注意力，那就是将一条绷带绕在他手臂上，作为他曾在中美洲参加过革命运动的标志。《小大亨》中的喜剧人物丹·狄塞法利，经常带着把小孩的雨伞，吃着狗食。《诉讼游戏》的结尾仅有三人幸存下来：奥斯卡、莉莉和克里斯蒂娜。克里斯蒂娜的丈夫哈里律师因工作压力，劳累过度而死。他为公司呕心沥血，而他所在的公司却待他不公。刚刚守寡的克里斯蒂娜得知：她所期盼的丈夫哈里 50 万美元的人身保险归公司所有，而不是她自己，更让克里斯蒂娜绝望的是：哈里两个贪婪的姐妹迫不及待地想侵吞哈里的财产。

奥斯卡根据家族的故事写成剧本，希望获得将毕生奉献给法律事业的父亲克里斯法官的父爱和认可，最终他在死去的父亲克里斯法官留给他的信件中找到了家庭故事的真相。原来，他所认为的对克里斯家族具有重要价值的剧本其实并不是真实的，他父亲向他隐去了家族不光彩的历史。他知道自己在剧本中不恰当地处理了祖父的叔叔这个角色。更让奥斯卡后悔的是，他明白父亲克里斯法官当时写请愿书帮他赢得这场诉讼的目的不是为了修复他们之间疏远的父子关系，而是缘于他对法律的热爱，甚至临死之前，克里斯法官都不会向他儿子妥协。奥斯卡感觉自己一生都被欺骗了，他付钱请律师寻求法律帮助，没想到这服务是由从未上过法律学校的假冒律师提供的。尽管最终奥斯卡赢了法律诉讼，却得不到足够的赔偿支付医药费，因为公正只是站在有特权践行法律的人士那一边。奥斯卡和同父异母的姐妹克里斯蒂娜成为所谓的"美国司法公正"的受害者。他们一直认为诉求法律是寻求正义的最好方式,结果事与愿违。奥斯卡几近疯狂,他对克里斯蒂娜喊道:"这是个闹剧,仅仅是个闹剧。我这辈子都被骗了。"(F 85)小说最后一幕以不幸的奥斯卡同他同父异母的妹妹克里斯蒂娜玩挠痒痒的游戏结局。他们两个突然如同回到孩提时代,像小孩般肆无忌惮地大笑起来。他们返回童年的挠痒痒游戏融合了痛苦、无奈、讥笑和尖刻的讽刺。奥斯卡和克里斯蒂娜深切地体会到:在这个地狱般的世界里没有正义,他们只能玩自己的诉讼游戏,对无助的生存条件报以喜剧般的回应。根据福柯对疯癫的分析,不妨说加迪斯小说人物的疯癫是"超越死亡而取得胜利"的黑色幽默。[①] 加迪斯认识到现实世界的冷漠与荒诞,上帝未能履行救世主的职责,受到作家良心和义务的驱使,所以设法为后现代人们提供另一种适应混乱的生存方式。加迪斯的这种黑色幽默的生存美学也就是尼采所说的"酒神精神":人生充满着各种苦难,上演一幕幕悲剧,这就要求我们付出努力,勇敢演出这场悲剧,在逆境中创造快乐。倘若能以黑色幽默的审美游戏看待非理性生存的痛苦和各种苦难,逾越虚无、死亡和异常,这样一来,原本毫无意义的世界和现实人生的苦难就变成审美的快乐,而人生的悲剧就获得超脱,化为对荒诞世界的喜剧了。

---

① 福柯:《疯癫与文明》,刘北成等译,生活·读书·新知三联书店2003年版,第12~13页。

第五章　加迪斯的后现代主义艺术手法

　　加迪斯的作品直指美国后现代社会的方方面面，深切关注后现代、后工业、晚期资本主义时期人的生存状况与命运。他的作品不只是对美国后现代生活和文化的批评，也是一位具有社会责任感的艺术家对如何使用创新的表现形式表达对后现代时期深刻的人道主义关怀。从美学观点和意识形态的角度来看，他的作品体现了对传统的现代性思想意识和表述方法的反思。诚如西班牙著名思想家何塞·奥尔特·伊·加塞特（José Ortega Y Gasset）在1948年所宣称的："我相信，即便小说体裁还未无可挽回地枯竭，它也毫无疑问进入了最后的阶段，可能主题变得稀缺，作家必须运用小说中其他成分的精美特质来补偿这一缺失。"①加塞特的这一席话表明，小说创作进入后现代阶段面临着一些文学形式枯竭和发展遭遇困难的问题。对后现代主义作家来说，文学最大的价值在于创新。后现代主义小说运用小型叙事代替传统上的宏大叙事。受到后现代语言观和知识观中差异性意识的影响，加迪斯擅长运用后现代主义的创作手法，其作品表现出后现代的反对中心性、同一性和体系化的批判性思想，从同一性思维转向重视多样性和差异性的思维，追求多元化，强调认识视角与意义的多样性、超越传统小说的叙事技巧和话语模式，体现了后现代主义的艺术创新。可以说，加迪斯进一步发扬了文学批评的社会功能，他的后现代主义艺术不只是对艺术创作本体的探究，更是希冀通过文学的叙事手法和语言这种艺术创作符号承载思想文化信息，让艺术创作指向社会，传递作家对社会问题的批评思想。

　　美国后现代艺术批评家查尔斯·纽曼（Charles Newman）认为："艺术所自诩的碎片形式已经不再只是一种美学选择，也是对经济和社会结构的一种

---

① Jose Ortega Y. Gasset. *The Dehumanization of Art and Other Essays on Art, Culture and Literature*.Princeton,New Jersey:Princeton University,1948:56.

文化反映。"①后现代主义作家的艺术创作手法与作品所要诠释的主题和作家的世界观之间有着微妙的关系。后现代主义者否认传统文化所确认的历史秩序,反对将历史看作是有规律的、有目的和有意义的,他们往往反对传统的时空观,反对将历史和时间当成连续不断的进程。按照德国学者沃尔夫冈·威尔什(Wolfgang Welsch)所说的,后现代主义小说所表现的世界"不再是统一的、清晰的,而是破碎的、混乱的、无法认识的。因此,要表现这个世界,不能像过去那样使用表征性的手段,而只能采取无客体关联、非表征、单纯能指的话语"。② 因此,后现代主义的艺术表现形式是一种深化作品主题思想的艺术创新,以碎片构成的文本折射外部世界是由碎片构成的本质。

诚如法国哲学家米歇尔·塞尔(Michel Serres)所言:"批评的策略在于批评的对象",③加迪斯敏锐地意识到后现代语境下文化的多样性和异质性造成了文化中心和整体性的缺失,碎片化的叙事呈现的是后现代世界的不确定性、荒谬性和无理性。在小说的叙述模式上,为了展现后现代世界的荒谬性,加迪斯作品的叙事形式和话语结构展现了后现代艺术世界"最不遵循惯例"④的叙事手法。他认为诸如场景、角色、情节等小说创作的传统元素是追求创作自由的后现代主义作家所要打破的,必须通过非正统的方式展现出来。加迪斯运用碎片的叠加和复杂的蒙太奇手法解构传统的线性情节,解构常规美学的时空连续性和封闭性。在非连续和不确定的写作中,小说中不断改变的和难以捉摸的信息会产生歧义和开放式的结局,这种"一符多音"的小说展现了后现代世界的商业噪音和交流障碍。因此,加迪斯的后现代主义艺术手法并不是作家在文本叙事层面的自恋式作业,而是作家对我们赖以洞察世界的宏观认知系统的深刻认识,是解构现实世界和小说世界,实现社会文化批评意图的独特方法。

---

① Charles Newman. *The Postmodern Aura, The Act of Fiction in an Age of Inflation*. Evanston: Northwestern University Press, 1985: 184.

② 沃尔夫冈·威尔什:《我们的后现代的现代》,载《后现代主义》,赵一凡等译,科学文献出版社1999年版,第15页。

③ Michel Serres. "Michelet: The Soup." *Hermes: Literature, Science, Philosophy*. Eds. Josue V. Harari and David Bell. Baltimore: Johns Hopkins University Press, 1982: 38.

④ Malcom Bradbury. "Hello Dollar." *New Statesman*, 18 June 1976: 820.

一、加迪斯的后现代时空观

空间与时间在哲学上是物质存在的一种客观形式,涉及物质及其运动的广延性和持续性。时间由过去、现在和将来构成连绵不断的系统,描述物体运动的持续性,以及事件发生的顺序。空间描述物体及其运动的位置、形状、方向等性质。从时间与空间的概念可以看出,时空问题虽然非常抽象,却是我们对客观世界和主观世界的基本感知,是人们对生命结构和一切事物的理性认识。时空观并非是最初就存在于人的大脑之中,而是人类在实践活动过程中逐渐产生的,并且不断发展变化,与人们的一切生产活动息息相关。小说作为一种叙事形式,与时空关系紧密相连,时空概念是其最重要的组成元素,不同时期的时空观对小说创作的叙事策略产生了不同的影响。

后现代主义批评家琳达·哈钦(Linda Hutcheon)认为:"文学与其说是承载意义的言语载体,不如说是一个形式和内容统一连贯,并有其内在规则的语言文字结构。"[①]由于小说写作是时空艺术的结合体,时空是构成小说内容和形式的重要组成部分。时空观是指文学中文学吸收和呈现非文学领域的时间观,乃至历史观,并且在吸收他者的基础上转化、反思,形成特有的审美时间形态和历史意识。后现代主义小说家运用独特的、打破框架的叙述手段,呈现对这个无意义的荒谬世界的理解。为了突出后现代美学语境中时空的断裂,探讨加迪斯如何解构传统的时空观念,我们有必要关注小说创作在不同叙事革新时期对时空的不同处理方式。

(一)后现代语境中的时空观

自从小说成为一种文学体裁和艺术形式以来,小说家一直在实验新的写作手法,摒弃旧的传统模式,寻找新的叙事模式,以跟上不断变化的美学形式,感知不断变化的世界。时空作为小说结构的主要特征,是实现小说写作变革的关键。伊曼努尔·康德、威廉·詹姆斯和亨利·柏格森的哲学思想影响了

---

① Linda Hutcheon. *Narcissistic Narrative*: *The Metafictional Paradox*. Waterloo, Ontario: Wilfried Laurier University Press, 1980, Reprint. New York: Methuen, 1984:42.

文学界对时空的思考。

康德曾经以哲学形式把时间理解为一种先天的、纯粹内直观,同作为先天的、纯粹外直观的空间相适应和相对立。威廉·詹姆斯在其一篇重要的文章《空间的概念》("The Perception of Space",1887)中,从哲学角度对时空进行了历史性调查,对康德的时空观做出评价:

> 康德论争的实质是没有很多空间,而是只有一个,一个无限的连续的单位,我们对空间的理解不可能是抽象出来的零碎的事件。对此,显而易见的回答是,如果任何已知的事情都存在零零碎碎的抽象表象,也就是这个世界空间的无限性和单一性的概念。如果确实存在,这是一种概念,反之则是直觉。[①]

詹姆斯用他暗含空间"多元论"的观点批评了康德的单一空间的哲学观。他认为康德的唯一空间是不存在的,因为每个人都是根据各自的直觉理解时空概念。柏格森认同了詹姆斯的一些重要假设:两者都把人类的意识而非抽象看作是哲学首要关注的问题。他指出康德的主要错误在于把时间看作是一个同质的、完整的、和谐的、对称的、理想化的状态。柏格森进一步使用两分法对两种不同的、有冲突的时间进行分类——一方面是公共的、客观的、机械的时间;另一方面则是私人的、主观的、心理的时间。在《时间和自由意志》(*Time and Free Will*,1910)一书中,柏格森将空间化和科学设定的时间与具有延续性的、人类心理的经验时间进行对比。当人们用两种方式感知时间时,柏格森把时间的延续性看得更重要,即强调时间的相互渗透而不是分离:"当我们的自我让自己活着时,意识假定时间是延续的形式。"[②]他从意识的研究入手,提出"绵延说",把意识分为表层意识和深层意识,真正的意识是内心深层的心理的绵延,这种绵延是一种不断变化、发展、翻涌向前的生命冲动,要把握这种绵延必须借助于直觉,转向内心世界,才能接近最真实的内心自由。柏格森想反驳的是确定的、客观的、机械的时间观。与传统的时间观不同,以现代知识和科学技术的发展成果作为依据的现代性的时间观强调时间连绵的阶段性、发展性和演变的规律性。现代性的时间观突出以未来的前景对历史进

---

① William James. "The Perception of Space." *Mind*,12(1887):542.

② Henri Bergson. *Time and Free Will*. Trans. F. L. Pogson. New York:Macmillan,1910:100.

行综合,把未来当成合法性的基础。到了20世纪下半叶,随着历史和社会的发展,特别是西方人的知识体系和技术改变了世界与社会的基本结构和运作方式后,作为生存基本方式的时间结构被从根本动摇了,时间被认为是漩涡式和混合式的结合体。人们对时空的态度,集中表达了人们对生命、世界、历史以及创作的态度,因此,时空概念的不断演化为追溯现实主义、现代主义到后现代主义创作的基础和源泉提供了强有力的解释。

小说从创作伊始,形式发展缓慢,从16、17世纪开始,到19世纪才达到全盛时期,形成了传统的小说观念,即小说是长篇幅的、虚构的叙事形式,允许作者塑造一个或多个角色,确立动机,构建复杂的情节。现实主义小说在这个时期达到了高峰,它把对客观世界的描摹作为基本原则,把反映外部世界作为其重要任务。深受传统小说写作的影响,现实主义小说认为人物、情节以及冲突是三个主要的成分。情节中的人物通常被卷入某种物质的、社会的、内部的或心理的冲突,然后整个故事围绕着这些冲突盘旋发展。随着情节的发展,冲突达到高潮,最后以某种方式解决。传统现实主义小说深受亚里士多德认为的情节中必须有开端、中间、结尾的相互联系以及康德单一空间论的影响,没有摒弃事件的因果发展顺序。现实主义小说的完整性通过传统的因果关系和逻辑顺序得到了体现。事实上,从19世纪末开始,依靠时间顺序安排情节的传统线性叙事和因果联系就受到了挑战和否认。新的文学流派如象征主义、表现主义、超现实主义、新浪漫主义层出不穷,挑战传统的文学写作和美学的封闭性。

现代主义小说推翻了现实主义小说中有关时间的传统观念。与传统的时间观不同,现代性的时间观强调时间连绵的阶段性、发展性和演变的规律性,即不再使用延续的、进行着的和线性的结构折射外部世界的物理细节。随着现代主义作家马塞尔·普鲁斯特(Marcel Proust)、弗朗茨·卡夫卡(Franz Kafka)、詹姆斯·乔伊斯(James Joyce)和弗吉尼亚·伍尔夫(Virginia Woolf)的出现,这面镜子停止了对外部世界的折射,转而窥视个人的主观运作,因为他们认为人的思想、感情和幻想比物质和社会现实重要得多。现代主义作家花费了大量的精力,表现了珍贵的瞬间在创作中的体现,突出瞬间的意义,正如波德莱尔将现代性定义为"过渡、短暂、偶然",[1]现代主义作家致力于寻找现代生活的独特性,专注于现代生活的短暂性、瞬间性和过渡性,善于把

---

[1] 波德莱尔:《波德莱尔美学论文集》,郭宏安译,人民文学出版社1987年版,第483页。

握珍贵的瞬间在创作中的呈现。现实主义的线性结构、外部观点以及经验主义倾向阻碍了对人的思想状态的探索。这一问题加之对原创性的要求,引发了从现实的时空向心理和幻想时空的转变。因此,为了描绘混杂的内心世界的疏离感,现实主义时空中的线性因果联系必须被摒弃,转而采用意识流呈现个人的潜意识和无意识世界。现代主义作家支持柏格森提出的与时钟所指的公众时间不同的延续性的或私人的时间、经验的时间。现代主义写作通过在无约束的思想空间中模拟梦幻,抵制线性的和推理的逻辑,过去、现在和未来的传统界限变得模糊,三者任意交织,从而强调人内心世界的非时间顺序的并置,突出以未来的前景对过去历史进行综合。

现代主义的顶峰时期大约从1910年持续至1945年。第二次世界大战之后,出现了一种更为强烈的感觉:即个人是软弱的、疏离的、迷惑的、孤独的,同时感觉所有事情都彻底破碎了,以及曾经存在的道德观念也或多或少被破坏了。后现代主义者认为整个世界,包括人类社会以及整个物质世界和自然世界在内,都充满着许多复杂的不可预测性,世界本质是混乱不堪的。世界和社会中任何一个事件和任何一个因果系列,只是无序中的有序、偶然中的必然,多种可能性的因果关系的一种。美国文学批评家布莱恩·麦克黑尔指出:"后现代主义出现在现代主义之后,在某种意义上,它沿袭了现代主义。"[1]后现代主义小说打破现代艺术的形而上学常规,进一步粉碎了它的时空连续性。现代主义试图在碎片中建立生活是整体和有机的概念,而后现代主义写作进一步忽视讲故事的传统成分,忽视如情节、人物、场景、叙事者等传统因素,甚至作者,只留下故事当中不可分离的本质内容。后现代主义小说倡导对时间和空间进行断裂式处理,也就是弗雷德里克·詹姆逊所说的:"从事实到意象的转换,时间碎片到一系列永恒的现在存在。"[2]

法国后现代主义理论家和思想家让-弗朗索瓦·利奥塔对于后现代主义的论述也建立在反传统的时间观的基础上。他把"时间"(le temps)当成是最重要的概念和范畴,在他的代表作《后现代状况》一书中,他把批判的矛头指向传统思想和理论中最典型的"宏大叙事"的表达形式,而这种宏大叙事就是传统时间观的集中体现。传统时间观的立足点是时间的单向直线性、连续性以及可预见性。这种单向性时间观进一步构成了一切同一性原则的正当化基

---

[1] Brian McHale.*Postmodernist Fiction*.London and New York:Routledge,1987:5.
[2] Fredric Jameson.*The Cultural Turn:Selected Writings on the Postmodern*,1983—1998.New York:Verso,1999:20.

础。与传统时间观不同,后现代主义者强调的是时间的不稳定性和偶然性,由此进一步寻求高度的断裂性和不可预定的刹那瞬间。后现代主义带来了一种新的经验时间,从过去到未来的连续性已经被打破,这种新的经验时间更倾向于结构主义的共时性叙述,强调时间的非线性以及各种可能性形式。时间由无中心、无秩序、无定向的点状的瞬间所构成,这些不同的时间位置之间并没有必然的联系。针对后现代对传统时空观的解构,美国学者汉斯·迈耶荷夫(Hans Meyerhoff)在《文学中的时间》(*Time in Literature*)一书中,从科学与哲学的观点如何影响时间观念出发,分析文学作品对时间的想象和构建及其意义关联,提出了他著名的观点:"打破时空可以让个人永远生活在'现在'的尺度中,没有过去和未来,拥抱片刻,拒绝延续。"[1]历史感的丧失、旧个体或个体的死亡暗示了后现代主义的时间概念是断裂的。利奥塔等后现代主义者不认同传统时间观以线性单向维度分析时间性质的方法,而把时间中的"现在"看成是以此刻在场的瞬时展开的形式。在所有的时间系列中,唯有现在才是创作的立足点。现在是瞬间性、过渡性、片断性、偶然性和不稳定性等多种可能性的综合点,随时都会发生变化,而且其变化的方向也是难以确定的。现在这一时间点上,既有来自多方向和多维度的过去的交叉,也有朝向多方向、多维度的未来的可能性。

美国后现代主义理论家弗雷德里克·詹姆逊认为,在晚期资本主义社会,传统的连续的时间观念被瓦解成一种零散化的、无向度的时间碎片。这些时间碎片被组织、汇聚到"现在","现在"成为包容过去和未来的时间的存在标志。过去与未来的时间都被纳入了现时的空间,从而实现了时间的空间化。詹姆逊把对时间的当下性的体验称为快感,也就是拉康所说的精神分裂或表意锁链的断裂。而所谓表意锁链,也就是"构成一句话、一个意义的意符系列,一连串紧紧相扣、互相钳制的惯时性符号组合"[2]的断裂。在詹姆逊看来,后现代社会中的主体就像精神分裂患者一样,头脑中不存在过去和未来的时间概念,他们只是生活在孤立的"现在"之中,对时间的连续系列的感觉已经消失。后现代主义作家认为现实主义和现代主义小说的连贯性是一种封闭的写作形式,来源于时空连续性和隐喻整体性的连续性应该被摒弃,从而错乱过

---

[1] Hans Meyerhoff. *Time in Literature*. Berkeley: University of California Press, 1955:70.

[2] 詹姆逊:《晚期资本主义的文化逻辑》,陈清侨等译,生活·读书·新知三联书店2003年版,第385页。

去、现在和未来,并不断地分裂时空。后现代主义作家不承认任何秩序,他们粉碎传统形而上学的基础模式,把瞬时性和片断性视为真正的时间结构的典范,以实现创作本身的自我延异。因此,可以说,后现代主义者是在混乱碎片中进行叙述创作的,小说的句法和组织结构消失,只留下纯粹的能指。在后现代主义小说中,破碎的材料都存在于文本之中,不能赋予写作任何意义或提供最终的解决方式,形成多质多元的无中心的零散结构,无固定的结构模式,留给人们在永久的现时阅读经验中一种能指的拼凑感。

(二)加迪斯对传统时空观的解构

加迪斯对传统时空观的解构不仅是文学表达形式上的新变化,也是后现代美学形式和诉求的范式转变,它与后现代时期的社会生活、科学技术和精神思想各领域对人的内在主观时间的影响有着深刻的时代语境关联,契合后现代主义美学范式的转变,反映文学家以自己独特的艺术手法,构建自己的价值系统,关注现实和介入社会,对后现代社会现实的解构与批评。

在众多现代主义作品中,特别是乔伊斯或福克纳的作品,在人物的意识中过去就是现在,并且和现在交织在一起,叙事者牢牢地把握公众时间,为人物的经验时间提供框架。例如:布鲁姆节是6月16日,昆丁的自杀发生在1910年6月2日。加迪斯做了不同的尝试。他抛弃了时间的客观感。他的前两部作品充斥着时间的不连贯性,不管这是出自对读者阅读方式的考验,还是他本人的故意忽略,"加迪斯很有可能并没有意识到精确的时间对任何一部小说都很重要"。[①] 我们可以进一步设想,加迪斯特意让时间不连贯,旨在强调在后现代社会保持时间连续性和因果关系的难度。他的小说由许多零散中断的对话组成,挑战各种时间的连续性和空间的固定化,不同的时间景象都暗含了不同意义。批评家苏珊·斯特尔(Susan Strehle)指出:"加迪斯利用这种创新策略,颠覆了对早期现代主义者来说熟知的两种时间对立,从而呈现出人物更为凄凉的世界观。"[②]现代主义小说家和加迪斯时空观念的不同之处在于:在意识流小说写作中,现代主义小说家把时间乱置,打破了过去、现在和将来的时

[①] Steven Moore."Chronological Difficulties in the Novels of William Gaddis." *Critique* 22.1(1980):90.

[②] Susan Strehle."Disclosing Time." In *Recognition of William Gaddis*. Eds. John Kuehl and Steven Moore. Syracuse:Syracuse University Press,1984:121.

第五章 加迪斯的后现代主义艺术手法

间格局,允许叙事按照人物的混乱的意识流强调对过去、现在和将来的相互联系而不是割裂,而加迪斯在小说用中断的零碎片断来讲述时间,并不强调过去、现在和未来的相互联系,而是以一系列由碎片的排列组合形成的文本阻断时间从过去、现在走向未来的过程,文本的意义仅仅产生于能指的差异,所指在能指的链条下面不断地滑动。可见,现代主义小说家试图使作品在现实错乱的时间中寻求秩序,而加迪斯的后现代主义叙事以不断变化和不确定的碎片表达形式,展现的是不可避免的现实的混乱,并没有为混乱强加秩序。

诚如詹姆逊所指的,后现代时间属于一种不连续的"精神分裂症",加迪斯在其小说中将时间空间化、零碎化,甚至不让时间流动,人们把现在从与过去和将来的联系中分离出来,呈现出一堆支离破碎、形式独特而互不相关的符号,那种从过去通向未来的连续性的感觉已经崩溃。根据西奥多·泽尔考夫斯基(Theodore Ziolkowski)的观点:"在现代主义小说中,个人希望在公共时间中维护自己主观意识的时间,在其主观意识中把时钟看成是一种负面象征。在现代主义文学中,时钟的存在似乎只是为了让时间的延续性被忽略、粉碎、变形,或得到改进。"[①]在加迪斯的小说中,人物没有确定的私人时间,而是生活在被割裂的当下之中。在《小大亨》中,长岛学校的时钟拆分时间的流程是:"对面壁钟的分针滴答一声过了一分钟,然后就挂在那儿,保持暂时的平衡等待着下一分钟。"(JR 31)小说中大多数私人拥有的时钟本身几乎都是损坏的,反映了人物思想的畸形状态。托马斯·艾根保存着一个"分钟指针坏了"(JR 406)的时钟。丹·迪塞法立斯拥有"一架座钟,打点报时发出的钟声都是断断续续的"(JR 57)。爱德华·巴斯特的时钟是倒着运行的,他不得不用复杂的转换公式计算出当前的时间。《小大亨》中坏了的时钟暗示着人物主观时间观念的不连续性和不完整性:小说中的人物很难回到过去,也不愿走向未来。

为了使叙述者和作品中的人物呈现两种不同的时空观念,加迪斯用非传统的方式处理传统的线性时间顺序。叙述者试图按照时间顺序讲述故事,强调过去、现在和未来的相互渗透。但是,小说中的人物却沉溺于他们目前存在状态的片断时间之中,切断了自己与过去和未来的关系。在加迪斯的小说中,叙述者的时间往往是被切断的,变得无序。由于被困在叙述者以及人物不同时空观念的冲突之中,加迪斯选择熵化的叙事作为他的小说叙事模式,地点、

---

① Theodore Ziolkowski. *Dimensions of the Modern Novel*. Princeton: Princeton University Press, 1969:188.

说话者和话题在小说中不断跳跃转换，让读者看到了一个分崩离析的后现代世界。

二、加迪斯的解构性叙事策略

在主题选择上，加迪斯的小说呈现了一个由熵控制的陈腐而无意义的世界。物质主义控制所有的一切，金钱是主要的工具，秩序无法实现。爱情总是艰难的、被分裂的、痛苦的，人们在现存的混乱当中无法探求生存的意义。美国文学批评家约翰·加德纳(John Gardner)评论道："小说中的每个人都因遭受世界的不公正而痛苦嚎叫，最终这种不公正是指宇宙的不平衡与不公正，并不仅仅特指资本主义的好与坏。"①加德纳意指：整个世界本来就充满着差异和人们无法控制的偶然性，是由无数变动的、无确定性的事物穿插构成的，这种不均衡与不公正是世界的本质特征，并不是资本主义社会所特有的。

在后现代时空断裂的宏观背景下，加迪斯认为稳定的、具有中心的人的主体在小说中不复存在，因此，小说中事件的发展也应该不受因果关系制约，相反，它们受随意性以及分裂的传统逻辑的发展片断控制。加迪斯叙述时用解构性叙事策略提供一种认识当代人类世界经验的模式，体现了对艺术创作的反思和对当代社会的评论，正如库尔特·冯内古特在《冠军牌早餐》中所声称的："让别人给混乱带来秩序。我愿意给秩序带来混乱，这一点我想我已经做到了。"②我们应该注意到这里的"秩序"是表面上的和虚假的，与追求使混乱秩序化的现代主义作家不同，后现代主义者以解构性叙事策略揭示了外部世界的混乱和无序，以碎片构成的文本揭示了外部世界由碎片构成的本质。在《承认》中，加迪斯运用非线性叙事的碎片叠加，使人物从封闭的美学形式中摆脱出来，对遵循时间连续性和空间固定性的传统时空观进行挑战。在《小大亨》中，他使用复杂的蒙太奇手法实现时间和空间的跳跃，不断改变地点、时间、说话者以及谈话主题，给文本造成一种飘忽不定的游离感，进一步挑战传统的时间和空间的连续性，从而强调后现代时期的非连续性和片断性，给读者

---

① John Gardner. *On Writers and Writing*. Addison-Wesley Publishing Company，1994：105.

② Kurt Vonnegut. *Breakfast of Champions*. New York：Delacorte Press，1973：210.

对破碎的后现代世界惨败暗淡的感知。在《木匠的哥特式古屋》中,加迪斯运用悖论式的矛盾、并置、非连续性、随意性、比喻的过度引申和虚构与事实的短路等后现代的不确定性写作,创造了一个不确定的小说世界,引发读者针对外部世界的不确定性进行思考。

(一)《承认》中把碎片当成存在的展现的本体论观点

对后现代主义者来说,世界是由碎片构成的,而且碎片也不朝着一个整体或中心聚集,所以,后现代主义的叙事也不再围绕着一个中心进行,而是趋向零散。伊哈布·哈桑是这样阐述后现代碎片化美学的:

> 后现代主义者只是拆解;所有他假装信赖的东西只是片段。他以"整体化"为最大的羞耻——无论什么样的综合,无论它是社会知识的,还是诗学的。因此,他倾向于用蒙太奇、拼贴画、信手拈来的文学碎片,倾向于用并列结构,而不是主从结构,转喻而不是隐喻,精神分裂症而不是偏执狂。因此,他求助于悖论、谬误推理、不现实和无理批评。[①]

后现代主义者把时间的连续性割裂为片断性,用片断性反对连续性和历史性,主张一切的存在就是片断的存在或暂时的存在。詹姆逊也指出,在后现代主义理论中,"只有纯粹的、孤立的现在、过去和未来的时间观念已经失踪了,只剩下永久的现在或纯的现在和纯的指符的连续"。[②]

在后现代社会,世界愈来愈荒诞,越来越混乱,日益难以被认识,人不可挽留地失去主体性和自我,因此要表现世界的真实存在就必须使用碎片化的艺术方法,片断性和非连续性成为后现代文学创作的新特征,作品变成了由许多破碎的原材料、各种想法堆砌起来的大杂烩。早在20世纪50年代,加迪斯就对传统现代主义表示不满,立志突破传统套式,率先对小说形式进行改革。《承认》形成了加迪斯自己的叙事模式,混乱无序的碎片式叙事成为其小说创作的一个特征。正如评论家拉里·麦卡夫雷所说:"《承认》是一部蕴含深刻道

[①] Ihab Hassan. *The Postmodern Turn: Essays in Postmodern Theory and Culture*. The Ohio State University Press, 1987: 168-169.

[②] 詹姆逊:《晚期资本主义的文化逻辑:詹明信批评论文选》,陈清侨等译,生活·读书·新知三联书店1997年版,第292页。

德寓意的小说,抨击了当代世界的分裂问题。"①《承认》揭示了战后以清教伦理和资本主义理性为基础的美国传统文化受到挑战,及时享乐与拜金主义泛滥的社会现实。物质繁荣的背后隐藏着深刻的精神危机。在美国出现了一股强大的追求自由和叛逆的思想潮流,人们的生活态度、生活目标和幸福观念发生了变化,崇尚个人主义,疯狂追求自我满足的文化使得大家变得自恋、狂躁、抑郁、仇恨和冷漠。《承认》中的许多人物与社会和自我极度疏离,放弃了爱,或者纵情欢娱,堕入无助和无希望之中。青年画家怀亚特·格里扬为了追求自己的艺术,过着与现实失去联系,抛弃爱人孤独存在的生活。他以模仿佛兰德斯画师的名作为生,其超乎寻常的伪造能力被一群唯利是图的艺术批评家和商人所利用。小说围绕的基本问题是:在一个满目赝品、造假盛行的世界里,什么是真实的?加迪斯一方面以伪造作隐喻,指涉美国社会各个层面的虚假,另一方面,怀亚特对古典艺术的渴望变成了在无益与混乱的后现代世界中对意义和秩序的追寻。另一个与怀亚特相对照的人物——奥特与模特埃斯米见面的当晚就耽于性的欢娱。他是这样评价自己的感情:"当情感涌上来时你不认识它们,因为它们曾经被浪费在其他地方而变得庸俗。"(R 621)他宁愿买昂贵的礼物送给父亲,也不愿花时间陪伴他。加迪斯在《承认》中以元小说形式,揭示了"因为爱的无能而造成的分裂",②怀亚特对现代社会发出的评判是:"分裂,是问题之所在。"(R 874)斯坦利进一步阐述了这种病症:"我们甚至不能想象时间是连续的。每一个片断独自存在着,这就是诅咒所在,片断不属于任何东西。彼此分开时,它们并不代表什么,但要把这些碎片合成一个整体几乎是不可能的。"(R 616)加迪斯的碎片化叙事风格不只是一种颠覆和解构,也是深层的参与和犀利的批判。

加迪斯揭示了后现代主义割断历史的连续性,在当今流动性很强的社会里,缺少一种统一的愿景,碎片化是整体性和稳定性的敌人。对小说家而言,必须找到反映、描写和传播他们对社会经验认识的新方法。后现代主义小说以彻底的碎片意识切断与历史的联系,作为体验一个充满不确定的不可知世界的媒介,反映后现代社会所面临的生活意义丧失、价值瓦解和主体性丧失的问题。小说的碎片叠加体现在历时和共时的叙述相结合和巴罗克式的松散句

---

① Larry McCaffery. "Gaddis, William (1922—)." In *Postmodern Fiction*: *A Bio-Bibliographical Guide*. Ed. Larry McCaffrey. New York: Greenwood, 374.

② Peter Koenig. "Recognizing Gaddis' *Recognitions*." Contemporary Literature 16 (Winter):61-72,67.

法这两大方面。

《承认》这部小说跨度31年,从1919年至1950年,涉及众多的人物和诸多历史事件。为了展示一个支离破碎的后现代世界,小说的情节在历时和共时两条线上同时展开——时间在小说叙事中被空间化了,历时叙述被分割成碎片,以达到若干个事件同时发生的共时效果。因为人物要经历许多重要的旅程,所以他们不断消失而又在不同的场合中重新出现。小说的空间地理位置转移频繁,叙事在不同的地方流转,从欧洲(罗马、巴黎和西班牙是最主要的三个地点)、新英格兰、纽约市、中美洲,然后又回到纽约市,最后再回到欧洲。因为叙述者不受时间和空间所囿,并没有从头到尾有条有理地叙述他们的旅程,因此,每一个特定人物的故事都没有连续性和完整性。碎片的叠加经常妨碍读者的审美期待,因为时间顺序被空间化了,被在其他地点发生的随机片断打断。因此,读者必须从不同的时空角度重新组织这些片断以把握事件的发展。例如,关于小说主人公怀亚特·格里扬的故事就是通过发生在不同地点的片断叠加呈现出来的。

小说以怀亚特的母亲卡米拉的死亡开篇。卡米拉和她的丈夫格里扬牧师(加尔文教牧师)一起穿越大西洋时,患上急性阑尾炎,死在船上的江湖医生弗兰克·西尼斯特拉手里。面对20世纪美国国内宗教信仰的坍塌,格里扬牧师去寻找另一扇通往精神家园的门。然而,"开阔眼界"(R 6)的西班牙旅行竟成了死亡之旅。格里扬牧师把卡米拉安葬在西班牙后,返回了家乡,回到小儿子身旁。小说第一部分的前三章是以怀亚特作为主角展开的。读者首先认识的怀亚特是一个在充满清规戒律的家庭中长大的孩子。有关怀亚特的介绍是由一系列片断组成:他有很好的绘画天赋,却被梅姨妈的强烈的清教观念以及父亲强烈的异教观念所阻挠,无法施展自己的艺术才华。梅姨妈谴责怀亚特的艺术才华,他只能将画作收藏在厨房垃圾桶里。怀亚特患有不明病症,他的父亲格里扬牧师在一个暴风雨之夜,把从西班牙带回来的地中海猕猴作为祭品,驱除了他身上的邪灵使他得救。怀亚特还未完成他的两幅绘画作品就离开家,从事牧师职业。他的两幅作品:其一是临摹博斯的《七宗罪》;其二是他的母亲的肖像。第二年,他在对神启宗教的迷茫、挣扎中放弃了神职到欧洲学习绘画艺术,并用他临摹的博斯的画作和他父亲交换了原版的画作,从而获得了财政上的支持。在巴黎,无良的艺术评论家以好评作为销售率的回报,并且承诺让怀亚特和他的妻子伊斯特落户纽约,遭到怀亚特拒绝。怀亚特从欧洲回国,在纽约成了一名绘图员,遇见了刚从哈佛大学毕业的有抱负的剧作家奥特·皮夫纳,奥特是怀亚特的影子人物,闯入了怀亚特和伊斯特的家庭生活,在与伊斯特发生风流韵事之后离开纽约，到了中美洲。由于工作受挫，怀亚特离开纽约，为雷克托·布朗伪造画作。从此章开始，怀亚特从读者的视野中消失了。

接下来，加迪斯把怀亚特这个人物搁置一边，把场景转移到中美洲，以交错叙述的手法叙述了奥特·皮夫纳的故事。他在那里的香蕉种植园工作，并同时创作话剧《浮华时代》。皮夫纳返回纽约市，应邀参加格林尼治村的派对，在这里作者扼要介绍了很多新出场的人物，有的仅是粗略描写了他们的外貌、谈话的片段，甚至只是顺便提了一下名字。读者需要注意细节，因为这些人物和事件还将在接下来的部分，在不同的时空中再次出现。例如，患有"躁狂抑郁症，精神分裂倾向"(R 16)的埃斯米成为怀亚特伪造画作的女模特，并与怀亚特逝去的母亲作对比联系起来。奥特的经历与怀亚特往返于欧洲和新英格兰之间的历程有着惊人的相似之处。第五章和第六章大部分都在描写格林尼治村堕落的艺术家。怀亚特在第一部分最后一章重新出场，为艺术品经销商雷克托·布朗和艺术评论家巴西尔·瓦伦丁伪造画作。在小说第一部分结束时，埃斯米被怀亚特抛弃后带着失望回到家，第一部分最后以她家的敲门声作为结束，这个不明的敲门声就是小说叙述中断的象征，读者带着满满的猜疑和疑虑旋即转入下一个章节。

加迪斯承认，由于他的作品反映的是一个经历信仰危机的破碎分裂的世界，这部小说的叙事结构应该"很明显是破碎的，因为这才是它试图研究的问题的本质，也就是揭示现代社会因为缺少爱而分崩离析"。① 加迪斯揭示了把碎片当作存在展现的本体论观点，表达了对不确定性、破碎的后现代社会的批判性思想。在小说第二部分的开头，加迪斯引入新的人物皮夫纳先生——奥特的父亲，以及埃斯米与西尼斯特拉和奥特的关系，取代怀亚特的叙述。格林尼治村的艺术家们再次登场，并成为关注的焦点，上演了许多恶作剧。直到这一部分快接近尾声时，怀亚特才再次出现，与瓦伦丁见面，坦白他对继续伪造画作的疑虑，同意将藏在埃斯米家中的赝品送给瓦伦丁。当怀亚特返回新英格兰与父亲重聚，恢复他的圣职学习时，小说场景再次发生转换。当他到达父亲的住所时，小说描述了格里扬牧师对着太阳做了极为冗长的颂辞，以及怀亚特的归来歪曲了他父亲的想象，因为他误以为儿子是为了成为密特拉祭司的追随者而回归。该节以怀亚特买了一个怪兽形状的蛋，登上回纽约的火车作

---

① Peter W. Koenig. "Recognizing Gaddis' Recognition." *Contemporary Literature* 16 (Winter 1975): 67.

第五章 加迪斯的后现代主义艺术手法

为结束。同样,读者只能增加更多的关于怀亚特的印象的片断,而不是全景,因为怀亚特的故事再次被中断。下面的章节专门讲述了与怀亚特拜访他的父亲同一天发生的事情。埃斯米去了怀亚特的住所,给他写了封信后回家自杀;奥特与他父亲的会合以及认错身份的闹剧;伪造的20美元钞票如何给斯坦利带来麻烦;一名匈牙利秘密特工同诺努先生和瓦伦丁会面,指使瓦伦丁参与暗杀一名叫雅克的罗马尼亚学者的计划。怀亚特再次出现在布朗的商务派对上,发现他伪造的部分画作被瓦伦丁摧毁,怀亚特逃到欧洲。第二部分的最后场景又转移到了新英格兰。

第三部分一开始再次将场景设定在中美洲,而没提及怀亚特和纽约。怀亚特看到很多人去欧洲,也随后到了西班牙,在那里他和假扮成雅克先生的西尼斯特拉碰了面,并且怀亚特有了一个以殉道者"斯蒂芬"命名的新名字"斯蒂芬·艾什"。雅克先生说服怀亚特和他一起伪造木乃伊。小说的结局:怀亚特希望通过抚养他和一个妓女生下的孩子,并采取类似梭罗的姿态"认真地生活"得到救赎(R 900)。在小说的后记中,怀亚特已完全消失了。加迪斯完成了其余角色的欧洲之旅,其中穿插了各种暗杀、自杀、病死和伪造。因此,所有这些零碎片断的断裂和叠加都为怀亚特的精神救赎营造了不利的环境,让读者理解到后现代救赎之艰难。怀亚特的故事是分阶段讲述的,中间又被大量的其他人物和众多漫画讽刺的巧合、伪装所打断。其中有些片断第一次提到时并不重要,但在后面的部分变得重要。每一层片断都叠加了读者对人物的不同的印象。加迪斯正是运用后现代碎片的叠加模式挑战传统的时空连续性和美学封闭性。碎片的叠加不仅集合了同一阶段的片段,而且将不同故事中的不同情节、场景或人物的片段堆砌起来,从而添加至同一人物或同一场景之上。加迪斯碎片叠加的创作策略展示了如何通过重构不同的片断,从不同的三维视角重组同一个事件。加迪斯聚集了不同文本中密集的非线性片断的解构文本策略,就如尝试运用油画中的点彩画法进行创作:运用色彩的分割理论作画,采用各种细小彩点的堆砌,而非借助一笔一画来创造整体形象,赋予观众立体的视野。

《承认》这部作品不是按照清晰的时间顺序来叙述相联系的事件,而是通过重写片段使文本以一种马赛克式的形式呈现其人物和事件。小说中的句法呈现出片段的组合,信手拈来,句子没有通过缜密思考而建构出来,表现出即兴的特征。评论家约翰·列文伦斯(John Leverenc)注意到:在这部小说中最突出的标点符号是省略号,创造出一种自由的未完成的风格,即莫里斯·伍·

克罗尔所描写的"松散的巴洛克文体"。① 克罗尔是这样解释巴洛克式松散句：

> 毫无预设的巴洛克式的松散的句子，用脑海中出现的最初形式阐述观点；第二个成分[小句]取决于第一个成分说出后思维所意识到的情境；然后继续贯穿整个[句子]，每个成分都成为一种突发情况[因为每个成分都突然被它之前的成分召唤出来]。至少理论上，完整的句子没有被创造出来；而是自然地演变而成，句子随着心理活动过程不断变化，不断扩展。②

"巴洛克"源自葡萄牙语"barroco"，其原意是指"不规则的、形态各异的珍珠"或指"某些雕琢得很不像样的碎石块"，带有不规范、不正常、荒谬和怪诞之意。

怀亚特·格里扬大篇幅讨论碎片化写作的动机就是典型的松散的巴洛克句子：

> ——多么……多么脆弱的情形。但是，并非脆弱。细腻，但不单薄，不放纵。微妙，这就是为什么他们能一直分裂，也必须分裂。你也必须要将片断拼在一起，并在它再次破碎之前展现它，或者先把它们放在一边，等其他东西破碎时再重新整合。这种状况就这样一直持续下去。这就是为什么现在大多数作品，如果你去读它，它们就会像新闻报道一样一二三四地告诉你发生了什么。……他们是为那些读书时不愿仔细思考的人而写，为对他们有最少阅读要求的人而写，为那些为了解事实而读书的人而写，他们知道接下来该发生什么，想知道接下来将发生什么，他们不喜欢出乎意料。……你会看到很多微妙的预设文段向你移动。……然后，你必须停止，并把它们重新拼在一起。但是你永远不能以同样的方式把它们重新组合在一起。在你能够讲述一些事情时你会停下来，把它们放在触手可及的地方，其他便任由其发展，它们会分裂，即使那时你可能把作

---

① John Leverence."Gaddis Anagnoresis." In *In Recognition of William Gaddis*. Eds. John Kuehl and Steven Moore. Syracuse：Syracuse University Press, 1984：33.

② Morris Croll."The Baroque Style in Prose." *Studies in English Philology*. Eds. Kemp Malone and Martin Ruud. Minneapolis：University of Minnesota Press, 1929：42.

品抛到你的控制之外，直到你能带回并展示它们，能够略有不同地把它们放在一起，也许更为持久，直到你已经摧毁了它，用足够的时间拾起碎片，而你就拥有整个事物的方方面面了。(R 111~114)

这段松散的"巴洛克"式句子的典型特点是：依靠递归和内嵌过度生长，利用并列连词、同位语、括号、省略号、连接副词以及定语从句。这种"松散的巴洛克"式的句子也就是后现代主义作家常用的文体策略，也称为沉重句，让句子结构本身成为注意的焦点，意在尽可能多地包含信息，干扰读者的注意力，使其忽略这一句子结构本该承载的内容。用布赖恩·麦克黑尔的话说："沉重"的句子，采取它们的极端方式，产生了可称为无脊椎的句子，它是"散漫的，明显没完没了的，又不断变换形状的结构"，[1]其中心意思由于层层叠加的限定成分而处于延宕之中，读者在阅读这种句子时会迷失其中，意义的延宕使读者注意到句子结构本身，而不是其所要表达的内容。

这段"巴洛克式松散句"以元小说形式，揭示了后现代主义割断历史的连续性，预示了整部小说的解构性叙事模式——碎片的叠加。小说以彻底的碎片意识切断与历史的联系，作为体验一个充满不确定的、不可知世界的媒介，反映后现代所面临的生活意义丧失、价值瓦解和主体性丧失的问题。两次世界大战不仅给人们的生活带来了灾难性的影响，更让人们的思维和社会结构产生了根本性的转变，文化传统和信仰都变成了一面面破碎的镜子。在后现代社会，面对宗教信仰的坍塌，世界愈来愈荒诞，越来越混乱，日益难以认识，人不可挽留地失去主体性和自我。片断性和非连续性成为后现代文学创作的新特征，作品变成了由许多破碎的原材料、各种想法堆砌起来的大杂烩。由于现实一直不停地被分裂，传统中直接的、富有逻辑性的按部就班的情节发展，不适合表现充满偶然性、不确定性、破碎的后现代世界。因此，在这部小说中，文本的连续性不断被打破，然后是"能够略有不同地把它们放在一起，也许更为持久，直到你已经摧毁了它，用足够的时间拾起碎片，而你就拥有整个事物的方方面面了"。(R 114)为了寻找新的观察世界和反映世界的方法，加迪斯实际上是将自己创作构思的过程以及文本的形成过程展示给读者，同时也"转交"给读者，读者必须参与想象，形成自己的多重理解视角。

小说中松散的巴洛克风格还体现在言语和意象的微妙重复之上。评论家

---

[1] Brian McHale. *Postmodernist Fiction*. London and New York: Routledge, 1987: 155.

卡特琳·拉斯洛普认为《承认》是对传统小说线性叙事、因果逻辑叙事模式的解构,碎片和重复是其主要叙事策略:

> 《承认》并不是以连贯的形式叙述相互联系的事件,而是以反复出现的典故和碎片化的引用连缀而成。小说充满着镜子和镜像。重复是主要的结构模式:词语和事件持续不断重现,有时甚至词语逐字重复出现。①

如在小说第一章结尾处,加迪斯描写格里扬牧师对怀亚特来信的反应:

> 被他撕成碎片的信在流动的空气中停了片刻,然后被他抓起来,散在地上,飞扬起来离开了他,像一群白色的受惊的鸟儿一般向空中飞去。(R 62)

在15年之后,"撕碎的信"这一意象在小说的第三章,相隔800多页之后又微妙地重复:

> 下面,白色的鸟儿,没找到任何食物,被船声惊动,一齐飞向天空,像被撕碎的信一般随风飘远。(R 846)

这两个片断重复的意象具有强烈的叙事感:第一个片断的描写地点是在新英格兰,一个象征万物凋零的冬天的黄昏,格里扬牧师收到儿子怀亚特从德国寄来的一封信,因为儿子违背父亲的旨意,放弃信仰,放弃教职,到巴黎学习绘画,格里扬牧师拒认儿子,把信撕得粉碎,其内涵意味着与写信人决裂,切断联系,然而,正如有一些东西会一直保留在那里,15 年之后,这暗示"解体"的意象——"撕碎的信"又回来了,同先前格里扬牧师撕碎儿子的信遥相呼应,此时的地点是在离寄信人不远的意大利,紧随着这群"像撕碎的信一般随风飘远的白色的鸟儿飞向天空"之后的是"普渡胜利号"轮船失事事件,这艘"老船"崩裂成"碎片"渐渐要沉入海底。(R 847)"普渡胜利号"轮船这一意象与小说开篇的卡米拉之死遥相呼应,似乎是某种印证,又是某种反驳。格里扬牧师为了"开阔眼界",带动灵魂,去寻找生命之光的欧洲之旅变成了一场死亡之旅:怀亚特的母亲卡米拉在这艘船上患阑尾炎,西尼斯特拉冒充医生给她做手术,结

---

① Kathleen L. Lathrop. "Comic-ironic Parallels in William Gaddis's *The Recognitions.*" *Review of Contemporary Fiction* 2.2(Summer 1982):33.

果丧命。虽然格里扬牧师从未谈论过卡米拉的死,但他内心深感痛楚,因为卡米拉之死的最大后果就是致使怀亚特幼年丧母,他与儿子的关系从此越来越疏远,然而,格里扬牧师无法彻底断绝父子关系。按照斯蒂芬·莫尔所说,格里扬(Gwyon)就是"guyon",在古法语中的意思就是"指引"。[①] 正如他的名字所暗示的,格里扬牧师的西班牙和北非之旅也引领儿子怀亚特循着父亲的足迹,探访同样的地方,尝试找到通往精神家园之门。15年之后,在这同一艘船遇难之后的幸存者长相酷似怀亚特,而且这一艘船也与小说中卡米拉的另一个替代人物,怀亚特早先的女模特,而后成为他妻子的埃斯米联系起来。埃斯米就在这艘船上,也许也遇难了。

加迪斯以重复的话语碎片,同样的信纸碎片的意象说明了小说所要阐释的重要主题,即小说扉页上咬着自己尾巴而自我吞食的含尾蛇主题:一方面在消灭自己,同时又在给予自己生机。这种"自我摧毁"以及"转化为循环模式"的悖论代表着生死循环的概念,象征着万物既分崩离析,又永恒融合的概念。整部小说就是由碎片组成的一个循环,以怀亚特母亲卡米拉之死开篇,以斯坦利在自己激情演奏的音乐中,由于教堂坍塌而丧失生命,却在"救赎中升华"结束。主人公怀亚特选择流放,希冀通过流放获得自我拯救。他离开新英格兰,与父亲疏远,到达欧洲,原本要将艺术从混乱之中拯救出来,却又陷入伪造大师的阴谋之中,被虚伪、贪婪、欺骗的社会所异化。巴黎,这个艺术实验与冒险之都成了纸醉金迷、唯利是图的孳生地:巴黎脱离了与任何艺术有关的联系,而"偏爱贪婪,一切都成了可销售的,有四百万人患上了性病"(R 73)。怀亚特决定离开利欲熏心的巴黎,再从欧洲回到新英格兰,然而又再度失望,15年或20年之后,在巴黎提出以百分之十的回报为怀亚特的绘画写好评的艺术批评家克莱默又在纽约出现了。怀亚特再次回到欧洲,印证了父亲所说的"西班牙是一片可以逃避的土地"(R 429)。他跟跟跄跄地走进一座西班牙修道院,内心充满懊悔与负罪感,最后终于领悟到要深刻地生活,让爱成为意义与价值的基础,从而获得自我救赎。怀亚特自我拯救的过程就是困难重重的奥德修斯之旅,一种乔伊斯似的精神顿悟,在无数次自我否定而又肯定,再次否定的过程中不断改变追寻的方式,尝试从点金术和佛兰德斯绘画中汲取宗教信仰、艺术追寻等多种方式,最终获得顿悟:必须面对生活,积极生存下去,在爱的给予中实现精神上的觉醒与自我救赎。加迪斯以时间为经线,以纽约、欧洲一些

[①] Steven Moore. *The Reader's Guide to* The Recognitions. Lincoln: University of Nebraska Press,1982:3.

艺术中心、中美洲、新英格兰为纬线，揭示了被同样的虚荣和恐惧包围的大都市，这些大都市满目皆为赝品，因为影响20世纪的文化和精神危机蔓延到了全世界，这是时代的弊病、社会的痼疾，视野中的一切都在被熵淹没。

加迪斯在《承认》中通过擦抹打算修改的单词，展现了他即兴的写作技巧。小说中的句子给读者一种没有写完，思考过程中堆积片段，甚至改写的感觉。这种写作可以称为"复写羊皮纸"或"隐迹纸本"（palimpsest）。重写本是擦去牛皮纸或羊皮纸原件上的文字使牛皮纸得以再利用的一种抄本。这种情况在中世纪的教会里很常见，通过清洗或刮擦抄本擦去原文，为新文本做准备。经济原因似乎成为了制作抄本的主要动机，另一动机可能源于教会官员的指示，即要用上帝之言来覆盖异教徒的希腊手稿。这种叙述形式，用雅克·德里达的话来说是"置于删除之下"（sous rature），斯皮瓦克把它翻译成英文 under erasure，意思是擦除、消除、删去，它不像 erasure 那样指示一种较为极端的革命性的举动，而是意味着一种情形，直接理解就是置于删除之下，处于一种游动状态，或者说是一种既要被擦除，但又还没有被擦除的张力处于不断自我否定之中。

下面选取《承认》第889页到890页中的一段为例：

> 在春天繁星密布的夜空下，黑暗被那些高高在上的人美化成人类闪闪发光的信仰。此刻，我想起了很久以前伟大的西班牙艺术家 El——一个不知名的西班牙艺术家画的圣人 Dominic Francis Dom，一个圣人脸上的不折不扣的正直，就像我面前这些带着头巾的身影上显现的同样闪光的信仰……，同样的 Gregorian 颂歌，也许凡几千个几世纪前曾在同样的墙内响起，柔柔地一次又一次响起……（R 889）

这是一种后现代元小说的写作方式，即将两种意思同时传递给读者。第一，加迪斯打算告诉读者这部小说是虚构的，所以作者能随意擦抹某些单词，以重新建构小说目标，解构目标，再重构目标。第二，作者第一次写作的痕迹以及作者在虚构和现实世界中展现这种虚构写作方法的意图揭示了小说是一种人工制品。加迪斯借用这种擦抹式展示了文本既建立结构又拆除结构，既自我肯定又自我否定的运动，以期通过这种方式，让读者随着作者构建出小说的叙事世界，以找出虚构世界中的书写性和现实社会中的被建构性。在后现代写作中，随着时间的推移，作者发现自己的一些创作需要修改，需要不断自我擦除更新，重写本展现了一种事实，即所有文本的产生源于其他文本的存在,重写本颠覆了作者作为其作品唯一来源的概念,将一部作品的意义延伸为无止境的能指的循环链。在小说中,加迪斯仍然保留最初写作的痕迹,因为他并不只想留给读者最终的产物,而是想呈现文本的组织、重塑和再加工的过程。

《承认》既是一个由叙事片断拼贴构成的文本,也是一个由诸多引用镶嵌而成的文本。美国文学批评家格列高利·康姆(Gregory Comnes)指出:"《承认》中没有传统的故事情节——或者更确切地说,小说中的一切都是故事情节。"[1]在整部小说中,加迪斯并没有区分哪些背景是有意义的,哪些是微不足道的。相反,他把众多文本的典故整合到一起,其中包括弗雷泽的《金枝》,罗伯特·格雷夫斯的《白仙女》以及卡尔·荣格的《人格的整合》。典故总是以片断形式重现,形成了小说混乱的叙事,几乎每一个片断都被编入小说的情节和主题,如埃斯米的遗书、格里扬牧师的太阳颂词以及怀亚特回家时的独白都是典故的拼贴。正如法国符号学家罗兰·巴特在《作者之死》中提出的:"文本是来自文化的无数中心的引语构成的交织物。"[2]在这里,小说文本是由各种各样的引文"织成"的,这些引文中并不存在一个本源性的"中心",引文各自的关系是平等的,加迪斯从整体文化中援引一些既有的"引文",然后将其组织成一个"新的"文本。格拉斯哥大学社会学教授戴维·弗里斯比认为现代性的本质特征就是碎片化,"引号成为划时代的组织方式"[3],作者的任务变成了"与废墟为伴的考古学者"[4],因此,作家的任务是挖掘这些碎片,以一种新的方式进行重构,并以这些碎片支撑住废墟,在文明的废墟中寻找希望之光,使得原本隐藏的真理得以展示出来。德里达曾说过:"艺术家在利用直接的和大量的引用与替代品进行拼贴的过程中,将原作置入完全陌生的环境中。艺术家引用的所有成分打破了单行之间不断发展的相互关系,促使我们做出双重的注释或解释:一个层面是解释我们看到的特殊片段和它们的原初'上下文'之间的关系;另一个层面是解释片段和片段如何被重新组成一个整体,一个完全不同形式的实体……每一个符号都可以被引用,置入引号之中。这样,上下文的局

---

[1] Gregory Comnes. *The Ethics of Indeterminacy in the Novels of William Gaddis*. Gainesville:University Press of Florida,1994:70.

[2] Roland Barthes."The Death of the Author" and "The Rhetoric of the Image." *Image, Music, Text*. Trans. S. Heath.New York/Fontana/London:Hill and Wang,1977:510.

[3] Umberto Eco. *The Open Work*, Trans. Anna Canogni. Cambridge:Harvard University Press,1989:107.

[4] David Frisby.*Fragments of Modernity*.Cambridge:MIT Press,1986:226.

限性就可以被打破,同时无穷无尽的新的上下文还可以不断产生并将以一种无止境的方式和姿态发展。"①

加迪斯通过历时和共时的破碎与重组造成碎片的叠加,松散的巴洛克风格、重复、涂抹等后现代主义创作技巧,实现了作者将其创造风格作为主题的本体论意图,试图探索最有效的方法反映自己对后现代社会的认知。《承认》讲述了美国社会中宗教、美学、性等形形色色的欺骗和伪造。弗雷德里克·R.卡尔评论道:"伪造和做假的主题隐含在小说的各个方面,包括加迪斯小说创作的方式。因此,加迪斯将他的叙述置于一层层的掩饰和欺骗之下,让读者发现情节也同样层层掩饰。"②《承认》主要讨论后现代在一层又一层的掩饰之下的对现实的认知,正如小说名字"Re Cognitions"隐含的"重新认知"的意见一样。加迪斯选择用片段写作作为其叙述模式,这种打破并重置"破碎的场景"不断瓦解文本,揭露文本的零乱无序和松散重复,使得文本不再是完成了的作品资料体,使得每一次阅读"都是一次复述、一次解谜和形成更大的迷的活动。对一篇文本的阅读,必然成为对整个文本系统的阅读,意义永远无法完全确定,因为它总是在这些文本之间游荡"。③

(二)《小大亨》中复杂的蒙太奇

文学叙述中的蒙太奇运用了电影摄像机才能达到的时空转化技巧。现实主义和现代主义作家采用镜头转移的方式增强对读者的视觉冲击。后现代主义作家更成熟地发展,频繁地运用蒙太奇和其他电影特技打乱时间和空间,把形式和内容不相干的画面与场景连接起来,表现不同层次的时空。蒙太奇是指"将几个不同的场景快速组接或叠化,采取预述、闪回、插叙、重复、特写,静景与动景对照等手法对读者感官的刺激,获得强烈的艺术效果。"④蒙太奇能连接不同时间和空间层面的画面和场景,或者重置不同文体和风格的语意与内容,在读者头脑中形成鲜明的动静对比。蒙太奇具有视觉性,是创造视觉叙

---

① 王先霈、王又平主编:《文学批评术语词典》,上海文艺出版社1999年版,第679页。

② Frederick R.Karl."A Tribune of the Fifties." In *Recognition of William Gaddis*. Eds. John Kuehl and Steven Moore.Syracuse:Syracuse University Press,1984:180-181.

③ 陈世丹:《后现代人道主义小说家冯内古特》,南开大学出版社2014年版,第21页。

④ 同上,第110页。

事的重要手段。视觉叙事是借助视觉性和视觉化进行的叙事活动。视觉性（visuality）是指事物或事件的可见性，视觉化（visualization）则是这一事物和事件变得可见的过程和方式。蒙太奇创作手法使语言文字上的阅读呈现出由静止图像到活动图像的过程。

加迪斯认为，作为一种文学类型的小说，完全由语言构成的世界成了结构的有用模式，他在小说中有意识地运用了电影艺术中的蒙太奇手法，让小说叙事的中心以及周围环境不断变换地点，表现出"生活稳固的表面总是受到潜藏在下面的无理性暗流的威胁"。① 小说《承认》的碎片叠加展现了多场景的转换。第二部小说《小大亨》中的场景转换比第一部更为频繁。就加迪斯打乱时空的蒙太奇作品来说，《小大亨》可以说是最突出的。《小大亨》描述的是除了商业，什么都没有成长起来的美国社会，展现的是在金融和社会文化层面上出现的资本主义的危机。这种崩溃源于崇尚竞争的恶意收购，其中的副产品包括自我价值、社会公正和社会秩序被腐蚀。加迪斯以一种虚构方式描述了美国历史学家克里斯托弗·拉什（Christopher Lasch）在《自恋的文化：心理危机时代的美国生活》中的末世预言："我们在丧失历史的连续感，即一种源于一代代人对于过去的继承，并一直延续到将来的这种连续感。"②为了强调这种历史断裂感，在加迪斯的小说创作中，叙事者竭力把不同时间和地点的事件拼凑起来，按时间顺序讲故事，把时间看成连续的，而小说中焦虑的、自我关注的人物把时间具体化和空间化，把时间看成是时钟的空间产物。评论家约瑟夫·塔比说道："时间在小大亨的世界中被操控，成为获得当下利润的媒介，小大亨公司的繁荣靠的就是经济发展的抽象逻辑——或多或少不需要具备任何物质基础。"③因为失去了对传统价值观的信仰，《小大亨》所处的世界的不稳定性表现为缺乏秩序和稳定性的焦点，小说叙事中有太多不连贯的情节。为了在时间的具体化中展示作品中人物的实用主义思想，叙述者打乱了空间与时间的连续性。他不仅仅从一个场景向另一个进行转换，还采用了一种复杂的蒙太奇手法。更确切地说，他通过将多个不同场景快速组接或相互叠置，接二连三地呈现出一系列的场景。当中途出现新的场景时，先前的场景常常渐渐退

---

① Peter Wolfe.*A Vision of His Own：The Mind and Art of William Gaddis*.Madison & Teaneck,NJ:Fairleigh Dickinson University Press,1997:19.

② Christopher Lasch.*The Culture of Narcissism：American Life in an Age of Diminishing Expectations*.New York:Norton,1978:5.

③ Joseph Tabbi.*Nobody Grew but the Business：On the Life and Work of William Gaddis*.Evanston:Northwestern University Press,2015:125.

出,人物也时常闪入闪出。尽管小说故事仅发生在短短的 30 天内,但是人物和地点的变化快得让人目眩,谈话的主题不断地被打断,继续,随后又被打断。乔·布莱克(Joel Dana Black)称这种写作技巧为"这部作品最伟大的绝活""几近全隐的叙述者把人物叙述当成一种负责任的有条理的意识"或"作品中的'公断人'"。①《小大亨》中确实有叙述者"退隐叙述"这样的特点,在没有任何铺垫或方向感的情况下,快速转换场景使新场景不断跳跃出来。因此,《小大亨》从某种程度上说像是放映电影,作者用摄像机把一个情景引入下一个情景。

鉴于破碎的对话、混乱的场景和无序的人物出场是叙述的主要技巧,叙事中空间的连贯性难以保持,以小说的第一个场景转换为例。背景设置在巴斯特家中;律师科恩与安娜和茱莉亚·巴斯特进行了一场毫无意义的法律对话。在大量的相互误解之后,科恩只好筋疲力尽地走出去了。其暗示语是:"是啊。他走了……汽车悄悄驶上车道经过一些树尽管没有一丝儿风那些树也好像在摇摆,朝着各个方向举着它们被砍断的肢体,这种灾难性的气氛逐渐缓解,在南边,一排橡树静默着,西边几株高大的山毛榉宁静地矗立在蓝天下。——詹姆斯真是淘气。"(JR 17)②当巴斯特两姐妹继续讨论她们的兄弟詹姆斯时,在巴斯特姐妹和读者丝毫没有注意的情况下,科恩律师突然消失了。就在此时,还没来得及补完上一个对话,作者的镜头不知不觉地移开,进而跟踪科恩先生的汽车开出树篱上了正路,路过海事纪念馆的消防站,经过一个停车场,然后经过城市中心,"凡是能暗示永久的东西已经消失或是在耳际尖锐的电锯声中正被毁掉,镀铬金属装饰板的闪光划过银行的玻璃外墙和银行办公家具的老面孔闪光本身显然是被设计来让人在瞬间就注意到门市被打开了或者没门……(JR 18)。③"通过这些零碎的场景描述,地点转向了银行,在那里,镜头将一个男人的色彩柔化,让他与家具和胸部高耸、浅黑肤色的女人艾米·朱伯特相配。但是在这里,科恩开车离去。原先对话中的人物被学校校长怀特贝克先生、艾米·朱伯特、教练沃格尔和爱德华·巴斯特所取代。作者从视觉描写又回归到听觉,成功地实现了场景和空间的转换,并保持着情节发展的连续

---

① Joel Dana Black."The Paper Empire and Empirical Fictions of William Gaddis." *Review of Contemporary Fiction* 2.2(Summer 1982):29.
② 威廉·加迪斯:《小大亨》,朱叶等译,凤凰出版传媒集团、译林出版社 2008 年版,第 23~24 页。
③ 同上,第 24 页。

第五章 加迪斯的后现代主义艺术手法

性。正如卡尔 D.马尔姆格伦所说:"整部《小大亨》是关于声音记录的长篇章,偶尔被用来记录场景转换的视觉描写所打断。"①

正如评论家苏珊·斯特尔所说:"当加迪斯在《小大亨》中探索能量这一主题时,这部小说以创新的、充满活力的文本形式变为一个具有高度意义的现实化的文本。加迪斯拒绝以'开始——中间——结尾'的形式把作品当成制作精良的艺术品,赋予它美学上的统一性。加迪斯摈弃叙述状态是一种事物,按照结局已经确定好的构思呈现出静态的完整性,喜欢以中间作为开始,在事件发生的中间结束,经常打断句子,打断谈话,打断行动,打断一天的活动。"②斯特尔认为:"《小大亨》的文本比詹姆斯,甚至托尔斯泰所能想象出来的文本更为松散,更为膨胀,更为庞大。"③小说的整个叙述呈现出一个动态的过程,挑战读者对中心、秩序和构思的期待。场景变化中的复杂蒙太奇将读者快速地从一个节点引向另一个节点——从巴斯特家到马萨皮夸银行、小大亨的中学、校长办公室、迪塞法利斯的家、巴斯特家、巴斯特工作室、马萨皮夸火车站、珵丰国际集团、96 号大街寓所再到通用卷纸厂、马萨皮夸邮局,再穿过其他混杂的地方,最后到达医院和第 96 号大街寓所。显然,加迪斯就像一位不知疲倦的摄影师和一台追随着人物活动和记录他们对话的录音机,不断地将镜头对准新事物,让人物和他们的声音相遇,分离,让新的场景相互叠加。加迪斯叙述中的"旁白"也是蒙太奇的一种方式,时而出现,时而隐退,打断人物活动的连贯性和整体性。

例如,在一顿极糟的晚餐上与妻子吵架后,第二天清晨,当丹·迪塞法利斯开车从(在马萨皮夸区)家中前往邮局时,有几句话描写他在浴室怎么刮胡子,然后接二连三地在浴室和车上进行例行的几项不同活动。"刮完脸后他擦了一把脸使这些表情(指妻子的颐指气使和鄙夷不屑)在浴室里的镜子里显得鲜活生动在预热车子的同时他在椭圆的后视镜里寻找它们也在颤动的碎片随后当车子在邮局门口停下时才将它们抛在了那儿,车门在他身后'砰'地关

---

① Carl D. Malmgren. "William Gaddis's *JR*: The Novel of Babel." In his *Fictional Space in the Modernist and Postmodernist American Novel*. Lewisburg: Bucknell University Press, 1985:120.

② Susan Strehle. "William Gaddis: *JR* and the Matter of Energy." in *Fiction in the Quantum Universe*. Chapel Hill: University of North Carolina Press, 1992:116.

③ Ibid. 117.

上。"①加迪斯不是通过一环接一环的连贯叙事,而是通过画面之间的关系,将同一时间,不同场景发生的两条或数条情节迅速而频繁地交替剪接在一起,把一系列分切的镜头组接起来。接着,在马萨皮夸邮局,迪塞法利斯与小大亨同正在对比邮件的男孩海德撞上。正是在马萨皮夸邮局这个新场景(JR 166~174)中,迪塞法利斯退出,叙述者将镜头继续对准小大亨和男孩海德。这样,读者失去了迪塞法利斯的行踪,而镜头继续切换至另一个新场景。小大亨和男孩海德在邮局给那个公司寄出军用餐叉订单后,走去学校。在学校,小大亨和男孩海德逐渐淡出视线,而其他人物逐渐出现在校长办公室,此时迪塞法利斯才再次出现。

　　加迪斯在叙述中常使用电话做场景切换的节点。当电话响起,前一个场景通常被打断,随后过渡到另一个新的场景,若不是打电话的那一方,就是接电话的这一方,作者很少介入,读者也很难察觉。类似的例子在《小大亨》这部所谓的"电话小说"和《诉讼游戏》中比比皆是。

　　在《小大亨》中,小大亨在学校电话亭给巴斯特家打电话,巴斯特的安娜姑妈接了电话:"三声刺耳的铃声响起。——天哪!他们能把耳膜给震破了,喂?"(JR 229)由于安娜姑妈误把小大亨所说的爱德华·巴斯特当成了在国外的詹姆斯·巴斯特,她没法继续与小大亨的谈话,只能挂断电话。场景接着转至巴斯特家,两个姑妈正在谈论一些家庭琐事。当校长怀特贝克从学校打电话给巴斯特家时,整个场景又再一次转回到学校。

　　《诉讼游戏》延续了加迪斯蒙太奇的技巧,只不过没有《小大亨》复杂,场景同样频繁转换,作者没有过多参与。唯一的区别在于:《诉讼游戏》场景比《小大亨》有限,仅限于在医院、奥斯卡家和克里斯蒂娜家以及法院之间转换。电话在场景变化中同样扮演着连接器的角色。当亨利接了奥斯卡打给他的同父异母妹妹克里斯蒂娜的电话时,场景便从亨利家转移到奥斯卡家(F 265)。由于这种过渡天衣无缝,读者并没有意识到场景已经悄悄转换。加迪斯从一个场景转换到下一个场景的复杂的蒙太奇手法颠覆了传统小说中强调静态画面,和贯彻始终的固定人物和事件的手法。这种未完成的场景呈现给读者熵化叙述的印象,这正是加迪斯小说的形式和内容。

---

　　① 威廉·加迪斯:《小大亨》,朱叶等译,凤凰出版传媒集团、译林出版社2008年版,第260页。

（三）《木匠的哥特式古屋》中的"不确定性叙事"

英国后现代主义文论家戴维·洛奇认为，后现代主义以"否定"意义超越和扬弃了现代主义；同时，后现代主义又反对现代主义的典型性，以及理性主义的再现摹仿和人与世界的意义模式，攻击其对确定性的追求，宣布"不确定性"是自己的本质特征。他将小说创作的不确定性归类为"悖论式的矛盾、并置、非连续性、随意性、比喻的过度引申和短路"。[①] 虽然现代主义小说也有不确定性，表现出含混多义、时空颠倒和结构支离破碎的特征，但最后还是讲出了一个有前因后果、有逻辑、有中心的故事，整体上多少表现出对"真理""理性""秩序"和"确定性"的追求。而后现代主义者不以追求有序性、整体性、全面性为目标，将不确定性发挥到极致，其不确定性超出了现代主义叙事代码的简单破裂和文本意义的含混，是一种"本体论的不确定性"（ontological uncertainty）[②]，认为世界上本来就没有什么先验的、客观的意义，一切都是不确定的，是无中心、断裂、不连贯。因此，作为后现代主义本质特征的不确定性不仅是一种写作技巧，也是理解后现代生活本质的一种模式。

加迪斯最喜欢的荷兰文化史学家约翰·赫伊津哈（Johan Huizinga）注意到，希腊人热衷于"把迷阵当成室内游戏，也就是提出不可能确凿回答的问题"。[③] 迷阵（aporia）来源于希腊语，它由两个要素组成："a"和"poros"，指"without"和"passage"，字面意思是"不可通过的路径"。加迪斯对迷阵极感兴趣，因为人的生活世界充满着诸多难以被人们掌握的荒谬性和偶然性，作者和作品本身无权限定问题的答案。加迪斯推崇含混和不确定、语言游戏，而不是单纯的语言使用，采用歧义和不确定性进行创作。他用"迷阵"引导人们认识生存中无法解决的困惑。迷阵可以用来描述加迪斯作品中不确定性的延异，指的是作品中以多元化对抗一元化的批判性思想。加迪斯曾经自己评价道："也许我是一位后现代主义作家，如果后现代包含着一种与绝对性的宇宙

[①] David Lodge. *Working with Structuralism*: *Essays and Reviews on Nineteenth-and Twentieth-Century Literature*. London: Cox and Wyman Ltd, 1986: 13.

[②] Hans Bertens. "The Postmodern Weltanschauung and its Relation to Modernism: An Introduction Survey." *A Postmodern Reader*. Eds. Joseph Natoli et al. Albany: State University of New York, 1993: 25.

[③] Joseph Tabbi. "Introduction" in William Gaddis. *The Rush for Second Place*. New York: Penguin, 2002: xiv.

抗争的不确定性,我的意思是,我是反对绝对论者。"①在《木匠的哥特式古屋》中,加迪斯的写作体现了后现代主义创作的不确定性原则。他运用悖论式的矛盾、并置、非连续性和随意性等手法为读者创造了一个含混、充满不确定性的文本世界,在内涵上揭示了外部世界虚构、不确定、模糊和多义的本质。可以说,加迪斯的不确定性写作在一定程度上不仅是一种文学叙事模式,还是一种对待后现代人类生存状态的哲学态度,表现出他对意义多元性和语言不确定性的看法。

作为一位后现代主义作家,加迪斯十分关注历史、政治和社会,他如同一台灵敏的录音机,细心聆听来自社会各个角落的杂音,发挥艺术家的想象力,揭示美国社会的阴暗面。《木匠的哥特式古屋》继续沿用他在《承认》和《小大亨》中的对话式写作手法。小说的大部分由直接引语构成,包含通过电话、信件和其他信息系统传达的各种信息。加迪斯运用不确定的后现代主义叙述策略揭露美国政府的腐败行为,宗教机构、商业以及媒体在追求巨额利益相互串通的共谋现象。美国政府打着保护国家和社会利益的旗号,与其他西方国家一起卷入了一系列掠夺非洲矿产资源的战争。与加迪斯的前两部皇皇巨著相比,《木匠的哥特式古屋》相当紧凑,只有 262 页,虽然文本空间限制在哥特式古屋里,但是全球局势,如美国在非洲的新殖民主义、全球的种族和宗教矛盾源源不断渗入这座古屋,影响着小说中的人物。小说充满着不确定和不受拘束的情节,读者阅读这部小说就如同在没有出口的迷宫中穿行。

小说的女主人公丽兹是矿业大亨 F.R.伏拉克斯之女,父亲在八九年前因行贿面临被指控而自杀。在父亲的葬礼上,替其保管贿金的越战退役军人保罗·布斯勾引她,并娶了她。丽兹在 4 年前的飞机失事中幸存,布斯以她不能履行"性职责"为借口一直打官司,妄图获得巨额赔偿。破产迫使他们离开纽约,租用哈德逊河畔的木构式哥特古屋,丽兹被永无休止的电话骚扰,布斯则当起媒体策划,帮助客户乌德牧师把浸礼仪式上淹死男孩的事故成功地变成宗教上的奇迹。乌德牧师准备去非洲拯救灵魂,布斯努力帮助乌德牧师创建"拯救之音"的全球播送网络。神秘的古屋主人麦肯德利斯出现了,成了丽兹心目中的"罗切斯特"。麦肯德利斯接受中央情报局成员莱斯特以 16,000 美元买下他在非洲的矿产勘探资料后,劝说丽兹同他离开,遭到拒绝。布斯把乌德牧师贿赂议员提凯和联邦通迅委员会的 10,000 美金占为己有并雇人暗杀

---

① Christopher Knight."The New York State Writers' Institute Tapes:William Gaddis." *Contemporary Literature* 42(2001):691-692.

牧师。议员提凯因"保护自由世界的矿产资源"去非洲,丽兹的弟弟比利也恰巧乘同一架飞机,途中飞机被击落。据报道,丽兹遭抢劫死在古屋。布斯在葬礼上又骗取了丽兹的好友——女财产继承人艾迪的欢心,小说的结尾没有任何标点。

然而,这样的概述会造成误读,因为小说的文本是敞开的,这就意味着作者、小说人物与读者的意识一样,都处于开放的对话之中,处于不断建构之中,文本的意义可以在不同的语境中无限地衍生。加迪斯的用意在于创作一部以含混对抗绝对观念的小说,小说中反复提到"在真实与实际发生的事之间有一条细微的界限"。(CG 130)莫尔评论道:"为加迪斯小说的内容作概述不仅没有充分理解小说复杂的情节,还颠覆了表达这些情节的方式。"[1]加迪斯在小说创作中试图运用歧义反对绝对性。他在一次采访中说道:"我想做的是提出一系列没有确切答案的问题,这些问题会一直与我们同在,因为没有什么绝对的答案。"[2]加迪斯在这部小说中反复重申这个见解。因为小说中没有全知全能的叙述者揭露真相,而且线索到处都是,读者们试图为自己找出一些结论,但是在通向结论的道路上却被更多的线索阻断,无法赢得绝对的最终阐释,只能继续参与加迪斯的"迷阵"。对后现代主义者来说,"事物所被呈现出来的每一个层面都是不确定的"。[3] 这部小说正是体现了加迪斯不确定性的创作风格,读者再也不是一个超然的旁观者,而是变成了"合作者",文本的实际意义在于读者的参与活动。

1.悖论式的矛盾

无逻辑、无理性的叙述是后现代主义小说的重要叙述特征,在文本叙述上常表现为似是而非或此或彼的人物形象,人物言行不一,后一个行动否定前一个行动,形成一种不可名状的自我消解状态,使任何想确定准确意义的企图完全落空,文本永远处在一种动荡的否定和怀疑之中。小说开篇的第一句话充满含混:"这只鸟,是一只野鸽? 或是掠过天空的和平鸽,它的颜色与天光合成一起……它也可能是她第一眼瞥见时认为的一团破布……它是一个被打烂的羽毛球。"(The bird, a pigeon was it? or a dove flew through the air…It might have been the wad of rag…a battered shuttlecock)(CG 3)小说开篇的女主人公丽兹不明白这个羽毛状的飞行之物,做出了许多猜想。pigeon 在英语文化

---

[1] Steven Moore.*William Gaddis*.Boston:Twayne,1989:112.
[2] Ibid.112.
[3] Brian McHale.*Postmodernist Fiction*.London and New York:Routledge,1987:99.

中,可视为野鸽,流浪在城市里寻找垃圾,被称作会飞的老鼠(flying rat),是带着细菌的反面形象,肮脏鄙俗,令人厌恶。而 dove 则为圣灵,和平的使者,象征着诗意和美好的形象,在诗词中出现,具有积极的意义,接下来的"一团破布""被打烂的羽毛球"又把 dove 这个词的褒义否定了。

小说这个充满含混的开篇提醒读者注意阅读这部小说的技巧。小说中的芸芸众生言行不一、似是而非,对同一事件,叙述者与小说人物有不同的描述,显得扑朔迷离,留给读者的总是一些悬而未决的问题。如丽兹告诉麦肯德利斯瓷器狗是清洁工打破的,随后的叙述却是在保罗的手中断成两半的;丽兹向好友艾迪说她生活过得很开心,参加抗癌协会,上了西班牙语培训班,而她曾拒绝参加抗癌协会;麦肯德利斯告诉丽兹那张斑马皮是他在非洲做地质勘探时购买的,可后来他的第一任妻子来访时却说那是麦肯德利斯住院时,一位尼日利亚的清洁工为了缴交实习费用而把这张斑马皮转卖给他的。诸如这些描述使读者难以从中获得绝对的、肯定的答案。加迪斯这种偏爱含混和不确定性,而不是纯粹性的创作理念正如荣格所说:"很奇怪,悖论是我们最有价值的精神财富之一,意义的单一性是软弱的迹象,只有悖论才接近于对生活的全部了解。非含混的和非矛盾的是片面的,不适于表达令人难于理解的东西。"①作者正是通过这种悖论式的矛盾呈现人物隐秘的内心世界,揭示出人物性格的多重性;更重要的是,这种是非、虚实同时存在的创作手法让读者看到的是一个不确定的文本,从而帮助读者认识现实世界的迷惑性、复杂性和不确定性。

小说中的人物形象是模糊不清的,善恶没有明显的界线,麦肯德利斯是浮士德、唐璜、流浪的犹太人的混合。他既是寻求秩序的人,也是一个带来混乱的人。他是一位不满社会现实,又躲避现实的流亡知识分子。他痛斥西方国家侵略非洲、掠夺矿产资源带来的粮食短缺和宗教残害,但他自己却无动于衷,将自己在非洲勘探矿产的真相隐瞒了,不把议员提凯和比利前往的非洲那一地区没有矿产资源的消息告诉政府官员,他至少要为比利的死和非洲海岸的纷争负责。同时,麦肯德利斯特别指出,《圣经》也充满悖论,上帝也是好战的,是引起分裂的斗士——"不要以为我来是要给世上带来和平,我来不是要带来和平,而是要带来刀剑"(马太福音 10:34),这就是对原教旨主义者强调《圣经》是绝对真理的讽刺。同时,作者也提醒读者应注意《圣经》所宣扬的道义与信徒实践、美国政府的言与行、媒体的报道与真实之间的矛盾,揭示了在

---

① Carl Jung. *Psychology and Alchemy*. 2nd ed. Trans. R. F. C. Hull. Princeton: Princeton University Press,1970:16-17.

表面具有高度组织和秩序的美国民主社会中固有的混乱：大公司赚钱的秘诀是搞骗局，宗教机构的欺诈、媒体蛊惑人心的谎言、美国对第三世界国家所采取的新殖民主义和霸权主义。在小说中，作者发现语言出现了表征危机，小说中多次出现由于语词的歧义造成谈话双方无法交流的现象。如小说中的 salle 在法文中是指房间，而发音相同的 sale 在法文中却是肮脏的、卑鄙的意思。加迪斯故意用与先知 prophet 发音相同的 profit 指唯利是图的先知（以赛亚），morgue 在英语中语义不连贯，既指停尸所，也指资料室等。加迪斯所面临的语言困境，在某种程度上暗示了他本人意识到语言是认识的工具，事实是由语言构筑的，而语言意义的多义性和模糊性再也不能客观地反映现实世界，虚假的语言造就了虚假的现实，他不得不用悖论式的矛盾提醒读者必须反思外部世界的虚假性，质疑西方世界宣扬的理性主义和社会秩序的真实性和可靠性。

2. 并置

后现代主义作家写作时，并不给出一种结局，相反，将多种可能的结局并置起来，每一种结局指示一个层面，若干个结局组成若干个层面，既是这样，又是那样，既可作如是解，也可作如彼解。小说中很多信息的交流通过电话进行，很多人物是只闻其声，不见其人，叙述者既竭力为读者提供多方信息，但又抵制在小说中做出明晰判断的努力，与读者玩起捉迷藏游戏，造成线索越多，文本越像迷宫，读者越走不出迷宫的局面。这种叙述者既在场又缺席的叙事策略使作者能将若干种可能性并置起来，邀请读者进行多种假设。突出的例子如议员提凯的飞机失事和丽兹之死。议员提凯的飞机坠毁可能是因为：(1)被非洲黑人击落；(2)美国政府设置的阴谋，飞机的坠毁可成为对非洲国家宣战的理由，可以发战争财，转移对国内政府不满的民众的注意力。利兹的死可能有下列多种原因：(1)丽兹在飞机失事后一直患有哮喘，常去看医生，可能死于哮喘，或医生诊断的心脏病；(2)古屋一片混乱，有烧毁的痕迹，报道称"她的死是阻止强盗抢劫的结果"(CG 255)；(3)布斯与她结合的真正动机是觊觎她的财产，而丽兹和她弟弟的大部分财产由一信托公司保管，在弟弟发生空难之后，布斯急于独霸所有财产，她的死是布斯的阴谋；(4)丽兹孤独一人待在古屋，是因长期受到布斯的家庭暴力的折磨，麦肯德利斯的出现给她带来了更多的混乱，丽兹在走投无路的处境下自杀。加迪斯为丽兹之死设置了几种不确定的可能性，这充分说明了她被充当通用的替罪羊的角色，她周围的每个人都有可能置她于死地。小说中，议员提凯、乌德牧师的死都是一个谜，多种假设均有可能，阐明了因果定律的坍塌，因为美国后现代社会就是一个到处布满陷阱、充满混乱的危险的世界。

再如一个词组指涉多种含义的并置。Carpenter's Gothic 这个关键词组在小说中的意义转换不定,造成象征寓意的不确定性,小说深层含义的复杂性和多义性只能靠读者去判断了:(1)指小说发生的室内空间(丽兹夫妇租用的木构哥特古屋)。(2)指哥特小说(孤独荒凉的古屋,紧锁的密室,处在危险中的女人,神秘的陌生人,通奸、暗杀、鬼魂出没的万圣节和死人节,神秘的人物……)。(3)Carpenter(木匠)意指木匠的儿子——耶稣,Gothic(哥特)是指基督教2000年来充满罪恶和迫害的血腥历史。在小说的第三部分,保罗声称帮助乌德牧师向邪恶势力宣战(包括共产主义、进化论、犹太自由派的社论、现世人文主义)时,提到了木匠的儿子耶稣:"当耶稣到达拿撒勒时,他们问道,这难道不是木匠的儿子吗?他为那些弱者、那些身心疲惫者、追寻他的绝对真理的人建了大厦,让他们在逆境和受迫害时得到庇护。"(CG 80)利斯在攻击原教旨主义的狂热时指出,原教旨主义者,如乌德牧师和其帮凶——媒体顾问布斯借用木匠的儿子耶稣的名义传播福音,是有其目的的。乌德牧师去非洲是为了竞标那个地方的铁矿开采。西方政府打着基督的旗号,入侵第三世界国家,屠杀所谓的愚昧民族,掠夺他们的矿产资源。小说通过麦肯德利斯之口所描述的在非洲争夺矿产的血腥冲突,正是圣经《启示录》中世界末日的大战场哈米吉多顿的大决战,丽兹在斥责麦肯德利斯应该说出勘探矿产的真相,避免一场纷争时说:"你等不及看到哈米吉多顿大决战,看到太阳没入海里,海水变成了鲜血。"(CG 244)而麦肯德利斯认为二战后的美国社会犹如中了毒的机体,人在此当中不可避免地死去,在一个无法挽救的世界,一切拯救的努力最终都是徒劳的。麦肯德利斯告诉丽兹:"这座房子模仿华丽的维多利亚建筑,但是用木头,而不是用昂贵的锻铁和石头砌成,这房子的设计是让人们从外部看,有塔楼和尖顶,走近一看里面充满新奇的比喻、借用和幻象。"(CG 227~228)"这房子的设计是让人们从外部看"指的是美国以启蒙时期的自由民主作为立国之本,然而,从里面看却矛盾丛生、危机四伏,因此,这部小说具有讽喻性,也是美国后现代社会的启示录。(4)Carpenter(木匠)意指作者本人,上述这段话乍看是对眼前的"哥特古屋"的描述,其实是作者的元小说自我反映式评论:在创作小说的同时又对小说创作本身进行评论,向读者说明整部小说既模仿又颠覆哥特小说的传统表现手法,即运用哥特小说的传统素材——婚姻危机、通奸、神秘的陌生人,借衰败的哥特古屋这一特定空间,以后现代主义叙述的不确定性揭示了20世纪后期美国社会的病症:种族冲突、宗教欺诈和政治黑幕,等等。因此,这部小说超越了传统的哥特小说,正如辛西娅·欧芝克在《纽约

书评》中以比喻的方式指出:"这部作品是加迪斯为美国文学宽敞、创新、大胆的哥特建筑增添的一个特别的塔楼。"(见小说封底)

3.非连续性

传统小说注重意义的连贯、人物行动的连贯、情节的连贯,现代主义小说对空间形式的重视则基于"现代世界是分崩离析的、破碎的"这一认识之上,摒弃了与决定论、进化论、世界清晰可辨等认识暗合的时间观念。后现代主义作家更是"怀疑任何一种连续性"[①],在叙事上使现实时间和历史时间随意颠倒,使现实空间不断被分割切断,形成一种充满错位式的开放体写作。因此,同现实主义的线性叙事和现代主义描写人物内心世界的非历时叙事不同,后现代主义的时空断裂是把时间分割成一系列永久的现在。

《木匠的哥特式古屋》运用零散、非连贯的对话构成文本,整体上按时间顺序叙述,强调过去、现在、将来的相互渗透,但加迪斯是以一种非传统的方式处理这种传统的线性时间顺序,在局部处理上将时间转换成空间,叙述者竭力维系的时间连续性经常被小说中人物混乱的碎片式的话语所打断。加迪斯把传统小说中的人物从情节束缚中解救出来,让人物创造情节,使读者对任何形式的时间连续性和空间固定性的期待完全落空。小说的故事发生在丽兹死前的一个月,哥特古屋是这个混乱世界的缩影,前台人物只有丽兹、布斯、麦肯德利斯、莱斯特、比利和麦肯德利斯的第一任妻子。而其他许多人物如乌德牧师、议员提凯等则在幕后,人物的意识和谈话的主题由于电话、报纸、收音机和电视传入的外界声音而频繁地被中断和替换。作者巧妙地通过断断续续的对白,包括面对面的对话和一方不在场的电话对话创造历时性与共时性的结合,涉及许多历史事实和人物的背景资料,如古老的宗教战争、帝国主义列强争夺殖民地的第一次世界大战、60年代的越南战争、现代的政治霸权主义和新殖民主义,等等。小说中,人物的经历和事件经常在谈话中像电影镜头一样闪过,因此,故事情节被非连续性的对话肢解成极为破碎的细节、场面,整个文本均由语言碎片的"间断叙述"组成,需要细心的读者在这些碎片似的话语中一点一滴地捕捉,把这些碎片连缀起来,拼凑人物在幕后的活动。我们试着把构成布斯越战背景的碎片概述如下:

第一部分,布斯害怕枪声;布斯蔑称亚洲人 slopes 和 gooks,他说我就在那儿,他们全是 gooks。

---

① David Lodge.*Working with Structuralism:Essays and Reviews on Nineteenth and Twentieth Century Literature*.London:Cox and Wyman Ltd,1986:14.

第二部分,布斯在医院待了很长时间,他的内脏被炸开了,腿一动也不能动,不敢看自己的睾丸是否还在,那时他才22岁。

第三部分,布斯的养父瞧不起他的少尉军衔,说他当官是幸运,他连当个兵都不够格;比利质问丽兹,谁说他因越共的地雷工兵侵入军官单身宿舍,被迫击炮轰炸而成为受伤的英雄。

第四部分,布斯说奇克是他的无线电话接线员,他们准备一起到华盛顿纪念碑与林肯纪念堂之间草地上的哭墙,会看见残废的老战友坐轮椅从宪法大街下来。

第五部分,布斯当第25步兵师的排长,他很快地躲开他的士兵,因为军队中的黑人会踢他们的屁股,让大家瞧瞧来自美国南部的军官是怎么样。

第六部分,布斯因告发他的士兵吸毒遭到碎片伤害,他被无线电话接线员奇克救起,军队掩盖这事。

第七部分,布斯收到从泰国难民营来的信,问他愿不愿意让他们母子俩来美国(暗示他在越南时有情人)。

这些有关布斯越战背景的碎片几乎被分布到小说的各个部分,读者必须通过布斯和丽兹的几次对话和其他相关人物的补充,把各种线索串联起来,去伪存真,把官方报道的事实跟真实发生的事分开,才能拼凑出布斯越战的背景图。布斯同乌德牧师、议员提凯和其他权力机构相互勾结的背后是布斯被战争创伤扭曲的心灵,他也是越战的牺牲品,美国战争机器的受害者。这样,布斯的性格就多了复杂的一面,读者也就明白了布斯把自己的家当成发号施令的中心,而身心受折磨的丽兹没有离开他的原因。

同样,读者也必须按照玩拼图游戏的方法把无序的碎片拼凑起来,才能弄清楚丽兹的家庭背景和婚姻生活、麦肯德利斯的过去、牧师乌德、议员提凯与媒体顾问布斯之间互相利用的三角关系。这些碎片都是通过打破时间的先后顺序,断断续续地表现出来的,构成一个个难解的谜,读者只能根据作者的延宕说明(delayed exposition)和零碎说明(piecemeal exposition)才能找出谜底。如小说第48页提到了一封来自泰国的信,丽兹和读者一开始都以为是寄给神秘的房主的,小说在最后的第2页才揭开谜底。由此可见,整部小说不是依靠常规性的冲突、发展和线性情节,而是通过对话为读者呈现了各种各样的零碎片段,创造一种拼贴效果,正如布斯对丽兹反复唠叨的:"把这些零零碎碎的东西拼起来,你应该知道这些见鬼的碎片是怎么拼凑起来的"(CG 76,205,210,211,212),作者提醒读者:这是一部由碎片组成,由碎片连成所有信息的文本,由此突出人物置身于一片混乱荒诞的后现代世界的特点。小说中这一群丧失自我的后现代人表明：后现代社会里关于时间的概念和以往的时代大不相同。正如詹姆逊指出："那种以过去通向未来的连续性的感觉已经崩溃了，新的时间体验只集中在现时上，除了现时以外，什么也没有"①。

4. 随意性

大卫·洛奇认为，随意性是写作或阅读过程中追求非连续性的更高级的阶段：如果没有任何逻辑关系或时间顺序，读者将搞不清小说的顺序。对后现代主义作家来说，世界的秩序是人为强加的，混乱和无序是世界的本质。因此，与其说意义和连贯性是文本的特征，不如说它们是文本活动中的产物。

与现代主义大师们把艺术看成是给混乱世界强加秩序的最后方法不同，后现代主义作家突出随意性，强调拼凑的艺术手法，在他们看来，这个世界的秩序是人为设定的，那么，人也可以还给世界一个"非秩序"。《木匠的哥特式古屋》没有清晰连贯的线条，没有因果的必然联系，随意性极强，就像是偶然拼凑的大杂烩，所有的碎片都在那里，就靠读者如何把这些碎片组织起来。加迪斯在这部小说的对话中时而塞入形形色色的文本以外的异质材料，如其他小说的片段、电视播放的《简·爱》片段、收音机的新闻和报刊的大字标题，常以斜体字或黑体字形式随意安插在常规字体中，邀请读者把这些庞杂的材料拼凑起来，参加小说意义的构筑。加迪斯是一位材料的收集者，读者是加工者，必须对所有的资料进行阅读、分类、判断。小说中用斜体插入 V.S.奈保尔小说《效颦者》(*The Mimic Man*, 1967)的这一段话可以看出作者这种随意性的创作动机。

> 我认为一个人，只有当他充满希望时才会去战斗，只有当他看到秩序，当他强烈感受到他行走的土地与他之间有某种联系，但是我看到世界的混乱，任何人无法纠正过来，我感觉出了乱子……(*CG* 150)

这是身受折磨的作家拉尔夫·克里帕萨林说的一段话，他想通过撰写自己的回忆录找回秩序，但却看不到秩序。这段引文正是小说中的人物麦肯德利斯和作者本人对后现代世界彻底失望的感慨！然而，这种随意性写作具有无目的的目的性。在后现代社会，传统的价值观和文化秩序发生了严重的裂变，一切分崩离析，没有中心，一位有责任心的艺术家除了通过最大限度地增

---

① 詹姆逊：《后现代主义与文化理论》，唐小兵译，北京大学出版社 1997 年版，第 182 页。

加其艺术作品的混乱以外还能做什么呢？后现代人无可奈何，只有自嘲、自慰以获得心理平衡。后现代主义作家以非创造来抵制创造，奉行一种无等级和非中心原则，以破碎的文本世界暗喻混乱的现实世界，文本高度的模糊性和高度的多元性给读者留下了思考的空间和余地。

5.比喻的过度引申和短路

大卫·洛奇认为一些后现代主义作家有意过度使用比喻和转喻策略，可以说，在运用它们的同时，对之进行篡改、戏仿和滑稽模仿，从而试图逃脱它们的原本意义。《木匠的哥特式古屋》因其过度使用比喻而出名。作者取这一书名的初衷就是想把比喻运用到极致："木匠的哥特式古屋"的比喻一再被引申，超越了原始语境中的意义——从哈德逊河边树林中哥特式风格的房子，到由基督徒东征引起的流血事件，到最后混乱危险的后现代人类世界。加迪斯过度引申比喻，这使他能将许多数据和故事综合在一起，使作品膨胀出多个主题，内容繁杂，叙述散乱，使读者难以从整体上把握小说的文本意义，就像作者在以元小说形式自我解嘲："一个由新奇的比喻，借来的典故和掩饰组成的拼贴图，里面就像一个充满好意的大杂烩，就像即使是在小事上的最后荒谬的一搏……"(CG 228)

后现代主义写作试图让小说和事实形成短路，认定"文本和世界，艺术和生活中存在差距"，目的在于"震惊读者，从而不落入传统文学分类的俗套"。①《木匠的哥特式古屋》把显而易见的事实和明显的虚构结合起来，从而引入对后现代世界的思考。

加迪斯经常运用元小说创作手法，借用小说中的人物写他们自己的作品，插入文本的描写和叙述之中，同时又怀疑作者存在的地位，强调文本与现实之间的"断裂"、艺术与生活之间存在的一条鸿沟。在《承认》中，威利在写同一部小说《承认》，奥特在写一个剧本《浮华时代》；在《小大亨》中，杰克·吉布斯和艾根在写只有一小撮读者愿意读的小说。在《木匠的哥特式古屋》中，丽兹和麦肯德利斯都在写小说。丽兹告诉麦肯德利斯，她认为"人们之所以写作是因为事与愿违"(CG 158)。麦肯德利斯认为，人们因为愤怒而写作。丽兹写日记，想象她是否可能逃脱这所旧哥特式房子的囚禁。丽兹的小说有时会成为小说中的叙述者所写的，向读者展示文学文本是一个语言创造物，引起读者注意探索文学虚构文本和外部世界的可能的虚构性。

---

① David Lodge.*Working with Structuralism: Essays and Reviews on Nineteenth-and Twentieth-Century Literature*.London:Cox and Wyman Ltd,1986:15.

麦肯德利斯的来访似乎给丽兹带来了情感上的骚动,所以她将他写进了日记里。在这一点上,加迪斯将他虚构人物的小说与他自己虚构的小说结合起来,揭示了小说的虚构性质。

> 她伸直了膝盖,将毛巾拉到裸露的肩膀上,寒噤让她倒吸一口气。她盯着这一页,拿起铅笔,重重地画下他笔直的健壮的手、不对称的面容、冷冷的、漠然的、淡定的眼睛。一小会儿过后,她又用笔描着他的手,在手指上分出关节,并用铁锈色做上记号,画中的他绝望的面容显得呆滞而又疲惫,好像一名征收各种费用的人,而他的眼睛一再掩饰着那种孤寂的怅然……(*CG* 95)

用"掩饰"这个词暗示小说叙述本身就是一种虚构,是作家在想象中构筑的世界。麦肯德利斯这样描述他自己的小说:"这只不过是对该死的为什么如此受困的再思考。这部小说只不过是一个脚注,一个补充说明而已。"(*CG* 128)在《木匠的哥特式古屋》中,加迪斯运用虚构与事实的短路提醒读者注意文学的虚构性,让读者认识到现实是复杂的,意义是多元的、不确定的,"并置、反射和扭曲才能最好地揭示真相"。[1]

加迪斯在《木匠的哥特式古屋》中正是运用了后现代主义不确定性写作手法,揭示了一个无理性、非正义、充满混乱的美国后现代社会,对原教旨主义、霸权主义、政治权力游戏和思维绝对论进行无情的嘲讽,揭示出"不确定性几乎渗透我们的行动和思想,它构成了我们的世界"[2]。读者在阅读这部小说时可以充分享受文本的开放性、复合性、无序性、相对性和不确定性。这种叙述的不确定性试图传递的旨意是:在当代西方社会,政治理想主义和纯真的东西正在丧失,取而代之的是愤世嫉俗和怀疑主义。[3] 加迪斯的这种后现代主义不确定写作既是形式,也是内容和寓意,他成功地把小说中的整个不确定的叙事结构变成了对战后美国社会的巨大隐喻,折射了一个充满混乱、不确定性的迷宫般的西方后现代世界,因此,这部小说也是一部具有较高认识价值的小说。

---

[1] Peter Wolfe.*A Vision of His Own:The Mind and Art of William Gaddis*.Madison & Teaneck.NJ:Fairleigh Dickinson University Press,1997:front lap.

[2] Ihab Hassan.*The Postmodern Turn:Essays in Postmodern Theory and Culture*.The Ohio State University Press,1987:168.

[3] Peter Wolfe.*A Vision of His Own:The Mind and Art of William Gaddis*,Madison & Teaneck.NJ:Fairleigh Dickinson University Press,1997:253.

三、加迪斯的后现代对话体叙事

(一)声音拼贴的后现代叙事话语与读者解读

加迪斯以颠覆、摈弃、更新传统叙事方式为目标,激进地使用对话体叙述方式,展示了一个奇怪现象,即"人们在文化不断熵化的国度(美国)侃侃而谈直至死亡"。[1] 加迪斯使用的语言具有戏谑性的严肃和严肃性的戏谑之特点。从很大程度上说,他的小说几乎不使用描述,而是使用多种声音叙述故事。他在小说里创造了一个真实的话语世界:众多不协调和不相融合的声音在小说中相互聚合和分离,而没有作者的干预。这种对话体结构体现了"后现代现状",引用利奥塔的话,就是社会主导符码的"权威丧失",以此保持了语言游戏的异质性。加迪斯使用双声话语、异质话语、单边电话对话展示人际关系的崩溃造成的交流丧失。他所使用的片断式的、无作者介入的直接引语以及众声喧哗折射了混乱的社会现实,无价值信息的剧增得不到人们的回应,这点使他赢得了"小说史上最伟大的对话体作家"[2]的美称。

在一次访谈中,加迪斯说道:"一个人的信息在他的作品中。对于我来说,它更像是介于读者和书页之间的媒介。这就是我的作品涉及的东西。读者一定得带一些东西进来,否则他就不会带走任何东西。"[3]他甚至对读者说:"你得变成一个演员大声朗读。"[4]加迪斯期待读者的积极参与,而不是消极接受。他期望读者在与作者的合作中得到满足。加迪斯的小说文体特色鲜明,不讲究人物性格的刻画和周密的情节安排,而是以省略引号和提示语的自由直接引语构成叙事话语,让小说情节的发展类似对话一样流动,使读者身临其境,

---

[1] Steven Moore. *William Gaddis*. Boston: Twayne, 1989: 136.

[2] Steven Moore. *A Reader's Guide to William Gaddis's* The Recognitions. Lincoln: University of Nebraska Press, 1982: 6.

[3] Miriam Berkley. "PW Interviews: William Gaddis." *Publishers Weekly*, 12 July 1985: 56.

[4] William Gaddis. *The Rush for Second Place*. New York: Penguin, September, 2002: 129.

直接获得故事发展的线索,而不是通过叙述者的描述获得的。对话在加迪斯的小说创作中具有中心地位,碎片对话成为其作品语言的识别符号,强调后现代世界中交流的失败。正如评论家约瑟夫·塔比所说:"加迪斯的小说可以被当成许多声音组成的乐曲来阅读(或者更确切地说,倾听),这些声音来自美国生活的每个阶层和每个角落。"① 在很大程度上,加迪斯的对语体叙事可被视为声音的拼贴。在第一部小说《承认》中,精雕细琢的长篇描述与断断续续的冗长对话交替出现,作者间或提供有关语境和人物情感变化的相对足够的信息。但从第二部小说《小大亨》开始,加迪斯已很少使用叙述者的描述性语段。《小大亨》《木匠的哥特式古屋》《诉讼游戏》就像没有舞台指导的戏剧,其中的对话"不合语法,经常删减,为其他人物(以及电话、电视、收音机)所打断,作者的标示性语言变得越来越稀少(解释性语言根本不存在)"。② 加迪斯创造了一个多重的、不和谐话语的真实世界,其中的不同声音相互碰撞,作者甚少介入。他以这种对话体叙事对小说创作进行审视和反思,旨在呼唤一种更加多元开放、动态的、意义永无穷尽的文本形式。

在众多影响加迪斯艺术创作的小说家中,陀思妥耶夫斯基最为重要。加迪斯所青睐的对话体叙述与巴赫金的对话理论具有异曲同工之妙。巴赫金将这种复调的话语称为陀思妥耶夫斯基的新小说形式。巴赫金认为,对话意指"众多独立而不相融合的声音和意识",更宏大、更具包容性的作者话语或意识不能将其对象化,也不能给其"终结"的解释。③ 在独白的形式中,人物的声音、视角、人生哲学以及他们所处的繁杂社会皆是环绕作者周围的认知对象。加迪斯在小说《承认》以及其他的复调小说中对《卡拉马佐夫兄弟》(*The Brothers Karamazov*,1881)的多重指涉,足以说明他对陀思妥耶夫斯基的钟爱。加迪斯继承了陀思妥耶夫斯基的复调、多层面、多声音的写作特点,在其小说中运用不明身份的直接对话,颠覆和消解了传统讲故事、听故事的叙事策略,最大限度地实现了语言的保真,向读者提出了积极参与的要求。读者不再依靠故事情节、人物的内心活动、反省,抑或作者的意识形态,而是根据这些录音式的对话分析人物的性格、揭示人物的内心世界,从而实现读者自身对故事

---

① Joseph Tabbi."Introduction" in *The Rush for Second Place*. By William Gaddis. New York:Penguin Books,2002:viii-ix.

② Steven Moore.*William Gaddis*.Boston:Twayne,1989:64.

③ Mikhail Bakhtin. *Problems in Dostoevsky's Poetics*. Edit. and Trans. Caryl Emerson,Minneapolis:University of Minnesota Press,1984:26.

的理解和阐释。同陀思妥耶夫斯基的对话一样,加迪斯后现代主义小说中的对话形式将(小说)人物的声音与作者的声音置于同一层面,并使人物声音相互作用。众多无中介的直接引语最大限度地取代了情节,充当叙事功用的角色。人物的意识已不为作者的立场左右,不再成为作者描述的对象,而成为一种独立自主的主体,表达不同的意识世界。但是,在陀思妥耶夫斯基的对话中,人物的声音稳定,句法完整,可以传达完整的意义,保持在"表征性的,虚构性的层面"①。相比之下,加迪斯小说中的对话具有很大的不同,他的对话不仅运用明显的、无叙述者文本的形式消除作者存在的痕迹,而且带有后现代状况的特性,即为社会主导符码的"去合法化",保存了话语的异质性,使得小说中的人物、意义和中介并不是来自本质的、核心的自我,而是通过许多自我循环的语言系统表现出来的。

同先前的现实主义作家以及现代主义作家亨利·菲尔丁、亨利·詹姆斯、欧内斯特·海明威、詹姆斯·乔伊斯、弗吉尼亚·伍尔夫的对话叙述相比,从创作《小大亨》开始,加迪斯在小说创作中已不再提供确切的叙述地点、说话者身份,以及场景切换的信息。同现代主义作家作品中以直接引语交流相比,加迪斯小说中的对话模式是后现代的、熵化的、去中心的。除了巴赫金提出的"一符多音"在小说中的两大作用:最少作者干预和不同意识可以在同一层面上交流以外,加迪斯的对话具有后现代性,解构了社会主导符码的合法性。总的说来,加迪斯小说中的对话模式具有以下几个特征。

其一,人际关系的解体导致语言的衰落与退化,熵渗透了加迪斯的对话模式。加迪斯的对话体叙事呈现出每种声音都与其他噪音、离题、中断和各种错误信息共存,正如米特鲍尔在品钦《熵》中抱怨道:"模棱含糊、冗繁多余、不相关联,甚至渗漏,所有的都是噪音。它把你的信号搞得一团糟,导致交流线路中断。"②

其二,对话的不可能性体现了后现代的不确定性原则。现代主义者质疑我们能否认知真相,而后现代主义者则对真相是否存在充满怀疑,他们怀疑是否真有可以感知的现实,他们触目所及之处尽是不确定性。在这种后现代语境下,加迪斯运用破碎的对话"不是为了重建世界的秩序,而是为了再现这种

---

① Julia Kristeva. *Semiotike*. Paris:editions du Seuil,1969:72.
② Thomas Pynchon. *Slow Learner*. Boston:Little,Brown and Company,1984:76-77.

第五章 加迪斯的后现代主义艺术手法

无序的世界"。①

其三,通过将作者降至记录器的角色,加迪斯得以记录这个混乱世界的真实声音,通过熵的话语折射后现代时期文化的衰败,让读者在熵化的交流中寻找意义。

其四,因为对话宣告文本的阅读时间与故事发生的时间基本一致,加迪斯小说以破碎的对话为主要叙事方式,成功地将小说发生的事件与读者的阅读达成一种共时性,消弭了故事时间与文本时间的差异,营造了叙述和阅读的"即时性"效果。

其五,加迪斯的对话体叙事强调的是一种语言的碎片体系。语言成为无确定意义的能指游戏,丧失了明晰性和沟通能力,再现生活在后现代这样一个分裂社会的个体,他们的人生经历破碎分裂,以致他们的话语破碎,他们的人格也是分裂的。

最后,加迪斯独特的对话方式消解了传统上艺术与生活、小说与戏剧之间的界限。

加迪斯的作品拒斥了现代主义者所认为的艺术品是自给自足的美学体系的主张。他的作品呈开放式,受到日常生活各种可能的干扰。美国文学评论家斯蒂芬·斯莱耶(Stephen Schryer)认为,他的小说经常呈现出各种系统濒临混乱的现象,需要一位维持秩序的观察者来解读文本意义,因此,读者"变成了第二秩序的观察者,可以洞见人物的盲点,但是无法完全了解他们的世界。在他的小说中,加迪斯把不同人物的不同观点并置起来,促使读者自己去选择。"②因此,加迪斯小说中问题的不能解决性可以被当成是一种具有生产性的、富有成效的含混,这是了解加迪斯后现代小说创作的关键。

对于后现代主义文学而言,文本的存在形式往往决定着读者的阅读形式,而阅读方式的选择又决定了读者对文本的解构程度。加迪斯的对话体小说不仅诠释了后现代狂欢化语言的特性,同时还在创作上阐释了罗兰·巴特的"作者之死"思想。所谓"作者之死"是巴特针对传统批评中的作者中心主义提出的后结构主义文本观,主张不再将文本视为一种自足的封闭系统,而是将其看

---

① Marvin J. LaHood." *A Frolic of His Own* (book reviews)." in *World Literature Today*. Autumn 1994 V 68 n 4P:812.

② Stephen Schryer. "The Aesthetics of First and Second Order Cybernetics in William Gaddis's JR." *Paper Empire: William Gaddis and the World Systerm*. Eds. Rone Shavers and Joseph Tabbi. Tuscaloosa: University of Alabama Press, 2007:79.

作是一个具有开放性结构的"多维空间",一个各种观念和各种意识相互碰撞的"文化场域",将作品解释权由作者转移到读者,由此解构了作者权威。加迪斯同样持有读者中心主义的观点,他将文本视为一个开放的"多维空间",将解释文本的权力交给读者一方,文本只有待读者阅读和思考之后才能逐渐完成。在加迪斯的作品中,与解释事件的状态相比,他对原原本本呈现事件的情形更感兴趣,在此情况下,我们不能期待作者做出任何其他评论。

哈桑在描述后现代写作的美学特点中提到表演和参与是创新艺术的天生特点。他写道:"不确定性引起参与,沟壑必须填补。不管是言语的,还是非言语的后现代主义作品都欢迎表演,希望被书写,被修改,被回答和演出。"①

传统叙述以情节、场景和人物作为写作范例,后现代主义作品以自身的组织原则,如非作者干扰和不确定性写作打破这一惯例,文本的"沟壑"等待读者去填补,但同时势必给读者造成困惑。加迪斯在他的叙述中隐去了传统的作者干预,制造出迷惑感与混乱感,使读者身陷无限不连贯的对话构筑的巴别塔里。加迪斯所做的是让自己的艺术创作同形成其赖以生存的巨大社会系统和社会结构相协调,读者通过阅读、聆听、关注他纳入小说世界的多重声音,可以更加深入地了解这个社会。他要让读者明白文本为了某种特别的创造性目的,以一种特别的组织形式传达出这个意义。他在第一部小说《承认》中安排了这样一个情节:怀亚特得知妻子要去同一位重要的诗人会面时,并无冒犯之意地说:"这种想同最新的诗人见面,同他握手,想要抓住最新画家的激情被吞噬了。是什么东西,还有什么他们想要的东西不能从他的作品中得到呢?他们期待得到什么?当他完成作品之后他还能留下什么东西呢?任何艺术家难道不是他的作品留下的渣滓吗?难道不是围绕在他作品周围的残渣渣吗?"(R 95~96)加迪斯相信福罗拜所说的"艺术家应该做到让他的后代相信他从来没有存在过"。② 加迪斯不愿意读者像猎人一样,把从文本中猎取到的作者信息当战利品。他希望读者能明白文本是为了某个特别的目的而创作的,读者需要在阅读和赋予文本意义的过程中扮演积极角色。加迪斯以此告诉读者:"文本的意义并不是先于阅读之前存在的一种形式化的理解,也不是阅读

---

① Ihab Hassan. *The Postmodern Turn: Essays in Postmodern Theory and Culture*. The Ohio State University Press, 1987:171.

② William Gaddis. *Agapé Agape*. New York: Viking Penguin, October 2002:128.

第五章　加迪斯的后现代主义艺术手法

之中产生的一种概念式的理解,与协作诠释的行动是不可分开的。"①加迪斯以此提醒读者在当代生活的混乱之中,与其陷入寻找意义的痛苦和迷茫之中,不如像爱德华·巴斯特所说的:"直到你付诸行动,没有什么是值得做的事。"(JR 715)。同样,只有阅读这个行动本身才能赋予文本意义和价值。我们看一下《小大亨》是如何"通过隐去作者干扰,将戏剧表现的原则扩展到终极的构架",②以期说明在释义期待上,读者该如何走进加迪斯建构的语言世界,如何解读他的信息。

由于《小大亨》中的大部分声音都是直接引语,没有足够的面部表情描述,小说的复杂性并不在于其主旨,而在于这两个问题:"谁在说话?""他或她在说什么?"因此,加迪斯留下了文本的"沟壑"要求读者填补,正如评论家约翰·约翰斯顿所说:"《小大亨》在对读者的要求方面甚至超越了最难读懂的,最反传统的现代主义小说。"③沃夫冈·伊瑟尔对隐含读者的要求是"必须离开所熟悉的环境,进入未知世界"。④尽管加迪斯的叙述干扰非常有限,但他还为细心的读者提供了一些模糊暗示,以使他们在说话者第一次出现时就能记住其身份。《小大亨》中人物的个人习语代码、个人特质、特定的话题有利于读者辨别说话者。例如,在校长的办公室有一类人相互交谈,加迪斯不是依靠传统小说中的"某某说",而是通过言语风格来辨别说话者。

　　——在使校内电视的潜在用途充分发挥方面……(校长怀特贝克)
　　……
　　——是啊,他们有一些嗯,一些技术上的困难,丹,这个基金会的项目专家指出了几个嗯……(校长怀特贝克)
　　——用简单直白的话说丹,你可能会说他在明确这一对一指导媒介的潜在用途方面建构了这一物体,如此意义重大的学习经验使得这些孩

---

① Gregory Comnes. *The Ethics of Indeterminacy in the Novels of William Gaddis*. Gainesville:University Press of Florida,1994:118.

② Carl D. Malmgren. "William Gaddis's *JR*:The Novel of Babel." In his *Fictional Space in the Modernist and Postmodernist American Novel*. Lewisburg:Bucknell University Press,1985:118.

③ John Johnston. *Carnival of Repetition*. Philadelphia:University of Pennsylvania Press,1990:198.

④ Wofgang Iser. *The Implied Reader:Patterns of Communication in Prose Fiction from Bunyan to Beckett*. Baltimore:Johns Hopkins University Press,1974:161.

子长时间都不会忘记,怀特贝克怎么样。(吉布斯)

——是啊,那个嗯,我觉得吉布斯先生已经讲得很清楚了,丹,当然了。

——他说的迷信的意大利人,你听到了。(佩西)

——我确实听到了,参议员,你听到了,不是吗,吉布斯?吉布斯先生?(梅杰上校)

——我当然听到了,梅杰,我……(吉布斯)

——你干吗坐在这,和一个,好像你觉得这些很有趣,你觉得我们的国会议员是来被冒犯的吗?(梅杰上校)(JR 47)

读者可以借鉴以下要素辨认说话者的身份:说话者的口头禅、语气和语调、感兴趣的话题和其他一些提示。读者知道怀特贝克校长喜好重复的话语和冗语"嗯",是为了向参议员佩西介绍学校的教育电视项目。吉布斯加入谈话,只有非常细心的读者才能注意到他在模仿怀特贝克说话的调子。丹被任命为技术顾问。吉布斯说意大利人很迷信,梅杰少校谴责他冒犯了参议员佩西。读者注意到怀特贝克表达自己的独特方式。他试图通过不自然的表情架势和腔调说"嗯呣"和不可理解的行话,如"公共关系方面,建构,利用(Prwise,relationwise,tangibilitating)",想给人们留下他很重要的印象。大部分角色的口头禅是可区别的。如小说中对"熵"和"恩培多克勒"的评论,杰克·吉布斯总是使用不得体的"他妈的"表达对荒诞世界的反抗,而他最感兴趣的话题是未完成的作品《爱筵开裂》。汤姆·艾根喜欢的口头禅是"见鬼(damn it)"。简洁的描述性语句,如"一堆账单、破纸片、一根铅笔头和一块脏兮兮的手帕",总是伴随小大亨的出场。他的个性话语是"holy shit, listen hey, I mean, you listening(他妈的、听、嗨、我是说、你听着)"等。他对他的小大亨企业家族、集团合并和课税感兴趣。喜剧人物丹·迪塞法利斯总会重复一个动作,看到房间没人,就把开的灯全关了。"Foyer, hall, bathroom, foyer, closet, side door, snap, snap, snap snap(门廊、走廊、浴室、门廊、内室、边门啪嗒、啪嗒、啪嗒、啪嗒)"(JR 55)。作为小大亨的商务代表,爱德华·巴斯特主要负责JR商业中的道德规范,把业余时间投入依据丁尼生的《洛克斯利大厅》创作的歌剧中。爱德华·巴斯特的两位老姨妈总是被拓宽街道的捶打声所困扰,沉浸在对家族故事的讲述中。

读者不仅要鉴别说话者的身份,重建他们不完整而频繁被打断的对话,还得弄清楚场景的转换。在加迪斯的作品中,几乎没有描述性话语,如果有,也很有限，并与对话混淆，没有明显的界线。连续不断的、能指与所指在分离状态下的对话给期待意义连贯性的读者带来又一严重问题。读者找到阅读出路的一个方法就是解读微妙的过渡语句，利用隐含的文本，重建小说场景，为阅读小说提供阐释语境。

在《小大亨》这部"美国就是关于什么，无外乎是废物处理"(JR 27)的小说中，加迪斯展示了高度发达的后现代社会是一个被异化的世界。在这里，环境恶化，大量生产、大量消费产生大量废弃物，媒介噪音、通货膨胀、欲望膨胀充斥其中，加迪斯寻找到揭露这种噪音过度的语言，来自各处的声音总是明显地渗入天衣无缝的文本中，包括各种背景噪音，如伐树声、冲马桶的声音、收音机和电视的声音，还有说话者无意义的废话产生的噪音，这些使读者陷入不和谐的噪音之中。对于读者来说，噪音就像品钦的《熵》中索尔的抱怨一样，"模糊，冗余，不相关，甚至是泄露"。"所有这些都是噪音。噪音加强了信号，促进了循环中的瓦解。"①如果读者想弄清话语的实质，必须与文本中的熵抗衡，从混乱中寻求话语本质。以下引用《小大亨》中一整段的熵噪音，说明读者应该如何成为文本的合作者。

  铃响了，衣物柜一个个"砰砰"地关上，每个拐角处的时钟相互看不见却一样滴答滴答地让时间一分钟一分钟地逝去，当衣物柜"砰砰"地关闭时沿着一条条走廊汗水的浪潮升腾，标着"男生洗手间"的那扇门"砰"地一响，又"砰"地一响。——喂后面拖把旁边的，你有那些红色的小东西吗？
  ——没有我有这些绿色的，它们是一样的不过你得要三个。
  ——多少钱。
  ——三个一共半美元。
  ——黄的那个是什么。
  门"砰"地一响。——嘘，那是巴兹他们有没有真的……
  ——嘘……
  门"砰"地一响。
  ——来和我一道去撒尿吗，怀特贝克？我在请你呢。
  ——哦教练，我一直在咂姆，找你……
  ——我正在这儿老地方干着这事呢……可以听见一声长长的冲

---

① Thomas Pynchon.*Slow Learner*.Boston:Little,Brown and Company,1984:77.

水声。

(JR 174)①

这是《小大亨》中的典型段落,详细真实地记录了每一种噪音,没有等级区分,呈现给读者的只有背景噪音和不连续的对话。读者的耳朵充斥着许多刺耳的声音。只有有信心、充满想象力的读者才能筛选信息中的噪音,聆听实质性的对话:在课间休息时,沃格教练和怀特贝克正巧在男厕所碰面,他们无意中听到了一位名叫巴兹的男孩关于毒品交易的闲聊。所有人物的活动都是幕后进行的,读者看不到,却能够领会到。整个阅读过程正如在做阅读理解题,随着线索的提示,作者将文本的整体意思联系起来。

以加迪斯的标准来看,《承认》堪称其作为作者侵入最多的小说了,然而,其中仍然包含着相当多的省略性对话。

——奥特?
——什么?
——你……没什么但是,我更喜欢你是个男孩子。她站在马桶旁边放护垫边说:
——那些警告我们脆弱的女人在我们表现出力量离开他们之后,往往最惊讶。
——我……
——我们……
——你……
——伊斯特?
——艾勒里?……奥特?奥特走了,伊斯特站在马桶边取下护垫边说。——他去了中美洲,在一个香蕉园工作。(R 151~152)

面对加迪斯省略极多的文本,读者必须细读文本中所呈现的零零散散的暗示,才能填补缺失的信息。我们知道怀亚特先离开伊斯特,后来伊斯特遭到奥特遗弃,又被愚钝的广告职员艾勒里所占有。以上省略和混淆揭示了伊斯特复杂的情感,恍惚中,她将艾勒里误认为是以前的恋人。

---

① 威廉·加迪斯:《小大亨》,朱叶等译,凤凰出版传媒集团、译林出版社2008年版,第272页。

第五章 加迪斯的后现代主义艺术手法

加迪斯的小说邀请读者成为参与者,他称把所有信息提供给读者的小说为"糟糕的作品",①这与德里达的"文本之外没有任何东西"的观点一致。他强烈抵触为观众提供过多信息的电影和戏剧。在《小大亨》中,吉布斯向巴斯特抱怨人们不愿费力气阅读难懂的作品。他愤怒地说道:

  问题是大多数该死的读者宁可看电影。注意这里,给它带来某些东西,问题是,大多数该死的作品是写给那些幸福完美的读者们看的。他们宁可去看电影,他们空着手进来,以同样该死的方式出去,我告诉了他什么?巴斯特。请他们他妈的稍微努力点想让别人帮他们把每件事都做好,他们起床后就去电影院(*JR* 290~291)②

信息泛滥的媒介时代使影像文化浸透了现代社会空间,以视觉为中心的形象普及的文化使这个世界变成了一个超越文字的世界。小说作为一种局限于传统纸质媒介的文学现象,面对新崛起的各种媒介,尤其是影视,传统的语言叙述早已陷入困境,小说逐渐丧失了其固有的地位,没有谁能够坐下来安安静静地阅读文学作品,更不用说阅读厚重艰涩的著作了。

加迪斯在《诉讼游戏》获得国家图书奖发表获奖感言时,斥责消极接受信息、一味作为消费者的影视受众。他说:"我似乎觉得现在媒介以各种形式给我们带来灾害,当然最主要的是电视,旁叙人那没完没了的讲解、忏悔,蒙特尔·威廉姆斯的脱口秀。真的,这个单子是列不完的,其中的一部涉及最悲惨的人类活动,那就是从来不能离开打印书页的活动。"③但是他的批评并不只是针对电影,而是针对读书风气每况愈下、影视媒介对书面阅读造成威胁的社会现象。加迪斯坦言:"我觉得小说家是介于读者和书页之间,而不是读者和作者之间的。"他曾听过自己的好友作家威廉·H.加斯朗读他的小说,承认加斯做得很出色,但他质问读者:"难道你们更不喜欢单独留在家里阅读美好的一页,而是喜欢我插进来破坏它吗?"在这次演讲中,加迪斯引用20世纪媒介理论家马歇尔·麦克卢汉(Marshall Mcluhan)关于热媒介和冷媒介的定义:热

---

① Miriam Berkley. "PW Interviews: William Gaddis." *Publishers Weekly*, 12 July 1985:56.

② 威廉·加迪斯:《小大亨》,朱叶等译,凤凰出版传媒集团、译林出版社2008年版,第450~451页。

③ William Gaddis. *The Rush for Second Place*. New York:Penguin,2002:131.

媒介就像电视,它清晰度高,因为它填满了如此多的数据,观众除了被动接受以外无需带什么东西参与。而冷媒介,比如一本研究论文集,清晰度低,因为它提供的信息很少,把许多经验留给读者去补充。冷媒介要求高度参与,或者说是读者完成。加迪斯承认自己没有读者亲和力,总向读者提阅读要求,因此,很多评论家说他要得太多;甚至有一些喜爱他作品的人说这是苦差事,并不容易阅读。① 他承认他在写"给极少数人"看的书(JR 417)。加迪斯在《小大亨》中引用奥地利小说家赫尔曼·布洛赫(Herman Broch)的《梦游者》(*Sleepwalkers*, 1932),暗示他自己对读者参与作品意义诠释的要求。布洛赫认为小说是一种有意的构筑,他强调艺术所扮演的角色是让人们在破碎的世界中获得某种价值观念,读者的积极参与是构建文本意义的关键。被动的读者在阅读加迪斯的作品时会被言语噪音所困扰,面临着吉布斯阅读《梦游者》的同样困境:"如果不带点他妈的东西进来,是不能带走他妈的什么东西,不了解的地方还要查阅一下。"(JR 605)加迪斯强烈呼吁读者应从与作者的合作中获得满足,他的作品谢绝被动的读者,那些积极的、愿意花时间和精力与作者进行叙述感应的读者才能够倾听加迪斯混乱小说世界背后的真实声音。

(二)双声话语

巴赫金认为,"双声话语"是一种"微型对话",它"始终是叙述者与人物的混合或融合"。② 话语虽出自人物之口,却暗含对话性质,兼容了叙述声音和人物声音。"双声话语"表现为一句话具有双重意指——既指向说话人,又指向所说内容。对此,学者董小英从"双客体性"和"双主体性"角度进行了阐释:双客体,是指"在同一语句中暗含两个判断、指向";双主体,则指"暗含着说者与他人话语(第二个说者)"③。也就是说,"双声话语"可以实现这样一种叙事策略:叙述者借助他人之口,含蓄地表达自己的态度。美国文学教授华莱士·马丁指出,"双声话语"的建构取决于"不同的语言和透视角度的相互作用"。④ 双声话语是一种双重指向——既指向话语中的客体所指,如在日常话语中,也

---

① William Gaddis. *The Rush for Second Place*. New York: Penguin, 2002: 130-131.
② 华莱士·马丁:《当代叙事学》,北京大学出版社2005年版,第144页。
③ 董小英:《再登巴比伦塔:巴赫金与对话理论》,生活·读书·新知三联书店1994年版,第28页。
④ 华莱士·马丁:《当代叙事学》,北京大学出版社2005年版,第158页。

第五章 加迪斯的后现代主义艺术手法

指向他人的话语。双声话语的作者借用他人的直接话语,"在保留原话语者目的的前提下,在话语中注入新的语义"①,使话语具有作者的目的和意识。戏仿和风格化是最明显的两个例子,如果在同一话语中出现两种语义或者两种声音,那么,双声话语也可延伸至反语和隐喻类比。

从这些方面说,加迪斯小说都具有双声话语的特性。小说《承认》涉及点金术、巫术、艺术史、木乃伊、医学史以及神话等博大精深的领域,其中戏仿式的引用和暗指可视为双重话语的显著例证。正如多米尼克·拉卡普拉(Dominic LaCapra)所说:

> 威廉·加迪斯的小说《承认》可以看成是米哈伊尔·巴赫金所说的复调小说的缩影,其中异质的、支离破碎的、经常陷于混乱之中,间或不和谐的话语进行复调演奏,与社会和文化中的对抗声音,不和谐的可能性一起恣肆狂欢,既庄严又诙谐,充满各种挑衅与矛盾。②

双声话语的拼贴成为后现代主义文本实现两种思想、两种观点、两种效用在一个意识层面上进行交锋和交错的方法之一。所有已知小说要素,诸如事件、人物、发展,都已不再是准确无误的,或者是单一方面的,而具有了两种或者更多的效用。加迪斯在小说《承认》的创作手记中写道:"我想这部小说将不得不踏上航海之旅,包括所有那些当代的神话和隐喻。"③加迪斯的《承认》正是借用众多西方文化典故以及文学作品中的引用,并将这些引用片段植入小说人物的对话中,如《浮士德》神话、艾略特的《四个四重奏》、第三世纪的《克莱芒的承认》、但丁的《炼狱》、荷马的《奥德赛》,以及弗雷泽的《金枝》,这些作品与作者或者小说人物的意识并存,不断地接纳诠释者,并围绕着诠释者再做诠释,帮助确立主题样式、深化小说的思想内容。

---

① Mikhail Bakhtin. *Problems in Dostoevsky's Poetics*. Ed. and Trans. Caryl Emerson, Minnespolis: University of Minnesota Press, 1984:189.

② Dominic LaCapra. "Singed Phoenix and Gift of Tongues: William Gaddis's *The Recognitions.*" *Diacritics* 16.4 (Winter 1986):33—47. Rpt. In his *History, Politics, and Novel*. Ithaca: Cornell University Press, 1987:35.

③ Peter W. Koenig. "Recognizing Gaddis' *Recognitions.*" *Contemporary Literature* 16 (Winter 1975):23.

评论家大卫·麦登(David Madden)声称《承认》的主题是对宗教信仰的探寻"。① 这部小说表达了第二次世界大战后,人们对上帝和基督教的绝望,丧失了对制度化宗教的信仰,因为上帝无法履行他救主的职责。加迪斯以双声话语探讨了当往昔信仰的确定性让位于怀疑的痛苦之时,应该如何为生活找到目的和意义,找到新的信仰。和普遍的、单一集体专制相反,后现代倡导多元事物构成的多样性,用以取代一种单一话语。同样在宗教问题方面,加迪斯并不打算让后现代的人们受囿于一种单一的制度化的宗教教条之中,而是倡导以多元的信仰回应单一神启宗教的专制。正如评论家约翰·苏特(John Soutter)所说:"在加迪斯的创作生涯中,他极为关注被当作真实的虚构,或者用《承认》所用的措辞,把'面具'假想为现实(R 3)。"②他认为德国现代哲学家汉斯·费英格(Hans Vaihinger)的《仿佛哲学:人类理论、实践和宗教虚构系统》影响了加迪斯在小说中表达的宗教思想。费英格发现宗教创始人的原始教义被他的信徒,尤其是保罗变成了一种信条,把"仿佛"变成了"那个"和"因为",虚构在意识层面上是为了某种目的,而在潜意识中却被认为是无可辩驳的真理,变成了一种坚定不移的信念,因此也是贬值的教条。加迪斯在《承认》中以双声话语质疑基督教这个创造物的真实性,以此说明"上帝""灵魂""神创论""复活"和"最后审判"等都是虚构伪造出来的,只是一种构建,出现在我们的头脑中,是一种想象的目的论。奥特·皮夫纳说道:"我们只好生活在黑暗之中,把假定的当成真实的。"(R 120)皮夫纳的这句话指涉了费因格的"仿佛哲学":"基督教原本就是一种有意识的虚构,被转换成信徒的无意识的虚构,这种虚构就是上帝是我们的天父,把上帝当成是你的父亲,好像他在天上一直注视着你,成为你一切活动的外在观察者。"③加迪斯借皮夫纳之口表达了自己对制度性基督教的看法。加迪斯认为,任何对人类话语具有传达意义和情感能力的有条有理的解释其实都是建立在上帝存在这种假设之上,他在关于

---

① David Madden."On William Gaddis's *The Recognitions*." *Rediscoveries*.Ed. David Madden.New York:Crown,1971:300.

② John Soutter. "The Recognitions and Carpenter's Gothic: Gaddis's Anti-Pauline Novels." in William Gaddis. *"The Last of Something": Critical Essays*. Eds. Crystal Alberts, Christopher Leise and Binger Vanwesenbeeck, Jefferson, N.C.: McFarland & Co., 2010:115.

③ Hans Vaihinger.*The Philosophy of "As if":A System of the Theoretical,Practical and Religious Fictions of Mankind*. Trans. C. K. Ogden. New York: Barnes and Noble,1966:264.

第五章 加迪斯的后现代主义艺术手法

宗教的论述《老冤家新面孔》中写道:"虚构是获得某种真实的方法:我们编造虚构好让我们度过夜晚,或者,因为对绝对理念的怀念,我们拥抱启示,把它当成终极真理。"[①]因此,如果上帝不存在,我们也要把他造出来。被基督教的一元性、神圣性和服从权威的教条所困扰,皮夫纳放弃质疑,说道:"我相信耶稣就是为我而死。"(R 121)加迪斯以小说人物皮夫纳、哲学家汉斯·费因格和作者本人之间的双声话语对话关注被当作真实的虚构,以此阐释后现代世俗社会的人们为了在非理性、无序的世界安宁地生存下去,必须抑制自己的第一手经验,甘愿接受"虚构"与谎言,以便更容易适应别人强加给他们的要求。读者需要找出显性的表面文本和隐性的深层文本之间的承接和互补关系,探讨其中循环式的对话关系和指涉含义。

与皮夫纳不同的是,怀亚特发现在充满赝品的世界里,要获得第一手的宗教体验非常艰难,怀亚特探讨的是一种不受保罗的神学约束,也不受教堂的牧师和其他神学家的想象约束的宗教体验。

例如,怀亚特在决定回家与父亲团聚的前夜,对艺术批评家巴西尔·瓦伦丁说道:

> 现在记起来了吗?骑上一匹母马,记得吗?脖子上绑着锚?扔下海,被水妖缠住了,殉难了,记得吗?在那神圣之海。这儿,也许我们能够被救赎。你读过伊斯兰哲学家阿威罗伊的作品吗?我的意思是,我们为了要弄明白,是不是该有信仰?或者为了成为得人之人。听,你们明白吗?我们是得人之人!在这块岩石上,记得吗?我将让你成为得人之人?在腓力比。是的,同保罗在一起,到腓力比。(R 382)

怀亚特的话语是双向的,具有双重指涉,既指向日常话语中的对象,与自己、与艺术评论家瓦伦丁的对话,也指向了小说内部深层的宗教探寻的话语语境。他运用怀疑、嘲讽和反语重复《圣经》中的语句表达,使语义由已知拓展到未知,为话语注入了新的意义,并用这种方式进行了反讽。《马太福音》中,耶稣说:"你是彼得,在那块岩石之上我将修建我的教堂"(《马太福音》16:18);在此之前,耶稣曾告诉彼得和他哥哥安德鲁:"跟随我吧,我将使你们成为得人之人"(《马太福音》4:19)。在《使徒行传》(27:44)中,保罗前往罗马,船碰到惊涛骇浪,保罗安慰众人无人会丧命,只是这艘船保不住了,于是就把锚丢在海里,

---

① William Gaddis.*The Rush for Second Place*.New York:Penguin,2002:107.

船头搁浅,船尾被大浪撞裂,全船人安全上岸。接着在《使徒行传》(16:33)中,保罗受到幻象启发,启程前往腓力比,在那里他与教众一同被关进监狱。他们夜间的祈祷和咏唱引发了一场地震,地震摧毁了监狱,牢门立刻全开了,囚犯的锁链也松开了,事后罗马当局要求他们离开,保罗传教宣扬基督。怀亚特发现了基督教中伪造的上帝概念和基督教的衰微:为了使人服从上帝的意志需要"启示",然而,"上帝启示的世界"没有在现实生活中应验,充斥着道德说教的基督教压抑了个人体验,只是纯粹想象和虚构。既然宗教是最伟大的虚构,为什么不放弃传教士职位,反对神职,选择艺术的自我体验?于是,与奥特·皮夫纳认为"我相信耶稣就是为我而死"(R 121)不同,怀亚特质问:"父亲,耶稣基督是不是为我而死?"(R 440)怀亚特想到的是不能盲从,在与不择手段的艺术投机商布朗和艺术评论家瓦伦丁相处的过程中,他慢慢认识到当下社会无所不在的伪造。怀亚特在极度的精神困惑之中,打算背负救赎使命,回家重拾教职。他援引《圣经》揭示其内心的冲突:他是否该有对基督的信仰?耶稣是否会使他成为得人之人?人的灵魂能否被拯救?怀亚特引用耶稣和其信徒保罗的对话,其中蕴含着自我与他者的对话和互动,通过这种反思性的对话,以个体形式赤裸裸地面对上帝,在"罪"与"赎"的紧张感中,怀亚特发现基督教是一元的、神圣的,与遵从权威紧密相连的,是一种有意识的虚构,因此必须寻找一种替代上帝的精神救赎。

怀亚特在对艺术的探索中发现了艺术创作超越世俗的可能性。他说道:"太好了,感谢上帝,感谢上帝可以锻造金子。"(R 689),加迪斯称理解这句话是理解这部小说的关键所在:"这里有金子可以锻造恰恰指的是在一个没有绝对性的世界里生活的勇气。"①怀亚特的双声话语带有浓厚的宗教感悟意味,把点金术作为内蕴丰富的象征。他通过对艺术的追求把信仰内在化,获得一种精神上的顿悟,体会到新的人生。加迪斯借怀亚特之口,含蓄地表达了对救赎的态度。怀亚特并不只是一个特立独行的艺术家,而是一个关心普世价值,有着精神追求的艺术家的一员。对他来说,艺术并不是生活的点缀或附属品,在最深沉和最真实的意义层面,艺术就是生活本身。艺术家就像牧师一样,背负精神救赎的责任,实现其艺术人生和艺术救赎的主张。然而,要获得生命的意义,就必须认真地生活,经历所有的一切(R 896,898),因为生活就是经历,要认真地活下去。《承认》中的双声话语展现了分裂的自我,即通过两个有着

---

① Steven Moore.*A Reader's Guide to William Gaddis's* The Recognitions.Lincoln:University of Nebraska Press,1982:294.

对抗意识的镜像,表现一场来自隐秘的内心世界叩问自己灵魂的论战,最终实现一种顿悟,或者说"承认"。正如彼得·沃尔夫所说:"对加迪斯而言,智慧并不在于哲学、精神分析的知识,或者智力上所取得的成就,而是从生活经历中获得的感悟,也就是经历生活。"①

斯蒂芬·莫尔在评论《承认》时说道:"面具和镜子在小说的意象中占有重要地位,它们具有荣格在《身份完整》中所说的心理价值。"②尽管《承认》以主人公怀亚特的追寻之旅作为中心,但是他在小说中变得越来越缄默,甚至一度消失。加迪斯有意通过其他人物,奥特、安瑟姆、瓦伦丁、斯坦利、埃斯米、西尼斯特拉展现怀亚特的多重自我,因而在这些人物的话语中总有一个类似怀亚特的对抗声音,表示可以实现更多的自我,援引加迪斯的话,即为"没有被他者杀死的独创性自我,瓦伦丁被理性所杀,布朗为世俗得失所害,奥特被虚荣与野心所困,(绊住)斯坦利(的是)教会,而(困住)安瑟姆的则是宗教"。③换言之,我们可以认为怀亚特是弗洛伊德三重人格中的超我,是将社会道德准则内化的那部分心灵。奥特则是他的另一个自我,是个性的另一面、被抑制的潜意识,两种声音所形成的对比更丰富地表现了人物的内心感受,促使人物去反省。志向远大的剧作家奥特·皮夫纳在其戏剧《浮华时代》(*The Vanity of Time*)中挪用了怀亚特的话语,该剧名据称取自格里扬牧师在梅姨妈葬礼上的布道词,后来被奥特在怀亚特的物件中发现。奥特模仿怀亚特语言举止的描写散落在整部小说中。他同怀亚特前妻伊斯特最后的对话是怀亚特同自己前妻对话的回音。奥特对伊斯特说"四下看看,这好像没有什么值得做的"。(R 620)同先前怀亚特与其前妻所说的"这里似乎没有……特别多需要做的"(R 589)相当。通过这种方式,在伊斯特与奥特超我的对话中,奥特的声音实现了双声话语。加迪斯让分裂的自我同时与其他自我对话,充分显示了人物的内心矛盾。从现代主义作家到后现代主义作家,他们笔下的自我在越来越熵化的世界中充满虚无,遭到挫折,精神变得越来越分裂。

---

① Peter Wolfe.*A Vision of His Own:The Mind and Art of William Gaddis*.Madison & Teaneck.NJ:Fairleigh Dickinson University Press,1997:16.

② Steven Moore.*William Gaddis*.Boston:Twayne,1989:20.

③ Peter W.Koenig."Recognizing Gaddis' *Recognitions*." *Contemporary Literature* 16 (Winter 1975):100.

（三）话语的异质杂糅

评论家约瑟夫·塔比指出："对加迪斯来说，小说家的任务并不是以每位读者所能领会的剧本代替对人本主义基本漠视的（语言）阴谋；立即澄清或解释语言的复杂性也是不可取的，小说家应该完全栖息在这种语言的复杂性里，使人们接触决定我们生活状态的程序和技术语言，了解技术语言如何形成我们的国家、公司制度以及我们的文化。"①对加迪斯来说，美国与其说是一个国家，不如说是许多行业的综合体，每一种行业都有自己专门的语言和功能上的分化，"每一种职业都是对公众的阴谋，每一种职业都以自己的语言保护自己"（CG 284），小说家必须掌握这些语言的复杂性，暴露使用技术语言的阴谋。

加迪斯小说的语言类似录音记录下来的话语，最突出的话语结构是异质杂糅或者不同体裁话语的并置。这种话语的异质杂糅是众多话语，包括社会学、经济学、法律、政治、科学、宗教和文学等的艺术交响，其中没有一种话语占主导地位，各种话语的地位相当。詹姆逊对这种语言的私人化描述道："每个群体说着属于它们自己的难懂的私人语言，每种专业发展其私人的规矩或语汇，而最后每个个人变成一个语言孤岛，隔绝了所有的人。"②

小说中，话语的异质杂糅使加迪斯成为"小说史上最伟大的对话体小说家"③。在巴赫金的对话理论中，这种话语的多样性被称为"众声喧哗"（heteroglossia）或"杂语"（heteroglot），指的是各种不同的社会言语（有时甚至是不同的语言）和个人的各种不同声音的艺术组合。巴赫金对这种话语的多重性作了如下总结：

> 任何一种民族语言都有内在的社会分层，具有突出的群体行为表现，它包含行话、语类语言、世代使用的语言、不同年龄群体的语言、引发争论的语言、官方语言、各种不同圈子的语言和一时流行的时髦用语……这类

---

① Joseph Tabbi. *Nobody Grew but the Business: On the Life and Work of William Gaddis*. Evanston: Northwestern University Press, 2015: 184.
② 詹姆逊：《晚期资本主义的文化逻辑》，张旭东编，陈清侨等译，生活·读书·新知三联书店 2013 年版，第 328 页。
③ Steven Moore. *A Reader's Guide to William Gaddis's* The Recognitions. Lincoln: University of Nebraska Press, 1982: 6.

小说，否认了单一语言的绝对权威，表现了伽利略的语言感知观。①

这种语言感知观犹如伽利略的"地动说"：自我（地球）不是世界的中心，而是与周围的世界一起在动。伽利略的语言感知是一种语言的认知模式，不是把单个话语看作一个独立、固定的个体，而是看作一个在与他人话语的互动关系中形成的"关系体"。

《小大亨》揭示的是一个混乱无序的世界，用恩培多克勒的话来说，就是一个由憎统治的世界，我们发现小说中有许多关于人的肢体失去统一性和平衡性的描写，其中的语言也是由异质杂糅的话语组成的。《小大亨》可以被认为是一部"把各种声音拼贴誊写下来的小说"②，包含广告、大商业、政治、政要行话、小学生和街头浪人的俚语、潦倒艺术家的谵妄性呓语。《诉讼游戏》"像一个自给自足的谈话世界"③。《小大亨》中的官方话语突出的表现如律师科恩经常挂在嘴边的法律术语，他的语言特征就是自我指涉和自我衍生。这里引用一段科恩律师最具代表性的话语："很可能需要你们二位和令兄詹姆斯关于爱德华出生前他和前述内莉同居时间的证词，因为这仅仅是基于初步证据的假定父子关系的证实、合法性的推定即由此得到，就可以支持所举证据并可以确立合法的身份和继承权，如果举不出关于非法性的证据认定合法性的责任就不会转移因此当能够驳回他对继承权诉求的直接证据和有效证据。"(JR 10)④但是，安娜和茱莉亚·巴斯特这对老姐妹的漫谈与律师科恩所提的问题毫无关系，她们完全搅乱了对话，甚至在科恩有意告诫之后仍把科恩"Coen"念作科亨"Cohen"，只好说道："科亨先生，我向你保证没必要这样谈下去……"(JR 10)这样，科恩的法律行话便降至一种纯粹的自言自语。在小说《诉讼游戏》中，律师和法官在审判过程中的法律意见和语言游戏也充斥着加迪斯精彩的法律行话，这些行话揭示了法律只是一件由晦涩难懂、反反复复的法律行话编成的织品，很难帮助人们寻求公正。

---

① Mikhail Bakhtin. *The Dialogic Imagination: Four Essays*. Trans. Caryl Emerson and Michael Holquist. Austin: The University of Texas Press, 1981: 366.

② John Johnston. *Carnival of Repetition*. Philadelphia: University of Pennsylvania Press, 1990: 197.

③ Steven Birkerts. "*A Frolic of His Own* (book reviews)." *The New Republic*. 7 February 1994 V210 6.29.

④ 威廉·加迪斯：《小大亨》，朱叶等译，凤凰出版传媒集团、译林出版社 2008 年版，第 13 页。

在《小大亨》中，加迪斯以小说中的官方人物——校长怀特贝克的话语戏仿白宫政要的政治新语。怀特贝克先生的话语官腔十足，迂回难懂，满是赘述冗辞，从其与地区监管韦恩的一小段话中可窥一斑："是的嗯当然我们呃哼，在社区关系方面也就是说维恩你不得人心没有呃哼，那位弗雷斯女人是怎么解释的是的没有社区的支持当然她有表达的天赋我的工作就是呃哼……"(*JR* 220)加迪斯对独断专行的官僚主义通过发明新词操纵语言的描写入木三分。

《小大亨》中也充斥着商业噪音，这些噪音体现在凯茨州长、蒙克利夫和商业经纪人的话语中，满口都是"股份、逃税、贷款"等公司金融术语。同这些商人精打细算、物欲横流的商业行话，以及小大亨满嘴的校园俚语和拙劣的公司话语相比，杰克·吉布斯、托马斯·巴斯特两位失意画家则使用了高超的腹语术(ventriloquism)，即挪用他人诗文并将之糅入自己的诗文。杰克·吉布斯不完整、扭曲地挪用了艾略特《J. 阿尔弗瑞德·普鲁弗洛克的情歌》(*Prufrock*)和叶芝的《致一位徒劳无功的朋友》("To a Friend Whose Work Has Come to Nothing")(*JR* 131,398,605)的诗行。巴斯特的语言则经常暗指丁尼生《洛克斯利大厅》("*Locksley's Hall*")中的意象："山崩地裂，波浪滔天，电闪雷鸣，熊熊大火……"。加迪斯这种碎片化的引文式写作是表现人物分裂自我的技巧。除了形形色色的人物发出的不同声音之外，加迪斯也在小说中加入了多媒体世界的杂音，将电视、广播、录像机、磁带传出的各种声音混杂进异质的话语中，透过纸背，读者似乎能听到穿插到小说叙事中的广播。语言是社会成员相互交流的工具，世界的混乱必然影响到人类的话语，并导致交流的破坏，交流的破坏进而加速了文化的衰败。运用话语的异质杂糅消解一种话语，支配另一种话语的策略是加迪斯在创作时体现出来的语言观。他的作品揭示了语言面临的问题，语言也被熵化了，变成了陈词滥调的行话，一种自我调节的阴谋。语言与语言的对峙使得语言本身变成一种理论，这样，语言不再是原本的语言，它成了空壳，成为游戏。加迪斯站在他作品的背后，给予叙事中的人物足够的自由以发出各自的声音。这些不同的、对抗的声音表明了身份的多重性，诸多声部各自独立而不融合，颠覆了小说中代表作者统一意识的传统话语。不仅如此，加迪斯还运用语言的噪音喻指混乱控制了秩序，在这个世界中，熵控制了一切。这种冲突的分离力量不仅消解了人类关系，而且破坏了人类的交流。

(四)电话构建的叙事话语

现代科学技术给后现代文学理论带来了巨大的影响,后现代文本与科技文化的关系得以建立。在后现代,"当一个人的思想变松散自由至激昂"(*JR* 523)的语境中,文学艺术与科技的联系越来越密切,科学与艺术的联姻已在后现代主义作家的作品中明显体现出来。高科技的新发展成为他们艺术创作的丰富资源。一些后现代主义作家利用科技成果作为艺术创作的新素材,如库尔特·冯内古特、托马斯·品钦、约翰·巴斯和罗伯特·库弗都强调现代技术的重要性。他们运用科技成果作为艺术创作的新素材,多维度探讨了科学技术与人类社会之间的关系。还有一些作家利用计算机进行文学创作。自20世纪80年代末90年代初以来,一批美国小说家开始尝试将互联网上的超链接概念应用于创作实验,创作出令人耳目一新的超文本小说。它与传统文学相比,最突出的特点是通过链接互联,将声音、动画、文字、图像交融于一体,最大限度地打破传统平面印刷文本对叙事的整体性的束缚和作家对叙事的垄断,展开多向性叙事和阅读。它的随意性、开放性、不确定性、片段性、互动性、游戏性同后现代主义小说的艺术特色相吻合。可以说,美国超文本小说是后现代主义小说在科技文化环境中的新实验。然而,多数评论家尚未指出加迪斯在运用科技成果为新的创作素材这一方面所做出的重大的贡献。加迪斯在小说中对信息技术的运用,可以说是超文本小说的先驱。

加迪斯对通信设备的密切关注在同时代的作家中是无可比拟的。在《小大亨》中,对信息技术,如电话技术的应用,已成为叙述的主要方法,用以记录混乱的人类经历,加速文化熵的贬值。《小大亨》预示了文学文本与现代通讯方式,如电话、邮件以及其他电子媒体的联合,是超文本小说的先驱。在加迪斯的作品中,他运用现代媒体与虚构的小说世界进行互文,将多种不和谐的声音降至难以分辨的嘈杂声,要求读者在建构意义中以"合作者"[①]或合著者的身份参与其中。加迪斯独特的叙述暗示了文学需要从各个领域挖掘自身的材料,不只是从印刷的文学文本,还要从可读、可听等非文学媒介寻找新的表现方式。在《小大亨》中,杰克·吉布斯在写一部"关于秩序与混乱的书,一部关于机械化与艺术的社会史。"(*JR* 200)这本书搁置了10年,他重新提笔时发

[①] Gregory Comnes.*The Ethics of Indeterminacy in the Novels of William Gaddis*. Gainesville: UP of Florida,1994:36.

现有关本书的索引是从 1876 年开始的。加迪斯强调的 1876 年的这个细节很重要,因为这一年正是贝尔与他的同事试验了世界上第一台可用的电话机。电话机使人们的通讯联络变得快捷,然而,电话噪音足以把人逼疯,分散注意力,耗尽精力。正如吉布斯所说的:"有这么多该死的熵,这么多能量溢出。"(JR 244)电话就像炸弹一样轰炸着他。吉布斯写作这部书时总是被电话声打断,这是极具讽刺意义的,电话这一新发明反而成了毁灭因素,他所要写的社会历史沦为自己所要剖析的通讯社会的牺牲品。在《小大亨》和《木匠的哥特式古屋》中,电话、收音机、电视和报纸等同时代的自动化技术作为非文学媒介已参与小说中的人物经历,构成了作者复制美国社会现实的主要手段。

加迪斯在叙述中对电话技术和其他媒介的运用可归结为受到诺伯特·维尔纳的《人有人的用处:控制论与社会》的影响。维尔纳说道:"要了解社会,必须通过研究其所属的信息和通讯设备这一途径。"①正如品钦《拍卖第四十九批》中特里斯特罗的地下邮寄系统,加迪斯在《小大亨》中将这一通讯系统作为隐喻,指向更广阔的美国社会。在加迪斯的小说中,电话、邮件和录音机等现代通讯方式已成为传递小说人物声音和作品主题的中介。新媒介为加迪斯的小说创作带来了活力。玛文·拉胡德曾如此评价加迪斯运用各种声音的卓著能力:"威廉·加迪斯似乎是在用电话机写作,而非打字机。"②加迪斯尽量压制自己的声音,运用电话话语构建叙事的声音,刻画人物,揭示情节。电话叙事话语在《小大亨》中最具代表性。小说的大部分是通过电话话语叙述的,电话和邮件是信息传递的主要媒介。读者大多数时候不得不聆听大量人物的电话对话。弗雷德里克 R.卡尔评论道:"从来没有一部小说把如此众多的信息塞进电话,我们可以称这部小说为'电话小说'或者'邮件小说',在品钦《拍卖第四十九批》里这种特里斯特罗体系已有部分概述。"③小大亨中无处不在的电话话语,创造出无媒介对话的假象,这成为后现代主义小说中作者隐退的一个极好的表现手法。

评论界对《小大亨》里的电话对话褒贬不一。乔治·斯坦纳将这部小说比作"电话、交叉对话、拨号声以及干扰声,癌症似的混合在一起,是美国声音多

---

① Norbert Wiener. *The Human Use of Human Beings: Cybernetics and Society*. New York: Avon Books,1967:25.

② Marvin J.LaHood."*A Frolic of His Own* (book reviews)." in *World Literature Today*,Autumn 1994 V 68 n 4p.812.

③ Frederick R.Karl."A Tribune of the Fifties." *In Recognition of William Gaddis*. Eds. John Kuehl and Steven Moore.Syracuse:Syracuse University Press,1984:191.

语症的夸大,是一台疯掉的巨型电话总机",①而 J.D.奥哈拉则认为:"他(斯坦纳)是错误的……小说大部分对话非常精彩,精巧复杂,诙谐巧妙。"②加迪斯在《小大亨》中有意地运用电话话语是有其社会批评目的的。正如卡尔·马姆格伦(Carl D.Malmgren)所言:"电话话语已成为这部小说的重要隐喻。"③在信息时代,电话科技在信息的有效交流以及商业交易中扮演着重要的角色。为方便同巴斯特交流,小大亨在 96 街公寓也安装了电视电话。电话狂人凯茨甚至试图在他住院的病房内安装电话,这样,即便他在进行内耳移植时仍可进行商业交易。正如商业交易掩盖下的粗制滥造,无用商品的生产与流通一样,《小大亨》中电话交流造成的混乱效果与小说的主题相符。

《小大亨》是对金钱、赚钱、成功与失败的讽喻。加迪斯在作品中摒弃所有的叙事常规,通过电话传达小说中人物的声音并运用连续的噪音波传达小说的旨意。这种一方不在场的电话话语冗长累赘,毫无目的,长达四五页,经常演变为夹杂电视机、收音机杂音广告以及其他白色噪音的错乱独白,最终呈现的只有混乱。尽管通过电话的交流造成了一定的混乱,但是它却为小大亨进行商业交易提供了最便捷的方式。斯蒂芬·马坦尔(Stephen Matanle)敏锐地发现:"电话有效地消除了验证语言的可能,因为它将人类所有可能的交际渠道缩减为一种方式,即人的声音。"④电话隐藏了说话者的真实身份,人们只是对着通讯工具,而不是面对面讲话。可以说,加迪斯预见了个性化与没有人情味结合在一起的虚拟经济的操作模式。在互联网交易出现之前,小大亨选择通过电话进行交易,因为电话传递的仅仅是声音,他可以用破旧的手帕捂着话筒佯装成年人的声音与对方进行交流。小大亨在商业上的成功全凭电话这种不见面的交流实现。当小大亨要向内华达州银行贷款,买下海军过剩的餐叉时,海德家的小男孩告诫他,因为年龄的缘故,小大亨可能会有麻烦,小大亨

---

① George Steiner."Crossed Lines." *The New York*.26 January,1976:107.

② J. D. O'Hara."Boardwalk and Park Place vs.Chance and Peace of Mind." in *Virginia Quarterly Review*,Vol.52,No.3(Summer,1976).523-26.Rpt.In *Contemporary Literary Criticism*.Vol.19.Ed. Sharon R. Gunton. Detroit:Gale Research,1981:187.

③ Malmgren,Carl D."William Gaddis's *JR*:The Novel of Babel." In his *Fictional Space in the Modernist and Postmodernist American Novel*. Lewisburg: Bucknell University Press,1985:122.

④ Stephen Matanle."Love and Strife in William Gaddis' *JR*." In *Recognition of William Gaddis*. Eds. John Kuehl and Steven Moore. Syracuse:Syracuse University Press,1984:115.

回答：

> 我是说我妈妈总是在奇怪的时间段里工作我怎么知道她什么时候会走进来，嗯我是说这个债券和股票的玩意儿你没有见到任何人也不认识任何人你只是通过邮件和电话因为他们就是那么办事的没有人必须见任何人，你可以是这么一个住在某处厕所里的模样顶顶滑稽可笑的家伙他们怎么会知道，我是说比如所有那些在证券交易所里把所有这些股票互相买卖的家伙。他们才不管这是谁的，他们只要根据电话声音的指示做买卖就可以，他们为什么要在乎你是不是150岁。(JR 172)[①]

《小大亨》中还有一位叫格林斯潘的先生，从未出场，一些知情人称他为"小大亨公司快速发展的幕后操纵者"。(JR 711)小大亨的所有生意都是小大亨佯装成年人声音，通过电话在幕后进行的。加迪斯以电话构建的叙事话语说明"匿名"和"不带人情味"是商业上获得成功的关键，虚拟经济的交易更多的是依靠电话、邮件，甚至网络进行的，无需主体间的接触和视觉上的确认。

弗雷德里克·卡尔将加迪斯制造的文本"沟壑"称作"不可见性"。正是这种"不可见性"使《小大亨》成为一部令人生畏的后现代主义作品。

> 似乎只有从不知何处而来的词句才企图填补空虚。纸上的话语指出的并不是某物的存在，而是缺失的东西或可能存在的东西。我们把《小大亨》置于头脑中，我们所看到的物质只是对省略或看不到的主要因素的暗示；读者被迫思考的不是他或她被提供了什么，而是什么被保留下来了。[②]

评论家弗雷德里克·卡尔暗示，加迪斯的"不可见性"的目的是使读者与作品形成更为积极、参与度更高的合作关系，让读者负责发现文本中缺失的内容。《小大亨》的大部分对话都是空洞的声音和电话一头的声音，为读者提供了足够的空间去填补对话的空白。读者被迫去想象听不到的那一方的声音，

---

① 威廉·加迪斯:《小大亨》，朱叶等译，凤凰出版传媒集团、译林出版社2008年版，第268~269页。
② Frederick R. Karl. *Introduction to JR*. By William Gaddis. New York: Penguin, 1993: x.

赋予声音大杂烩下的文本物质性。以下是巴斯特与小大亨在电话中的一段对话。电话两端只有巴斯特这一头的声音被记录了下来，读者必须建构来自小大亨那一头的话语。

——喂，什么……？不这只是，只是有人送货来，这……不这不是，这是……不今天早晨送来了一只重的盒子我还没打开呢但是你让……人送来了什么……？不但是嘿我们干吗要一个电动拆信机？你一直在讲要低成本地经营企业什么……不但是你要是订购每个……不我知道你想让它看起来像个现代化的企业但是我一直在告诉你我……不好吧！但是听着这一串弗吉尼亚等我听的电话留言是关于各种各样的……不是那个经纪人克劳利关于一个意大利名字的医药公司叫恩多公司管它叫什么呢，有个叫怀尔斯的人找我要谈一批老年公寓的事还有一个律师名字叫等一下，有了名字叫比顿他要跟我讨论那些"阿尔伯塔和西部电力公司"对于……的钻探权……什么？不但是听着……听我说，"波默伦斯同仁公司"打来了四次电话谁是，到底谁是"波默伦斯同仁公司"还有霍，她说鹰牌公司的老头霍老打电话来关于你对于一个墓地和在鹰牌公司减薪的大计划非常不安我对此一无所知……什么？不等一下减薪你是什么意思，首先我连薪水都没有呢……不你是什么意思你自己不拿薪水做个榜样，我……不嘿，嘿别设法告诉我说你这么做只是为了我们能告诉他们鹰牌公司的真正情况也就是我们一直要等到一切都恢复之后才拿工资，你甚至不……我不想听什么优先认股权和税收利益！我只想得到……得到什么？是的，我拿到了，我是今天早上拿到的……是的我肯定，两张五元还有……是的好吧去查查你的账户但是我要告诉你它……(*JR* 381)[①]

正如吉布斯所说，熵成为世界上所有系统的基础，阅读加迪斯的小说，文本的意义和意义的连贯是阅读活动的产物，而不是文本本身固有的性质。读者得依靠电话一方的信息，补全另一方可能性的回答。小大亨问巴斯特什么问题？他说了些什么？他的商业交易是什么？读者在追寻幕后故事时的想象应与作者的同步。小大亨关心的是往 96 号街派送的电动拆信机。他想让巴斯特同印第安人交涉。为回应巴斯特对墓地和鹰牌公司减薪的质疑，小大亨

---

① 威廉·加迪斯：《小大亨》，朱叶等译，凤凰出版传媒集团、译林出版社 2008 年版，第 589 页。

与他辩解,说他自己连薪水都没有。他继续发表关于股票买卖和税率的长篇大论。他问巴斯特是否收到了他寄给他的钱。所有对话以碎片为特点,读者得将破碎的话语补充完整。读者的阅读思考和单边电话话语必须保持同步,如此,读者才能揣测另一方的电话话语。

事实上,由电话构建的叙事话语在《小大亨》中是一个隐喻,加迪斯以此告诉读者:在后资本主义社会中,传统工业科技向信息科技过渡,商品与资本的流通就如声音一样,从电话听筒的一端传向另一端,仅仅成为一种交流的代码。评论家约翰·约翰斯顿曾评论道:"这部小说无情地揭示:真正定义我们世界的并不是生产和明确的目标,而是无用信息和物品的不停流动和无限增殖。"[1]加迪斯小说中的人物深陷后现代信息的膨胀和泛滥之中,在"信息符码化"时代,信息的生产和传递以及处理过程,完全脱离了信息本身质的内容,排除了传播信息的实际意义。媒体和通讯技术的高度发展将人类生活的物质生产与交流降至一个无需考虑人类主观性即可被再生产、操纵和散布的可怕境地。作为后现代主义作家,加迪斯以一方不在场的电话对话最大限度地降低作者的权威,并邀请读者积极参与。他通过运用电话话语这一叙事手段,成功构建了一个信息化社会,一个电话成为控制力量并操纵人类活动的世界。加迪斯以电话传递信息作为叙事策略,利用科技成果为自己提供新的创作模式,这具有前瞻性,预见了文学文本同现代科技成果的相互结合,展现了后现代信息时代仍有什么可以用来进行文学创作,可以用来构筑小说世界。

(五) 能指的滑动与交流的丧失

20世纪西方哲学与文论的语言学转向确立了语言的本体地位,一些理论家从语言角度探究主体性的真相,借用索绪尔的语言学模式建立理论体系。美国文论家弗雷德里克·詹姆逊借助语言的能指、所指与参指三个概念,重新解读了现实主义、现代主义与后现代主义三个文化阶段。他认为,现实主义阶段表现为三者的统一;现代主义阶段只剩下能指与所指的结合,参指消失;而后现代主义阶段,只剩下不停游戏着的能指,一切都处在不确定之中。[2]加迪

---

[1] John Johnston. *Carnival of Repetition*. Philadelphia: University of Pennsylvania Press, 1990: 198.

[2] 詹姆逊:《晚期资本主义的文化逻辑》,张旭东编,陈清桥等译,生活·读书·新知三联书店2003年版,第284~286页。

斯的语言观与詹姆逊可以说是不谋而合,他以文学创作形式对后现代时期语言与人的本质地位之间的关系进行思考,诠释了后现代主义阶段语言如何僭越人的主体地位。在语言游戏中,滑动的能指不断使意义在共时的符号区分中被暂时确定,又在历时的符号链条中被延宕,造成意义的不确定性。

仔细阅读《小大亨》中的对话,读者不难发现,整部小说的对话模式试图超越一种占支配地位的声音,让各种声音处在同一层面上。小说中的对话,因对话的不可能性以及交流的丧失,实际上与真正意义的对话是矛盾的。加迪斯试图通过语言的无关、冗语、混乱构建后现代话语文本,"这些对话总是被呃逆、支吾结巴、离题所中断……还有永远不能修复的裂痕、插入语、句法断裂、时不时插入的广播,或者一连串的广告,人物的声音逐渐淹没在小说压倒一切的噪音之中"。① 这种对话的无法交流主要有如下原因:能指与所指链条的断裂、离题、冗语和语言的唯名论。

其一,按照索绪尔的观点,一种符号体系应被视为具有内在功能的能指结构,它并不与所指构成一种固定的从属关系,而是处在任意性的关系之中,因此能指可以指向许多所指,语言意义的多义性和模糊性再也不能客观地反映现实世界,这种语言表征危机的思想渗透到加迪斯的小说创作之中。在小说中不乏存在由于语言意义的多义性和模糊性造成的对话的无法交流,如校长怀特贝克同巴斯特姑妈间的电话对话存在大量的误会与困惑,对话根本无法进行下去,因为对话者沉浸在自己昏昏欲睡的喋喋不休中,不去仔细聆听对方的话语。在丹与维恩和格兰西的对话中,我们看到由于语言的多义性、模糊性造成了对话无法交流的现象。

——不、不、我指的是我的一套衣服(suit)我觉得他……
——我想丹指的是他妻子的诉讼(suit)是不是丹?
——不不我并不觉得她不会起诉(suing)任何人的不不我指的仅是他在……买到的一套棕色花呢服装(browntweed suit)……
——你是说你的妻子没提到对我的指控(lawsuit)丹?(JR 452)

显然,suit 一词的多义性给谈话者提供了无限的可能性,致使信息充满歧义,谈话者无法达成共识,给交流造成了障碍。

---

① Patrick O'Donnell. "His Master's Voice: On William Gaddis's *JR*." *Postmodern Culture* 1.2(1991):357.

加迪斯察觉到语言表征的危机,语言的指代意义仅仅是人为的约定,并非由语言外部的事物或真相决定。语言的意义含混和扭曲,名称与实物相分离,语词变为任意的符号。笛卡尔所认为的"语言揭示思想""交谈中的语词并不是机械重复的音响,而是思想的直接表达"①在后现代语境中不复存在。

小大亨用慈善(charity)指代税款,公司用道德产品(ethical product)指称处方药物。加迪斯在《木匠的哥特式古屋》中也给出了大量实例分析语言的指代危机,salle 意为房间,但是法语中同音异形词的 sale 意思则是肮脏的。加迪斯有意运用利润 profit 一词,因为 profit(利润)与希伯来的预言家(prophet)以赛亚发音相同。morgue 既被用来指代资料档案室,也用来指停尸所。加迪斯作品中的语言混乱体现了他对语义模糊的认识,正如埃斯米在《承认》中所悲叹的,语言"已处在混乱中,为语境中无数的空洞愚蠢所胁持"(R 299)。

如果语言的意义是流变的、矛盾的、无穷无尽的,不能集中于某一固定不变的话题上,那么,语言离心力的作用必然造成对话"分散、离题、消散、退减,直至完全消失"②。语言不可避免的异化意味着叙事本身的瓦解和失败。《小大亨》中,律师科恩希望找到爱德华·巴斯特以便在弃权书上签字,律师科恩和巴斯特的两个老姑妈——安娜和朱莉亚的对话经常被离题话语打乱。这对老姐妹经常沉浸在家庭琐事的絮叨中,忽视律师科恩的存在以及他造访的意图。在提及托马斯的名字时,她们开始谈论家庭背景,托马斯与弟弟詹姆斯相处不洽的陈年旧事,詹姆斯和他嫂子的桃色事件,詹姆斯获奖,詹姆斯创作的歌剧《菲罗克忒忒斯》(*Philoctetes*)。菲罗克忒忒斯即希腊第一神箭手,在特洛伊战争中用大力神赫拉克勒斯所遗的弓和毒箭杀死特洛伊王子帕丽斯的英雄。詹姆斯的养子鲁本、律师科恩的眼镜、给律师科恩缝夹克扣子的线、她们的姐妹夏洛特、她们在印第安纳州的律师,中间还夹杂外面砍伐树木的声响,等等,迫使他们谈话离题的事物不可谓不繁杂。谈话中,另有律师科恩的法律行话,更加剧了谈话中的离题和中断。律师科恩懊恼至极,趁打碎眼镜之机溜之大吉。以下摘录几段夹杂破折号和句号,经常被打断,不似对话的对话。

---

① 杨大春:《文本的世界:从结构主义到后结构主义》,中国社会科学出版社 1998 年版,第 31 页。

② Carl D. Malmgren. "William Gaddis's *JR*: The Novel of Babel." In his *Fictional Space in the Modernist and Postmodernist American Novel*. Lewisburg: Bucknell University Press, 1985:10.

第五章　加迪斯的后现代主义艺术手法

——夫人,巴斯特小姐,请听我说,我……我恳求你,根本就没有发生这种情况的危险,而且也没有任何理由会导致这种情况发生。法律,巴斯特小姐,让我来告诉你,法律……

——千万小心那盏灯,科恩先生。

——这儿没有正义,或者孰是孰非的问题。法律寻求的是秩序,巴斯特小姐。秩序!

——好了科恩先生,你就安安静静地坐着吧。我已经在篮子里找到一些黑线了。

——在法律框架内制定出来的协议是为了保护所有相关人员。现在……(JR 8)①

离题话语是加迪斯作品中的一大特点,小说中的对话充斥着省略号,用以表示对话经常被中断。对话的双方都不在聆听,反而搅和整个对话,谈话被迫中断,科恩律师只好懊恼地溜走。在加迪斯作品中,谈话时经常扯到题外的例子随处可见。小说中杰克·吉布斯引用诺伯特·维尔纳关于熵与信息的理论很好地解释了后现代信息交流的混乱和丧失。他说道:

读一下维纳写的关于通讯的书,信息越复杂就越是该死的容易出错,拿数年的婚姻来说这么一个该死的信息综合体同时以两种方式传递无法将一件该死的东西让人明白,该死的许多信息量正在发生譬如你说早上好她正在他妈的头痛以为你他妈的根本不在乎她的感觉,你问她感觉如何她以为你只是想要和她睡觉,你要是真试着那样做她就会说这是唯一他妈的你跟她认真的事她就把你炒了像该死的以色列人那样挥舞着双层蒸锅的上面一层到处乱跑你得告诉每个人他们是对的。该死的阿拉伯人发了疯似的拿着下面一层坐在那儿假装你同他们认真的唯一的事情就是你要他们该死的石油(JR 403)②

吉布斯如同品钦《拍卖第四十九批》中的奥狄芭,置身信息混杂的环境中。他这段嘟嘟囔囔的话语冗长、琐碎庞杂,没有句法,少有断句,信息混乱正表

---

① 威廉·加迪斯:《小大亨》,朱叶等译,凤凰出版传媒集团、译林出版社 2008 年版,第 9 页。
② 同上,第 624 页。

明：系统中的熵或混乱越大，所需要用来描述这一系统的信息就越多。由于沟通系统的信息传递是通过信息和代码进行的，信息在传递过程中可能会产生噪音，发生扭曲，意义也因此扭曲。加迪斯作品中的对话交流，多因说话者不梳理思绪，不聆听彼此，抑或不尽己之力消除对话中的歧义和不确定意义，而最终失败。加迪斯以此揭示：后现代社会中人类试图通过对话交流填补生活的空虚，重建熵化世界的努力已经失败。

其二，加迪斯小说的对话讽刺性地喻指商业化的混乱的美国社会，小说的叙事话语也必然受到消费主义的侵蚀，成了类似物品交换的代码。对加迪斯来说，这种依赖巨量资本流通，而不是真实生产力的经济繁荣带来的只是纸面财富，而这种建立在纸面财富暴涨之上的经济增长只是一种华丽的泡沫，背后隐藏着巨大的风险，随时都会崩盘坍塌。小说的对话表达的是"市场上的声音"，因此，小说的叙事话语就像过剩的资本一样膨胀而毫无内容，成为交流的代码。在《小大亨》中，语言的唯名论使小说的一些话语变成符号的堆砌，文字的能指与其所指的内容毫无关联，仅仅是人们任意指定的符号。缩略语同行话一样破坏人类的交流，整个后现代世界就是一个没有中心的语言符号构筑的王国。在公关部经理达维托夫给其秘书讲述的旅行计划的对话中，我们可以看到语言弱化至唯名论时上演的荒唐一幕。

> 最好让莫伊斯特在电话那头等着我，被授权可以改变计划的人员(CIPAP)他们把这个放进去了，艾根先生将前往新泽西州赖特斯顿的默格怀厄空军基地(McGuire AFB Wrightstown NJNLT)报到，用K811航班空运至德国法兰克福的空中行动名称(AMD)顿城—飞行记录文档(WRI—FRT)。两百名运输兵(TC)按指示执行临时任务(TDY)完成临时任务后回到指定岗位(indic RPSCTDY)爱根，托马斯，级别(GS)相当于十二级他们不愿意给他十三级分配：与五十个人有关他不会需要所有这些，五个将级司令官(CG)空中行动指挥官(AMC)，注意：现役空中指挥官—空军军官(AMCAD—AO)，华盛顿但是哪里，联合情报中心(CIC)——我又弄折了一根指甲。(JR 255~256)①

这一段与军用运输相关的首字母缩写词语成了一连串符号，听起来全是

---

① 威廉·加迪斯：《小大亨》，朱叶等译，凤凰出版传媒集团、译林出版社2008年版，第397页。

抽象的代码。唯名论使语言成了符号编织之网,羁绊了谈话的双方,那本应包括双方参与的对话变成一堆毫无内容可言、自我繁衍的语言符号,它们真正发挥的作用是破坏信息。语言的唯名论充分体现了语言如何发挥作为"符号"的功能,通过语言指涉自身,把自己变成一种内在的符号系统。达维托夫所说的语言代码完全沦为噪音,因为符号指称的其他符号形成了一个无限的符号之网,影响了所指的进程,原本包含双方的对话成为纯粹的语言符号的自我增殖和自我繁衍,而非对话交流。结果是他的秘书和读者一样根本无法理解,秘书瞠目结舌,交流无法进行,对话因此中断。

其三,当语词摆脱事物而成为任意的符号时,人的主体性便受到了威胁。在后现代社会中,语言的表征功能萎缩,语言符号的自我繁衍造成话题疏离和意念枯竭。语言的能指与所指的分离逐渐发展成主体性式微,使得人们试图通过交流对抗冷漠与无情的愿望已无可能。人类无法理解自己和社会,迷失在麻木而毫无目的的言语重复当中。正如利奥塔所说:"人类除了由句子构成的宇宙赋予他们身份之外,他们别无任何其他身份。"①加迪斯的小说包含了众多非对话式的话语,这些话语揭示了"人性已经失去了其实质与活力,仅仅作为一种被压制的无实体的声音存在着"。②

语言是文本的基本要素,是用于构筑和评价我们所谓的"现实"的方法。加迪斯揭露了现实被建构的本质——现实是如何在后现代社会被政府宣传和其他大众媒体任意建构。话语主体在语言使用过程中为实现某种目的而有意篡改词语的意义。由此,我们联想到在《诉讼游戏》中困扰人物的现实:"除了代表它自己的文字,现实可能根本不存在。"(F 29)正如海德格尔所认为的,在这个世界,作为"存在的家"的语言建构并指挥着我们的理解。由于现实被语言的面纱所蒙蔽,我们很难看清其真面目。读者在《木匠的哥特式古屋》中不难找到对话甚至在夫妻之间都很难进行的例子。布斯回家之后总会问一系列让丽兹恼怒的问题,不知如何作答的丽兹经常用毫无意义的寒暄客套语,诸如"你什么时间用晚餐"或者"你什么时间用晚餐,这还有鸡肉"打断对话(CG 41)。尽管对话得以继续,但仅仅是作为客套的话语存在,对话的形式与内容已经割裂。加迪斯指出语言或由无意义的陈词滥调组成,或由客套的回答组成。无意义的陈词滥调和客套的回答说明这些对话完全是非交谈性的,说话

---

① 毕尔格:《主体的退隐》,陈良梅等译,南京大学出版社2004年版,第2页。
② Peter Wolfe.*A Vision of His Own: The Mind and Art of William Gaddis*.Madison & Teaneck.NJ:Fairleigh Dickinson University Press,1997:30.

者不能交流任何实质性内容。

加迪斯作品中的后现代话语阐释了利奥塔在《后现代状况:关于知识的报告》中的看法:

> 今天,叙事的功能已经消解在叙事语言各要素的云团里,它们是叙事的,也是指示的,约定俗成的,描述性的。这些云团,每一块都有自己实用的变化。而我们每个人就生活在这些云团的重叠中。但是我们没有必要建立稳固的文字组合,我们建立的这些组合的特性也不一定可以传达。[①]

这说明,语言所表达的意义本身包含着模糊性和不确定性,而传统语言尊奉语言和符号为至高无上的神,几乎完全忽视了语言意义表达中的含糊性和歧义性部分。当语言符号链中的能指和所指呈断裂状态,能指不断延异,无法表达所指时,人与人之间稳固的语言交流形式已不能描述后现代的经历。

为了揭示后现代社会现实的混乱,加迪斯不断创新,把分散、破碎的语句当成主要的叙事模式,作品中无用的信息不断增加,鲜有足够的回应,这种语言已经丧失叙事的功能,不但起不到清晰叙述事件的作用,反而使文本意义呈现出多义性、含糊性和不确定性。伴随着词语链条的断裂,主体作为有理性的个体也随之消失。加迪斯所做的就是把信息时代真正的交流模型前景化,在他的小说世界里,后现代话语所包含的模糊性、不确定性和杂糅性再现的正是高度商业化、毫无理性、荒谬不堪、混乱无序的美国后现代社会。加迪斯在小说创作中进行的后现代话语的大胆实验不是纯艺术技巧的创新,而是为了让作品的语言形式与内容表达紧密联系在一起。这种叙事话语本身也包含着某种真实,成为战后混乱的美国社会的巨大隐喻,揭示了美国后现代社会的熵化。他以混论无序的文本讽刺美国社会商业化的混乱、人与人之间交流的丧失和信息时代的噪音。小说中不连贯的、丧失完整性和无中心的对话邀请读者参与,读者必须重构小说的时空,筛选熵化的噪音,才能获得话语的实质。

---

① Jean-Francois Lyotard.*The Postmodern Condition*:*A Report on Knowledge*.Minneapolis:University of Minnesota Press,1985:xxiv.

四、种类混杂与多重主题的探讨

美国后现代主义文论家查尔斯·纽曼(Charles Newman)认为,后现代主义作品是"没有体裁的写作"。对纽曼来说,如果"语言零散和体裁破碎是现代主义官方的陈词滥调,(那么)现代主义代表作品反对根据体裁以及任何与形式规则和模式行为相联系的可预见事实划分的作品"。在后现代主义文学中,"体裁继续被切分……流行的策略是通过进一步分化读者群,使得始于美学创新的零散性得到加强"。① 纽曼在此意指,后现代主义文学作品中各体裁间的界限已经模糊甚至消失,文学上的体裁已经失去其传统上的固定定义,因而,后现代主义小说放弃了排他性,向人类各种形式的创作敞开了大门,成为没有体裁的写作。

种类混杂是一种专事拼凑、仿作的"副文学"(paraliterature)。哈桑称后现代主义没有体裁的写作为种类混杂,或者是体裁的混合拼凑,包括戏仿、歪曲和混合拼凑。他写道:

> 题材的陈腐与剽窃,拙劣的模仿与东拼西凑,通俗与低级下流使艺术表现的边界成为无边的边界。高级文化与低级文化混为一缸,在这多元的现时,所有文体辩证地出现在一种现时与非现在、同一与差异的交织之中。②

换句话说,在后现代主义文学创作中,文学体裁之间的分野已经变得模糊。后现代主义小说已经侵入以往人们认为的其他体裁,如诗歌、散文、戏剧和哲学文本等的专属领地。后现代主义作家将不同的体裁融于一炉,使各类体裁都有机会出现在同一主体中,包括对不同体裁的戏仿,如戏剧、诗歌、历史、文献等,或者融入文学之外的非虚构要素,如插图、乐谱、报纸广告等。这

---

① Charles Newman. *The Postmodern Aura. The Act of Fiction in an Age of Inflation*. Northwestern University Press, 1985:115.
② Ihab Hassan. *The Postmodern Turn: Essays in Postmodern Theory and Culture*. The Ohio State University Press, 1987:170.

种异质杂糅消解了不同文学类型间的等级之分,把文本从之前受限制的樊篱中解放出来,成为各种体裁的重构。对后现代主义作家来说,主体性的支离破碎使得"宏大叙事"和最终真实已无可能。克里斯蒂娃称后现代主义为"体验限制的写作"①,后现代时期不同的政治、社会、文化经历使人们对语言、主体性、性别身份和文学传统限制的挑战成为可能。后现代主义作家倾向接受一个充满偶然的世界,因而将看似不相关的体裁杂糅在一起。照此理解,任何作品都可看作文学或外文学文本的有机组成部分,反映后现代多元化的思维模式。异质杂糅是加迪斯后现代主义小说创作的一大特色,表现为不同体裁的拼贴、高级文化与通俗文化的杂糅。

(一)不同体裁构建的多维度叙事空间

《诉讼游戏》是加迪斯最后一部长篇小说,探讨在西方个人权利张扬的好诉讼社会里,法律与寻求正义之间的矛盾,暴露了荒诞可笑的美国司法制度和好诉讼的社会风气。法律试图确立秩序,维护秩序,但是最终制造了更多的混乱,在为权利而斗争的背后是为利益而斗争的天性,加迪斯对美国社会追求利益的这种诉讼游戏表现出深深的忧虑。

加迪斯挑战传统的文类范式,实验性地利用剧本、司法程序、历史文献将后现代美国的社会现象与想象性虚构并置,让各种不同体裁的文本恣肆狂欢,构建小说多维度的叙事空间,使这部小说成为后现代不同体裁拼贴的典范。他在小说中杂糅了多种不同体裁的文本,主要包括:一部冗长的戏剧、法律公文、证词以及一些法律意见、指控和辩护。这些文本是富有价值的拼贴,不仅溯本求源,深入西方文明的最深处,还涉及美国法律和正义的历史事实,质疑官方的单一话语,达到重写现存历史并实现历史重构的目的。除了对法律和正义的探讨之外,美国内战是该部小说的主要题材之一。加迪斯将真实的历史事件置入小说的虚构叙事,在小说中加入了美国内战的一些历史事件和历史人物,比如美国南北战争时期联盟国统帅罗伯特·爱德华·李将军(1807—1870),联邦法院大法官奥利弗·温德尔·霍姆斯(1902—1932)等,使得虚构与历史的界限变得模糊。小说中的虚构人物与历史人物直接会面,加迪斯试图以后现代文本的虚构作为话语策略颠覆权威的历史话语,告诉读者如何质

---

① Julia Kristeva."Word,Dialogue,and Novel." in *Desire in Language*.Ed. Leon A. Roudiez.New York:Columbia University Press,1980(a):137.

疑官方单一话语,反思历史,揭示历史之真实。在这部小说中,奥斯卡长达70页的剧本《曾在安提塔姆》以及他对电影制片人侵权的诉讼,集中探讨了法律与正义等涉及美国社会方方面面的问题。加迪斯将正义这一传统主题融入不同体裁的叙事,以建构更大的叙事空间,让小说文本在不同的新语境中诠释多重主题。

《曾在安提塔姆》是奥斯卡基于其祖父的内战经历创作的剧本,剧本从未发表,亦未搬上舞台。有评论家说,该剧事实上是加迪斯在20世纪50年代写就,而从未发表的一部剧本。好莱坞电影《红、白、蓝旗的鲜血》被认为是对奥斯卡这一剧本的改编。剧中奥斯卡的祖父托马斯·克里斯是南方人,其父是一名外交官。托马斯·克里斯参加美国内战后接管了已逝的叔叔留下的,位于宾夕法尼亚州的矿井。为了表达对北方美利坚合众国和南方美利坚联盟国的效忠,托马斯·克里斯不得不雇用他人,替自己继续参加两个联邦政府之间的战斗,这种做法在南北战争时并不鲜见。不巧的是,在美国历史上最血腥的日子,也就是1862年9月17日,在马里兰州北部安提塔姆发生了美国历史上日伤亡最大的战役,象征自由、民主和人权的红、白、蓝美国国旗成为这个民主国家里最血腥屠杀的目击者。托马斯雇佣的两名替身在这一场惨烈的战斗中杀死了彼此,这让他内心难安,备受煎熬。最终,托马斯·克里斯陷入精神分裂之中,犹如行尸走肉。一些人将他晚年时间或出现的古怪行为归结为对这一经历的最终审判。一如加迪斯惯常使用的叙事风格,小说中的剧本并非连续性地展现在读者面前,前言部分由奥斯卡、莉莉、贝斯以及奥斯卡学生读出的第一幕剧本有150页之多,约占全书三分之一,将剧中的主要人物和情节介绍给读者,剧本的其他内容则零散地分布在小说其他部分,散见于法律意见书和证词中。

伴随着小说情节的发展,剧本也以不同的形式反复出现,有时是原本的戏剧形式,有时则是法律证词评论。在不同场合之下,不同的人物赋予同一剧本不同角度的阐释。加迪斯成功地运用小说中的剧本影射了包含美国司法制度的诸多社会问题。在前言和剧第一幕,读者认识到奥斯卡撰写这一剧本的目的,既是向其祖父致敬,又为赚取名声得到其父的认可,因为奥斯卡的父亲克里斯法官更加看重对法律的阐释,而非父子亲情。公正是这一剧本的中心议题,奥斯卡曾说道:"就是关于这个的,我的剧本,准确来说,正是关于公正的。"(F 50)读者除了感受到奥斯卡与父辈及祖辈的情感纠葛之外,在原始的剧本中还看到了美国内战的另一个版本。作为美国历史上血腥一章的美国内战给美国人民带来了自我分裂的普遍困境、种族冲突、北方劳工冲突的罪恶事实、军队中滥用职权以及贪污腐败。从这一角度讲,加迪斯编撰这一有关美国内战的剧本具有审视美国媒体权力运作方式和修正历史的意图。加迪斯有着同其他后现代历史修正主义小说家,如品钦、德里罗、库弗和多克托罗相似的历史观,试图运用小说创作的形式再现完整的历史,通过合理的虚构与想象填补史料的空缺,以虚构的历史对比官方的历史,最大限度地还原历史真实。在剧本中,加迪斯让主人公质疑美国内战的光辉历史,并层层揭开隐藏在美国官方经典历史事实背后的"黑色区域"。加迪斯以此告诉读者:历史真实仅存在于文本无限的建构过程之中。

奥斯卡的父亲托马斯·克里斯法官想法高尚,想为饱受叔叔虐待的父亲讨回公道。在奥斯卡起诉的法庭上,所有法律证词都围绕艺术的原创性进行。律师杰里·迈德海尔·帕侬成功地诱导奥斯卡说出剧本引用柏拉图和奥尼尔作品的真相,因而奥斯卡的剧本不具有原创性,当然也不会受到知识产权法的保护。在此,加迪斯重新审视了艺术家作为模仿者以及文学创作中的原创性意义的问题。剧本在迈德海尔·帕侬与奥斯卡关于种族问题的讨论中重新出现。小说用数页篇幅完整详尽地记述了波恩法官在巡回法庭上的法律判决过程,奥斯卡的父亲克里斯法官根据联邦法律中的一项条款:文学作品独创性并非是作品受保护的唯一标准提交诉讼摘要,为奥斯卡打赢了官司。

在小说中,读者也可以读到经过该剧改编的电影《红、白、蓝旗的鲜血》的脚本。好莱坞为迎合缺乏品味的美国大众,肆意改变剧本原来的主题,制造粗俗电影。加迪斯再次展现了美国理想被商业侵蚀的怪象。奥斯卡最初被允诺获得影片的所有利润,但是很快便缩减为纯利润的五分之一。而奥斯卡随后也意识到父亲帮助他纯粹是出于对法律的热爱,而非父爱。更加糟糕的是,奥斯卡本人也明白他对自己家族历史的阐释完全是错误的。读者可以理解我们对历史的阐释,其实正如同奥斯卡对其家族历史的阐释,大都出于权益关系,因此存在对历史的误读。加迪斯认为,昔日的绝对真理已成为历史,应该注重历史反思,使历史解构后重新编码,以便对历史做出重新认识。加迪斯通过种类混杂这种方式挑战读者对小说确定意义和小说固定主题的期盼,要求读者综合考虑各种要素得出作品的多重主题。剧本中不同体裁的拼贴给予了读者全新的阅读感受,给了读者更大的阐释空间和文本想象力。阅读这部小说,读者可以明晰小说中不同体裁的拼贴能拓展文本的叙事空间,也可以明白各种不同要素如何从不同视角强化作品的多重主题。

（二）通俗化倾向

现代主义作家追求精英艺术，后现代主义作家则不同，他们在一定程度上表现出对精英或"高级文化"的反叛，向日常性和通俗性靠拢，将通俗文化与严肃主题混合在一起。后现代主义小说中的通俗化倾向是信息时代与其文学产物相互作用的结果。在后工业社会中，伴随计算机和电视的普及，大众文化势不可挡，消解传统上高级文化和通俗文化的二分法成为后现代主义的写作策略。针对这一写作现象，美国大众文化批评的先驱莱斯利·费德勒发表了自己的见解，他提出要"跨越疆界并填平沟壑"，"填平精英文化与通俗文化间的沟壑正是当今小说的功能"。① 琳达·哈钦也曾在其论文中指出后现代主义既是学术的，也是通俗的，既是精英的，也是大众的。詹姆逊更是直接指出对以往高级文化与大众文化，抑或通俗文化之间的融合是后现代主义的一大特点，"在后现代，文化已彻底通俗化，高级文化与通俗文化，纯文学与通俗文学之间的二元区分开始消失"。② 因此，一方面受通俗文化和消费文化影响，另一方面也为折射后现代氛围中的小说创作，许多后现代主义作家在小说创作中融入了高级文化和通俗文化。他们的这种革新非常成功，多克托罗的《雷格泰姆时代》、德里罗的《拉特纳之星》、库弗的《公众的怒火》就是其中的佼佼之作。

互文性这一概念首先是由法国符号学家、女权主义批评家朱丽娅·克里斯蒂娃提出来的，他对互文性的基本理论认为："任何作品的文本都像是许多行文的镶嵌品那样构成的，任何文本都是其他文本的吸收与转化。"③一切文本不过是由各种引文的马赛克式组合建构的。加迪斯在其小说文本中非常明显地吸收和转化了高级文化与通俗文化的碎片，不仅显示了多元话语相互交结的事实，而且也呈现出了写作的深广性及其丰富而又复杂的社会历史内涵。加迪斯在写作中运用的是自己在卷帙浩繁的阅读积累下，令人难以置信的百科全书式的知识，包括政治、经济、教育、文学、音乐创作和歌剧等诸多领域。

---

① Leslie Fiedler."Cross the Border—Close That Gap:Postmodernism." In *American Literature Since* 1900.Ed.M.Cunliffe.London:Barrie and Jenkins,1975:351.

② Fredric Jameson. *Postmodernism and Theories of Culture*. Beijing: Peking University Press,1997:162.

③ qtd.in Linda Hutcheon. *A Poetics of Postmodernism-History*, *Theory*, *Fiction*. New York and London,1995:34.

弗雷德里克 R.卡尔曾这样盛赞加迪斯:"(他)在宗教作品方面阅读广泛,知识渊博,基督教奠基人和历史学家,拉丁文学,教会神学家皆为其吸收,并为其戏仿所用。"① 毫无疑问,加迪斯的研究专家竭尽所能地探究其小说中的高级精英文化,并已做了富有启发性的研究。加迪斯小说包含众多的典故以及引用,从古代的神秘研究如《克莱芒的承认》,点金术、神学、瓦格纳的《尼伯龙根的指环》到众多西方文学大师如莎士比亚、陀思妥耶夫斯基、乔伊斯、艾略特的经典之作。

后现代文化表现出艺术与生活的界限消失了,艺术内部各门类之间的界限消失了;高雅文化与通俗文化,纯文学与通俗文学的界限完全消失。约瑟夫·塔比注意到"加迪斯小说的许多材料是来自流行杂志和报纸"。② 加迪斯的作品与大众媒体产生的新效应紧密相连,运用高级文化与通俗文化的杂糅,让通俗文化同高雅文化建立了新的联系。通俗文化,诸如流行歌曲与音乐、卡通漫画、电视及广告,在加迪斯后现代表达中扮演着深化作品严肃主题的重要作用。加迪斯作品中融入的大量通俗文化,并非是为了迎合大众口味,而是作为小说的有机组成部分,让通俗文化产生了一种新颖的即兴创作的效果。他运用通俗文化的诸多形式,如音乐、电影、广告等延展作品的内涵与外延,不仅为后现代文学创作注入了新的活力,而且运用大众文化的形式和范式,对它们进行裁剪、调整和重新组合,借用大众文化来颠覆其本身,以表达他对大众媒介的看法。加迪斯并不认同大众文化对快乐原则的推崇和对现实社会的回避。他将通俗文化杂糅进小说的方式戏仿了过热的后现代消费文化,讽刺了社会整体性价值的虚无。评论家卡特琳·L.拉斯洛普认为"有些大众文化的无能、颓废、粗俗和堕落",③在根本上放弃了精神理念,消解了文化自身应有的批判性和超越性。通俗文化,以被大众消费为特点,指代众多文化主题,在加迪斯小说中应该受到同等重视。读者在阅读加迪斯的小说时,不应忽视来自大众媒体如报纸、电视、录像等通俗文化的互文引用。加迪斯是一位兼收并蓄的作家,也是一位很有责任心的收集者,他习惯回收各种媒介的产品,用报纸上的报道更新旧主题和老难题。理解加迪斯作品中高雅文化和通俗文化的杂糅可为解读其作品开辟新的文本批评空间。我们可以从以下三个方面探寻加迪斯

---

① Frederick R. Karl."A Tribune of the Fifties." In *Recognition of William Gaddis*. Eds. John Kuehl and StevenMoore.Syracuse:Syracuse University Press,1984:176.

② Joseph Tabbi. *Nobody Grew but the Business:On the Life and Work of William Gaddis*.Evanston:Northwestern University Press,2015:204.

③ Kathleen L.Lathrop."Comic-ironic Parallels in William Gaddis's *The Recognitions*." *Review of Contemporary Fiction* 2.2(Summer 1982):32.

小说中高雅文化与通俗文化的杂糅:严肃主题与通俗主题的混合,加迪斯为表现"广告时代"的后现代生活,将大众媒体嵌入小说文本中,以及为充实和拓展文本意义而运用的其他非文学成分。

小说《承认》主要叙述了青年艺术家怀亚特试图模仿佛兰德斯画师的风格作画,以及为拯救虚伪造假的世界研习点金术,去伪存真,向世人表达真实。在加迪斯的小说中,读者需要同时面对严肃主题和通俗主题。前者包括灵魂的救赎、神秘的宗教,而后者则几乎囊括了现实生活中所有迎合大众口味的普通事物。加迪斯为表现潦倒艺术家在世间的苦苦挣扎,以及他们在金钱社会中的迷失,在小说中刻画了纽约格林尼治村一群形形色色的艺术家。读者发现这群伪知识分子经常谈论流行话题,包括抽象画、流行音乐与歌曲,日常琐事,甚至低俗的笑话以及变态性行为事件。弗兰克·西尼斯特拉对其伪造美国货币津津乐道。在《小大亨》中,加迪斯将严肃主题诸如热力学第二定律熵,恩培多克勒关于宇宙的理论,对一些诗文的引用、误用或谐摹,同广告、儿歌、孩童的木偶表演和游戏这些通俗主题并置在一起。在《木匠的哥特式古屋》和《诉讼游戏》中,加迪斯运用报纸,尤其是《纽约每日新闻》作为(创作)素材,插入诸多通俗主题,如烹饪、正在播放的电视连续剧等。加迪斯将通俗主题与严肃主题并置在小说中,可以缓解小说近乎严肃的气氛,另外也显现了作家致力于颠覆传统叙事的意图,通过喜剧性的写实将近乎所有事物语境化,再现了一个虚伪与造假的生存世界和文化环境,将身陷混乱世界的人物的尴尬人生显现无遗。

20世纪"散漫随意,缺乏精神意义",[1]加迪斯讽刺性地嘲弄这一世界的粗俗丑陋。我们在《承认》中可以找到切题事例。一家美国报纸报道了一名女孩在回家路上遭遇一名男子侵犯,原因是这名男子相信同处女发生关系可以治愈他的疾病。大约40年后,教会希望为这位女孩宣福礼,追认其为圣徒,但是报纸没有刊载女孩的受福和殉道,反而详细报道了这名西班牙女孩如何被强奸杀害的故事,满足一般大众获取女孩如何被强暴的信息的渴望。(R 291)在后现代社会中,广告和电视节目控制了人们的生活,甚至侵入原来圣洁的文学殿堂。加迪斯在其小说中有意运用大众文化产物的意义是双重的:一方面表明大众媒体的产物有助于拓展文学创作空间;另一方面也透过大众文化的喧嚣扰攘,关注普通人的内心焦虑,借此讽刺充斥着商业噪音和精神浮躁的美

---

[1] Elaine B. Safer. "The Allusive Mode, the Absurd and Black Humor in William Gaddis's *The Recognitions.*" *Studies in American Humor* 1.2(October 1982):109.

国后现代社会。

在地点受限制的室内场景中,加迪斯将电视文本和报纸标题植入叙事场景,为读者进行互文性阅读拓展了空间。他通过借用并颠覆大众文化,传达严肃的思想。当今时代,大众媒体快速发展,加迪斯笔下的人物与许多当代读者一样,身受大批量生产的影像和大众媒体的影响,国内新闻和来自世界各地的新闻随时侵入看似与外界隔绝的公寓。为使小说更具共时性,加迪斯对美国后现代社会的大众媒体报道保持高度警觉。在《木匠的哥特式古屋》中,加迪斯绘声绘色的电影场景描写使读者在小说中一睹当时的好莱坞当红明星。电视上《简·爱》的片段帮助营造阴森恐怖的气氛,既吸引了女主人公丽兹,也吸引了读者。维多利亚的木结构哥特式古屋(The Victorian carpenter gothic)变成了桑菲尔德大厅,而麦肯德利斯则成为丽兹的"罗切斯特先生"。加迪斯将电影文本与小说文本成功混合,邀请读者参与新语境下意义的重构。在《诉讼游戏》中,加迪斯使用不同的字体将奥斯卡喜爱的自然节目和卡通节目展现在读者面前。比如,"动物伪装成花朵,致命的昆虫貌似小树枝,看似无害的小生命浑身是毒……"(F 272)"温暖的湿地中潜居着臭名昭著的捕蝇草,它们张开满是倒刺的舌头,吞噬不幸的生命"(F 256)"老鼠用大锤敲击猫儿"(F 274)。自然世界的丛林法则"适者生存和自我保护"也是社会的普遍信条。公正的天平倾向特权阶级的一边。自然界的残杀迫害和文明世界中不同种族间的暴力杀戮竟然非常接近。加迪斯凭借高雅文化与通俗文化的糅合将自然世界和人类世界的生存危机联系起来,将人类世界的暴行与自然界的丛林法则相互对照。为表现信息社会中高度发达的商业,他在小说中同样掺杂了众多电视和广播广告,从圆形安眠片到止痒洗发水,到电视荧幕上性感妖娆的明星代言的丰胸产品广告,再到帮助人们实现一夜暴富梦想的问答秀应有尽有。这些在日常生活中淹没书中人物的各类媒体的噪音——从无线电和电视、电话等现代科技产物的商品所发出的噪音,是"消费文化的白噪音",是"后期资本主义自身酿制的苦果"。

为了走出语音中心主义的约束范围,向传统文学中的语言优先主义挑战,后现代主义作家试图找出传统语言文字之外的多元化"类符号",运用文字以外的各种符号、记号图像作为创作的媒介,进行自由创作,扩大创作的维度,表达自由创作的意图和思路。加迪斯运用照片、自己设计或者取自他人的图画,并让插图进行自我阐释。这些插图作为文本的重要内容,取代了原来的文字文本。这种运用"印刷文本自我阐释的潜能前景化文本的内容",①使小说创作获得了新的生命力,可以不受传统语言的约束和干预。

加迪斯的小说氤氲着浓郁的后现代商业文化气息,小说中的插图将小说的商业背景推向前景。《小大亨》中,加迪斯将众多原初形式的非文学材料嵌入小说文本,这些材料包括乐谱、报纸的招聘广告(JR 126)、零零散散的手稿(JR 486)、小大亨公司标志的各种变形(JR 536)和大的黑体印刷(JR 586)字体,等等。在小说第126页的招聘广告部分,读者可以看到几则招聘信息:商业人员职位空缺的广告以及这些商业人员从业所需的资历要求,如"精明强干,精力充沛,年轻,有良好的商业背景,愿意为健全的商业奉献时间与金钱……"(JR 126),等等。有趣的是,广告专栏旁的空白处竟是数学计算的草稿以及家庭作业页码的备忘,这些很有可能是小大亨的"杰作"。小大亨在职位空缺广告上记录家庭作业,这生动地再现了商业已经侵入教育领域,就连小学生也不再视学习为主要任务,做生意赚大钱已成为他们生活的中心。小大亨就是物欲横流的商业社会的产物,其中人人都想依靠投机积累财富。在小大亨和商业代表戴维多夫的对话之中穿插了小大亨公司的八个标志草案(JR 536),其主体部分是经过变形后的美元标志＄。变形后的美元符号就是公司的标志,这些变形的公司标识对于我们理解《小大亨》所揭示的20世界60年代的美国社会现实具有十分重要的意义。

流通货币是一个国家的象征,因而,美元标志的样式折射出加迪斯对物欲横流的美国社会的担忧。其中设计的一个公司标识是"Just Rite, S IT",shit是指排泄物,是一种骂人泄愤的话、愤怒时使用的词语,在日常生活中翻译成"该死"的意思。评论家格列高利·康姆指出:"小说中典型的人物小大亨的口头禅'holy shit'(直译为圣屎)特别指涉弗罗伊德把对金钱的崇拜同排泄物联系在一起。"②弗罗伊德指出粪土在梦中往往表现为黄金或钱币,许多传说以及神话故事也将金钱与肮脏的排泄物联系起来。在古巴比伦的教义中,"Mamon"在巴比伦语中是"Mamman",是地下之神"Nergal"(涅假尔)的另一个名字,根据古神话学,"金钱就是来自地狱的粪便"这一概念已经传播到传说和童话故事中。在这里加迪斯以"Just Rite, S IT"作为公司标识,将金钱与排泄物联系起来的通俗文化表现了对美国公司文化的批评,提醒人们公司化的

---

① Brian McHale. *Postmodernist Fiction*. London and New York: Routledge, 1987:187.
② Gregory Comnes. *The Ethics of Indeterminacy in the Novels of William Gaddis*. Gainesville: University Press of Florida, 1994:93.

世界是病态的,具有毁灭性,因为公司跟任何限制其发展的道德产品分离。小大亨公司使用放射性钴使得啤酒的酒头更好;把回收的避孕套加以利用,做成长笛的膜。(JR 532)加迪斯以"Just Rite,S IT"这一公司标识揭示了资本主义的公司不顾一切道义挣钱的本质,他们的道德信仰已经丧失,只剩下"shitting"(不断排泄)。后来,美元的标志变成响尾蛇(的形象),组成美元的两条线变成了脚蹬高跟鞋的女人的细腿,而"＄"中弯曲的部分则突起成为女人胸部的样子。加迪斯以此暗示公司打着支持妇女运动的旗号开展业务。公司的另外一个标志也由美元符号变化而来,借用关在牢房后的小男孩的形象,意指"小大亨进了监狱"。小大亨公司标志所传达的意义表现了加迪斯对小大亨的嘲讽,小大亨企图选择 Just rite 的公司标志,并摒弃其他显露公司贪婪和狡猾本质的标识,以掩盖公司的本质。对加迪斯来说,"粪便和监狱中的小男孩"应是公司真正的标志,因为这个标志可以撕掉小大亨公司以支持妇女解放运动作为伪装的外衣,暴露公司无道德疯狂盈利的本质。加迪斯运用不同来源的通俗文化,将高雅文化与通俗文化杂糅,揭示了后现代的消费文化和拜金心理,邀请读者从不同角度参与新语境下小说意义的重构。

五、狂欢化

哈桑借用苏联著名文艺理论家巴赫金创造的"狂欢"(carnivalization)一词表现后现代反传统的、颠覆的、包孕着苏生的要素。巴赫金用"狂欢"这一词不但指平民暂时自由地侵犯各种官方社会和教会律法的欢庆活动,而且指人类在彻底解放的狂迷中,在对日常理性的反叛中,在无数次的蒙羞、亵渎、喜剧性的加冕和罢免中所发现的第二次生命。哈桑进一步将"狂欢"用于后现代主义,包含不确定性、零散性或片断性、非原则性、无我性、反讽和种类混杂。他用这一词传达后现代主义的喜剧以及荒诞气息,暗指反传统、颠覆和生活再创造的趋势。哈桑解释说:

狂欢,深一层意思即"复调音乐",是语言的离心力,事物、透视主义以及表演的"快乐的相对性"(gay relativity),参与到生活的疯狂的无秩序,笑的内在性。实际上,巴赫金所谓的狂欢——反体系——可以代表后现代主义本身,或者至少可以涵盖它那种蕴含更新的嬉戏因素和颠覆因素。

因为在狂欢中人类过去和现在都可以发现"时间、转化、改变、更新的真正宴席,发现'内在外化'(a l'envers)、'突然转变'……在诸多滑稽模仿的诗文和谐摹作品中,在无数次的蒙羞、亵渎、喜剧性的加冕和罢黜中,发现它们的特殊逻辑——第二次生命"。①

狂欢庆祝来自对普遍真理和既定秩序的暂时解放,在游戏中,在混乱中,在疯狂中和在对传统理性的反叛中,它使所有参与者成为演员或观众,使人有一种成为世界的真正主人或统治者的幻觉。

加迪斯的《承认》是一部后现代梅尼普讽刺小说,涵盖了后现代文本放任恣肆的狂欢化因素。根据巴赫金的观点,梅尼普讽刺"最初发展时就与大众狂欢有直接联系,而且在文学史上频频被重建,成为对官方稳固的独白文学体裁的辩证回应"。②《承认》作为梅尼普讽刺小说,成为狂欢化基本特征的范例。狂欢的能量与精神贯穿整部小说,狂欢化既解构,又建构了一切。在游戏、混乱、疯狂与伪装中,小说的狂欢化创造了这样一种印象:"生活是一场疯狂的狂欢,身份——包括社会身份和性别身份——是一种面具,大部分的人类活动变得颓废而毫无目标可言。"③根据文学创作的形式即内容、手段即目的的主张,加迪斯运用狂欢化实现了两种意图:在伪装世界中对自身迷失的揭露,以狂欢化思维方式颠覆理性化思维结构而获得再生。在这一部分中,对狂欢化的探讨将集中于人类行为与语言的狂欢化,即通过对化装、误认、怪诞的身体和狂欢化的语言的研究,揭示《承认》的伪装世界。

(一)参与到伪装世界中

对于巴赫金来说,"狂欢化通过对世界的狂欢感知使将来自绝对哲学领域的终极问题向具体感性图像与事件的转化成为可能"。④ 狂欢化和化装舞会

---

① Ihab Hassan. *The Postmodern Turn: Essays in Postmodern Theory and Culture*. Columbus: The Ohio State University Press, 1987: 171.

② Mikhail Bakhtin. *Problems in Dostoevsky's Poetics*. Ed. and Trans. by Caryl Emerson. Minnespolis: University of Minnesota Press, 1984: 107-108.

③ John Johnston. *Carnival of Repetition*. Philadelphia: University of Pennsylvania Press, 1990: 66.

④ Mikhail Bakhtin. *Problems in Dostoevsky's Poetics*. Ed. and Trans. Caryl Emerson. Minnespolis: University of Minnesota Press, 1984: 134.

相互联系,人们借用面具乔装打扮,改变自己的身份,混淆高级和低级社会层次的界限。后现代写作中的狂欢化和最初民间节日的狂欢具有显著的不同。正如布莱恩·麦克黑尔所说:"后现代作家对狂欢节的展示不可避免地取用了狂欢简化和残余的版本,而不是完整的大众狂欢。"①我们从《承认》中的荒诞变形看到:对集会、派对和娱乐的再现常常作为狂欢的残余文本。在《承认》中,世界完全颠倒,加迪斯将20世纪中期的纽约作为狂欢节的广场,那是一个将快乐的相对性作为反叛和创新原则,以冲破阶级界线,反抗社会规范和传统的美学等级。化装舞会、古怪造型和误识是狂欢的明显迹象。在人类世界中,数量骇人的伪装激起了来自地狱的魔鬼的参与。在参与伪装的世界中,加迪斯表达了二战后美国社会的荒诞性,社会是荒诞的,抗争是徒劳的,生活本身变成了表演,而表演则暂时成了生活本身,各种出乖露丑的、亵渎神圣的、滑稽可笑的特殊逻辑也就是发现第二次生命。

1.化装舞会与误识

在《承认》的开篇,三个主题性的词语吸引了读者的注意——化装舞会、面具和现实。

> 甚至连卡米拉也享受着化装舞会,面具可能会掉落,这安全的关键时刻被认为是现实。(R 3)

随后,我们发现,从三个意义上看,卡米拉的葬礼就是一场化装舞会。其一,新教教徒卡米拉被阴差阳错地埋葬在一个天主教墓地里,而运载卡米拉尸体的白色葬车原本是专门运送小孩和处女的。其二,在另一场混乱中,卡米拉被葬在一位遭受谋害的11岁女孩旁边。在一个特殊节日中,当罗马教堂将对女孩追封圣徒时,负责掘出女孩尸体的人却误掘了卡米拉的尸体。其三,葬礼本应是悲哀、严肃的。但是格里扬牧师和当地居民却欢呼雀跃,似乎在进行某种节日的庆祝活动。街上的人们用卡米拉生前穿过的衣服装饰自己。由卡米拉的葬礼演变而成的化装舞会奠定了小说的主题,成为小说中一系列混乱、颠倒和误识的开端,现实生活的一系列伪装和掩饰也成为化装舞会和拟像的衍生。所有人的身份和行动都可能组建一系列拟像,因为没有真实的原型,真与假的边界已被抹去,留在这个世界上的就是快乐的相对性和滑稽模仿。

---

① Brian McHale. *Postmodernist Fiction*. London and New York: Routledge, 1987: 174.

第五章 加迪斯的后现代主义艺术手法

加迪斯对美国社会发展趋向具有超前的敏感性,《承认》中对派对的描写接近 20 世纪 60 年代人物的精神状态,参加派对的人们是一群脱离了生存轨迹的失败者和失意者,类似 10 年后品钦在小说《V》中描写的"全病帮"。化装舞会中的人们全是一群"精神上或身体上出错的人"(R 305),对易性模仿的迷恋达到无以复加的地步。这部小说呈现了三大狂欢派对:格林尼治村为一幅抽象画的落成举办的派对,哈莱姆的同性恋舞会和伊斯特、雷克托·布朗的圣诞鸡尾酒会。这三大派对正像巴赫金所说的狂欢节,加迪斯将被社会边缘化或受到排挤的失败者置于中心地位,让他们扮演演员和观众的角色。放荡不羁的艺术家、吸毒者、同性恋者、精神分裂症患者和骗子在狂欢表演中都是小丑、逗笑者和愚人。《承认》动摇了人们对西方文明的幻想,其中的三个派对是混乱失控的美国社会的缩影。评论家约翰·约翰斯顿认为派对是由一系列的"嘲弄的场景"构成的:"为小说狂欢喧闹的猥亵话语提供场景,为颓废节日创造气氛方面做出了充分的贡献。"① 除了展现颓废精神,狂欢还伴随着对社会和美学等级的滑稽模仿,被荒诞社会的受害者当作释放极度绝望和痛苦的出路。

巴赫金在《诗学与访谈》中指出:"狂欢这个形式非常复杂多样,虽说有共同的狂欢节的基础,却随着时代、民族和庆典的不同而呈现不同的变形和色彩。狂欢是没有舞台、不分演员和观众的一种游艺。在狂欢中所有的人都是积极的参与者,所有的人都参与狂欢戏的演出。人们过着狂欢式的生活。这就是脱离常轨的生活,在某种程度上是'翻了个的生活',是'反面的生活'。"② 在巴赫金看来,身份的可逆性与错置是社会、自然与语义等级划分(国王/小丑、脸/屁股、神圣/亵渎)的基本策略,产生出最常见的狂欢形象与表达。抽象派画家马克斯在格林尼治村开派对,庆祝一幅名为《工人的灵魂》的抽象画的落成,画面斑斑点点,一位工人的衬衫碎片围成画面的边框,外面用颜料覆盖。他的派对为放荡不羁的文人提供了伪装自己的机会。人们乔装打扮以掩饰性别身份和自己的个性。聪明的双性恋者和鬼作家赫什尔,在与参议员和一名部队将军有染的同时,和金发女郎阿德琳(他也不确定名字对不对)鬼混。剧作家奥特是小说中一位小丑似的人物,与认真追寻生存意义的主人公怀亚特

---

① John Johnston. *Carnival of Repetition*. Philadelphia: University of Pennsylvania Press,1990:61.
② 王先霈、王又平:《文学理论批评术语汇释》,高等教育出版社 2006 年版,第 860 页。

相对。他蓄着金色的小胡须以掩盖红苹果似的婴儿脸,胳膊上还绑着吊带,为他参与中美洲革命的经历提高了可信度。在与人们交谈时,他总是说:"我是位剧作家,刚刚写完一部剧本。"(R 186)汉娜是个矮胖的放荡不羁的艺术家,住在地铁站,总是穿着污秽的男人衬衫,衬衫塞到劳动布裤里。她同一位身着绿色衬衫的批评家一起,对一位穿女人内衣而被解雇的军人评头论足。斯坦利是个瘦削的年轻人,留着浓密的小胡子,似乎要把他的头都压下来。作为虔诚的天主教徒,他为自己出现在这样的场合感到罪恶,但却不知道如何脱身。费德先生是个迷糊的老头,摆出诗人的样子。实际上,他自费出版自己的诗作,而且大部分时间花在为自己的诗作签名上。听到有人说他的女朋友是同性恋时,费德先生也把自己打扮成女人样,出席一个她可能出现的派对。留声机里传出一个女孩的声音:"我向拾破烂的人付出真心⋯⋯"派对中充满了狂欢、亵渎和污秽的愉悦。各色各样的人物相互聊天、喝酒、大叫、嘲笑。小说中的侵入性话语评论道:"时间曾停在那儿。人们想到的可能是不会有花草生长的花园,却长势茂盛,就像长在被遗弃的种植园一样。"(R 201)这些下流堕落的派对呈现的是一个个被遗弃的、蔓生野草的荒园。

更多的易性模仿和滑稽模仿发生在哈莱姆的同性恋派对上。人们用面具掩饰性别身份,把自己假扮成另一种性别,许多同性恋者和易装癖者出现了。因为通过伪装很难发现人们的真实身份,你真的是男孩还是女孩成为派对中常被提出的疑问。安娜是个俗丽的王后,她假装晕倒,让童子军为她做人工呼吸。一位女王为了有机会选定一位年轻的意大利男孩当伴侣加入了天主教。艾德·菲斯利追求"一个穿着棉制衣物的漂亮家伙",结果不可预料地发现"她"上男厕所。埃斯米与一位被她误认为男人的女子睡觉。

伊斯特的平安夜派对将小说描写的污秽与亵渎推向了顶点。参加这个派对的人几乎都是同性恋者,精神病和精神分裂症患者。伊斯特发疯的姐姐罗斯大声地播放亨德尔的唱片。一个来自阿根廷的商务专员爱德娜进错了派对。派对缓慢地进行着。一个婴儿和一只小猫在客人脚下爬行。小猫被艾格尼丝不小心一屁股坐死了,她把它塞进手提包中。名叫毛德·芒克的女人趁丈夫与逊尼·拜伦进行同性恋约会时,抱走了那个无名婴儿。爱勒里在派对进行时与阿黛尔做爱。穿着绿色羊毛衫的黑人评论家在伊斯特卧室里当着她的面自慰。在小说中,这个派对有着最混乱的场景、诱惑和易装,许多错认在这些化装舞会上发生了。

奥特与父亲皮夫纳先生相约在市中心的旅馆酒吧见面,由于父亲在他生活中的缺失,他从未见过父亲,他们约定佩戴绿色围巾相认。然而,皮夫纳先生因为糖尿病发作在旅馆外晕倒时,却被误认为是海洛因吸食者被警察带走了。而假币制造者西尼斯特拉先生的脖子上围着他儿子捡到的绿色围巾,其实正是奥特的父亲皮夫纳先生丢下的。西尼斯特拉凭此围巾错认奥特为自己想见的朋友,交给了他 5000 美元假币。奥特以为这一定是父亲送给他的大方的圣诞礼物。他愚蠢地自夸自己已经卖掉了剧本,借钱给斯坦利和安斯勒。结果,由于警察搞混了父亲和儿子的关系,斯坦利因为使用假币被捕,可怜的皮夫纳先生也被误认为是假币的制造者而被警察逮捕。化装舞会和错认的疯癫形象为小说创造了喜剧和讽刺的气氛,呈现了一个本末倒置的、病态的、绝望的社会,只有参与到造假的环境中才是唯一的生存之道。

在《承认》中,叙述者将派对的功能和狂欢节等同起来:

> 实际上,这个节日有着宗教的气氛,在宗教尚未与伦理和道德规范系统混淆前,这是一种奉献、崇拜、庆祝神性的宗教气氛,对它曾经赞扬之物施予痛苦折磨。这些舞会像酒神节一样快乐,在酒神节上,希腊男孩打扮成女人模样,抬着阳具穿行于街头,现场所有性别都沉浸在欢呼声中;位于库斯的赫丘利神殿,历史悠久,那儿的牧师也穿着女人的服装。(R 311)

夸张和过度是狂欢小说的基本特征。加迪斯认为早期的狂欢节确实是一种从官方的常规生活方式逃离出来,指引人们离开处于控制地位的正统宗教的独裁,创造第二种生活的方式。他所描述的派对是与官方秩序对立的,颓废和混乱、夸张和谩骂共生的模仿狂欢节。边缘人的压抑与绝望可以通过释放的笑声得以排遣和发泄。从这个意义上看,派对中混乱的侵入可被用以挑战和反抗象征性的社会秩序。对加迪斯来说,二战后的美国社会充满欺骗,到处是冒名顶替者和假冒者,人们之间失去了对彼此的信任。加迪斯运用他的辩证思维方式,既诉诸理智又诉诸情感,运用反讽和幽默夸张的喜剧手法表现后现代社会的绝望与痛苦。狂欢精神为加迪斯小说的严肃主题增添了戏谑,表明了作者以艺术的姿态,想象人类在混乱的世界中获得暂时性精神解脱的方法。正如莫尔所评述:"加迪斯的小说就像两面神雅努斯[①]一样,同时戴着喜剧和悲剧的面具,这是一种避免沉闷和压抑的策略,而且对喜剧的依赖不但是

[①] 雅努斯为罗马神话中最古老的神祇,两面神,有两副面孔,向前的一副老年人的面孔是面向未来的,向后的一副青年人的面孔是面向过去的。

为了它的娱乐价值,而且是为了表达自己的哲学立场。"①这种哲学立场就是后现代主义喜剧的和荒诞的狂欢化精神:在参与狂欢游戏中,在无数次的羞辱、亵渎、喜剧的加冕和罢免中取消各种等级差异和分界线,寻找一切机会通过反理性、反逻辑和反规范的行为,让所有参与者在疯狂和对传统理性的叛逆中,拥有一种真正的主人或统治者的幻觉,积极参与生活的疯狂和无秩序,寻求被异化了的主体,从而获得主体的自由和重生。

2.作为象征语码的身体叛乱

罗兰·巴特认为文本是由被称为语码的基本的叙述性微小因子穿织起来的组织,各语码的声部交汇成为一个立体的画面空间,其中有五种语码、五个声部交织在一起:经验现实的声部、人的声部、知识的声部、真理的声部、象征的声部。"象征语码"这一称呼是巴特指示身体的和性的现实的一种独有方式。②巴特一直坚持认为身体是非普遍化的私人范围的语言,在他的著作中,这种语码包含了拉康的去势和阳物能指的各种材料。人的身体是肉体与精神交错活动的场所,作为象征语码的身体叛乱总是与精神的叛逆相结合,用怪异的身体反抗确定的权威和秩序不只是欧洲人艺术创作的永恒主题,也是他们民俗的主题,特别是在讽刺作品中。在后现代主义文学创作中,后现代主义作家把怪异的身体当成一种反叛社会的符号,通过对人体的怪异描画对抗占统治地位的逻各斯中心主义对思想的控制,反抗社会道德与政治的正统性,以及社会话语秩序固定的僵化模式。典型的怪异身体的狂欢化包括上下社会阶层的倒置、挑战身体极限的暴饮暴食、食人、肢解或身体被炸,以及性的过度。身体的叛乱将清规戒律抛到九霄云外,向一切限制人的法制和规范挑战。比如,喜剧性的身体肢解出现在品钦的《万有引力之虹》中。在《承认》中,对怪异身体的描述特别反映在肢解的身体、文身和雌雄同体的极端行为和思想状态上。易装癖者对自身性别身份的掩饰在狂欢队伍里是常见的现象,表现了对造物主上帝的亵渎和对由上帝的真理所强加的等级秩序的反抗,反映了后现代时期对自我分裂和主体消亡的恐惧。

弗雷德里克·詹姆逊指出:"现代主义和后现代主义各有自己的病状,如果说现代主义时代的病状是彻底的隔离、孤独,是苦恼、疯狂和自我毁灭,这些情绪如此强烈地充满了人们的心胸,以至于会爆发出来的话,那么,后现代主

---

① Steven Moore.*William Gaddis*.Boston:Twayne,1989:138.
② 詹姆逊:《晚期资本主义的文化逻辑》,张旭东编,陈清侨等译,生活·读书·新知三联书店2003年版,第55~56页。

义的病状则是'零散化',已经没有一个自我的存在了。"①随着后现代主义文化深度模式和历史意识的消失,人的主体性已经丧失,剩下的是没有价值感的零散破碎的主体。在后现代主义作品中,现代主义主体的疏离与异化已经被后现代主体的分裂和瓦解所取代。自我解构、主体消失成为小说《承认》的中心主题。

加迪斯在这部小说中运用许多关于身体的肢解和无头的躯干,揭示了进入后现代境况之后的文化病态,即"主体的疏离和异化已经由主体的分裂和瓦解所取代"。② 布朗收藏施洗约翰雕像缺失的右胳膊。在同一艘船上,一位称要航行到罗马的信徒携带罗耀拉的圣伊格内休斯③(St.Ignatius Loyola)的右胳膊(R 192)。在格林尼治村的酒吧里,有人提到一个"应该装有罗耀拉的圣伊格内休斯左胳膊"的圣骨匣(R 529),一个发疯学习早期刑罚的解剖学家,在被送往精神病院之前,预定了32个被肢解的胳膊(R 712～713)。斯坦利的母亲在医院忍受着糖尿病的折磨。医生把她生坏疽的腿锯掉,她在瓶中保留了很多所谓的身体的"纪念品":包括她的阑尾、扁桃体和其他从她鼻子里被拿掉的东西。她一直盯着空瓶中自己的假牙。身体的肢解导致了喜剧性的恐惧,表达了在后现代社会中同主体性分裂同样遭受肢解的是人类的思想。它揭示了这样的真相:"分解个体的社会是由被肢解的个体组成的"。④ 书中人物遭受到自我崩溃和迷失,无法获得个人主体性的完整。加迪斯在莫尔和库恩主编的《承认加迪斯》中以无头躯干的形象出现在书的封面上,讽刺性地指出他自己也处于相同的威胁下。在后现代社会中,主体丧失了中心地位,踏上了自我放逐之路,没有一个真正的自我存在了。因此,小说中经常出现零散化、平面化和隐形化的人格。

《圣经》中说道:"岂不知你们的身体就是圣灵的殿堂吗?你们里面住着上帝所赐的圣灵。你们不再属于自己,因为你们是上帝用重价买来的,所以你们要用自己的身体使他获得荣耀。"(《哥林多前书》6:19～20)因此,得罪自己的身体,如身体变态、变形和对神圣身体的颠覆,是调动身体的能动性对传统的

---

① 詹姆逊:《后现代主义与文化理论》,唐小兵译,北京大学出版社1997年版,第176页。

② Fredric Jameson.*Postmodernism,or The Cultural Logic of Late Capitalism*.Durham:Duke University Press,1991:12.

③ 罗耀拉的圣伊格内休斯为1491年至1556年耶稣会的创始人。

④ Peter Wolfe.*A Vision of His Own:The Mind and Art of William Gaddis*.Madison & Teaneck.NJ:Fairleigh Dickinson University Press,1997:86.

社会角色、价值认同和寄寓空间等方面进行一系列反思性的背离、篡改和突破。尼采从身体社会学出发，把对身体的认识上升到一种哲学的高度。他认为身体不是一种简单的生物学意义上的身体，而是哲学、政治学意义上的身体，一种权力意志，是反抗传统基督教道德和形而上学的一个重要武器。尼采认为道德和理性话语都是对身体和生命幸福的一种压制，身体彰显着意义和真理。尼采的身体哲学开启了后现代主义的大门。美国学者约翰·奥内尔指出："身体作为拒绝或反抗的手段正如从权威的角度来看，服从是保持秩序的手段。"①个体得接受社会随意为其分配的角色。对于个体身份认同来说，人们为自己的身体文身，以求寻找自我认同，并彰显自己的意志。《承认》中的人物赫什尔总是在找人为他文身。当怀亚特/斯蒂芬被迫枪击曾攻击他的同学汉时，当他褪下汉的裤子时，怀亚特/斯蒂芬发现在他的臀部有一个脸的文身，这个故事以这样一个狂欢的意象结尾，以对身体的亵渎体现了对圣灵亵渎的意识。

　　《承认》中最奇异的身体叛乱就是安瑟姆对自己的阉割。这位堕落的天主教徒嘲笑每个人的虚伪和背信弃义，特别是斯坦利对精神救赎的渴望。安瑟姆在离开伊斯特的派对时带走了怀亚特·格里扬从他父亲格里扬牧师那里拿到的剃刀。他模仿朝圣者的朝圣行为，匍匐爬行到地铁站，避开母亲，爬进所能想象的最肮脏的地方——纽约地铁站的厕所里，将自己阉割了。根据物质身体部分的狂欢意象，人的下体象征着生产力和生育力，象征着人类幸福、可靠的未来。安瑟姆的阉割与支撑艾略特《荒原》的欧洲神话"渔王故事"具有联系。加迪斯以阉割作为一个重要象征，暗喻后现代社会精神的颓废和生命力的消逝。然而，与上帝降罪于渔王不同的是，安瑟姆是自行阉割，根据评论家约翰·约翰斯顿的解读，他是一个"倒退式的人物"，他的阉割表达了"一种渴望回归性前期阶段的欲望"。② 因此，安瑟姆的自行阉割是一种挑衅世界的象征，表达了他的诅咒：使这邪恶的世界不孕的欲望。他对奇异身体的极端行为也显示出与现世的对抗，一种对净化和重生的希望。

　　小说的另一狂欢主题就是对古希腊农神节庆典活动的讽刺性戏仿。在同性恋派对上，奥特和艾德·菲斯利拖着一条从医院的垃圾箱中找到的，被切除

---

① 约翰·奥尼尔:《身体形态:现代社会的五种身体》,春风文艺出版社1999年版,第9页。

② John Johnston. *Carnival of Repetition*. Philadelphia: University of Pennsylvania Press, 1990:150.

的病腿。这"神圣"的残肢是斯坦利母亲的。他们在地铁上骑着它,拖拽着它在黑暗偏僻的街道散步,然后将它遗弃在地铁上,任其腐烂。一方面,这一狂欢情景是对古希腊每年要举行田野守护神巴卡斯祭,行祭礼时,男孩抬着大阳具游行这一远古仪式的戏仿。另一方面,这一仪式是对人们变态、空虚的生活的讽刺。对他们来说,暂时的解脱就是通过这种亢奋和古怪的行为获得的,所有这些身体叛乱都诠释了美国文论家马修·威斯顿所说的,迷惑于人类身体的"怪诞的黑色幽默",尤其是"其可被肢解、分割成几个部分、诋毁和亵渎"。①狂欢节中还经常出现将魔鬼从地狱召回人间的事情。加迪斯频繁地引用但丁的《地狱》《炼狱》《天堂》,展示狂欢者在现实生活中的古怪狂欢就像是地狱中的狂欢。加迪斯刻意将地狱中的疯狂同人类社会中的古怪狂欢并置,而格林尼治村就是伪造的魔幻景象。怀亚特与布朗和瓦伦丁的相见仿佛是与地狱中的魔鬼相见。地狱中魔鬼与幽灵的狂欢盛宴也使人类社会成为炼狱,与地狱中的魔鬼遭遇、企图挣脱诅咒是狂欢的基本元素。

(二)狂欢化语言的叛乱

西方语言所要表达的意义,受到以语音符号和意义的二元对立统一的形式结构的影响,总是同时具有一义性和多义性、同一性和歧义性、确定性和含糊性。然而,占统治地位的逻各斯中心主义又夸大和僵化其中的一义性、同一性和确定性,忽视多义性、歧义性、含糊性和矛盾性,使意识领域内充斥着理性的力量,到了启蒙时代,理性密码又将残存的本能冲动和欲望全部逐出意识之外,使得意识领域全部被理性所控制,正如后现代主义的主要代表人物法国哲学家吉尔·费利克斯·德勒兹和瓜塔里在《反俄狄浦斯》一书中所说的:"社会的秩序、道德准则、价值判断等一整套象征性符号体系,逐渐成为意识结构中的超我或俄狄浦斯情结中的父亲,成为主宰人的主体的精神暴君。"②作为真正的主体,即人的自发性本能欲望,生命的本能冲动从此被禁锢在无意识之中,不断地被压抑、被排斥、被逐出文明之外。现代语言学认为,人的世界观是由语言构筑的,人与世界的关系以及对世界的经验在语言中得到最终的体现。

---

① Mathew Winston."Humor noir and Black Humor." in *Harvard English Studies* 3: *Veins of Humor*. Ed. Harry Levin. Cambridge, Mass: Harvard University Press, 1972: 282.

② 高宣扬:《后现代:思想与艺术的悖论》,北京大学出版社2013年版,第21页。

反理性的、反规范的、反逻辑的语言就成为对受理性过分约束的发泄，是反对荒谬世界的一种途径。弗洛伊德早就对现代理性主义的泛滥进行过深刻的批判。他说道："胡言乱语的乐趣，根源在于我们摆脱理性桎梏时的自由感，因为理性业已岌岌可危。"①狂欢化语言在小说中是欢娱、笑声与玩笑的媒介，表达了人们通过反理性、反逻辑和反规范的言行挣脱理性约束的需求。

《承认》揭示了一符多音和语言的离心力导致的能指与所指的分裂，其中有许多话语从未得到及时的应答。狂欢化语言以猥亵、污秽的派对谈话为特点。数种语言的集合与博学之士、卑微之人和优秀之辈的各种言语杂糅在一起，混合成为令人难解的混杂物。小说中的派对、酒吧、餐厅和街道情景呈现了20世纪40年代后期格林尼治村的陈腔滥调、俚语和典故。以下几个例子展示出了人们如何加入到生活的狂热错乱中。在巴黎的多姆咖啡馆里，一位身穿鲨鱼皮套装的小个男子说："Son putas, y nada mas. Putas, putas, putas……"有人说："Picasso……"又有人说："Kafka。"一个女孩说，你刻意误解我。我当然喜欢艺术了，问问任何人(R 65)。不同语言混合在一起。人们只是通过胡乱地即席瞎扯来逗笑。毕加索和卡夫卡并没有代表实质性意义，实际上成了一种没有所指(signified)和指涉物(referent)，而只有能指(signifier)的空洞语言和符号。小说中的人物找不到什么值得做的事，只是为了说话而说话，以此宣扬虚假的主体的存在。小说第七章第二部分以圣诞节大街上的流浪汉从日常生活中撷取的，缺乏客体指向和逻辑关系的俏皮话收尾。

——所以我是个犹太人。告诉他巴尼，我不是犹太人吗？
——算了吧，你还不如我的小弟弟算是个犹太人呢。
——现在安静，安静下来。
——五年了，我早就对他厌烦了。
——是啊，你那时应该很好，很湿。
——现在安静。
——好吧，巴尼。谢谢你的啤酒。告诉圣诞老人在这留着他的水。
——你们两个要么安静，要么就走。已经不下雪了。
——终于不下了吗？我真该死。
——圣诞快乐。
——终于不下雪了。

---

① 高宣扬：《后现代：思想与艺术的悖论》，北京大学出版社2013年版，第21页。

第五章 加迪斯的后现代主义艺术手法

——赎罪日快乐。
——我真该死。(R 646)

以上的典型例子说明了狂欢语言的元素,包括七嘴八舌的亵渎、恶劣的话语和咒骂,显示出说话者对犹太教的亵渎。因为参加派对的大部分人都是海洛因吸食者或酗酒者,人的思想已失去了它的本质和活力,话语仅成为无实际意义的声音和无用重复的蔓延。说话有助于他们填补空虚。怀亚特的模特埃斯米受精神分裂的折磨,她断断续续的演讲、混淆代词以及一系列不合逻辑的话语显示了她精神的狂乱。当人们问一些关于她的问题时,她会用第三人称"她"来指自己。当奥特问她:"你能出来散会步吗?"她回答道:"她的胃里有化学物质,她得多走会儿。"(R 480)从小说第 479 页可以找到更多以第三人称指涉自己的例子。埃斯米的语言正是詹姆逊所说的"注射麻醉药"的感觉。她的无意识使她说出了这样的话,她的语言的主体指的是另一对象,而不是她自己。

梭罗在《瓦尔登湖》的"阅读"篇章里对口语和书面语做了区分,他写道:

> 因为口语与文字有着值得注意的不同,一种是听的文字,另一种是阅读的文字。一种通常是变化多端的声音或舌音,只是一种土话,几乎可以说是很野蛮的,我们可以像野蛮人那样从母亲那里不知不觉地学会;另一种却是前一种的成熟形态与经验的凝聚。如果前一种是母亲的舌音,这一种便是我们父亲的舌音,是一种经过凝练的表达形式,它的意义不是耳朵所能听到的,我们必须重新诞生一次,才能学会说它。①

加迪斯对派对空谈(chatter)的记录偏爱"听的文字",也就是梭罗所说的"一种通常是变化多端的声音或舌音,只是一种土话,几乎可以说是很野蛮的,我们可以像野蛮人那样从母亲那里不知不觉地学会"。因为时过境迁,加迪斯所要描写的混乱场景已经远离瓦尔登湖的宁静,他无法使用考究的、经过凝练表达的阅读的文字,它们一被说出来就会落入语言混乱的局面,被嘈杂的声音所淹没。他只能为读者建造一座"巴别塔",语言已经变乱,人们的语言彼此不通,充满各种相互竞争的方言、俚语、土话、行话、古体语、现代语、文学、法律用语等。加迪斯对亢奋派对中的狂欢语言有着奇特的听觉,喜欢其中疯狂的口

---

① 梭罗:《瓦尔登湖》,徐迟译,沈阳出版社 1999 年版,第 94 页。

头交流和混乱交谈,将小说的语言降格为音节与声音,人物言语中经常出现错误拼读,如"whhhhassafuksamatter"(R 50),这在小说中明显可见。小说文本似乎处处都有从不明之处侵入的声音。有一个说话者被鉴定为"从沙发尽头传来的声音"(R 573)。语言中过度充斥着口头俚语、脏话、亵渎语和咒语。为了提高喧闹和混乱的程度,交谈的声音不时地与留声机中震耳欲聋的音乐和歌声并置。正如评论家彼得·沃尔夫所说:"加迪斯对都市自命不凡之辈表现出的精准的听觉说明他是个优秀的听者。"[①]伪知识分子愚蠢而轻佻的交谈增加了派对交谈的喧闹和荒诞。派对的狂欢话语展现了文化堕落之后的语言贬值和降格。加迪斯使用的无意义的"听的文字"暗示了加迪斯对物质化倾向的权力帝国和金融帝国的讽刺和嘲弄。

在派对房间一角发生的伪知识分子的激烈交谈就是一个典型的例子。

——拉斯金从第一次见到他们就在他的生命中标记了日期——当然了,拉斯金,另一个人说——就在上周他还在城里,是吗?高个女人说——我听我丈夫谈论过他。他们一起吃过午餐,我想……他正在写一本关于石头的书……(R 571)

这一段话讽刺了所谓的知识分子只是伪知识分子,其实对谁是拉斯金一无所知,混乱的交谈流露出他们假装了解艺术知识,说的却都是空虚的废话。

评论家约翰·约翰斯顿指出:"在《承认》中,知识和对真相与真实性的追求经常被疯狂,幻觉和精神错乱所颠覆。"[②]鉴于这一点,以亵渎、混乱和分裂破碎为特点的狂欢语言创造了一种疯狂、幻觉和精神错乱。在派对的场景中,人们就像被困得发疯的动物。癫狂是形容他们的行为和口头语的最合适的词语。在后现代社会,理想、信仰、意义价值丧失,人的生存成为一种无意义的存在,语言也破碎成空洞的、没有任何意义关联的呓语,小说中的狂欢语言表达了后现代精神危机的社会现实,反映了现代人不知所措的孤独和凄凉的生存危机感。

---

① Peter Wolfe.*A Vision of His Own:The Mind and Art of William Gaddis*.Madison & Teaneck.NJ:Fairleigh Dickinson University Press,1997:96.

② John Johnston.*Carnival of Repetition*.Philadelphia:University of Pennsylvania Press,1990:161.

结论　文学创作是加迪斯后现代社会批评的媒介

众所周知,文学是人类文明的重要组成部分,是全人类共同的精神财富。文学作为一种特殊的意识形态,是人类认识和把握世界的感性方式,它对社会的影响虽然不像政治、经济那样直接、明显,但却是相当深远和深刻的。作家在揭示社会问题和人类永恒的矛盾性方面往往比职业的历史学家、经济学家和政治家更加具体、更加逼真、更加感人和更具前瞻性。马克思和恩格斯曾深怀敬意地道出了文学对人类社会所做出的巨大贡献。马克思盛赞狄更斯、萨克雷、盖斯凯尔夫人、夏洛蒂·勃朗特等杰出的英国现实主义作家,称"他们在自己卓越的、描写生动的书籍中向世界揭示的政治和社会真理,比一切职业政客和道德家加在一起所揭示的还要多"。恩格斯也说,他从巴尔扎克那里学到的东西,要比从"当时所有职业的历史学家、经济学家和统计学家那里学到的全部东西还要多"。①

正如利奥塔所言:"创作就是发出警报,或者记录下那些遗迹。"②他认为,如果作家没有发出警报,创作的思想和意义也就不存在了,或者说它们就会毫无活力。加迪斯是一位严肃的社会和文化批评家,他的作品成了了解20世纪下半叶美国社会的指南,贯穿其中的主题就是对美国后现代社会现实的关怀和思考。当熵的世界观进入到敏感善察的作家的思想意识里,并通过他们丰富的想象力熔铸到小说的创作观念中,成为后现代主义的写作主题时,加迪斯对后现代人类社会文明的诸多问题表现出极大的关注,并在自己熵化的世界观中找到表达这一种思想的形式和语言。熵的隐喻意义不仅构成加迪斯作品中的主题和叙事技巧,而且塑造了他丰富的情感,投射在其几乎所有作品的叙

---

① 马克思、恩格斯:《马克思恩格斯论艺术第2卷》,中国社会科学出版社1983年版,第402页。

② 让-弗朗索瓦·利奥塔:《后现代道德》,莫伟民、伍晓笛译,学林出版社2005年版,第110页。

事技巧和语言之上。

在加迪斯的思想体系中,混乱与秩序、绝望与希望相互结合和相互强化,使得对后现代社会的救赎显得更为迫切。他一方面描绘了一幅世界末日的可怕景象,"整个世界为荒芜、痛苦、纯真和人性的失落而呐喊"(F 136),揭示了后现代人类社会的混乱;另一方面也探索了如何衔接文化断层和重建精神家园,把人类文明从混乱中拯救出来。他认为,在绝望的深渊中仍然存有希望,当务之急是把人类世界从毁灭和地狱的边缘拉回到一种新秩序。因此,加迪斯的作品以混乱无序强化救赎的迫切性。作为一个有着社会良知的人道主义作家,"熵化的世界"和"对世界的拯救"构成了加迪斯小说创作中后现代人类世界和艺术世界的核心和一组辩证的张力。评论家约瑟夫·塔比指出:

> 加迪斯拓展了小说的界限,把评论也包括进去,他的小说从某种意义上讲就是评论,因为每一部作品都从先前文学和当代的语言中创造出自己独特的标准:"训练有素的识别",正如《承认》中的怀亚特·格里扬所说的。《小大亨》中压垮杰克·吉布斯的非小说是加迪斯从自己在整个60年代期间所写的一篇长篇幅论文中挖掘出来的:一部关于机械化与艺术的社会史,是从控制论和经典政治理论中获得的洞察力,针对艺术家处于社会的边缘地位而写的。加迪斯的最后一部小说《爱筵开裂》承袭了其对技术如何影响艺术的批评,即使他最早期的、未发表的戏仿——另一种形式的批评——也是如此……在《木匠的哥特式古屋》中,世俗人文主义与正统派基督教之间的辩论以一种同魔鬼辩论的形式表现得淋漓尽致,麦肯德利斯为自己的"影射小说"辩护,驳斥莱斯利关于这本研究论文集"就像书中的所有人物一样卑鄙和空洞"的指责。在《诉讼游戏》中,围绕奥斯卡剧作的法律的吹毛求疵,难道不是继续了加迪斯一生对版权、剽窃和知识产权这些问题的执着探讨吗?小说对加迪斯来说,就是包罗一切的文类形式;在很大程度上,它是批评的一种媒介。[①]

加迪斯怀抱作为社会批评家的梦想,在他的写作生涯中,小说创作与每一种形式之间的批评是紧密相连的。文学创作正是加迪斯表述自己批判性观点的媒介,他通过广阔的文化考察和创新的文学叙述方式剖析了美国后现代社

---

① Joseph Tabbi."Introduction" in *The Rush For Second Place*.By William Gaddis. New York:Penguin Books,2002:vii-viii.

会的病症。约瑟夫·塔比指出:"加迪斯的天才部分在于他有能力发现由文化引起的盲点,他并不是从作者控制的全知的角度出发,而是让一个人物(或者是同样的人物在晚些时候)揭示出另一个立场不同的人物的盲点。"①他倾向于通过代言人说话,他甚至会让小说中的人物进行辩论,比较和探索他们自己的不同言论,以此暗含他的看法。加迪斯的好友,文体学家和批评家威廉·加斯称加迪斯为一位"具有创造力的抱怨者"②,他注意到痛斥是加迪斯小说最常使用的修辞形式,小说中充满激烈的长篇演说,语调是愤怒的、亵渎圣灵的,表达方式语无伦次。加迪斯作品中充满的振聋发聩的"听我说"就像回声一样萦绕,这正是对文化脱节和异化现实的一种哀诉悲叹。

加迪斯的四部长篇小说扎根于美国本土,审视的社会层面极其广阔,人物众多,揭露了美国社会繁华下面的脆弱,表明了对从新大陆的定居者开始一直世代相传的"应许之地"的美国梦面临毁灭的担忧,指出了战后混乱所带来的切实的威胁。他洞明世态,能穿透现实的坚壁和人性的奥秘。他的作品本质是讽刺性的,是对社会和人性病态的针砭,辛辣的讽刺背后蕴含着怜悯与同情,冷峻中带有炽热。在《承认》一书中,他表明现代世界的虚伪正是由艺术、政治和道德的欺诈造成的。在关于"美国是什么"的《小大亨》中,加迪斯揭露了自由企业和科技的非人性化所构成的梦魇世界,比如,拜物教、道德堕落、商业对艺术和教育的侵蚀,揭露了国家资本主义带来的霸权主义和新殖民主义。加迪斯目睹了宗教机构的欺诈和政府与大商业之间的阴险勾当,他在《木匠的哥特式古屋》中无情地揭露了宗教的虚伪与美国的对外扩张政策。《木匠的哥特式古屋》描绘的世界是一个有毒的机体,是一个人类自掘坟墓的世界。在《诉讼游戏》中,加迪斯嘲笑了法律的闹剧和喜好诉讼的美国社会,发出振聋发聩的声音:"正义?您只能在下辈子获得正义,在这辈子你只有法律。"(F 13)这句话正是加迪斯对削弱美国民主和公正的法律和司法制度的讽刺。他的遗著《爱筵开裂》与库尔特·冯内古特的《自动钢琴》有异曲同工之妙,探索机械化和艺术创造的关系,用他自己的话来说,就是"自动钢琴杀死了钢琴家。"(JR 604)《爱筵开裂》延续了加迪斯的创作主题,折射了大企业的技术文化带来的艺术创造的熵化。

---

① Joseph Tabbi."Introduction" in *The Rush For Second Place*. By William Gaddis. New York: Penguin Books, 2002: xvi.

② Crystal Alberts et al. Eds. *William Gaddis*,"*The Last of Something*":*Critical Essays*. Jefferson, N.C.: McFarland & Co., 2010: 4.

加迪斯自称是"永远的后卫",这其实就是对自己作为社会批评家的职责的写照,也是他对自己创作初衷的形象表达,即无论是在文学阐释还是在社会文化批评中,他都要执着地在文化的废墟和碎片中坚守精神的回归,寻求意义和价值。他经常说他与纽约州的州鸟——蓝鸟有一种亲缘关系。这种鸟曾经被宣布灭绝了,而之后又回来了。加迪斯从道德意义上说:"美国作家已经成为,并且还将继续成为一种濒危的物种。这就是我们的优势。"[①]作为美国后现代主义小说的先驱和巨匠,加迪斯认为熵作为文学隐喻适用于表达后现代人类世界的某些现象。他通过否定和消解认为美国资本主义社会是民主、自由和正义典范的"元话语"与"元叙事",揭示了后现代人类世界的混乱。商品拜物教和自由企业制度成为社会的主流法则,渗透到了社会的每一个角落,影响了政府组织和个人。他深刻意识到在表面具有高度秩序化的自由企业制度下是固有的混乱这一基本事实,指出了宗教机构的欺诈、美国对第三世界国家所采取的新殖民主义和霸权主义政策。加迪斯的小说展现了美国资本主义文化的贫瘠病态,因为资本主义制度迫使其他文化因素屈从于最大限度地增加利润这一追求。利润和抵免所得税等有形资产已经取代了艺术和其他崇高思想等无形资产,日益发展的机械化已经逐渐消除了艺术创作中人性的元素,所有这些因素导致了美国后工业社会的文化荒原。加迪斯展现美国资本主义制度和资本主义文化的熵,揭露了当自我被抽象的社会制度同化时自我价值的丧失。

正如弗雷德里克·卡尔所言:"在对美国生活的描绘上,加迪斯迷宫式的小说比任何号称真实的现实主义小说更准确地捕捉到了真正的美国。"[②]《小大亨》发表于1975年,加迪斯后来又以《上滴经济学:JR赴华盛顿》("Trickle Up Economics:JR Goes to Washington")为题续写12年以后,小大亨以白宫管理和预算主任的副助理身份出席一次联邦预算的国会听证会。该文于1987年10月股市崩盘不久发表在《纽约时报书评》上,加迪斯在提要里说明:

原来的小大亨在1975年发表的一部小说中登场。这个蓬头垢面的

---

① Joseph Tabbi. "Introduction" in William Gaddis, *The Rush for Second Place*. New York: Penguin, 2002: xx.

② Frederick R. Karl. *Introduction to JR*. By William Gaddis. New York: Penguin, 1993: i.

结论　文学创作是加迪斯后现代社会批评的媒介

11岁男孩通过1美分股票和违约债券业务蓬勃发展了一个庞大而危险的金融帝国。他信奉自己的简单信条："得到你所想要的"，在每一回合，他都只遵守这一信条的字面意思而避开其精神实质。12年以后他怎么样了？现在的场景是在最近一次关于联邦预算的国会听证会上。[①]

又一个十几年过去了，然而，美国的经济和政治现实并没有发生很大的变化：以低收入的服务性工作代替制造业的现象在美国仍然持续；美国的收入不均状况只是变得差距更大；战略防御计划又被提交讨论，小说《小大亨》仍与当今美国的生活息息相关，其预见性同1975年出版时是一样的。

萨义德在《知识分子论》中指出："知道如何善用语言，知道如何以语言介入，是知识分子行动的两个必要特色。"[②]加迪斯推崇艺术在信仰缺失的时代肩负人文关怀与道德思考的使命，他深切关注如何构建一种适合反映熵化的现实的小说形式，善于利用那些被认为阻碍文学想象的非文学文本的东西进行创作，如在《诉讼游戏》中以法律的意见、证词、短评展开和推动情节。他在小说中利用各种报道和大众媒介，挑战文学创作面临的叙事形式枯竭的现实，实现了叙事文学的创新。加迪斯把熵作为小说的内容和形式。他是最早认为现实主义和现代主义的时空连续性是一种封闭的写作形式的后现代作家之一，主张摒弃这种写作形式，强调过去、现在和将来的随意错置和时空的断裂。加迪斯的小说解构了传统的时空观，运用非历时性的叙述，使读者对时间的连续性和因果顺序的期待完全落空。在加迪斯的小说中，隐含的叙述者试图按照没有被打破的时间顺序叙述，然而小说中的人物却把时间看作一种空间的产物，把时间物化和空间化了，切断了他们与过去和将来的联系，叙述者竭力维护的时间连续性被碎片化的话语和空间的跳跃所打破。

后现代时空的断裂有助于揭示后现代世界中固有的混乱。加迪斯通过碎片的叠加构成非线性叙事，采用复杂的蒙太奇和其他电影手法打破时空的连续性，否定传统小说强调的从头至尾静止的和固定的人物形象。为了引发人们对充满混乱和不确定性的西方后现代人类世界的思考，加迪斯在《木匠的哥特式古屋》中运用了后现代主义不确定性写作原则，反对现代主义，反对理性的典型和人与世界的意义模式。加迪斯的小说就像没有出口的迷宫，常常提

---

① William Gaddis. *The Rush For Second Place*. New York: Penguin Books, 2002: 62.
② 萨义德：《知识分子论》，单德兴译，生活·读书·新知三联书店2002年版，第23页。

出问题,却不提供明确的答案。因此,读者在阅读他的作品时可以充分感受到文本的开放性、随意性和不确定性。

　　加迪斯还为小说中熵化的世界寻找了语言学上的对等物。熵是加迪斯"一符多音"小说对话模式的主导法则。文本中省略的、破碎的对话和异质的话语成为美国后现代主义文学的新的对话模式。他通过把省略的、出处不明的直接引语置于多种不同的语境中,把"一符多音"的写作发挥到了极致。双声话语、话语的异质性、单边的电话对话和对话的无法交流都是加迪斯创新的叙事方式,用来表明任何声音都同其他噪音、离题、中断和信息错误共同存在。加迪斯把作者降至记录器的角色,记录这个混乱世界的真实声音,让读者在熵化的交流中寻找意义。

　　如果说加迪斯构筑了一座不确定性的迷宫,在小说中传达了一种明确的思想——那就是人类也好,世界也好,都难免呈现一种"熵"的状态,或摆脱不了瓦解、衰竭,趋向于最后的同质与死寂的宿命,然而,加迪斯并不认为这一进程是无法改变的。他相信只要人类不采取听天由命的消极的生存方式,积极探索,就可以为这个混乱的世界注入抗熵的活力。正如杰里米·里夫金在《熵:一种新的世界秩序》中所言:"一些人不相信在这个世界上存在某种物理限制,这种限制会约束人的行动,另一些人相信这种说法,但是却不得不绝望地承认熵是一个巨大的宇宙般的监狱,没人能从其中逃离。其次,还有一些人认为熵是一个使我们获得自由的真理。"①加迪斯的熵的世界观属于第二类和第三类。他在暴露熵化的后现代世界的同时,试图打破幻想,或用新的真理来取代幻想。他因此也看到了希望:"如果神不能召回他们的赐予,那我们就必须要经历这些并拯救他们"(R 898)。在加迪斯看来,我们有必要周期性地注入新的能量抵抗社会的熵。为了抵抗后现代的信仰危机,加迪斯试图建立一种新的融多种宗教信仰的新宗教,从神学信仰中寻找人类永恒的普世价值,以此抵制后工业时期个性丧失、历史断裂感和消费主义的侵蚀。

　　加迪斯认识到同国家本身的集体想象相比,文学想象相对薄弱,但他理解在被行政管理的世界里,作家怀抱真实的企图如何与强大的非真实对阵,作家应该揭示在这场竞争中需要什么样的个人生活,正如评论家约瑟夫·塔比所说:"在这场竞争中退居第二位对一个作家来说并不是最坏的结果,有时候他能以此做得更好。他可以在一旁观看政权的运作,挪用它的语言、回收其庞大

---

① Jeremy Rifkin. *Entropy: A New World View*. New York: Viking Press, 1980: 1.

的废旧产品、解读这场进步热中遗留下来的意义。"① 加迪斯以一位"负责任的知识分子"的身份告诉人们：这个世界是荒诞的,应该用黑色幽默适应这种非理性和混乱。他是黑色幽默的先驱,主张以无逻辑的、非理性的艺术形式对抗当代资本主义社会那种虚伪而又残忍的理性。在他的小说中,他呼吁从艺术和自然中获得崇高精神和超验的价值观,反对消费资本主义用商业的观点看待一切。虽然他的小说充斥着失意潦倒的艺术家,但是他们拯救熵化世界的努力是值得推崇的。

对后现代主义作家来说,主体性的消失导致了宏大叙事和终极真理的不可能实现。他们宁愿接受一个不确定的世界,把各种体裁杂糅在一起。加迪斯的小说体现了后现代主义小说没有体裁,或是体裁突变式繁衍的特点,他把戏剧、诗歌、历史、公文等不同的因素融为一体,把高雅话题和通俗话题杂糅在一起,此外还加上许多文学以外的元素,比如,乐谱和报纸中的广告、插图等大众媒体,把新的文本空间扩展到作品的自我阐释层面。此外,加迪斯的小说体现了狂欢化。为了反映压抑和动荡的当代美国经验,他运用了以"一符多音"为特点的、有着强大离心力的狂欢化语言,揭露后现代主义喜剧性的、荒诞的社会思潮。

加迪斯在叙事中隐藏作者的声音,制造了一种迷失感和混乱感,使读者仿佛置身于巴别塔之中,其作品不完整的、不连贯的、充满省略的话语要求读者揣摩说话者的身份,重构小说的时空。此外,读者必须打破小说中符号的禁锢,把超现实的、讽刺的和滑稽的场景上升到形而上学的、认识论的层面来看待。同其他后现代主义小说家库尔特·冯内古特、托马斯·品钦、约翰·巴斯、罗伯特·库弗一道,加迪斯在文学创作中也受到了现代科学和技术的启发,他把现代通讯设备应用在他的叙事中,比如电话和其他媒介,以此告诉人们在信息时代中还有什么可以用来作为写作素材。他把电话话语植入小说,从而构建了一个微缩的信息社会。在这个社会里,电话成为支配力量,控制着人类的活动,而多种多样的声音和破碎的、不连贯的对话成了他的叙事工具,成功地把小说的结构和语言转换成对美国后工业社会的暗喻。

加迪斯是一个复杂而又矛盾的作家。他既是传统的,也是创新的;既是悲剧的,也是喜剧的。加迪斯的哲学理念深受海森堡的不确定原则的影响。他的世界观充满了不确定性和偶然性,他的后现代艺术创新使他成为美国后现

---

① Joseph Tabbi."Introduction" in William Gaddis. *The Rush for Second Place*. New York:Penguin,2002:xi.

代主义文学的先驱和巨匠之一。在长达半个世纪的文学创作生涯中,加迪斯塑造了许多令人难忘的人物,这些人物在一个充满差异、不连贯、矛盾、不和谐的混乱世界里摸索。他的作品在主题思想方面是传统的,但是就小说的创作技巧和阅读愉悦感而言,他又是创新的。关于加迪斯与美国文学传统的关系以及加迪斯作为后现代先驱的文学地位这两方面,弗雷德里克·卡尔给出了非常精辟的评论:"加迪斯延续了美国文学传统中大部分小说的宏大主题,但是他为小说的语言重新注入了活力,他的口语化的语言形式有着独特的风格,在某种意义上来说,这是一种语言中的语言。"①加迪斯小说中关于正义、宗教的欺诈、艺术、商业以及金钱等主题与美国文学传统是一脉相承的。此外,可以发现,加迪斯的创作受到俄国作家、奥古斯都时期的讽刺作家和维多利亚时期的小说家的影响,他同现代主义作家卡夫卡、纪德和V.S.奈保尔,以及马克·吐温、亨利·詹姆斯、豪厄尔斯、德莱塞、刘易斯、菲茨杰拉德和垮掉的一代等美国作家也有着密切的关系。他呼吁从艺术和自然中获得崇高的精神,这也把他和美国超验主义者艾默生和梭罗联系起来了。用莱斯利·菲德勒的话来说,加迪斯是一位"悲天悯人的人文主义者",他的责任就是说"不!",去"否定那些大部分人肯定的东西,去揭露那些被大部分人刻意忽视的生活的黑暗面。"②

哈罗德·布鲁姆认为,加迪斯上接威廉·福克纳,下续菲利普·罗斯、唐·德里罗等作家,跨越美国小说创作的困顿时期,具有承前启后的划时代意义。常与加迪斯联系起来的作家有约瑟夫·麦克罗伊、托马斯·品钦、约翰·巴思、罗伯特·库弗、唐·德里罗和唐纳德·巴塞尔姆。德里罗曾盛赞加迪斯:"他总喜欢冒险,不断提高对读者的要求,因此他也把小说的可能性不断扩大。"③巴塞尔姆在他自己的短篇小说中也采取了加迪斯的熵的对话叙事方式。然而,在影响力和亲近性方面,加迪斯和托马斯·品钦最为接近。莫尔注意到加迪斯的头三部小说和品钦的作品有着惊人的相似之处,他做出如下精辟的评论:

---

① Frederick R. Karl. *Introduction to JR*. By William Gaddis. New York: Penguin, 1993: xi.

② Leslie Fiedler. *Love and Death in the American Novel*. Rev. ed. New York: Stein and Day, 1966: 432.

③ Robert R. Harris. "A Talk with Don DeLillo." *New York Times Book Review*, 10 October 1982: 26.

结论　文学创作是加迪斯后现代社会批评的媒介

《V》使很多评论家都会想到《承认》：从结构上来说，这两部小说都由两条叙事主线组成，而且偶尔会交叉叙事。两部小说都指出了现代社会男权至上的社会弊病，对一些失去母亲的儿子进行了特写，他们都试图亲近女性而找到平衡；两部小说的地点都在格林尼治村和欧洲其他地方间切换；两者都有很强的暗指意义。而且，加迪斯的《小大亨》在一些方面和品钦的《万有引力之虹》非常相似：两者都暗指瓦格纳和韦伯；两者都认为西方经济政策是直接导致现代生活水平降低的原因；两者都暗示了美国和欧洲国家对第三世界国家的剥削；两者都对读者提出了阅读要求，而这自从《芬尼根守夜人》就再无先例；《木匠的哥特式古屋》正好与品钦的《拍卖第四十九批》有照应之处，《拍卖第四十九批》是另一部描写一个被遗弃的、在混乱中挣扎的家庭主妇的小说。[①]

除了莫尔发现的加迪斯和品钦作品中细节的相似性以外，我们还可以从更宏观的角度分析两人的相似和不同，以此凸显加迪斯的独特之处。

加迪斯和品钦都倾向从不同的角度描绘西方文化的熵化，擅长把熵的概念拓展到战后的美国社会问题领域，把熵运用在小说的主题和结构上。加迪斯认为，任何声音同其他噪音、离题、中断和信息错误都共同存在，在这一点上，他让人想起品钦的《熵》。米特鲍尔曾经这样抱怨过："模糊、冗语、不相关，甚至是渗漏，所有的这些都是噪音，噪音破坏了你的信号，造成了组织的混乱。"[②]在加迪斯以电话话语构建的小说中，声音从一个地方传递到另一个地方，暗示了"一个隐形的充满阴谋的资本主义神话的构建"。[③]加迪斯的这种语言可以和品钦的《拍卖第四十九批》中的特里斯特罗的语言相媲美。加迪斯和品钦都使用国家的邮政体系作为资本社会控制工具的隐喻，两人都充分意识到社会现实其实是政府的宣传机构和其他大众媒介所构建的。此外，两人都揭露了人类文明的瓦解导致了人与人之间沟通的断裂，两人都在传递事实的时候注重语言的不确定性和多义性。他们使用语言不是为了使世界变得有序，而是为了反映世界的无序。

加迪斯和品钦的相似，更多的是因为两人都处在相同的后现代的社会、文

[①] Steven Moore. *William Gaddis*. Boston: Twayne, 1989: 140.

[②] Thomas Pynchon. *Slow Learner*. Boston: Little, Brown and Company, 1984: 76-77.

[③] Frederick R. Karl. Introduction to *JR*. By William Gaddis. New York: Penguin, 1993: xii.

化和认识论的背景之下,而不是因为两人阅读了彼此的作品而受到了对方的影响。然而,除了相同点之外,加迪斯和品钦还是具有明显的不同之处,他们作品的侧重点不同,处理同样的后现代主题的方法也有所不同。加迪斯更关注资本主义的弊端、技术革新对艺术的破坏效果;而品钦更关注的是精神分裂、阴谋和社会控制等主题。虽然加迪斯在他的艺术创造中也受到了先进科学技术的启发,但他并不像品钦那样把小说文本的空间通过火箭等延伸到外太空的虚拟空间去。品钦的小说中随处可见由时光穿梭、星际旅行和飞行等引发的时空位移,这些在加迪斯的作品中极为鲜见。

换言之,品钦的小说采用科幻小说式的叙事方式,使小说的空间设置更加灵活;而加迪斯的小说却深深扎根于美国这片土壤。除了《承认》有一部分发生在其他州之外,加迪斯的大部分小说都以大都市纽约为背景,他把纽约看作美国后资本主义社会的缩影。加迪斯的小说包容了各种各样的当代美国文化,他运用各种媒介在封闭的空间里探索广袤的世界,因为通过媒体,一切信息都可以侵入他的小说。虽然加迪斯没有把小说背景扩展到外太空去,他的空间视野不如品钦那么宏大,但是他的才华、智慧和所取得的文学成就足以和品钦相媲美。相对于信息的熵来说,品钦更注重物理的熵;而在加迪斯的作品中,物理的熵,即世界的衰败是通过语言的解体传递的。与品钦相比,加迪斯对信息的熵给予更多的关注,这反映在他标志性的直接引语叙述方式之中:作者声音的缺失、直接引语往往被电话、录音机、其他媒体和单边电话对话所打断。他把陈词滥调、一开口即出错、口吃结巴、只言片语,还有其他程序化文化本身的其他废物回收利用,当成艺术。加迪斯出色的口语化叙事方式使他成了真正的美国的声音的最佳聆听者。

作为一名讽刺大师,加迪斯对现代文明的崩塌发出了强烈的控诉。他的作品虽然不是社会学著作或历史教科书,而是虚构的小说,却承载着历史的厚重感和对人性的透视,传达了深切的现实主义人文关怀。在加迪斯厚重的小说文本之下,我们看到了一个作家为找到这个不可知的世界的出路所做出的努力和坚持。阅读加迪斯的作品的确是一种挑战,正如评论家史蒂芬·莫尔说过:"那些愿意为加迪斯庞大的、迷宫般的作品投入时间的人往往会对其作品大为赞赏,但太多人被其作品令人生畏的篇幅和复杂深奥所吓跑了。"[①]当读者把加迪斯的作品置于后现代这个广阔的文化语境中考察,在小说艺术发展的历史语境中探索作品的叙事模式时,加迪斯的后现代艺术创新既使读者

---

① Steven Moore.*William Gaddis*.Boston:Twayne,1989:vii.

从固定的阅读模式中解放出来,调动他们的思维,又传达作者严肃的社会和文化批评思想。加迪斯破碎无序的文本蕴含的精神价值终究会慢慢显露。阅读加迪斯的作品必将有助于追寻美国文学从现代主义走向后现代主义的发展轨迹,了解后现代主义艺术世界与现实世界之间的联系,体会后现代主义作家对后现代世界的关注和拯救这一世界的进步思想。加迪斯既是后现代主义小说家与现代主义作家之间的联系纽带,也是美国后现代主义小说的先驱者和实践者之一,为美国后现代主义小说的发展做出了不可磨灭的贡献。

参考书目

英文书目

Abádi-Nagy, Zoltán. "The Art of Fiction CI: William Gaddis." *Paris Review* 105 (Winter 1987):54—89.

Adams, Henry. *The Degradation of the Democratic Dogma*. New York: Peter Smith Publishing House, 1969.

Adorno, Theodor. *Aesthetic Theory*. New York: Routledge & Kegan Paul, 1984.

Aldridge, John W. "Review of *JR*." *Saturday Review*. 4 October 1975:27.

Alberts, Crystal, et al. eds. *William Gaddis*, "*The Last of Something*.": *Critical Essays*. Jefferson, NC: McFarland & Co., 2010.

Arnheim, Rudolf. *Entropy And Art: An Essay on Disorder and Order*. California: University of California Press, 1971.

Aspler, Tony. "The Listener." In *Contemporary Literary Criticism*. *Vol*. 8. Detroit: Gale Research Company, 1975.

Bakhtin, Mikhail. *The Dialogic Imagination: Four Essays*. Trans. Caryl Emerson and Michael Holquist. Austin: The University of Texas Press, 1981.

———. *Problems in Dostoevsky's Poetics*. Ed. and Trans. Caryl Emerson. Minnespolis: University of Minnesota Press, 1984.

Barth, John. in Jeffrey Heterman and Richard Layman(eds.,) *Dictionary of Literature Biography*, *Vol*.2: *American Novelists Since World War Two*, Detroit, Michigan: Gale Research Company, 1978:29.

Barthes, Roland. "The Death of the Author" and "The Rhetoric of the Image." *Image, Music, Text*. Trans. S. Heath. New York/ Fontana/ London: Hill and Wang, 1977.

Baudrillard, Jean. *Forget Foucault*. Trans. Nicole Dufresne. New York: Semiotext, 1987.

Beer, John. "William Gaddis." *Review of Contemporary Fiction* 21.3 (Fall 2001): 69—109.

Bell, Daniel. *The Cultural Contradictions of Capitalism*. New York: Basic Books, Inc., Publishers, 1976.

Benjamin, Walter. "The Work of Art in the Age of Mechanical Reproduction." Trans. Harry Zohn. *Illuminations: Essays and Reflections*. Ed. and Intro. Hannah Arendt. New York: Schocken, 1968: 217-51.

Bergson, Henri. *Time and Free Will*. Trans. F. L. Pogson. New York: Macmillan, 1910.

Berkley, Miriam. "PW Interviews: William Gaddis." *Publishers Weekly*, 12 July 1985: 56-57.

Bertens, Hans. "The Postmodern Weltanschauung and its Relation to Modernism: an Introduction Survey." *A Postmodern Reader*. Eds. Joseph Natoli et al. Albany: State University of New York, 1993.

Birkerts, Steven. "*A Frolic of His Own* (book reviews)." *The New Republic*. 7 February 1994 V 210 6.

——. "Down by Law." *New Republic*, 7 February 1994: 27-30.

Black, Joel Dana. "The Paper Empire and Empirical Fictions of William Gaddis." *Review of Contemporary Fiction* 2. 2 (Summer 1982): 22—31. Rpt. in Kuehl and Moore, 162-73.

Boon, Kevin A. *Chaos Theory and the Interpretation of Literary Texts, Case of Kurt Vonnegut*. Lewiston/Queenston/Lampeter: The Edwin Mellen Press, 1997: 8.

Booth, Wayne C. *A Rhetoric of Irony*. Chicago: Chicago University Press, 1974.

Bradbury, Malcom. "Hello Dollar." *New Statesman*, 18 June, 1976.

Brown, Nicholas. "Cognitive Map, Aesthetic Object, or National Allegory, *Carpenter's Gothic*." *Paper Empire: William Gaddis and the World System*. Eds. Joseph Tabbi and Rone Shavers. Tuscaloosa: University of Alabama Press, 2007: 151-60

Burke, Kenneth. *The Rhetoric of Religion: Studies in Logology*. Berkeley: University of California Press, 1970.

Burn, Stephen J. "The Collapse of Everything: William Gaddis and the Encyclopedic Novel." *Paper Empire: William Gaddis and the World System*. Eds. Joseph Tabbi and Rone Shavers. Tuscaloosa: University of Alabama Press, 2007: 46-62.

Clark, Timothy. *The Cambridge Introduction to Literature and the Environment*. Cambridge: Cambridge University Press, 2011.

Comnes, Gregory. *The Ethics of Indeterminacy in the Novels of William Gaddis*. Gainesville: University Press of Florida, 1994.

Crane, Diana. *The Transformation of the Avant-Garde: The New York Art World*, 1940—1985. Chicago: University of Chicago Press, 1987.

Croll, Morris. "The Baroque Style in Prose." *Studies in English Philology*. Ed. Kemp Malone and Martin Ruud. Minneapolis: University of Minnesota Press, 1929.

Debord, Gye. *The Society of the Spectacle*. Trans. Donald Nicholson-Smith. New York: Zone Books, 1995.

Derrida, Jacques. *Of Grammatology*. Trans. Gayatri Chakravorty Spivak. Baltimore & London: Johns Hopkins University Press, 1976.

Eco, Umberto. *The Open Work*. Trans. Anna Canogni. Cambridge: Harvard University Press, 1989.

Eliot, T. S. "Ulysses, Order, and Myth." *Criticism: The Foundations of Modern Literary Judgment*. Ed. Mark Schorer. New York: Harcourt, Brace, and World, 1958.

——. "Ulysses, Order, and Myth." *Selected Prose of T. S. Eliot*. Ed. and Intro. Frank Kermode. London: Faber and Faber, 1975.

Ellmann, Richard. *Oscar Wilde*. New York: Knopf, 1988.

Fiedler, Leslie. *Love and Death in the American Novel*. Rev. ed. New York: Stein and Day, 1966.

——. "Cross the Border—Close That Gap: Postmodernism." *American Literature Since 1900*. Ed. M. Cunliffe. London: Barrie and Jenkins, 1975.

Foucault, Michel. *The Order of Things*, A Translation of les Mots et les Choses. New York: Vintage, 1973.

Frisby, David. *Fragments of Modernity*. Cambridge: MIT Press, 1986.

Gaddis, William. *The Letters of William Gaddis*. Ed. Stephen Moore. Dalkey Archive Press, 2013.

——. *Agapé Agape*. New York: Viking Penguin, 2002.

——. *Carpenter's Gothic*. New York: Penguin, 1999. Originally published in 1985.

——. *A Frolic of His Own*. New York: Scribner, 1995. Originally published in 1994.

——. *JR*. New York: Penguin, 1993. Originally published in 1975.

——. *The Recognitions*. New York: Penguin, 1993. Originally published in 1955.

——. *The Rush for Second Place*. New York: Penguin, 2002.

Gardner, John. *On Writers and Writing*. Addison-Wesley Publishing Company, 1994.

Gass, William H. "Authors' Authors." *New York Times Book Review*, 5 December 1976: 102.

Gasset, Jose Ortega Y. *The Dehumanization of Art and Other Essays on Art, Culture and Literature*. Princeton, New Jersey: Princeton University, 1948.

Geyh, Paul, Fred G. LeeBron & Andrew Levy. Eds. *Postmodern American Fiction: A Norton Anthology*. W. W. Norton & Company, 1998.

Giddens, Anthony. *The Consequences of Modernity*. Standford: Standford University

Press,1991.

Grove,Lloyd. "Gaddis and the Cosmic Babble." Interview with William Gaddis.*Washington Post*,23 August 1985:B1,B10.

Gussow, Mel. "William Gaddis, 75, Innovative Author of Complex, Demanding Novels,Is Dead." *New York Times*,17 December 1998:C 22.

Harris,Robert R."A Talk with Don DeLillo." *New York Times Book Review*,10 October 1982:26.

Hassan,Ihab."Laughter in the Dark: The New Voice in American Fiction."*American Scholar*,32 (Autumn 1964).

——. *The Postmodern Turn: Essays in Postmodern Theory and Culture*. Columbus: The Ohio State University Press,1987.

Hutcheon, Linda. *Narcissistic Narrative: The Metafictional Paradox*. Waterloo, Ontario:Wilfried Laurier University Press,1980.Reprint.New York:Methuen,1984.

——. *A Poetics of Postmodernism-History, Theory, Fiction*. New York and London: Routledge,1995.

Iser,Wofgang. *The Implied Reader: Patterns of Communication in Prose Fiction from Bunyan to Beckett*.Baltimore:Johns Hopkins University Press,1974.

James,William."The Perception of Space."*Mind*,12(1887).

Jameson,Fredric. *The Cultural Turn: Selected Writings on the Postmodern*,1983—1998. New York:Verso,1999.

——. *Postmodernism and Theories of Culture*. Beijing:Peking University Press,1997.

——. *Postmodernism,or The Cultural Logic of Late Capitalism*.Durham:Duke University Press,1991.

——. *The Political Unconscious: Narrative as a Socially Symbolic Act*.New York: Cornell University Press,1981.

Johnston, John. *Carnival of Repetition*. Philadelphia: University of Pennsylvania Press,1990.

Jung,Carl. *The Archetypes and the Collective Unconsciousness*. 2nd ed.Princeton,NJ: Princeton University Press,1968.

——. *The Integration of the Personality*.Trans.Stantley Dell.New York: Farrar and Rinehart,1939.

——. *Psychology and Alchemy*.2nd ed.Trans. R. F. C. Hull. Princeton: Princeton University Press,1970.

Karl,Frederick R.*American Fictions*:1940—1980.New York:Harper and Row,1983.

——. "A Tribune of the Fifties." In Kuehl and Moore,1984:174-198.

——. "American Fictions: The Mega-Novel." Conjunctions 7(1985).

——. Introduction. *JR*. by William Gaddis. New York:Penguin,1993.

Knickerbocker,Conrad."Humor With a Mortal Sting."*The New York Times Book Review*,27 September 1967.

Knight,Christopher J.*Hints & Guesses:William Gaddis's Fiction of Longing*. Madison:The University of Wisconsin Press,1997.

——. "The New York State Writers' Institute Tapes:William Gaddis."*Contemporary Literature* 42(2001):667-93.

——. F.H."The Ethics of Competition(1935)." In Norman O.Brown's *Life Against Death:The Psychoanalytic Meaning of History*.Middletown,Conn.:Wesleyan University Press,1959.

Koenig,Peter W. "Recognizing Gaddis' *Recognitions*." *Contemporary Literature* 16 (Winter 1975):61-72.

——. "'Splinters from the Yew Tree':A Critical Study of William Gaddis' *The Recognitions*." Ph. D. diss.,New York University,1971.

Kristeva, Julia. "Postmodernism?" *Romanticism, Modernism, Postmodernism*. Ed. Harry R Garvin. Lewisberg:Bucknell University Press. London:Associated University Press,1980(b).

——. *Semiotike*. Paris:editions du Seuil 1969.

——. "Word,Dialogue,and Novel." in *Desire in Language*.Ed. Leon A.Roudiez. New York:Columbia University Press,1980(a).

Kuehl,John, and Steven Moore. eds. *In Recognition of William Gaddis*.Syracuse:Syracuse University Press,1984.

LaCapra,Dominic."Singed Phoenix and Gift of Tongues:William Gaddis's *The Recognitions*." *Diacritics* 16.4(Winter 1986):33-47.Rpt.In his *History,Politics,and Novel*.Ithaca:Cornell University Press,1987.

Lacayo,Richard. "Speaking in Tongues."*Time*,24 January 1994:67.

LaHood,Marvin J."*A Frolic of His Own* (book reviews)." in *World Literature Today*,Autumn 1994 V 68 n 4:812.

Lasch,Christopher.*The Culture of Narcissism:American Life in an Age of Diminishing Expectations*. New York: Norton,1978.

Lathrop,Kathleen L."Comic-ironic Parallels in William Gaddis's *The Recognitions*." *Review of Contemporary Fiction* 2.2(Summer 1982):32-40.

Leavis,F.R.*Mass Civilization and Minority Culture*.Cambridge:Minority Press,1933.

Leclair,Thomas.*The Art of Excess:Mastery in Contemporary American Fiction*.Urbana:University of Illinois Press,1989.

——."An Interview with William Gaddis, circa 1980." *Paper Empire:William*

Gaddis and the world Systerm.Eds.Rone Shavers and Joseph Tabbi.Tuscaloosa:University of Alabama Press,2007:17-27.

Leverence,John."Gaddis Anagnoresis." *In Recognition of William Gaddis*. Eds.John Kuehl and Steven Moore.Syracuse:Syracuse University Press,1984:2-45.

Lewicki, Abigniew.*The Bang and the Whimper:Apocalypse and Entropy in American Literature*.Westport, Con.: Greenwood Press,1984.

Litz,A.Walton ed. *American Writers:A Collection of Literary Biographies*. Supplement II Part 2. New York:Charles Scribner's Sons,1981.

Lodge,David.*Working with Structuralism:Essays and Reviews on Nineteenth-and Twentieth-Century Literature*.London:Cox and Wyman Ltd,1986.

Lyotard,Jean-Francois.*The Inhuman*.Standford:Standford University Press,1991.

——.*The Postmodern Condition:A Report on Knowledge*. Minneapolis:University of Minnesota Press,1985.

Madden,David."On William Gaddis's *The Recognitions*." In *Rediscoveries*. Ed. David Madden. New York:Crown,1971.

Magel, Anne. "Maxwell's Demon, Entropy, Information: *The Crying of Lot* 49." *Mindful Pleasures:Essays on Thomas Pynchon*. Eds. George Levine and David Leverenz, Boston/Toronto:Little,Brown and Company,1976.

Malmgren,Carl D."William Gaddis's *JR*:The Novel of Babel." In his *Fictional Space in the Modernist and Postmodernist American Novel*. Lewisburg: Bucknell University Press,1985:116-23.

Martin,Robert A."The Five Recognitions of William Gaddis."*Notes on Contemporary Literature* 15.1(January 1985):3-5.

McCaffery,Larry."Gaddis,William(1922—)." In *Postmodern Fiction:A Bio-Bibliographical Guide*,edited by Larry McCaffrey. New York: Greenwood Press,1986:374-77.

McGinn, Bernard.*The Flowering of Mysticism: Men and Women in the New Mysticism:*1200—1350.New York:The Crossroad Publication Company,1998.

McHale,Brian. *Postmodernist Fiction*.London and New York:Routledge,1987.

McNamara, Eugene. "The Post-Modern American Novel." *Queen's Quarterly* 69 (Summer 1962): 265-75.

Meyeroff,Hans.*Time in Literature*.Berkeley:University of California Press,1955.

Moore,Steven. "Chronological Difficulties in the Novels of William Gaddis." *Critique* 22.1(1980):79-91.

——. *A Reader's Guide to William Gaddis's* The Recognitions. Lincoln:University of Nebraska Press,1982.

——. "Reading the Riot Act." Rev. of *A Frolic of His Own*,by William Gaddis. *Na-*

tion, 25 April,1994:569-71.

———. *William Gaddis*.Boston:Twayne,1989.

———. "The Secret History of Agapé Agape." *Paper Empire:William Gaddis and the world Systerm*. Eds. Rone Shavers and Joseph Tabbi.Tuscaloosa:University of Alabama Press,2007:256-65.

———. *William Gaddis*. Expanded Edition.New York:Bloomsbury,2015.

Newman, Charles. *The Postmodern Aura ,The Act of Fiction in an Age of Inflation*. Evanston:Northwestern University Press,1985.

O'Donnell, Patrick. "His Master's Voice: On William Gaddis's *JR*." *Postmodern Culture* 1.2(1991).

O'Hara, J. D. "Boardwalk and Park Place vs.Chance and Peace of Mind",in *Virginia Quarterly Review*,Vol.52,No.3(Summer,1976):523-26. Rpt. in *Contemporary Literary Criticism*.Vol.19.Ed.Sharon R.Gunton.Detroit:Gale Research,1981:186-87.

Parrillo, Vincent N. *Strangers to These Shores:Race and Ethnic Relations in the United States*.New York:Pearson, 2003.

Pynchon,Thomas.*Slow Learner*.Boston:Little,Brown and Company,1984.

Rifkin,Jeremy.*Entropy:A New World View*.New York:Viking Press,1980.

Riley,Carolyn,and Phyllis Carmel Mendelson.Eds.*Contemporary Literary Criticism*.Vol.6.Detroit:Gale Research Company,1976.

Ronell,Avital.*The Telephone Book:Technology ,Schizophrenia ,Electric Speech*. Lincoln:University of Nebraska Press,1989.

Safer,Elaine B."The Allusive Mode,the Absurd and Black Humor in William Gaddis's The Recognitions." *Studies in American Humor* 1.2(October 1982).

Salemi, Joseph S."To Soar in Atonement:Art as Expiation in Gaddis' *The Recognitions*." In *In Recognition of William Gaddis*. Eds. John Kuehl and Steven Moore. Syracuse:Syracuse University Press,1984:46-57.

Schryer,Stephen."The Aesthetics of First and Second Order Cybernetics in William Gaddis's JR."*Paper Empire:William Gaddis and the World System*.Eds.Rone Shavers and Joseph Tabbi.Tuscaloosa:University of Alabama Press,2007:75-89.

Scott,James C.*Seeing like a State:How Certain Schemes to Improve the Human Condition Have Failed*.New Haven:Yale University Press,1998.

Serres, Michel. "Michelet: The Soup." *Hermes:Literature ,Science , Philosophy*. Ed. Josue V.Harari and David F.ell.Johns Hopkins Uninersity Press,1982.

Shapiro,Karl.*To Abolish Children and Other Essays*.Chicago:Quadrangle,1968.

Soutter, John."The Recognitions and Carpenter's Gothic:Gaddis's Anti-Pauline Novels." William Gaddis,*"The Last of Something":Critical Essays*.Eds.Crystal Alberts,

Christopher Leise and Binger Vanwesenbeeck. Jefferson, N. C.: McFarland & Co., 2010: 115-25.

Stade, George. review of *Ratner's Star* by Don DeLillo. *New York Times Book Review*, 20 June 1976.

Steiner, George. "Crossed Lines." *The New York* (26 Jan., 1976): 106-109.

——. *Real Presences*. London: Faber and Faber, 1989.

Stonehill, Brian. *The Self-Conscious Novel: Artifice in Fiction from Joyce to Pynchon*. Philadelphia: University of Pennsylvania Press. 1988.

Strehle, Susan. "Disclosing Time." *In Recognition of William Gaddis*. Eds. John Kuehl and Steven Moore. Syracuse: Syracuse University Press, 1984: 119-133.

——. "William Gaddis: JR and the Matter of Energy." *Fiction in the Quantum Universe*. Chapel Hill: University of North Carolina Press, 1992: 93-123.

Tabbi, Joseph. "The Compositional Self in William Gaddis' JR." *Modern Fiction Studies* 35.4(1989): 655-71.

——. *Nobody Grew but the Business: On the Life and Work of William Gaddis*. Evanston: Northwestern University Press, 2015.

Tabbi, Joseph and Rone Shavers. Eds. *Paper Empire: William Gaddis and the World System*. Tuscaloosa: University of Alabama Press, 2007.

Tanner, Tony. *City of Words*. New York: Harper and Row, 1971.

——. *Thomas Pynchon*. London and New York: Methuen, 1982.

Thielemans, Johan. "Art as Redemption of Trash: Bast and Friends in Gaddis's JR." *In Recognition of William Gaddis*, edited by John and Steven Moore. Syracuse: Syracuse University Press, 1984: 135-46.

Vaihinger, Hans. *The Philosophy of "As if": A System of the Theoretical, Practical and Religious Fictions of Mankind*. trans. by C. K. Ogden. New York: Barnes and Noble, 1966.

Vonnegut, Kurt. *Breakfast of Champions*. New York: Delacorte Press, 1973.

Walker, Christopher. Review of *A Frolic of His Own*, by William Gaddis. *The Observer*, 27 February 1994: 18.

Waugh, Patricia. ed. *Literary Theory and Criticism: An Oxford Guide*. Oxford: Oxford University Press, 2006.

Weber, Max. *The Protestant Ethic and the Spirit of Capitalism*. Trans. Talcott Parsons. New York: Scribner's, 1958.

Weisberg, Robert. "Taking Law Seriously." *Yale Journal of Law & the Humanities* 7.2(1995): 445-55.

Weisenburger, Steven. "Contra Naturam? Usury in William Gaddis's JR." In *Money*

Talks: *Language and Lucre in American Fiction*. Edit. Roy R. Male. 93—110. Norman: University of Oklahoma Press, 1981.

Wertheim, Larry M. "Law as Frolic: Law and Literature in *A Frolic of His Own*." *William Mitchell Law Review* 21, no.2(1995):421-56.

Wiener, Norbert. *The Human Use of Human Beings: Cybernetics and Society*. New York: Avon Books, 1967.

Winston, Mathew. "Humor Noir and Black Humor." in *Harvard English Studies* 3: *Veins of Humor*. Ed. Harry Levin. Cambridge, Mass: Harvard University Press, 1972.

Wolfe, Peter. *A Vision of His Own: The Mind and Art of William Gaddis*. Madison & Teaneck. NJ: Fairleigh Dickinson University Press, 1997.

Ziolkowski, Theodore. *Dimensions of the Modern Novel*. Princeton: Princeton University Press, 1969.

中文书目

彼得·斯科洛夫斯基:《后现代文化:技术发展的社会文化后果》,毛怡红译,中央编译出版社2011年版。

毕尔格:《主体的退隐》,陈良梅等译,南京大学出版社2004年版。

波德莱尔:《波德莱尔美学论文集》,郭宏安译,人民文学出版社1987年版。

柏拉图:《柏拉图全集:申辩篇》,王晓明译,人民出版社2002年版。

蔡春露:《威廉·加迪斯〈小大亨〉中的熵》,载《外国文学》,2004(3):84~87。

——.《威廉·加迪斯小说中熵的文学隐喻》,载《外国文学》,2011(3):78~85。

——.《论〈小大亨〉中后现代话语中的熵》,载《当代外国文学》,2009(1):133~139。

——.《〈木匠的哥特式古屋〉叙述的不确定性》,载《外国文学研究》,2004(4):68~73。

陈嘉明:《现代性与后现代性十五讲》,北京大学出版社2013年版。

陈世丹:《后现代人道主义小说家冯内古特》,南开大学出版社2014年版。

丹尼尔·贝尔:《资本主义文化矛盾》,赵一凡等译,生活·读书·新知三联书店1989年版。

德里达:《书写与差异》,生活·读书·新知三联书店2001年版。

董衡巽编著:《海明威研究》,中国社会科学出版社1981年版。

董衡巽等著:《美国文学简史》(下),人民文学出版社1986年版。

董小英:《再登巴比伦塔:巴赫金与对话理论》,生活·读书·新知三联书店1994年版。

冯亦代:《十年写一书的盖迪斯》,载《读书》,1994(8):123~125。

福柯:《疯癫与文明》,刘北成等译,生活·读书·新知三联书店2003年版。

佛克马、伯斯顿编:《走向后现代主义》,王宁等译,北京大学出版社1991年版。

高岭:《商品与拜物:审美文化语境中商品拜物教批判》,北京大学出版社2010年版。

高宣扬:《后现代:思想与艺术的悖论》,北京大学出版社2013年版。

郭志明:《语言解构理论分析〈小大亨〉的文学批判性》,载《语文建设》,2015(11):57～58。

哈贝马斯:《现代性的哲学话语》,曹卫东等译,译林出版社2004年版。

海德格尔:《科学与沉思》,载《海德格尔选集》,孙周兴译,生活·读书·新知三联书店1996年版。

赫胥黎:《美妙的新世界》,孙法理译,译林出版社2014年版。

胡全生:《英美后现代主义小说叙述结构研究》,复旦大学出版社2002年版。

华莱士·马丁:《当代叙事学》,北京大学出版社2005年版。

怀特海:《宗教的形成》,周邦宪译,贵州人民出版社2007年版。

李志楠:《〈小大亨〉中后工业社会的后现代混乱》,河北大学2011年版。

梁永安:《重建整体性:与詹姆逊对话》,四川人民出版社2003年版。

《马克思恩格斯全集》第12卷,人民出版社1962年版,第4页。

陆徐:《威廉·加迪斯和他的遗作〈爱裂〉》,载《外国文学动态》,2003(5):10～12。

马克思、恩格斯:《马克思恩格斯论艺术第2卷》,中国社会科学出版社1983年版。

马克斯·韦伯:《新教伦理和资本主义精神》,于晓、陈维纲等译,生活·读书·新知三联书店1992年版。

马克斯·韦伯:《学术与政治》,冯克利译,生活·读书·新知三联书店1998年版。

梅钢:《浅析后现代主义小说〈小大亨〉的话语结构中的文学批判视角》,载《科教文汇》,2008(7):238～239。

米特等编:《有为与无为》,周懋庸等译,生活·读书·新知三联书店1996年版。

尼采:《悲剧的诞生》,周国平译,生活·读书·新知三联书店1986年版。

齐格蒙特·鲍曼:《现代性与矛盾性》,邵迎生译,商务印书馆,2003年版。

让·波德里亚:《消费社会》,刘成富等译,南京大学出版社2001年版。

让·弗朗索瓦·利奥塔:《后现代状况:关于知识的报告》,车槿山译,生活·读书·新知三联书店1997年版。

让·弗朗索瓦·利奥塔:《后现代道德》,莫伟民、伍晓笛译,学林出版社2005年版。

萨克文·伯科维奇主编:《剑桥美国文学史》,孙宏等译,中央编译出版社2005年版。

萨义德:《知识分子论》,单德兴译,生活·读书·新知三联书店2002年版。

梭罗:《瓦尔登湖》,徐迟译,沈阳出版社1999年版。

瓦尔特·本雅明:《本雅明文选》,陈永国、马海良编,中国社会科学出版社1999年版。

王逢振等编:《最新西方文论选》,漓江出版社1991年版。

王宁主编:《文学理论前沿》第八辑,北京大学出版社2011年版。

王守仁主编:《新编美国文学史》(第四卷),上海外语教育出版社2002年版。
王先霈、王又平:《文学批评术语词典》,上海文艺出版社1999年版。
王先霈、王又平:《文学理论批评术语汇释》,高等教育出版社2006年版。
王岳川:《后现代主义文化研究》,北京大学出版社1996年版。
威廉·加迪斯:《小大亨》,朱叶等译,凤凰出版传媒集团、译林出版社2008年版。
威廉·加迪斯:《勇争第二名:威廉·加迪斯随笔》,蔡春露译,凤凰出版传媒集团、译林出版社2016年版。
沃尔夫冈·威尔什:《我们的后现代的现代》,载《后现代主义》,赵一凡等译,社会科学文献出版社1999年版。
肖谊:《威廉·盖迪斯〈公认〉的多重叙事与后现代阅读状况》,载《英语研究》,2010(1):21~24。
杨大春:《文本的世界:从结构主义到后结构主义》,中国社会科学出版社1998年版。
杨仁敬:《20世纪美国文学史》,青岛出版社1999年版。
杨仁敬:《美国后现代主义小说的嬗变》,载《山东外语教学》,2001年第2期。
杨仁敬等著:《美国后现代派小说论》,青岛出版社2005年版。
杨仁敬等编:《美国后现代小说选读》,外语教学与研究出版社2009年版。
杨仁敬:《简明美国文学史》,复旦大学出版社2014年版。
约翰·奥尼尔:《身体形态:现代社会的五种身体》,春风文艺出版社1999年版。
詹姆逊:《后现代主义与文化理论》,唐小兵译,北京大学出版社1997年版。
詹姆逊:《晚期资本主义的文化逻辑》,张旭东编,陈清侨等译,生活·读书·新知三联书店2003年版。
张国锋:《从"现代"到"后现代"》,载《从现代主义到后现代主义》,柳鸣九主编,中国社会科学出版社1994年版。
张剑锋:《论威廉加迪斯小说的失败主题》,博士论文,上海外国语大学,2013年。
赵一凡等编:《西方文论关键词》,外语教学与研究出版社2006年版。
钟琳琳:《〈诉讼游戏〉的反讽艺术》,硕士论文,四川外语大学,2013年。